Trenton Lee Stewart

Tradução de
ANA BAN

4ª edição

CIP-BRASIL. CATALOGAÇÃO NA PUBLICAÇÃO
SINDICATO NACIONAL DOS EDITORES DE LIVROS, RJ

S871m
4ª ed.

Stewart, Trenton Lee
A misteriosa sociedade Benedict / Trenton Lee Stewart; tradução: Ana Ban. – 4ª ed. – Rio de Janeiro: Galera Record, 2024.

Tradução de: The mysterious Benedict society
ISBN 978-85-01-08609-9

1. Ficção americana. I. Ban, Ana. II. Título.

10-3497

CDD: 813
CDU: 821.111(73)-3

Título original em inglês:
The Mysterious Benedict Society

Copyright © 2007 by Trenton Lee Stewart
Copyright da ilustração de capa © 2007 by Carson Ellis

Todos os direitos reservados. Proibida a reprodução, no todo ou em parte, através de quaisquer meios. Os direitos morais do autor foram assegurados.

Adaptação do design de capa: Renata Vidal
Este livro foi revisado segundo o novo Acordo Ortográfico da Língua Portuguesa.

Direitos exclusivos de publicação em língua portuguesa
somente para o Brasil adquiridos pela
EDITORA RECORD LTDA.
Rua Argentina, 171 – Rio de Janeiro, RJ – 20921-380 – Tel.: (21) 2585-2000,
que se reserva a propriedade literária desta tradução.

Impresso no Brasil

ISBN 978-85-01-08609-9

Seja um leitor preferencial Record
Cadastre-se no site www.record.com.br
e receba informações sobre nossos
lançamentos e nossas promoções.

Atendimento e venda direta ao leitor
sac@record.com.br

Para Elliot
— *T.L.S.*

Agradecimentos

Muitas pessoas ótimas ajudaram a trajetória deste livro (em alguns casos, que não são poucos, resgatando o autor) e merecem muito mais do que a expressão da minha gratidão, mas ao menos terão isto: eu gostaria de agradecer a Sara Curtis, por me incentivar desde antes do início; a Mark Barr, Todd Kimm e Lisa Taggart, por seus comentários atenciosos e valiosos sobre os primeiros esboços; a Eric Simonoff e Kate Schafer pelo trabalho espetacular de agenciamento; a Megan Tingley, Nancy Conescu e Noel De La Rosa por sua fé no livro e dedicação para aprimorá-lo; a Mary O'Connell, Chris Adrian, Diane Perry, Nicola Mason, Michael Griffith, Brock Clarke, Kenner Estes e Shannon e David Collier-Tenison por sua generosidade de espírito; a Elaine Price, por cuidar do front enquanto eu me concentrava no livro; a minha esposa, Sarah Beth Estes, por sua opinião útil em múltiplos rascunhos, isso sem mencionar todas as intempéries que enfrentou; e a meu filho Elliot, por ser Elliot — e isso significa que ele faz com que tudo fique bem.

Sumário

Lápis, borrachas e desqualificação	11
Baldes + óculos	33
Quadrados e setas	45
O problema com as crianças, ou por que elas são necessárias	63
O Emissor e as mensagens	76
Os homens no labirinto	96
Códigos e histórias	104
A coisa que está por vir	115
O batismo da equipe	120
Ilha Nomansan	127
Armadilhas e coisas sem sentido	140
Cuidado com Gemini	148
Lições aprendidas	159
Pessoas e lugares a se evitar	165
Conclusões lógicas e erros de cálculo	171
Maçãs envenenadas, minhocas envenenadas	179
Uma sugestão surpreendente	185
Testes e convites	194
Tudo como deveria ser	204
De famílias perdidas e encontradas	210
Cacto-polvo tático	215
Pego no pulo	228
A Sala de Espera	237
Castigos e promoções	243

Meia charada	251
O Sussurrador	256
Abre-te, Sésamo	269
O treino leva à perfeição	281
Conhece o teu inimigo	287
Uma lição de xadrez	297
O rato no cano de esgoto	302
Sacrifícios, escapando por pouco e algo parecido com um plano	313
Más notícias e más notícias	323
A descoberta de Sticky	332
A Grande Máquina do Tempo da Kate	342
Opiniões e quedas	352
O melhor remédio	361
Fugas e retornos	375
Para cada saída, uma entrada	381

Lápis, borrachas e desqualificação

Em uma cidade chamada Stonetown, perto do porto de Stonetown, um menino chamado Reynie Muldoon estava se preparando para fazer uma prova muito importante. Era a segunda prova do dia (a primeira acontecera em um escritório do outro lado da cidade). Depois dessa primeira, tinham lhe dito que fosse até ali, no edifício Monk na rua Três, e que não levasse nada além de um único lápis e uma única borracha, e que não chegasse depois das 13 horas. Se por acaso se atrasasse, ou se levasse dois lápis, ou se esquecesse a borracha, ou se de qualquer outra maneira se desviasse das instruções, ele não teria permissão para fazer a prova, e seria o fim. Reynie, que queria muito fazer aquela prova, tomou cuidado ao seguir as instruções. Curiosamente, ele não havia recebido nenhuma outra além daquelas. Ele não tinha recebido orientações a respeito de como *chegar* ao edifício Monk, por exemplo, e sentira a necessidade de pedir informações no ponto de ônibus mais próximo, de conseguir uma tabela de horários com um motorista desonesto que tentou enganá-lo e fazer com que pagasse por ela e de caminhar várias quadras para pegar o ônibus para a rua Três. Não que qualquer uma dessas coisas fosse difícil para Reynie Muldoon. Apesar de ele só ter 11 anos, estava bem acostumado a descobrir as coisas sozinho.

Em algum lugar do outro lado da cidade, um sino de igreja marcou a meia hora. Eram 12h30. Ele ainda tinha um tempinho para esperar. Quando foi averiguar as portas do edifício Monk ao meio-dia, estavam trancadas. Então Reynie comprou um sanduíche em uma barraquinha e se sentou no banco de praça para esperar. Pensou que um prédio alto no bairro mais movimentado de Stonetown devia ter muitos escritórios no interior. Portas trancadas ao meio-dia parecia uma coisa bem esquisita. Mas, bom, o que *não tinha* sido esquisito naquela coisa toda? Para começar, o anúncio. Alguns dias antes, Reynie estava lendo o jornal no orfanato de Stonetown, compartilhando os cadernos com sua tutora, a Srta. Perumal. (Como Reynie já lera todos os livros didáticos sozinho, até os de ensino médio, o diretor do orfanato tinha designado para ele uma tutora especial enquanto as outras crianças iam à escola. A Srta. Perumal também não sabia muito bem o que fazer com ele, mas era inteligente e gentil, e, no tempo que ficavam juntos, passaram a apreciar o ato de compartilhar o jornal enquanto tomavam café da manhã e chá.)

O jornal, naquela manhã, trazia as manchetes de sempre, várias delas dedicadas ao que se conhecia como Emergência: as coisas tinham saído horrivelmente do controle, segundo as manchetes; o sistema escolar, o orçamento, a poluição, o crime, o clima... bem, na verdade, tudo estava a maior confusão, e cidadãos de todos os lugares exigiam uma grande (não, dramática) melhoria no governo. "As coisas precisam mudar AGORA!", era a frase de ordem estampada em outdoors por toda a cidade (era uma frase muito antiga), e apesar de Reynie quase nunca assistir televisão sabia que a Emergência era o assunto principal dos programas de notícias todos os dias, como já vinha sendo havia anos. Naturalmente, quando Reynie e a Srta. Perumal se conheceram, tinham discutido a fundo a Emergência. Mas, ao perceberem que os dois concordavam bastante em relação à política, logo começaram a achar essas conversas chatas e resolveram deixar o assunto de lado. Em geral, conversavam sobre outras notícias, aquelas que variavam de um dia para o outro, e depois eles se divertiam com a leitura dos anúncios. Foi esse o caso daquela manhã específica na qual a vida de Reynie de repente deu uma guinada.

— Gostaria de mais mel no seu chá? — a Srta. Perumal tinha perguntado (falando em tâmil, língua que estava ensinando a ele), mas, antes que Reynie pudesse responder que *é claro* que queria mais mel, o anúncio chamou a atenção da Srta. Perumal e ela exclamou: — Reynie! Olhe só para isto! Você ficaria interessado?

A Srta. Perumal estava sentada à mesa à frente dele, mas como Reynie não tinha dificuldade em ler de ponta-cabeça, ele rapidamente examinou as palavras do anúncio escritas em negrito: "VOCÊ É UMA CRIANÇA GENIAL

À PROCURA DE OPORTUNIDADES ESPECIAIS?" Que estranho, pensou. A pergunta era dirigida diretamente às crianças, não aos pais delas. Reynie nunca tinha conhecido os pais, que tinham morrido quando ele era pequenininho, e ficou contente de ler uma coisa que parecia levar essa possibilidade em conta. Mas, mesmo assim, era bem estranho. Afinal, quantas crianças leem o jornal? Reynie lia, mas ele sempre fora o único a fazer isso, sempre tinha sido considerado fora do comum. Se não fosse pela Srta. Perumal, era possível que ele já tivesse desistido de tudo a esta altura, para evitar algumas das gozações.

— Acho que posso me interessar, sim — respondeu à Srta. Perumal — , se a senhorita achar que me qualifico para isto.

A Srta. Perumal olhou torto para ele.

— Não venha pregar peças em mim, Reynie Muldoon. Se você não é a criança mais genial que eu conheço, então nunca conheci criança nenhuma.

Haveria várias sessões da prova que se dariam no decorrer do fim de semana; fizeram planos para que Reynie comparecesse à primeiríssima sessão. Infelizmente, no sábado, a mãe da Srta. Perumal ficou doente e ela não pôde levá-lo. Foi a maior decepção para Reynie, não só por causa do atraso. Ele sempre gostava de estar na companhia da Srta. Perumal: da risada dela, dos olhares tortos, das histórias que ela contava, com frequência em tâmil, sobre a infância na Índia, e até dos suspiros que ela soltava quando achava que ele não estava prestando atenção. Esses suspiros eram discretos e ritmados, e apesar da melancolia que carregavam, Reynie adorava escutá-los. A Srta. Perumal suspirava quando estava se sentindo triste por sua causa, ele sabia (ela ficava triste de ver outros meninos caçoando dele; tinha pena do coitadinho do menino que perdera os pais) e Reynie desejava que ela não se preocupasse com ele, mas gostava de saber que ela se importava. Era a única que se importava (sem contar Seymore, o gato do orfanato, com quem Reynie passava os dias na sala de leitura... e *ele* só queria ganhar um carinho). Independentemente da sua ansiedade para fazer a prova especial, Reynie simplesmente sentia falta da Srta. Perumal.

Ele ficou esperançoso, então, quando o Sr. Rutger, o diretor do orfanato, informou a ele, mais tarde naquela noite, que a mãe da Srta. Perumal tinha melhorado bastante. Reynie estava na sala de leitura de novo, o único lugar no orfanato em que ele podia ter certeza de que ficaria sozinho (ninguém mais se aventurava a entrar ali, nunca) e livre das perseguições. No jantar, um menino mais velho chamado Vic Morgeroff tinha atormentado Reynie por ele ter usado a palavra "adorável" para descrever o livro que estava lendo. Vic achou que aquela era uma palavra rebuscada demais, e logo fez com que a mesa inteira estivesse dando risada e dizendo "adorável" em tom de zombaria, até que Reynie pediu licença, antes da sobremesa, e se isolou ali.

— Sim, ela está muito, muito melhor — disse o Sr. Rutger, com a boca cheia de cheesecake. Ele era um homem magro de rosto fino, e suas bochechas inflavam visivelmente enquanto mastigava. — A Srta. Perumal acaba de ligar para dar a notícia. Ela pediu para falar com *você*, mas como não consegui encontrá-lo no refeitório, e eu estava no meio do jantar, anotei o recado.

— Muito obrigado — respondeu Reynie, com uma mistura de alívio e decepção. Cheesecake era a sobremesa preferida dele. — Fico feliz de saber.

— De fato, não há nada como a saúde. Absolutamente nada. É o melhor para todos — disse o Sr. Rutger, mas nesse ponto fez uma pausa na mastigação, com uma expressão de preocupação desagradável no rosto, como se suspeitasse que talvez houvesse um inseto em sua comida. Ele finalmente engoliu, tirou as migalhas do colete e disse: — Mas, veja bem, Reynie, a Srta. Perumal mencionou uma *prova* de algum tipo. "Oportunidades especiais", ela disse. De que se trata? Não está relacionado a frequentar uma escola avançada, está?

Eles já tinham discutido a questão antes. Reynie tinha pedido permissão repetidas vezes para se inscrever em outra instituição, mas o Sr. Rutger insistira com Reynie que ele ficaria bem melhor ali, com uma tutora, do que em uma escola avançada. "Aqui você está confortável", o Sr. Rutger tinha lhe dito mais de uma vez. E, mais de uma vez, Reynie havia pensado: *Aqui eu estou sozinho*. Mas, no fim, a vontade do Sr. Rutger prevaleceu, e a Srta. Perumal foi contratada. Aquilo acabou se revelando como uma bênção; Reynie jamais reclamaria da Srta. Perumal. Ainda assim, ele havia imaginado inúmeras vezes como teria sido a vida em uma escola onde os outros alunos não o considerassem tão esquisito.

— Não sei, senhor — respondera Reynie, com toda sua esperança se transformando em desânimo. Ele preferia que a Srta. Perumal não tivesse mencionado a prova, apesar de ela provavelmente ter se sentido na obrigação de fazê-lo. — Nós só queríamos ver de que se tratava.

O Sr. Rutger refletiu sobre a questão.

— Bom, suponho que não faça mal nenhum ver de que se tratam as coisas. Eu mesmo gostaria de saber de que isto se trata. Aliás, por que você não prepara um relatório para mim quando voltar? Digamos, dez páginas? Não tem pressa, você pode entregar amanhã à noite.

— Amanhã à noite? — perguntou Reynie. — Isso significa que eu vou fazer a prova?

— Achei que eu tivesse dito isso — respondeu o Sr. Rutger. — A Srta. Perumal virá buscar você bem cedinho de manhã. — Ele pegou um lenço bordado e assoou o nariz com grande ferocidade. — E, agora, Reynie, acho que vou deixá-lo com sua leitura. Esta sala empoeirada é péssima para a minha sinusite. Seja um bom garoto e passe um espanador nas prateleiras antes de sair, pode ser?

Depois de ouvir a notícia, Reynie mal conseguiu retomar a leitura. Ele passou superficialmente o espanador no lugar e foi para a cama, como se assim pudesse acelerar a chegada da manhã. No entanto aquilo só serviu para estender a noite, porque ele estava ansioso e agitado demais para dormir. *Oportunidades especiais*, ficava pensando, vez após outra. Ele já se emocionaria se tivesse a chance de ter oportunidades *normais*, quanto mais especiais.

Logo antes do amanhecer, ele se levantou sem fazer barulho, arrumou-se com a luz apagada para não incomodar os colegas de quarto (eles sempre reclamavam dele por ficar lendo na cama à noite, mesmo quando usava uma lanterninha de bolso minúscula embaixo das cobertas), e se apressou até a cozinha. A Srta. Perumal já estava à sua espera: ela também ficara agitada demais para dormir e tinha chegado cedo. O bule estava começando a apitar em cima do fogão, e a Srta. Perumal, de costas para ele, organizava as xícaras e os pires.

— Bom-dia, Srta. Perumal — disse ele, com a voz rouca. Limpou a garganta. — Fiquei feliz de saber que a sua mãe melhorou.

— Obrigada, Reynie. Será que você... — foi aí que a Srta. Perumal se virou, deu uma olhada nele e disse: — Acho que você não vai causar boa impressão vestido assim. Não se deve usar calça listrada com camisa xadrez,

Reynie. Aliás, me parece que essas roupas devem pertencer a algum colega de quarto... são no mínimo um tamanho maior do que o seu. Além disso, também parece que uma das suas meias é azul, e a outra, roxa.

Reynie olhou para baixo e examinou suas vestimentas com surpresa. Normalmente, ele era o garoto menos notável de todos: tinha tamanho comum, pele clara comum, cabelo castanho de comprimento comum e usava roupas comuns. Mas, naquela manhã, ele se destacaria no meio de uma multidão... a menos que fosse uma multidão de palhaços. Ele sorriu para a Srta. Perumal e disse:

— Eu me vesti assim para dar sorte.

— *Se* tiver sorte, não vai precisar de *sorte* — respondeu a Srta. Perumal e tirou o bule do fogo. — Agora, por favor, vá se trocar e, desta vez, acenda a luz... não se incomode com as reclamações dos colegas... assim você terá mais sorte na escolha das roupas.

Quando Reynie voltou, a Srta. Perumal disse a ele que tinha muitas coisas a fazer. Haviam receitado um remédio novo e uma dieta especial para a mãe dela, de modo que a Srta. Perumal precisaria fazer algumas compras. Então os dois combinaram que ela o levaria para fazer a prova e depois o buscaria, quando terminasse. Depois de um café da manhã leve (nenhum dos dois quis nada além de torrada), mas muito antes que qualquer pessoa no orfanato se levantasse, a Srta. Perumal atravessou de carro a cidade adormecida, e o levou até um prédio de escritórios perto da baía de Stonetown. Já havia uma fila de crianças à porta, todas elas acompanhadas pelos pais, todas elas agitadas e nervosas.

Quando a Srta. Perumal se mexeu para sair do carro, Reynie disse:

— Achei que a senhorita me deixaria aqui.

— Você não achou que eu simplesmente ia largá-lo aqui sem saber do que se trata primeiro, não é mesmo? — respondeu a Srta. Perumal. — O anúncio não dava nem um número de telefone para tirar dúvidas. É um pouco fora do normal, você não acha?

Então Reynie tomou seu lugar no fim da fila enquanto a Srta. Perumal entrava no prédio para falar com alguém. A fila era comprida, e Reynie ficou imaginando quantas oportunidades especiais estariam disponíveis. Talvez fossem apenas muito poucas, talvez fossem distribuídas antes mesmo de ele chegar à porta. Reynie estava ficando cada vez mais ansioso com essa ideia, quando um homem simpático à sua frente se virou e disse:

— Não se preocupe, filho, não vai precisar esperar muito tempo mais. Todas as crianças vão entrar juntas daqui a alguns minutos. Deram um aviso logo antes de você chegar.

Reynie respondeu com gratidão e reparou, ao fazê-lo, que vários pais lançavam olhares mal-humorados para o homem, aparentemente reprovando a ideia de ser simpático com rivais. O homem, acanhado, virou-se para frente de novo e não disse mais nenhuma palavra.

— Muito bem — disse a Srta. Perumal ao retornar. — Está tudo certo. Você pode me ligar do telefone deles quando terminar a prova. Aqui está o número. Se eu não voltar até lá, simplesmente chame um táxi e o Sr. Rutger pagará a corrida. E você poderá me contar o que aconteceu hoje à tarde.

— Muito obrigado por tudo, Srta. Perumal — disse Reynie, com toda a sinceridade, e pegou na mão dela.

— Ah, Reynie, seu menino bobo, não faça esta cara assim de tanta gratidão — disse a Srta. Perumal. Para a surpresa de Reynie, havia lágrimas nas bochechas dela. — Não é nada, mesmo. Agora, dê aqui um abraço na sua pobre tutora. Imagino que os meus serviços não serão mais necessários depois disto.

— Eu ainda não fui aprovado, Srta. Perumal.

— Ah, pare de ser bobo — disse ela e, depois de apertá-lo com força, enxugou os olhos com um lencinho, caminhou com passos determinados até o carro e foi embora quando as crianças estavam começando a entrar no prédio.

Foi uma prova curiosa. A primeira parte era bem como Reynie esperava: uma ou duas perguntas relativas a octógonos e hexágonos, outra dedicada a litros disto e quilos daquilo, e outra que exigia calcular quanto tempo se passaria antes que dois trens em alta velocidade colidissem. (Reynie respondeu a esta última questão com a testa franzida, muito concentrado, observando à margem que, como os dois trens estavam se aproximando em um trecho vazio de trilhos, era provável que os maquinistas percebessem o desastre iminente e utilizassem os freios, assim evitando o acidente.) Reynie respondeu bem rápido a essas perguntas e a várias outras parecidas, então chegou à segunda parte, cuja primeira questão era: "Você gosta de assistir televisão?"

Essa certamente não era o tipo de questão que Reynie esperava. Era apenas uma pergunta sobre gostos. Mas, bom, *é claro* que ele gostava de assistir televisão... *todo mundo* gostava de assistir televisão. Mas, quando começou a escrever a resposta, Reynie hesitou. Bom, será que gostava mesmo? Quanto mais pensava sobre o assunto, mais percebia que, na verdade, não gostava nem um pouco de assistir televisão. "Eu realmente *sou* fora do comum", pensou, com uma sensação de decepção. Ainda assim, respondeu à pergunta com sinceridade: NÃO.

A questão seguinte dizia: "Você gosta de escutar rádio?" E, mais uma vez, Reynie percebeu que não gostava, apesar de ter certeza de que todas as outras pessoas gostavam. Com uma sensação de isolamento cada vez maior, ele respondeu: NÃO.

A terceira questão, felizmente, era menos emocional. Dizia: "O que há de errado com esta afirmação?" "Que engraçado", Reynie pensou e, ao marcar a resposta, sentiu-se um tanto animado. "Isto não é uma afirmação", escreveu. "É uma pergunta."

A página seguinte mostrava a imagem de um tabuleiro de xadrez sobre o qual todas as peças e peões estavam em posição de início de partida, à exceção de um peão preto, que tinha avançado duas casas. A questão dizia: "De acordo com as regras do xadrez, esta posição é possível?" Reynie estudou o tabuleiro por um momento, coçou a cabeça e escreveu a resposta: SIM.

Depois de mais algumas páginas de questões, em todas elas Reynie se sentiu seguro de estar respondendo corretamente, ele chegou à última pergunta da prova: "Você é corajoso?" Só de ler aquelas palavras, o coração de Reynie acelerou. Será que ele era corajoso? Nunca tinha exigido coragem dele, então como poderia saber? A Srta. Perumal diria que sim: ela mostraria como ele tentava ser alegre apesar de se sentir solitário, como aguentava com paciência as gozações das outras crianças e como sempre se mostrava disposto a encarar um desafio. Mas essas coisas só mostravam que ele era agradável, educado e que se entediava com muita facilidade. Será que realmente serviam para mostrar que ele era corajoso? Achava que não. Finalmente, desistiu de tentar chegar a uma conclusão e simplesmente escreveu: "Espero que seja."

Ele pousou o lápis na mesa e olhou ao redor. A maior parte das outras crianças também estava terminando a prova. Na parte da frente da sala, mastigando uma maçã de forma bastante barulhenta, a responsável pela prova estava prestando muita atenção em todas elas para ter certeza de que não trapaceariam. Era uma mulher magra com um *tailleur* amarelo-mostarda, pele amarelada, cabelo curto em tom ruivo-ferrugem e postura rígida. Para Reynie, ela se parecia com um gigante lápis ambulante.

— Lápis! — exclamou de repente a mulher, como se tivesse lido os pensamentos dele.

As crianças pularam das carteiras.

— Por favor, larguem os lápis agora — a mulher-lápis disse. — A prova acabou.

— Mas eu não terminei! — lamentou uma criança. — Não é justo!

— Quero mais tempo! — exclamou uma outra.

Os olhos da mulher se apertaram.

— Sinto muito se vocês não terminaram, crianças, mas a prova acabou. Por favor, passem as folhas para frente e permaneçam sentadas enquanto as provas são avaliadas. Não se preocupem, não vai demorar muito.

Quando as folhas foram passadas para a frente, Reynie escutou o menino atrás dele falar para o vizinho, em tom de desdém:

— Quem não conseguiu terminar *esta* prova nem devia ter vindo aqui. Aquela pergunta do xadrez, por exemplo, quem seria capaz de errar?

O vizinho, que soou tão arrogante quanto o outro, respondeu:

— Estavam tentando fazer a gente cair em uma pegadinha. Os peões só podem andar uma casa de cada vez, então é *claro* que a posição não era possível. Aposto que algumas crianças burras não sabiam disso.

— Ah! Sorte sua que não errou! Os peões podem *sim* andar duas casas... na primeira jogada, podem. Mas, se andam uma ou duas casas não faz diferença. Você não sabe que as peças brancas sempre começam a partida? O peão *preto* não poderia ter se movimentado ainda, de jeito nenhum! É tão simples... Esta prova era para bebezinhos.

— Você está me chamando de bebê? — rosnou o outro.

— Vocês aí atrás, garotos! — disse a mulher-lápis, brava. — Parem de falar!

Reynie de repente começou a se sentir ansioso. Será que ele tinha respondido errado àquela questão? E as outras perguntas? Tirando as mais estranhas, sobre televisão e coragem, todas tinham parecido bem fáceis, mas talvez ele fosse tão esquisitão que não tivesse entendido nada direito. Sacudiu a cabeça e tentou não pensar nisso. Se quisesse comprovar que era corajoso, afinal de contas, era melhor simplesmente parar de se preocupar. Se ele tivesse que retornar à rotina do orfanato, pelo menos teria a Srta. Perumal. Que importância tinha se ele era diferente das outras crianças? Todo mundo era gozado de vez em quando... *nesse* ponto, ele não era diferente.

Reynie disse isso a si mesmo, mas a sensação de ansiedade não foi embora.

Depois que todas as provas foram entregues, a mulher-lápis saiu da sala e deixou as crianças roendo as unhas e olhando para o relógio. Mas apenas alguns minutos se passaram antes de ela voltar e anunciar:

— Vou agora ler o nome das crianças aprovadas para a segunda fase do teste.

As crianças começaram a murmurar. Segunda fase? O anúncio não falava nada sobre uma segunda fase.

A mulher prosseguiu:

— Se o seu nome for chamado, você deve se apresentar no edifício Monk, na rua Três, às 13h em ponto, onde irá se juntar a crianças de outras sessões que também passaram na prova.

Ela prosseguiu com as instruções a respeito de lápis, borracha e desqualificação. Então colocou um punhado de amendoins na boca e mastigou com ferocidade, como se estivesse faminta.

Reynie ergueu a mão.

— Hum... pois não? — disse a mulher ao engolir.

— Com licença, a senhora disse para levar um lápis, mas e se a ponta do lápis quebrar? Vai ter apontador?

Mais uma vez, o menino atrás de Reynie desdenhou, agora murmurando:

— Como ele tem tanta certeza de que vai fazer a prova? Ela ainda nem chamou os nomes!

Era verdade: ele devia ter esperado até a moça chamar os nomes. Deve ter parecido muito arrogante. Com as bochechas queimando, Reynie baixou a cabeça.

A mulher-lápis respondeu:

— Sim, se um apontador for necessário, será fornecido. As crianças *não* devem levar os seus próprios. Compreenderam? — As crianças da sala toda assentiram; depois disso, a mulher bateu as mãos para retirar as migalhas de amendoim, pegou uma folha de papel e prosseguiu: — Muito bem, se não houver mais perguntas, vou ler a lista.

A sala ficou completamente silenciosa.

— Reynard Muldoon! — chamou a mulher.

O coração de Reynie deu um salto.

Ouviu-se um resmungo de descontentamento vindo da carteira atrás dele, mas logo que passou, a sala ficou em silêncio mais uma vez e as crianças ficaram com a respiração presa, esperando que os outros nomes fossem chamados. A mulher ergueu os olhos da folha.

— Isso é tudo — disse com uma certa frieza, dobrou o papel e o guardou. — O restante de vocês está dispensado.

A sala irrompeu em protestos de raiva e desolação.

— Dispensado? — disse o menino atrás de Reynie. — *Dispensado?*

Na medida em que as crianças foram saindo pela porta (algumas chorando muito, outras estupefatas ou choramingando), Reynie se aproximou da mulher. Por alguma razão, ela passava pela sala conferindo as trancas das janelas.

— Com licença, senhorita, será que posso usar o telefone, por favor? A minha tutora...

— Sinto muito, Reynard — a mulher o interrompeu enquanto puxava uma janela sem conseguir abri-la. — Creio que não haja telefone aqui.

— Mas a Srta. Perumal...

— Reynard — disse a mulher, com um sorriso. — Tenho certeza de que você consegue se virar sem telefone, não é mesmo? Agora, se me dá licença, preciso escapar pela porta dos fundos. Parece que essas janelas ficaram emperradas por causa da tinta.

— Precisa escapar? Mas por quê?

— Aprendi por experiência própria. A qualquer momento, os pais de algumas dessas crianças vão entrar aqui batendo os pés para exigir explicações. Infelizmente, não tenho nenhuma para dar a eles. Portanto, estou indo embora. A gente se vê hoje à tarde. Não se atrase!

E, com isso, a mulher foi embora.

De fato, tinha sido uma coisa estranha, e Reynie desconfiava de que tudo ficaria ainda mais estranho. Quando o sino distante da igreja badalou o quarto de hora, Reynie terminou seu sanduíche e se levantou do banco da praça. Se as portas do edifício Monk ainda não estivessem abertas, ele tentaria encontrar um outro jeito de entrar. A esta altura, não seria surpresa nenhuma se ele descobrisse que precisava entrar no prédio por uma janela do porão.

Enquanto subia os degraus da área aberta na frente do edifício Monk, Reynie viu duas meninas bem à frente dele, caminhando juntas na direção da porta de entrada. "Outras candidatas", pensou. Uma das meninas, que parecia ter cabelo verde (mas talvez fosse engano por causa da luz; o sol brilhava tanto naquele dia que chegava a cegar), jogava o lápis para cima displicentemente e voltava a pegá-lo. Não era uma ideia muito boa, Reynie pensou. E, claro, bem quando ele estava pensando isto, a menina não conseguiu pegar o lápis e assistiu enquanto ele rolava para o fundo de uma grade aos pés dela.

A outra menina hesitou por um instante, como se talvez fosse tentar ajudar. Então conferiu o relógio. Em apenas alguns minutos, seriam 13h.

—Sinto muito pelo lápis... é uma pena — disse, mas sua expressão de compadecimento já estava desaparecendo. Obviamente, havia ocorrido a ela que, com a menina de cabelo verde incapaz de fazer a prova, haveria menos concorrência. Com um sorriso bem grande, ela se apressou pela área aberta e entrou pelas portas da frente do edifício Monk, que finalmente tinham sido destrancadas.

A grade de metal cobria um cano de escoamento que passava por baixo da área aberta, e a menina azarada olhava lá para baixo, para a escuridão, quando Reynie a alcançou. A aparência dela era chamativa... de fato, era até assustadora. A pele dela era muito negra; o cabelo era tão comprido que ela poderia amarrá-lo em volta da cintura (e, sim, era verde mesmo); e ela usava um vestido branco bufante tão extraordinário que passava a impressão de estar dentro de uma nuvem.

—Que azar enorme — disse Reynie. — Deixar o seu lápis cair logo aí...

A menina olhou para ele com olhos cheios de esperança.

—Você não tem um lápis extra por acaso, tem?

—Desculpe. Disseram que era para trazer...

—Eu sei, eu sei — interrompeu ela. — Só um lápis. Bom, aquele era o *meu* único lápis, e ele realmente vai me servir para muita coisa aí no fundo desse encanamento. — Ela ficou olhando através da grade, toda tristonha por um instante, então ergueu os olhos para Reynie, como se estivesse surpresa de vê-lo ainda parado ali. — O que você está esperando? A prova começa a qualquer minuto.

— Não vou deixar você aqui sem lápis — disse Reynie. — Fiquei surpreso de ver a sua amiga fazer isso.

— Amiga? Ah, a outra menina. Ela não é minha amiga... nós só nos encontramos no começo da escadaria. Eu nem sei qual é o nome dela. Aliás, também não sei o seu.

— Reynard Muldoon. Pode me chamar de Reynie.

— Certo, Reynie, prazer em conhecer. Sou Rhonda Kazembe. Então, agora que nós somos amigos e tudo o mais, como você pretende pegar o meu lápis de volta? É melhor a gente se apressar, você sabe. Se chegarmos um minuto atrasados, vamos ser desqualificados.

Reynie pegou o próprio lápis, um nº 2 amarelo novinho que ele tinha apontado bastante naquela manhã.

— Na verdade — disse ele —, a gente pode dividir este aqui. — Ele quebrou o lápis ao meio e deu para ela a parte apontada. — Aponto a minha metade quando nós dois estivermos lá dentro. Você está com a sua borracha?

Rhonda Kazembe ficou olhando para sua metade de lápis com um misto de gratidão e surpresa.

— Isso nunca teria me ocorrido — respondeu. — Quebrar o lápis ao meio assim. Mas o que foi mesmo que você perguntou? Ah, sim, estou com a minha borracha.

— Então vamos andando. Só temos um minuto — Reynie a apressou.

Rhonda se deteve.

— Espere, Reynie. Eu ainda não agradeci direito.

— De nada — respondeu ele, impaciente. — Agora, vamos!

Ela continuou resistindo.

— Não, eu quero *mesmo* agradecer a você. Se não fosse por você, eu não poderia fazer a prova, e quer saber de uma coisa? — Rhonda olhou ao redor para se assegurar de que os dois estavam sozinhos e cochichou: — Eu tenho as respostas. Vou tirar nota máxima.

— O quê? Como?

— Não tenho tempo para explicar. Mas, se você se sentar logo atrás de mim, pode olhar por cima do meu ombro. Vou levantar um pouco a minha prova para facilitar.

Reynie ficou estupefato. Como é que aquela menina podia ter conseguido as respostas? E agora ela estava se oferecendo para ajudá-lo a colar! Por um breve momento, ele se sentiu tentado... estava desesperado para saber quais seriam aquelas oportunidades especiais. Mas, quando imaginou que teria de encontrar a Srta. Perumal para contar sobre seu sucesso e esconder o fato de que tinha trapaceado, percebeu que jamais seria capaz de fazer aquilo.

— Não, obrigado — respondeu ele. — Prefiro não trapacear.

Rhonda Kazembe pareceu surpresa, e Reynie mais uma vez sentiu o peso da solidão sobre si. Se já era desagradável se sentir tão diferente das outras crianças no orfanato de Stonetown, quanto pior seria ser considerado fora do comum por uma menina de cabelo verde que vestia sua própria nuvem de neblina?

— Certo, faça como quiser — disse Rhonda quando os dois começaram a se encaminhar para a porta de entrada. — Espero que você saiba o que está à sua espera.

Reynie estava apressado demais para responder. Claro que ele não fazia a menor ideia do que estava à sua espera, mas com toda a certeza queria descobrir.

Dentro do edifício Monk, cartazes bem chamativos os conduziram por uma série de corredores, passando por uma sala em que um punhado de pais esperava com ansiedade, e finalmente chegando a uma sala cheia de crianças acomodadas em carteiras. Com exceção do silêncio incomum, o lugar era igual a qualquer sala de aula, com um quadro negro na frente e uma mesa de professor sobre a qual havia um apontador de lápis, uma régua e um aviso: NADA DE CONVERSA. SE ALGUÉM FOR PEGO CONVERSANDO, SERÁ CONSIDERADO QUE ESTÁ COLANDO. Só havia mais dois lugares vazios, um atrás do outro. Para garantir que não sofreria a tentação de trapacear, Reynie escolheu o da frente. Um relógio na parede marcou 1 hora bem quando Rhonda Kazembe se sentou na carteira atrás dele.

— Foi por pouco — disse ela.

— Não quero saber de conversa! — ribombou a voz da mulher-lápis, que tinha acabado de entrar e batera a porta atrás de si. Ela caminhou apressada até a frente da sala, carregando uma pilha alta de papel e um pote de picles. — Se alguma criança for pega colando, então será executada...

As crianças engoliram em seco.

— Sinto muito, por acaso disse executada? Quis dizer *acompanhada*. Qualquer criança que for pega colando vai ser *acompanhada* para fora do prédio no mesmo instante. Bom, então todos estão relaxados? É importante estar relaxado na hora de fazer uma prova extremamente difícil como esta, principalmente levando em conta que é extensa e que vocês têm muito pouco tempo para terminar.

No fundo da sala, alguém resmungou de nervoso.

— Você aí! — gritou a mulher-lápis, apontando com o dedo. Todas as cabeças na sala se viraram para ver quem havia resmungado. Era a mesma menina que abandonara Rhonda Kazembe na área aberta na frente do edifício. Sob o olhar selvagem da mulher-lápis, o rosto da menina ficou branco feito papel, como a barriga de um peixe morto. — Eu disse que não era para falar — vociferou a mulher. — Quer sair agora?

— Mas eu só resmunguei! — reclamou a menina.

A mulher-lápis franziu a testa.

— Você está sugerindo que dizer "mas eu só resmunguei" não conta como falar?

A menina, temerosa e perplexa, conseguiu reunir forças para sacudir a cabeça.

— Muito bem, que isto sirva de aviso para vocês. Para *todos* vocês. A partir deste momento, não haverá mais conversa e ponto final. Então, alguma pergunta?

Reynie ergueu a mão.

— Reynard Muldoon, você tem alguma pergunta?

Reynie levantou o lápis quebrado e fez o movimento de apontar com a outra mão.

— Muito bem, pode usar o apontador de lápis da minha mesa.

Reynie se apressou para a frente da sala, apontou o lápis (sentiu todos os olhos em cima dele durante todo o tempo em que apontava, conferia a ponta e voltava a apontar) e retornou apressado para seu lugar. Ao fazê-lo, percebeu quando Rhonda Kazembe tirou um pedacinho minúsculo de papel da manga do vestido-nuvem: a lista de respostas. Ela estava se arriscando demais, Reynie pensou, mas não teve oportunidade de refletir sobre a questão, pois a mulher-lápis tinha retomado seu discurso.

— Vocês terão 1 hora para terminar esta prova — disse ela, ríspida. — E precisam seguir estas orientações rigorosamente. Primeiro, escrevam os seus nomes na parte superior da prova. Segundo, leiam todas as perguntas e respostas com cuidado. Terceiro, escolham as respostas certas circulando a letra adequada. Quinto, entreguem a prova completa para mim. Sexto, retornem a seus lugares e esperem até que todas as provas tenham sido avaliadas, e então anunciarei o nome dos aprovados.

As crianças se agitavam pouco à vontade nas carteiras. O que tinha acontecido com o quarto passo? A mulher-lápis tinha pulado do terceiro para o quinto. As crianças se entreolharam, sem ousar dizer algo. E se o quarto passo fosse importante? Reynie ficou esperando, na esperança de que alguma outra criança erguesse a mão, para variar. Mas como ninguém o fez, ele timidamente levantou a dele.

— Pois não, Reynard?

Ele apontou para sua boca.

— Sim, pode falar. Qual é a sua pergunta?

— Desculpe-me, mas qual é o quarto passo?

— Não há quarto passo — respondeu ela. — Alguma outra pergunta?

Agora totalmente estupefatas, as crianças seguraram a língua.

— Para serem aprovados nesta prova — prosseguiu a mulher-lápis —, vocês precisam responder corretamente a todas as questões, e com isso eu quero dizer *todas* as questões. Quem pular uma que seja, ou responder de maneira incorreta, será reprovado.

— Sem problema — cochichou Rhonda Kazembe detrás de Reynie.

Os olhos da mulher-lápis dispararam para o lado da sala em que eles estavam. Ela ficou olhando fixo para Reynie, cuja boca ficou seca. Por que diabos Rhonda não conseguia ficar de boca fechada? Será que ela estava *tentando* fazer com que ele fosse expulso?

— Vocês podem começar a prova assim que a receberem — disse a mulher-lápis, finalmente se virando para o outro lado, e Reynie resistiu à tentação de soltar um suspiro de alívio (até um suspiro poderia desqualificá-lo). Além do mais, o alívio não durou muito: a mulher-lápis tinha começado a distribuir as provas.

A primeira criança a receber o papel foi um menino com ar de durão que usava boné. Agarrou a prova com avidez, olhou a primeira pergunta e começou a chorar. A menina atrás dele olhou para a prova, esfregou os olhos como se não estivessem funcionando bem e então a olhou de novo. A cabeça dela caiu, como se o pescoço não segurasse seu peso.

— Se vocês começarem a sentir tontura — disse a mulher-lápis, passando para a próxima criança —, coloquem a cabeça entre os joelhos e respirem fundo. Se acharem que vão vomitar, por favor dirijam-se até a frente da sala, onde haverá uma lata de lixo.

Lá foi ela pela fileira, distribuindo as provas. O menino chorão agora tinha começado a folhear as páginas (parecia haver várias folhas) e, na medida em que ia avançando, seus soluços se tornavam mais altos e mais desesperados. Quando ele chegou ao fim, começou a uivar.

— Sinto informar que o choro não é permitido — disse a mulher-lápis. — Por favor, retire-se da sala.

O menino, extremamente aliviado, levantou-se da carteira de um salto e correu para a porta, seguido na mesma hora por outras duas crianças que ainda não tinham recebido a prova, mas que se apavoraram ao vê-lo. A mulher-lápis fechou a porta.

— Se mais alguém fugir da sala em pânico ou desespero — disse ela, seca —, por favor não se esqueça de fechar a porta. Seus soluços podem incomodar os outros candidatos.

Ela continuou distribuindo a prova. Criança após criança recebia o papel com dedos trêmulos, e criança após criança, ao olhar para as questões, ficava branca, ou vermelha, ou levemente esverdeada. Quando a mulher-lápis colocou as páginas em cima da mesa de Reynie, o pavor já fazia seu estômago se agitar como um peixe. E por bons motivos... as questões eram impossíveis. A primeira logo dizia:

> Quais são os dois países que disputam os territórios da República Autônoma de Naxcivan e a região de Nagorno-Karabakh?
>
> A. O Butão, que, de acordo com o Tratado de Sinchulu, de 1865, cedeu terreno de fronteira para a Grã-Bretanha; e a Grã-Bretanha, que, em troca desse terreno, forneceu ao Butão um subsídio anual, e sob cuja influência a monarquia butanesa foi instaurada em 1907.

B. O Azerbaijão, cujo território, em 1828, foi dividido entre a Rússia e a Pérsia pelo Tratado de Turkmenchay; e a Armênia, nação fundada depois da destruição do Império Selêucida há cerca de dois mil anos, da mesma maneira incorporada à Rússia pelo tratado supracitado.

C. Vanuatu, que, por ter sido administrada por uma aliança anglo-francesa (até sua independência), retém tanto o francês quanto o inglês como línguas oficiais (além do bislama, ou bichelama); e Portugal, cujo explorador Pedro Fernandez de Quiros tornou-se, em 1606, o primeiro europeu a descobrir as ilhas compreendidas por Vanuatu.

Apesar de haver mais duas respostas entre as quais poderia escolher, Reynie nem as leu. Se todas as questões fossem iguais a esta, ele não tinha absolutamente nenhuma esperança de ser aprovado. Uma olhada rápida nas questões seguintes não ajudou nada a encorajá-lo. Se serviram para alguma coisa, foi só para piorar. E essa era só a primeira página! Ao redor dele, as crianças tremiam, suspiravam, rangiam os dentes. Reynie estava com vontade de se juntar a elas. Podia se despedir das oportunidades especiais. Ele voltaria direto para o orfanato, onde ninguém (nem mesmo a Srta. Perumal, tão boazinha) sabia o que fazer com ele. Tinha sido uma boa ideia, mas aparentemente ele não tinha capacidade para aquilo.

Mesmo assim, ele não estava pronto para ir embora. Ainda precisava seguir as orientações e, como estava determinado a não desistir antes de pelo menos *tentar*, começou então a traçar as etapas. Obediente, escreveu o nome na parte superior da primeira página da prova (esse era o primeiro passo). *Bom, pelo menos isso você conseguiu fazer,* pensou. O segundo passo era ler todas as questões e respostas com cuidado. Reynie respirou fundo. Havia quarenta questões no total. Só para ler tudo já demoraria quase a hora inteira. Não ajudava nada o fato de a mulher-lápis estar agora comendo os picles dela (que, aliás, eram daqueles bem crocantes) enquanto observava as crianças quebrarem a cabeça.

A segunda questão queria saber qual era a origem da ervilhaca comum e a que família pertencia. Reynie não fazia a menor ideia do que era uma ervilhaca comum, e as opções não forneciam nenhuma pista útil (podia ser um antílope, um pássaro, um roedor ou uma trepadeira). Reynie passou para a terceira questão, que tinha a ver com partículas subatômicas chamadas férmions e um físico indiano chamado Satyendratath Bose. A quarta questão perguntava qual igreja tinha sido construída pelo imperador Justiniano para demonstrar sua superioridade sobre os sucessores de Teodorico, ostrogodo falecido. E assim as questões prosseguiam. Para seu crédito, Reynie reconheceu o nome de alguns lugares, alguns princípios matemáticos e uma ou duas figuras históricas importantes, mas nada disso adiantou. Ele já teria sorte se respondesse corretamente uma questão que fosse; todas elas, então, nem pensar.

Quando estava exatamente na metade da prova (estava na questão vinte, observando a diferença entre parataxe e hipotaxe), ouviu Rhonda Kazembe se levantar da carteira atrás dele. Será que ela já tinha *terminado*? Bom, claro que sim! Ela sabia todas as respostas. Reynie fez uma careta de irritação e, quando Rhonda avançou para entregar a prova, as outras crianças ficaram boquiabertas, surpresas. Mas a mulher-lápis não pareceu nem um pouco desconfiada. Ela estava absolutamente vidrada com a aparência bizarra de Rhonda e mal olhou a prova ao recebê-la.

Reynie de repente se deu conta: Rhonda chamava atenção para si *de propósito*. Era um truque. Ninguém desconfiaria que ela estava trapaceando; afinal, que pessoa com a cabeça no lugar faria tal espetáculo de si mesma se tivesse a intenção de trapacear? O cabelo verde (devia ser peruca), o vestido bufante, os cochichos... tudo aquilo era distração. A maior parte das pessoas partiria do princípio de que, se uma criança tivesse a intenção de trapacear, então com certeza chamaria o mínimo de atenção possível para si, ficaria tão quietinha quanto um camundongo e seria tão discreta quanto um papel de parede. Reynie tinha que dar parabéns a Rhonda: ela talvez não tivesse inteligência suficiente para passar na prova, mas era inteligente o suficiente para trapacear e não ser pega. Sentiu uma pontada de inveja. Agora Rhonda iria seguir em frente e desfrutar daquelas oportunidades especiais, enquanto Reynie teria que voltar tristonho e derrotado para o orfanato.

Quando Rhonda passou por ele a caminho da sua carteira, deu uma piscadela e deixou cair um pedacinho minúsculo de papel. Ele flutuou como uma pena e se acomodou com leveza em cima da carteira de Reynie. As respostas da prova. Reynie deu uma olhada na mulher-lápis, mas ela não tinha reparado: estava ocupada avaliando a prova de Rhonda agora, fazendo uma marca de certo atrás da outra e assentindo. Então, as respostas estavam de fato corretas. E lá estavam elas, em cima da mesa dele.

Se ele já tinha sentido a tentação antes, quando não fazia ideia de como a prova seria difícil, aquela tentação não era nada em comparação com a de agora. Não fazia diferença o fato de ele ter resistido, de ter escolhido aquele lugar precisamente para evitar esta situação, lá estava ele, olhando para um pedacinho de papel que continha a chave para as suas esperanças. A única coisa que ele precisava fazer era virá-lo e olhar as respostas. As outras crianças estavam ocupadas demais fungando e roendo as unhas para perceber e, se ele se apressasse, talvez até conseguisse copiar as respostas antes que a mulher-lápis voltasse a erguer os olhos. Ela terminara de corrigir a prova de Rhonda e estava concentrada no pote de picles quase vazio, tentando pescar o último. Reynie passou um longo momento olhando fixamente para o papel, sentindo uma tentação profunda.

Então ele esticou a mão e deu um peteleco nele, derrubando-o no chão.

De que adiantariam aquelas oportunidades se ele não fosse qualificado para recebê-las? E onde estava o prazer de trapacear? Se ele não pudesse passar de maneira justa, preferia não passar. Ele pensou isso (e quase acreditou completamente na ideia) e se sentiu mais animado com a decisão. Mas, mesmo assim, alguns segundos se passaram antes que ele conseguisse tirar os olhos do papel no chão. *Tudo bem*, disse a si mesmo e retornou à prova. *Siga em frente, Reynie, e não olhe para trás. Não há tempo a perder.*

De fato, não havia. Uma olhada no relógio da parede confirmou a suspeita. Faltava menos de meia hora, e Reynie ainda tinha que ler mais da metade do teste. Ele terminou de ler a respeito da parataxe e da hipotaxe (que ou tinham alguma coisa a ver com escrita ou então com transporte futurístico, mas ele não conseguia decidir), e passou para a questão 21, que dizia: "Depois da queda do Império Russo, quando uma tentativa falha de criar a República Transcaucasiana com a Geórgia e a Armênia levou à criação do país Azerbaijão (que atualmente disputa com a Armênia os territórios da República Autônoma de Naxcivan e a região de Nagorno-Karabakh) de que potências o Azerbaijão..."

Reynie fez uma pausa. Algo naquela questão parecia terrivelmente familiar... tão familiar que ele sentiu a necessidade de refletir sobre aquilo. Por acaso ele já não tinha visto aqueles nomes em outro lugar?

Reynie retornou à primeira página da prova e leu a primeira questão mais uma vez: "Quais são os dois países que disputam os territórios da República Autônoma de Naxcivan e a região de Nagorno-Karabakh?". Ele piscava, mal acreditando em seus olhos. Armênia e Azerbaijão. A resposta à questão um estava escondida na questão *21*. Aquela não era uma prova de conhecimento, de jeito nenhum... era um enigma!

Reynie olhou a questão 22, que começava assim: "Apesar de ter sua origem na Europa, a trepadeira conhecida como ervilhaca comum (integrante da família das leguminosas) é amplamente..." Ali estava! A resposta da questão dois! Com animação cada vez maior, Reynie leu a próxima e, é claro, apesar de a questão em si não mencionar partículas subatômicas nem físicos indianos, havia uma longa discussão a respeito disso na resposta D. Não só todas as respostas estavam escondidas na prova como também — percebeu ele — estavam listadas *em ordem*. A resposta número um se encontrava na 21 (e vice-versa), a de número dois estava na 22 e assim por diante, até chegar ao número quarenta, que esclarecia o mistério da parataxe e da hipotaxe suscitado na questão vinte.

Reynie ficou tão feliz que quase saltou da carteira para comemorar. Mas não podia desperdiçar nem um segundo para se vangloriar... o tempo estava chegando ao fim. Com avidez, ele se dedicou à tarefa de encontrar as respostas corretas. Isso demorou um bom tempo, já que era necessário ir e voltar nas páginas e ler uma grande quantidade de texto, e, no fim, Reynie demorou quase uma hora exata para terminar a prova. Ele tinha acabado de circular a última resposta, colocado a prova em cima da mesa da mulher-lápis e olhado para as outras crianças (algumas circulavam números aleatórios com fúria, na esperança de dar sorte; e algumas nem estavam mais lá: tinham se esgueirado para fora da sala, desesperadas), quando a mulher-lápis gritou:

— Lápis! O tempo acabou, crianças. Podem largar os lápis, por favor.

Depois de uma certa quantidade de soluços e lágrimas enxugadas, as crianças empilharam as provas por cima da de Reynie e voltaram cada uma para seu lugar. Em um silêncio repleto de exaustão, elas ficaram esperando enquanto a mulher-lápis folheava as provas. Isso só demorou um minuto: afinal de contas, ela só precisava olhar a primeira questão. Quando chegou à prova de Reynie, a última da pilha, ela percorreu as páginas fazendo marcas de certo e assentindo com a cabeça.

— Bom trabalho — cochichou Rhonda de trás dele. — Você conseguiu sozinho. — Ela parecia feliz de verdade por ele não ter trapaceado, apesar de tê-lo incentivado a fazer exatamente isso. Era uma menina estranha mesmo.

— Agora vou ler os nomes de quem passou na prova — anunciou a mulher-lápis. — Se o seu nome for chamado, você vai avançar para o terceiro estágio de testes, então, por favor, permaneça sentado e espere por mais instruções. Os nomes que não forem chamados podem se retirar.

Os ouvidos de Reynie se aguçaram. Havia um *terceiro* estágio?

A mulher-lápis limpou a garganta, mas desta vez ela nem se deu ao trabalho de olhar para o papel à sua frente.

— Reynard Muldoon! — ela chamou.

Quando estava saindo da sala, completou:

— É só isto.

Baldes + óculos

Reynie, que agora estava sozinho na classe, tentava encontrar sentido no que acabara de acontecer. Por que o nome de Rhonda Kazembe não tinha sido chamado? Será que era porque tinha colado? Será que, no fim das contas, as respostas dela estavam erradas? E, aliás, onde foi que ela arrumou aquelas respostas, para começo de conversa? Tudo era muito misterioso, incluindo a reação de Rhonda quando foi dispensada com todos os outros:

— Bom, boa sorte para você, garoto — tinha dito ela, toda feliz, afagando o cabelo dele de brincadeira e saindo da sala com aquele vestido-nuvem, aparentemente sem estar nem um pouco confusa ou decepcionada com o que acontecera.

As reflexões de Reynie foram interrompidas pela mulher-lápis, que enfiou a cabeça pela porta dizendo:

— Finalmente nos livramos das outras crianças, Reynard. Tive que dar rosquinhas de consolação, abraços e coisas assim para elas. Agora você só vai precisar esperar mais alguns minutos.

Ela já estava se retirando de novo quando Reynie a chamou.

— Com licença! Senhorita, hum... senhorita?... Desculpe, mas você nunca nos disse o seu nome.

— Tudo bem, Reynard — respondeu ela, entrando na sala. — Não precisa pedir desculpas. — Reynie ficou esperando que ela dissesse o seu nome. Em vez disso, só tirou as migalhas de rosquinhas dos lábios e disse: — Você tinha uma pergunta?

— Ah, sim. Posso, por favor, telefonar para a Srta. Perumal, a minha tutora? Ninguém faz ideia de onde eu estou. Acho que ela vai ficar preocupada.

— É muita consideração da sua parte, Reynard, mas não se preocupe. Nós já ligamos para a Srta. Perumal, então não precisa se incomodar.

Mais uma vez, a mulher-lápis começou a se retirar da sala.

— Senhorita? Com licença, senhorita?

Ela parou.

— Pois não? O que foi agora, Reynard?

— Desculpe-me por perguntar, senhorita. Eu não perguntaria se não fosse importante, mas... bom, a senhorita não mentiria para mim, certo?

— *Mentir* para você?

— Sinto muito por perguntar. Mas, sabe como é, de fato disseram à Srta. Perumal hoje de manhã que eu poderia usar o telefone, e depois a senhorita me disse que *não havia* telefone. Então, compreenda a minha preocupação. É só que não quero deixar a Srta. Perumal aflita.

A mulher-lápis pareceu inabalada.

— Essa é uma pergunta perfeitamente plausível, Reynard. Uma pergunta perfeitamente plausível.

Ela acenou com a cabeça em um gesto de aprovação e fez menção de se retirar.

— Senhorita, mas você não respondeu à minha pergunta.

A mulher coçou a cabeça e Reynie começou a desconfiar de que ela era ou meio atrapalhada ou meio surda. Depois de um instante, no entanto, ela respondeu:

— Suponho que você deseja saber a verdade.

— Sim, por favor.

— A verdade é que eu não liguei para a Srta. Perumal, mas o farei imediatamente. Aliás, eu estava *indo* ligar para ela quando você perguntou se eu já tinha ligado. Agora está satisfeito?

Reynie não sabia muito bem o que dizer. Ele não queria ofender a mulher, mas agora não conseguia confiar muito nela, e para ele era mais importante ter certeza de que a Srta. Perumal estava tranquila.

— Sinto muito, senhorita, mas, por favor, será que eu mesmo poderia ligar para ela? Só vai demorar um minuto.

A mulher-lápis sorriu. Quando ela falou desta vez, sua voz tinha um tom bem gentil, e ela olhou Reynie nos olhos.

—É muita consideração da sua parte se preocupar com a Srta. Perumal. O que você me diz se eu disser que, na verdade, *já* liguei para ela? Não, não precisa responder. Você não vai acreditar. Que tal isso? Vou lhe transmitir o recado que ela deixou para você: "Está vendo como não precisava de sorte? Fico feliz por você ter vestido meias combinando." Foi isso que ela me pediu para dizer a você. Está satisfeito?

Antes que Reynie pudesse pensar no que responder, ela se esgueirou para fora da sala e o deixou lá sozinho tentando desvendar o comportamento incompreensível dela. O recado da Srta. Perumal obviamente era real, então por que ela não tinha lhe dito logo no começo?

Enquanto ele refletia sobre isso, ouviu passos no corredor, seguidos por uma batida tímida na porta entreaberta. O rosto de um menino apareceu à porta.

—Olá? — disse o menino, ajeitando os óculos. — É aqui que devo esperar?

Ele falava tão baixinho que Reynie teve que se esforçar para escutar.

—Não faço a menor ideia. Mas é aqui que *eu* devo esperar, então, talvez seja. Se quiser, pode ficar aqui comigo. Eu sou o Reynie Muldoon.

— Ah — respondeu o menino, hesitante. — O meu nome é Sticky Washington. Eu só queria saber se este é o lugar certo. A moça amarela me disse para ir até o fim do corredor e ficar esperando com uma pessoa chamada Reynard.

—Sou eu — disse Reynie. — Meu apelido é Reynie.

Ele estendeu a mão e, depois de hesitar um instante, Sticky Washington se aproximou e o cumprimentou.

Sticky era um menino bem magro (e Reynie ficou desconfiado de que era por isso que ele tinha aquele apelido; em inglês, um dos significados de "stick" é pau: ele era fino como um pau), com pele marrom-claro, exatamente da mesma cor do chá que a Srta. Perumal fazia toda manhã. Ele tinha olhos grandes e nervosos, como os de um cavalo e, por alguma razão estranha, a cabeça completamente lisa e careca. Os óculos minúsculos de aro de metal lhe davam um ar de erudição distinta. Mas era um erudito agitado: ele parecia bem tímido, ou no mínimo ansioso. Bom, e por que não devia estar ansioso, se tinha passado pelas mesmas coisas que Reynie naquele dia?

—Você está aqui para a terceira prova? — Reynie perguntou.

Sticky assentiu.

— Passei o dia inteiro esperando. Tive que chegar aqui às 9 da manhã de hoje, e a prova terminou às 10h. Desde então, estou sozinho em uma sala, só esperando. Por sorte, eu tinha uma pera, se não, ia morrer de fome. Acho que todas as outras crianças ganharam rosquinhas. Por que *nós* não ganhamos rosquinhas?

— Fiquei pensando na mesma coisa. Então você foi o único que passou?

— Na primeira prova, não. Uma menininha também passou, mas eu não a vi mais aqui desde ontem. Talvez tenham dito a ela para vir em outro horário... teve prova aqui o dia inteiro. Por acaso havia uma menina bem pequena no seu grupo, mais ou menos da metade do nosso tamanho?

Reynie sacudiu a cabeça. Ele teria se lembrado de alguém assim tão pequeno.

— Talvez ela venha mais tarde? Mas, bom, na segunda prova, sim: fui o único que passou. E isso me surpreendeu, porque... — Sticky se deteve e deu uma olhada para a porta. Abriu a boca para continuar, pensou melhor e, no fim, acabou fingindo que tinha visto alguma coisa no teto, como se não tivesse estado a ponto de dizer nada. Obviamente, ele tinha um segredo. Reynie logo desconfiou o que era.

— Porque tinha uma menina que colou?

Os olhos de Sticky se arregalaram.

— Como você sabia?

— Aconteceu a mesma coisa comigo. Acho que é algum tipo de pegadinha. Diga uma coisa, essa menina por acaso perdeu o lápis dela a caminho do edifício? Lá na área aberta?

— Perdeu! Não dava para acreditar que alguém ia se arriscar daquele jeito. A gente só podia trazer um lápis, você sabe.

— O que você fez?

— Eu tentei ajudar. Algumas outras crianças pediram desculpa, mas não queriam se atrasar. Um garoto até deu risada. Fiquei com tanta pena dela que fiz com que ela me segurasse pelos pés e me baixasse pela grade. Ela era forte como um urso e não teve a menor dificuldade em fazer isso, e eu sou tão magro que passei entre as barras. Mas foi apavorante, não me importo de confessar que foi apavorante ficar pendurado de ponta-cabeça, tateando no escuro. Acho que alguma coisa até mordeu o meu dedo, mas talvez tenha sido a minha imaginação. Eu me confundo um pouco quando estou com medo.

— Você teve sorte de achar o lápis dela — observou Reynie. — Estava um breu naquele cano.

— Ah, não, eu *não* achei. Mas sabe o que ela fez? A garota me puxou de volta e disse: "Ah, bom, deixe para lá. Eu tenho outro." E daí tirou outro lápis da manga! Dá para acreditar? Nem posso imaginar por que ela iria me deixar descer naquele cano horroroso se tinha outro lápis. Então, para completar, ela me ofereceu as respostas da prova, para me recompensar por ter tentado ajudar. Mas parece que não adiantou nada. Ainda bem que eu não aceitei.

— Eu também — disse Reynie. — Acho que recusar era parte da prova. Se nós tivéssemos trapaceado, eles iam saber, e eu duvido que algum de nós estaria aqui.

Sticky tirou um fino pedaço de pano do bolso da camisa e o usou para limpar os óculos.

— Se você estiver certo, é meio horripilante o fato de eles tentarem nos enganar assim. — Ele voltou a colocar os óculos e ficou piscando os olhos grandes e nervosos. — Mas eu não devia reclamar. Eles foram muito legais de me deixar passar para o terceiro estágio, apesar de ter errado algumas questões. Foi muita generosidade da parte deles...

— Espere um minuto — disse Reynie. — Como é que você pode ter errado alguma questão? Você marcou as letras erradas por engano?

Sticky pareceu envergonhado. Ficou raspando os pés no chão enquanto falava.

— Ah, bom, suponho que as questões tenham sido fáceis para você, mas para mim pareceram bem difíceis. O tempo acabou antes que eu pudesse responder as três últimas, então eu precisei marcar qualquer resposta e torcer para ter sorte. Não tive, é claro. Mas, como eu falei, eles foram muito compreensivos.

Reynie não conseguia acreditar no que estava ouvindo.

— Você está dizendo que *sabia* a resposta daquelas questões?

Sticky ia ficando mais desolado a cada pergunta que Reynie fazia. Ao responder, estava com os olhos marejados de lágrimas.

— Bom, é, acho que pareço bem burro, não é mesmo? Eu tenho cara de quem não sabe a resposta para nada. Compreendo.

Reynie o interrompeu.

— Não, não! Não foi isso que eu quis dizer! Estou dizendo que fico surpreso de *alguém* saber a resposta para aquelas perguntas. Uma ou duas, talvez, mas com certeza não todas.

Sticky se alegrou, abriu um sorriso tímido e endireitou as costas.

— Ah! Bom, é, acho que eu sei bastante coisa, sim. Foi por isso que as pessoas começaram a me chamar de Sticky, porque tudo que eu leio gruda na minha cabeça. Afinal, a palavra "stick", em inglês, significa "grudar".

— Que coisa mais surpreendente — disse Reynie. — Você deve ler mais do que qualquer pessoa que eu conheço. Mas, ouça, quando você percebeu que o teste era uma charada, por que não respondeu da outra maneira? Teria economizado tempo... você conseguiria terminar.

— Charada?

— Você não percebeu que as respostas estavam na própria prova?

— Bom, eu até notei que tinha muita informação repetida — Sticky refletiu. — Mas não prestei atenção. Estava concentrado demais em acertar as respostas. Aquela questão sobre suspensão coloidal realmente me fez suar, vou dizer. E, como já falei, quando fico ansioso, eu me atrapalho. — Ele fez uma pausa, suspirou e completou: — Costumo ficar ansioso com muita frequência.

Reynie deu risada.

— Bom, você não sabia que era uma charada e eu não sabia nenhuma das respostas, mas nós dois estamos aqui agora. Poderíamos formar uma boa equipe.

— Você acha? — disse Sticky. Ele sorriu. — É, poderíamos mesmo.

Os meninos ficaram lá esperando durante algum tempo, discutindo as curiosidades do dia. Agora Sticky estava mais relaxado, e logo os dois começaram a se sentir à vontade juntos, fazendo piadas e dando risada como velhos amigos. Sticky não conseguia parar de rir da roupa maluca de Rhonda Kazembe, e Reynie ficou sorrindo até seu rosto doer quando Sticky contou mais a respeito de ficar pendurado de cabeça para baixo no cano de drenagem. ("Os meus sapatos começaram a escorregar nas mãos dela", Sticky contou, "e, por um segundo, eu achei que ela ia pegá-los e me deixar lá, embaixo da grade. Eu entrei em pânico e comecei a me contorcer feito louco... acho que ela fez de tudo para conseguir me puxar de volta sem me soltar!")

Então Reynie contou a Sticky sobre a maneira arredia como a mulher-lápis tinha tratado a questão do telefonema para a Srta. Perumal.

Em vez de dar risada, como Reynie achou que ele faria, Sticky retornou a seu comportamento nervoso. Começou a limpar os óculos de novo, apesar de ter acabado de fazer isso alguns minutos antes.

— Ah, é — disse ele. — É, eu também tentei ligar para os meus pais. A mesma coisa aconteceu. Mas, no fim, ficou tudo bem. Ela ligou para eles. Não há nada com que se preocupar.

Reynie assentiu educadamente. Ele via perfeitamente bem que Sticky estava tentando esconder alguma coisa. Talvez ele não tivesse se lembrado de ligar para os pais e agora estava se sentindo culpado? Mas Reynie chegou à conclusão de que era melhor não pressioná-lo em relação ao assunto... Sticky já parecia bem pouco à vontade com as coisas como estavam.

— Então, onde você mora? — perguntou, para mudar de assunto.

Isso só fez com que Sticky limpasse os óculos ainda com mais força. Talvez ele simplesmente não gostasse de perguntas pessoais.

— Bom — começou Sticky. Limpou a garganta. — Bom...

Foi aí que a porta se escancarou e uma menina entrou correndo na sala, carregando um balde. Ela era extremamente rápida: em um segundo, irrompia pela porta com os cabelos dourados esvoaçando atrás de si como a crina de um cavalo; no instante seguinte, estava parada bem ao lado deles. Sticky deu um pulo para trás, assustado.

— Qual é o problema? — ele exclamou.

— Qual é o seu problema? — respondeu a menina, com toda a calma.

— Bom... do que você estava correndo?

— Do quê? Eu não estava correndo *de* nada. Eu estava correndo *para* esta sala. A Velha da Roupa Amarela me mandou vir para cá e esperar com vocês dois, então aqui estou eu. Meu nome é Kate Tempotodo.

Sticky respirava pesado e lançava olhares para a porta, como se a qualquer momento um leão pudesse entrar voando por ali, de modo que sobrou para Reynie apresentar os dois.

— Meu nome é Reynie Muldoon e este aqui é Sticky Washington — disse ao apertar a mão dela, mas se arrependeu imediatamente: o apertão era tão forte que parecia que ele tinha prendido os dedos em uma gaveta. (Sticky reparou na expressão de dor no rosto de Reynie e rapidamente enfiou as próprias mãos nos bolsos.) Reynie esfregou os nós dos dedos latejantes e prosseguiu: — Acho que o que nós queremos saber é por que você estava correndo e não andando.

— Por que não? É mais rápido. Agora eu estou aqui com vocês, em vez de me arrastar por um corredor vazio, e é bem melhor, não é? Vocês parecem ser legais. Então, por que chamam você de Sticky? — Ela colocou a mão no braço de Sticky. — Você não *parece* grudento.

— É uma longa história — respondeu Sticky e retomou a compostura.

— Pode contar, então — disse Kate.

Então Sticky falou a respeito de seu nome, e depois Kate revelou que sempre quis ter um apelido também.

— Eu tento fazer as pessoas me chamarem de A Grande Máquina do Tempo da Kate — contou. — Mas ninguém nunca entra na minha. Acho que vocês, meninos, não iam querer me chamar assim, iam?

— Parece mesmo meio esquisito para um apelido — disse Reynie, com gentileza. — Demora muito para dizer.

— Acho que demora mesmo — Kate reconheceu. — Mas não se você falar bem rápido.

— Vamos pensar sobre o assunto — disse Sticky.

Kate assentiu, concordando. Ela parecia bem agradável. Tinha olhos turquesa muito brilhantes, pele clara e bochechas rosadas, era alta de maneira fora do comum e tinha ombros muito largos para uma menina de 12 anos. (Ela foi anunciando sua idade logo de cara, porque as crianças consideram a idade tão importante quanto o nome. Em troca, ficou sabendo que os meninos tinham 11 anos.) Mas o que deixou Reynie mais curioso foi o balde. Era um bom balde de metal sólido, pintado de vermelho no tom dos caminhões de bombeiro. Enquanto estavam conversando, Kate tirou o cinto, passou pela alça do balde e voltou a fechar o cinto, de modo que o balde ficou pendurado em sua cintura. Pela maneira como ela fez isso, era óbvio que já tinha feito a mesma coisa milhares de vezes. Reynie ficou fascinado. Finalmente, perguntou para que servia.

Ela lançou um olhar duvidoso para ele.

— Que tipo de pessoa não sabe para que serve um balde? É para carregar coisas, seu bobo.

— É, *isso* eu sei — respondeu Reynie. — Mas por que você carrega este balde? A maior parte das pessoas não anda com um balde por aí sem um motivo específico.

— Isso é verdade — refletiu Kate. — Sempre reparo nisso, mas nunca entendi por quê. Não consigo me imaginar sem um balde. De que outro jeito eu vou transportar as minhas coisas?

— Que coisas? — perguntou Sticky. Ele, assim como Reynie, estava tentando dar uma espiada no conteúdo do balde.

— Eu mostro para vocês — disse Kate e começou a tirar coisas do balde. Primeiro apareceu um canivete suíço, uma lanterna, uma caneta e um frasco de *superbonder*, que Kate examinou para se assegurar de que a tampa estava bem fechada. Então ela mostrou um saco de bolinhas de gude, um estilingue, um carretel de linha de pesca transparente, um lápis e uma borracha, um caleidoscópio e um ímã em forma de ferradura, que ela arrancou do balde de metal com certo esforço. — Já tive vários destes — falou, erguendo o ímã para eles admirarem. — Este aqui foi o mais forte que eu achei.

Finalmente, ela mostrou um pedaço de corda de náilon fina, enrolada no fundo e nas laterais do balde.

— É muita coisa para carregar — observou Sticky.

— Tudo é útil — disse Kate e voltou a guardar as coisas. — Pensando em hoje de manhã, por exemplo. Uma menina com visual maluco derrubou o lápis dela em um cano de escoamento na área aberta na frente do prédio...

Reynie e Sticky se entreolharam.

— ...e se eu não estivesse com o meu balde — Kate prosseguiu —, ela estaria em um bote sem remo. — Uma expressão pensativa tomou conta do seu rosto. — Hum, seria bom ter um remo. Mas, não, acho que seria grande demais para carregar por aí. Mesmo assim, *seria* útil às vezes...

— Você ajudou Rhonda a recuperar o lápis dela? — perguntou Reynie.

— Claro que sim. Eu simplesmente... ei, espere um minuto. Como é que você sabe o nome dela?

— Termine a sua história — disse Reynie. — Depois a gente explica.

Então Kate contou para eles como tinha desparafusado a grade de metal com a chave de fenda do canivete suíço dela. Depois de arrastar a grade para o lado, ela amarrou sua corda a um banco próximo, desceu até o cano e usou a lanterna para encontrar o lápis na escuridão.

— Tinha rolado para dentro de uma rachadura — explicou —, que tinha uns 26 centímetros de profundidade. Então eu coloquei uma gotinha de cola na ponta de um pedaço de linha de pesca... é por isso que vale a pena ter uma lanterna-caneta, sabe, assim dá para segurar na boca e mirar quando você precisa das duas mãos para fazer uma coisa como colocar cola na linha de pesca. Mas, bom, eu enfiei a linha de pesca na rachadura até alcançar o lápis. Esperei alguns segundos para a cola secar e puxei para fora. Eu não poderia ter feito isso sem o meu balde, não é mesmo?

— Você não ficou com medo? — perguntou Sticky.

Ele próprio tinha ficado apavorado, e não queria ser o único.

— De quê? De me molhar? Lá embaixo era perfeitamente seco. Faz dias que não chove.

Alguma coisa na história de Kate tinha chamado a atenção de Reynie.

— Como é que você sabia que a rachadura tinha 26 centímetros de profundidade? — perguntou. — Não vi nenhuma fita métrica no seu balde.

— Ah, eu sempre sei calcular distâncias e pesos, esse tipo de coisa — disse Kate e deu de ombros. Ela olhou ao redor. — Por exemplo, só de olhar, sei que esta sala tem sete metros de comprimento e quatro metros de largura.

Sticky, irritado com o fato de Kate não ter ficado com medo no cano escuro, não acreditou muito nela.

— Tem certeza?

— Claro que tenho certeza.

— Vamos medir — disse Reynie e pegou uma régua na mesa da mulher-lápis.

A sala tinha sete metros de comprimento e quatro metros de largura.

Impressionado, Reynie assobiou e Sticky disse:

— Nada mau!

— Certo, voltando a sua história... — continuou Reynie. — Rhonda se ofereceu para ajudar você a trapacear na prova?

Os olhos de Kate se estreitaram, desconfiados.

— Você parece saber muita coisa sobre o que aconteceu. Por acaso estava me espionando? Se estava, então deve saber que eu disse que ela era louca.

— Nós não estávamos espionando, mas foi o que eu imaginei que tivesse acontecido — disse Reynie. — Então, você deve ter desvendado a charada? A menos, é claro, que você soubesse as respostas.

Kate soltou uma gargalhada de desdém.

— Quem no mundo poderia saber as respostas de uma prova daquelas?

— Sticky sabia — respondeu Reynie.

Foi a vez de Kate ficar impressionada.

— Nada mau — disse ela e Sticky abaixou a cabeça, tímido. — Então, que história é essa de charada?

Mais uma vez, Reynie e Sticky se entreolharam.

— Mas se você não sabia disso, como foi que passou? — Sticky perguntou.

— Eu *não* passei. Ninguém na minha sessão passou. Para dizer a verdade, acho que a única razão pela qual me deixaram ficar por aqui foi porque ajudei a Velha da Roupa Amarela a sair de um aperto.

Claro que os meninos quiseram saber o que aconteceu, e Kate ficou bem feliz de contar.

— Depois que a prova acabou — ela começou a explicar —, a Velha da Roupa Amarela nos levou pelo corredor para dar rosquinhas para todo mundo e dizer aos pais que sentia muito, mas que eles precisavam ir embora, muito obrigada por terem vindo, essas coisas. Alguns pais ficaram furiosos. Um começou a berrar que aquilo era algum tipo de truque, e outro exigiu saber o que havia por trás das provas, e a Velha da Roupa Amarela começou a olhar para a saída. Dava para ver que ela estava nervosa, mas havia algumas pessoas entre ela e a porta, de modo que estava encurralada. Eu fiquei com pena, sabe, porque achei que só estivesse fazendo o trabalho dela, seja lá qual for, e pelo menos eu tinha arrumado alguma coisa interessante para fazer hoje, de modo que resolvi ajudar. Enquanto todos os adultos estavam gritando e as outras crianças estavam rolando nas rosquinhas, eu peguei a chave de fenda do meu canivete suíço e tirei a maçaneta da porta. Então eu apontei numa direção e disse: "Ali está o homem responsável por tudo isto! Ele está ali, no canto!" E todo mundo se virou e ficou se empurrando para ver... menos a Velha da Roupa Amarela, claro, que foi direto para a saída. Assim que ela estava fora, eu apaguei a luz e fechei a porta, e nós duas saímos em disparada pelo corredor. Nós estávamos bem na frente, porque tinha ficado escuro na sala, e todo mundo estava procurando a maçaneta sem conseguir encontrá-la. Finalmente alguém acendeu a luz, e acho que todos vieram voando feito vespas raivosas, mas àquela altura nós já estávamos escondidas em um armário. Depois que ouvimos a última pessoa ir embora, a Velha da Roupa Amarela sorriu para mim e disse: "Acredito que você deva ficar para o próximo estágio de provas." E aqui estou eu.

— Fantástico! — disse Reynie.

— Não dá para acreditar! — exclamou Sticky. — Você é uma heroína!

— Ah, façam-me o favor — disse Kate, franzindo a testa de acanhamento. — Não foi nada demais. Qualquer pessoa poderia ter feito a mesma coisa. Bom, eu contei a *minha* história, e agora vocês têm que contar as suas. Como é que vocês sabiam sobre a Rhonda Kazembe? E que história é essa de charada?

Antes que eles pudessem responder, a mulher-lápis enfiou a cabeça para dentro da sala e disse:

— Está na hora da terceira prova, crianças. Por favor, apresentem-se imediatamente na sala 7-B.

E ela desapareceu de novo.

— Onde diabos fica a sala 7-B? — disse Sticky, exasperado. — Ela nunca nos diz onde *fica* nada. Demorei metade da noite para encontrar o edifício Monk.

— Tenho certeza de que vamos encontrar com bastante facilidade — disse Reynie, mas, no fundo, pensava nas palavras de Sticky: "metade da noite."

O que Sticky estaria fazendo sozinho à noite na cidade? Onde estavam os pais dele?

— É melhor vocês me atualizarem logo — disse Kate. — Vocês sabem que a Velha da Roupa Amarela não é lá muito paciente.

— Tem razão — respondeu Reynie. — A gente conta no caminho.

E, com isso, os três novos amigos saíram em busca da sala 7-B.

Quadrados e setas

A sala ficava no sétimo andar, como Reynie tinha desconfiado. A porta não tinha nenhuma identificação, mas depois de circular pelos corredores vazios e examinar a plaquinha de todas as outras portas (tinha a 7-A, a 7-C, a 7-D e a 7-E), eles retornaram à porta sem identificação, na qual Kate bateu sem cerimônia. Depois de uma pausa, ela bateu de novo, ainda mais alto. Isso aconteceu várias vezes antes de eles receberem uma resposta... e, de fato, ela não veio de trás da porta, mas sim exatamente de trás deles.

— Chega de tanto bater — disse uma voz profunda e bem próxima.

As crianças se viraram, surpresas.

Na frente delas havia um homem alto de chapéu surrado, jaqueta surrada, calça surrada e botas surradas. Suas bochechas coradas estavam escuras por causa da barba por fazer e o cabelo (o pouquinho que aparecia por baixo do chapéu) era amarelo como fibra de linho. Se não fosse o estado de alerta de seus olhos azuis como o mar, ele seria parecido, mais do que qualquer outra coisa, com um espantalho que desceu do pau. Mas, acima de tudo isso, o homem tinha uma expressão profundamente triste. Todas as crianças repararam nisso imediatamente. Reynie ficou tão abalado que, em vez de cumprimentá-lo, perguntou:

— Está tudo bem com o senhor?

— Creio que não — respondeu o homem. — Mas não está lá nem cá. Estão prontos para começar a próxima prova?

— Mas nós ainda nem fomos apresentados! — disse Kate e estendeu a mão. — O meu nome é Kate Tempotodo, apesar de os meus amigos me chamarem de... — ela deu uma olhada para os meninos, que olharam para ela, em dúvida. — Bom, os meus amigos me chamam de Kate.

O homem apertou a mão de Kate com certa relutância. Até o aperto de mão dele parecia triste... ele mal segurava. Os meninos se apresentaram e o homem, com tristeza, também apertou a mão deles.

— Pronto — disse ele. — Nós fomos apresentados. Agora...

— Mas você não nos disse o *seu* nome — insistiu Kate.

O homem suspirou, considerando a ideia.

— Podem me chamar de Travez — disse, finalmente.

— Esse é o seu nome ou sobrenome?

— Só Travez. E chega de perguntas. Precisamos ir em frente. Então, qual de vocês é George?

Kate soltou uma gargalhada de desdém. Ela estava ficando muito impaciente com aquele homem.

— Você não escutou direito? Nós nos chamamos Sticky, Reynie e Kate!

Sticky limpou a garganta.

— Hum, na verdade o meu nome é George. Sticky é apelido.

— O seu nome é George Washington? — perguntou Kate. — Igual ao presidente?

— Não é assim tão estranho — respondeu Sticky, na defensiva. — Não precisa caçoar de mim por causa disso.

— Calma aí, colega — disse Kate. — Eu não estava caçoando de você.

Obviamente, Sticky era um tanto sensível em relação a seu nome.

— Sticky ou George, seja lá o que for — disse Travez. — Você vai primeiro. Entre pela porta *agora* e feche-a atrás de você.

Os olhos de Sticky se arregalaram.

— Eu tenho que ir sozinho?

— Não tem problema. É só uma prova. Os outros logo vão se juntar a você.

— Boa sorte, Sticky — disse Reynie e deu um tapinha no ombro dele. — Tenho certeza de que você vai se dar bem!

— Força, Sticky! — disse Kate.

Sticky tirou os óculos, limpou as lentes e voltou a colocá-los. Depois de um instante de reflexão, tirou-os mais uma vez e voltou a limpar. Parecia haver uma manchinha na lente que ele não conseguia remover.

— Pare de enrolar — disse Travez. — Nada ali dentro vai fazer mal a você.

Sticky finalmente assentiu com a cabeça, ajeitou os óculos em cima do nariz, guardou o paninho de limpeza e passou pela porta. Travez a fechou atrás de si e saiu sem proferir nenhuma palavra.

— O que você achou disso? — perguntou Kate. — Ele nem nos disse o que fazer, nem quanto tempo ia demorar, nem nada.

— Grande surpresa — respondeu Reynie.

Logo Travez voltou e anunciou que era a vez de Reynie. Não deu a menor pista em relação ao que tinha acontecido com Sticky.

— A gente se vê do outro lado — disse Kate. — Seja lá onde for.

Reynie respirou fundo, entrou e fechou a porta. Viu-se em uma sala vazia. Na parede à sua frente, em cima de outra porta fechada, estava pendurado um cartaz grande que dizia: ATRAVESSE A SALA SEM PISAR NOS QUADRADOS AZUIS OU PRETOS.

Reynie olhou para baixo. No piso de cimento perto da porta, bem onde ele estava parado, havia um círculo vermelho grande. Do outro lado da sala, perto da porta à sua frente, havia outro círculo vermelho. Entre esses dois círculos, o chão parecia um tabuleiro de xadrez gigante, com retângulos alternados em azul, preto e amarelo. Reynie estudou o padrão. Havia muito mais azul e preto do que amarelo. Tanto mais, aliás, que ele logo percebeu que seria impossível atravessar a sala sem pisar nos azuis ou pretos. As partes amarelas eram tão espaçadas que ele duvidava até que um canguru fosse capaz de pular de uma para outra. Olhou para o cartaz mais uma vez e, depois de um momento de reflexão, deu uma risada e sacudiu a cabeça. Então ele caminhou cheio de confiança pela sala, chegou ao outro círculo vermelho e à porta do outro lado.

Sticky e Travez estavam esperando por ele depois da porta. Tinham-no observado por furinhos minúsculos secretos na parede. Sticky tinha uma expressão de confusão no rosto e começou a perguntar alguma coisa para Reynie, mas Travez fez com que ele ficasse quieto.

— Vocês, meninos, podem observar, mas precisam ficar calados — disse, e logo saiu para avisar Kate de que era a vez dela.

Momentos depois, eles viram Kate entrar cheia de coragem na sala 7-B. Após ler o cartaz, ela estudou o chão, pensando se seria capaz de pular de amarelo em amarelo. Finalmente sacudiu a cabeça, rejeitando a ideia. Em seguida, olhou de uma porta à outra, avaliando a distância. Então pegou a corda do balde, fez um laço na ponta e, com um arremesso de especialista, acertou a maçaneta da porta do outro lado. Prendeu a outra ponta à maçaneta atrás de si, puxou a corda até ficar totalmente esticada, deu um nó bem firme e pulou para cima.

— Ah, se eu tivesse aquele remo — comentou em voz alta para si mesma enquanto caminhava pela corda — poderia segurá-lo para me equilibrar.

De fato, um remo poderia ter ajudado, porque, no meio do caminho, ela quase caiu (os meninos prenderam a respiração), mas depois de balançar para frente e para trás e agitar os braços ao redor de si, ela se recuperou. Depois de mais alguns passos cuidadosos, Kate pulou para dentro do outro círculo vermelho.

— Uau! — cochichou Sticky. — Ela conseguiu!

Mas, antes que Kate pudesse se juntar aos meninos, Travez apareceu e a levou de volta ao ponto de partida para tentar novamente, desta vez sem a corda que, segundo ele informou, seria devolvida depois de completada a prova.

— Isso não é muito justo — murmurou Sticky. — Ninguém disse a ela que não podia usar a corda.

Kate, nesse ínterim, tirava todos os itens do balde e enfiava nos bolsos. Quando ela terminou, com os bolsos ridículos de tão abarrotados, ela desparafusou a alça do balde e enfiou no cinto. Aí, estava pronta. Chutou o balde de lado, subiu em cima dele e começou a rolá-lo com os pés, como um urso de circo equilibrando-se em cima de uma bola. Rolando primeiro para cá e depois para lá, ela foi ziguezagueando pela sala até o outro círculo vermelho.

Reynie e Sticky se olharam, maravilhados. Quem *era* aquela menina?

No entanto, mais uma vez, enquanto Kate voltava a aparafusar a alça do balde e esvaziava os bolsos, Travez entrou na sala. Ele fez com que ela voltasse ao círculo inicial, dessa vez confiscando o balde e as ferramentas, que ela entregou com evidente relutância. Mas Kate se recuperou rápido. Antes mesmo que Travez fechasse a porta atrás de si, Kate deu de ombros e estalou os dedos, apoiou as palmas das mãos no cimento e ergueu os pés no ar, para cima. E foi assim que ela atravessou a sala, caminhando com as mãos, sem colocar os pés no chão nenhuma vez.

— Tanto faz — disse Travez quando ela abriu a porta. Ele lhe devolveu o balde. — Você passou.

— O que eu não entendo — Sticky ia dizendo a Reynie enquanto seguiam Travez por uma escada escura — é como você passou na prova. Fico feliz, é claro, mas não sei como você fez. Eu atravessei apoiado nas mãos e nos joelhos para os meus pés não encostarem em nenhum quadrado preto ou azul, e Kate fez os truques de acrobacia dela, mas você simplesmente saiu andando pela sala. Você estava pisando nos quadrados escuros a torto e a direito!

Eles tinham chegado ao fim da escada. Travez fez as crianças entrarem em uma passagem subterrânea úmida e mal iluminada, onde centopeias se contorciam com a aproximação deles e outras criaturas rastejantes, que eles escutavam mas não conseguiam enxergar, recuavam para as sombras. Por meio deste caminho sombrio, ele os conduzia para o que tinha chamado de "lugar de última prova" nome que, para Reynie, parecia carregar maus presságios.

— Você simplesmente saiu andando pela sala? — perguntou Kate. — Reynie, como foi que você conseguiu passar assim?

— Era outro truque. Não havia quadrados no chão... eram *retângulos*. Os lados não eram todos do mesmo comprimento.

— Nossa, é verdade — refletiu Kate.

Sticky deu um tapa na própria testa.

— Sujei a calça por nada? Engatinhei pela sala igual a um bebê por *nada*? Como eu sou burro! Não acredito que vão me deixar prosseguir.

— Você não é burro nem de longe — disse Reynie. — Você está aqui, não está?

— Mas afinal, que lugar é esse? — perguntou Kate. — Ei, Travez, onde a gente está?

Sem olhar para trás nem desacelerar o passo, Travez respondeu:

— Neste momento, estamos passando embaixo da rua Cinco.

— Acho que nós não poderíamos andar por cima da terra, não é? — perguntou Sticky. — Onde tem sol e o piso não é molhado? Onde não tem cheiro de peixe estragado?

— Onde coisas rastejantes não ficam caindo na nossa cabeça? — completou Reynie com um calafrio, tirando do colarinho da camisa um besouro que tinha tentado se esgueirar por ali.

— A luz do sol está logo adiante — respondeu Travez.

E a partir daí ele os conduziu por uma outra escadaria até um porão vazio, e depois através das portas do porão até uma rua calma ladeada de árvores e casas antigas. As crianças não conseguiram enxergar a paisagem logo de cara... demorou um pouco até os olhos delas se acostumarem ao sol brilhante.

E, naquele momento, Travez desapareceu.

Eles o tinham seguido até sair pelas portas do porão, disso eles tinham certeza, mas ao passo que Travez era um homem alto com seu chapéu surrado e sua jaqueta esfarrapada, as crianças agora estavam acompanhadas por um homenzinho compacto e barrigudo, usando óculos escuros e um quepe amarelo-ouro.

— Quem é você? — exclamou Kate, encolhendo-se em posição defensiva. — Onde está Travez?

— Bem aqui — disse o homem com a voz cansada, abaixando os óculos escuros para revelar os olhos tristes e azuis da cor do mar. — Estou disfarçado.

As crianças o examinaram de perto. De fato, era Travez. De algum modo, sem que elas tivessem notado, ele tinha enfiado o chapéu e a jaqueta embaixo da camisa para dar a impressão de ter uma barriga grande; arrumara os óculos escuros e o quepe amarelo (elas não faziam ideia de onde ele havia tirado essas coisas); e arqueou os ombros para frente para parecer mais baixo. Era uma transformação notável.

— Você é mágico? — perguntou Sticky.

— Eu não sou ninguém — respondeu Travez e, sem dar mais explicações, apontou para o outro lado da rua, para uma casa de três andares com degraus de pedra que levavam até a porta de entrada. — Por favor, fiquem esperando naqueles degraus. Rhonda vai chegar logo.

— Rhonda Kazembe? — Reynie perguntou. — A menina de cabelo verde?

Mas, antes que ele terminasse de falar, a portas do porão se fecharam e Travez não estava mais lá.

— Será que a gente vai conhecer alguém *normal* hoje? — perguntou Kate.

— Estou começando a duvidar — respondeu Reynie.

As crianças atravessaram a rua e entraram na casa pelo portão que Travez tinha apontado. Era uma casa muito antiga, com paredes de pedra cinzentas, janelas altas e arqueadas e um telhado de telhas vermelhas que brilhavam como brasas sob o sol da tarde. Rosas cresciam ao longo da cerca de ferro e perto da casa um olmo gigante se avultava; talvez fosse mais antigo do que a própria construção, com as folhas verdes tingidas pelos primeiros amarelos do outono. Os galhos do olmo sombreavam um pátio coberto de hera e os degraus de pedra onde eles deveriam ficar esperando. Os próprios degraus estavam meio cobertos por hera; pareciam um lugar convidativo para descansar. E, de fato, foi com certo alívio que as crianças, cansadas dos desafios daquele dia, sentaram-se neles e ficaram ali, sob a sombra fresca do olmo.

— Sticky — disse Reynie quando eles se acomodaram. — Tem uma coisa que eu queria perguntar para você sobre os seus pais. Por acaso eles sabiam que...

— Nós já conversamos sobre isto, está lembrado? — disse Sticky, interrompendo-o. Virou-se para Kate e explicou: — Aquela moça amarela tentou nos enrolar quando dissemos a ela que precisávamos dar alguns telefonemas. Reynie estava com medo que sua tutora ficasse preocupada, e foi a mesma coisa comigo e os meus pais. Acontece que ela ligou para eles, mas agiu de maneira muito estranha em relação ao fato. Muito estranha mesmo. Isso também aconteceu com você?

Não era sobre isso que Reynie ia perguntar. Ele queria saber se os pais de Sticky sabiam que ele tinha passado "metade da noite" procurando pelo edifício Monk. Por alguma razão, Sticky queria evitar o assunto.

— Eu não tinha ninguém para ligar — disse Kate e deu de ombros. — A minha mãe morreu quando eu era bebê, e o meu pai fugiu e me abandonou quando eu tinha 2 anos.

Sticky ficou de cara no chão.

— Ah. Eu... sinto muitíssimo...

— Não se preocupe — respondeu Kate, despreocupada. — Eu nem me lembro deles. — Ela fez uma pausa e refletiu. — Na verdade, lembro sim. Tenho uma lembrança do meu pai.

— Já é mais do que eu tenho — disse Reynie. — Do que você se lembra?

— Bom, na rua da nossa casa tinha um laguinho perto de um moinho antigo, e o meu pai me levou para nadar lá uma vez. Eu só tinha 2 anos, mas nadava bem. A água estava fria, o dia estava quente, e eu achei tudo aquilo maravilhoso. Eu dei risada e espalhei água para todo lado até ficar exausta. Daí o meu pai... eu não consigo enxergar o rosto dele, mas ainda sinto seus braços me tirando de dentro d'água... me carregou nos ombros de volta para casa. Eu me lembro de ter perguntado se a gente podia ir nadar lá outra vez, e ele respondeu: "Claro que sim, Katie-Gata." Eu me lembro disso muito bem. Ele me chamava de "Katie-Gata".

— Você nunca mais voltou ao laguinho, não foi? — perguntou Sticky, agora com ar ainda mais arrependido, depois de ouvir a história de Kate.

— Não. A minha lembrança seguinte é de estar em um orfanato — respondeu Kate.

Reynie sacudiu a cabeça.

— Que coisa estranha, Kate. O seu pai parece, bom, ele parece...

— Um sujeito legal? — Kate concluiu. — Eu sei. Sempre penso nisso. Acho que serve para mostrar que as pessoas nem sempre são o que parecem. Ou então ele simplesmente mudou. Acho que eu nunca vou saber.

— É terrível — murmurou Sticky, quase que para si mesmo.

— Ei, está tudo bem — disse Kate, alegre. — Isso já faz muito tempo. Mas, bom, a minha vida é bem boa. O circo tem sido bom para mim.

Reynie arregalou os olhos e olhou para Sticky, mas Sticky parecia incomodado demais para ter reparado no que Kate havia dito. Reynie olhou de volta para Kate.

— Você acabou de dizer que o *circo* tem sido bom para você?

— Ah, sim — disse Kate, com uma risada. — Quando eu tinha 7 anos, fugi do orfanato para me juntar ao circo. Eles me levaram de volta, mas simplesmente fugi de novo, e fugia todas as vezes que eles me devolviam. No fim, ficou combinado que eu podia ir com o circo e parar de dar trabalho para muita gente. E é isso que eu venho fazendo há uns anos. Eu me divirto muito, mas estava pronta para alguma coisa diferente. Quando li sobre estas provas, disse *adiós* para os meus amigos do circo e vim para cá.

— Mas que vida e tanto — disse Reynie, mais do que impressionado. — E será que... quero dizer, a vida no circo ajudou então? Você nunca sentiu falta dos seus pais? — Ele sempre foi curioso a respeito de como outros órfãos se sentiam. Ele nunca tinha conhecido os próprios pais, de modo que não sentia falta deles em particular, mas em dias chuvosos, nos dias em que as outras crianças pegavam no pé dele, ou nas noites em que ele acordava de um sonho ruim e queria um abraço e quem sabe uma história para conseguir voltar a dormir... em momentos assim, ele não sentia exatamente *saudade* dos pais, mas gostaria que eles estivessem por perto.

Mas parecia que Kate sentia-se de outro jeito.

— Do que poderia sentir falta? — respondeu, despreocupada. — Como eu disse, nem me lembro da minha mãe, e quem vai querer um pai que foge daquele jeito e deixa a filhinha bebê completamente sozinha? Prefiro muito mais passar o meu tempo com elefantes e palhaços. — Ela franziu a testa. — Sticky, qual é o seu problema?

Durante toda a conversa, a expressão de Sticky foi ficando cada vez mais desolada, os olhos grandes cada vez mais tristes, de modo que o rosto dele tinha assumido uma expressão sombria, igualzinha à daquele homem triste, Travez.

Reynie colocou a mão no ombro de Sticky.

— Ei, está tudo bem com você?

— Ah... sim — respondeu Sticky, sem convencer ninguém. — Eu só estava, sabe como é, com pena de Kate. Deve ser terrível pensar que ninguém quis você.

Kate deu risada (de um jeito meio tenso, pareceu a Reynie) e disse:

— Você não estava escutando, colega? Eu disse: estou me divertindo a valer!

Ela prosseguiu e brindou os dois com histórias sobre a vida no circo (pendurar-se em trapézios, saltar através de arcos em fogo, ser atirada de canhões), até que Sticky foi se animando aos poucos e a questão dos pais ficou de lado.

Fazia talvez uma hora que estavam esperando nos degraus, e começavam a reclamar a respeito de como estavam com fome, quando a porta de entrada se abriu e Rhonda Kazembe apareceu. Pelo menos, eles *acharam* que era Rhonda Kazembe. Ela tinha os mesmos traços e a pele negra como carvão, e tinha a mesma altura de Rhonda, mas o vestido branco bufante e o cabelo verde tinham sumido. Em vez disso, o cabelo escorria em lindas trancinhas pretas ao redor do rosto, e ela vestia um elegante macacão azul e sandálias. Quando ela os viu nos degraus, deu risada com alegria.

— Oi, garotos! Estão lembrados de mim?

— Rhonda? É mesmo você? — perguntou Sticky.

— Espero que seja — respondeu. — Se não, alguém pregou uma peça muito inteligente em mim.

Quando Rhonda se sentou com eles e Reynie a examinou mais de perto, percebeu algo que tinha deixado passar antes.

— Você nem é criança! — ele exclamou. — Você é adulta!

— Bom — respondeu Rhonda. — Sou uma adulta muito pequena e muito jovem, é verdade.

— Eu *sabia* que você estava escondendo alguma coisa com aquele visual engraçado, mas achei que tinha a ver com a cola.

— Não — respondeu Rhonda e deu risada de novo. — Era só para desviar a atenção da minha idade, e para distrair vocês, de maneira geral.

— Eu tive uma ideia — disse Kate, que estava com o estômago roncando alto. — Por que você não nos dá um pouco de comida e nos explica que negócio é este?

— Em breve, Kate, muito em breve. Ainda falta uma prova, mas, depois disto, independentemente de vocês passarem ou não, prometo um bom jantar para todos. É justo?

— Combinado — respondeu Kate.

— Então, vamos começar. Quando eu der o sinal, cada um de vocês tem que entrar por esta porta. Bem no fundo da casa tem uma escadaria. Vocês têm que chegar até ela o mais rápido possível, subir correndo e tocar o sino de bronze que está pendurado no alto. A velocidade é importante, por isso, não enrolem. Alguma pergunta?

— Esta prova vai ser mais difícil do que a última? — perguntou Kate, em uma atitude desafiadora.

— Algumas pessoas acham bem difícil — respondeu Rhonda. — Mas todos vocês devem ser capazes de resolvê-la de olhos fechados.

— Vai dar medo? — perguntou Sticky, quase em um murmúrio.

— Talvez, mas não tem nada de realmente perigoso — Rhonda respondeu, o que ajudou em nada para que Sticky se sentisse mais confiante.

— Quem vai primeiro? — Reynie perguntou.
— Esta é fácil — Rhonda respondeu. — Você.

Aquele tinha sido um dia cheio de desafios, todos eles enfrentados por Reynie com sucesso, e quando ele entrou pela porta, estava cheio de confiança. Àquela altura, ele já sabia que haveria algum tipo de pegadinha; e, por saber disso, ele tinha certeza de que estaria pronto para a prova.

Reynie se viu em uma sala muito iluminada com paredes pretas como breu. A porta de entrada, que Rhonda acabara de fechar atrás dele, não tinha maçaneta do lado de dentro e era igualmente pintada de preto, de modo que se confundia à parede. A sala era bem apertada, talvez tivesse menos de dois metros de largura por menos de dois metros de comprimento (Kate saberia dizer com exatidão, pensou), e estava totalmente vazia. Sem contar a porta de entrada quase invisível atrás dele, havia três saídas: à esquerda, à direita e seguindo imediatamente em frente. Essas passagens não tinham portas, e as salas atrás delas não eram iluminados, de modo que Reynie não conseguia enxergar o que havia lá dentro.

Será que devemos andar por salas escuras?, ele se perguntou. *Isto aqui vai deixar Sticky extremamente infeliz.* Mas ele só estava pensando em Sticky para evitar pensar em si mesmo, já que a perspectiva de tatear pelo escuro o intimidava mais do que ele gostaria de reconhecer.

— Bom — disse em voz alta, para ganhar coragem. — Não há tempo a perder, então lá vou eu.

Ele foi direto para à passagem a sua frente (aquele devia ser o caminho mais direto para o fundo da casa) e, como que por magia, parecia que ele tinha entrado exatamente na mesma sala que acabara de deixar. Era apertada, bem iluminada, pintada de preto, e ele enxergava uma passagem em cada parede.

— Mas o que é isso? — disse e se virou para olhar atrás de si; confuso, virou para frente mais uma vez. No mesmo instante, percebeu seu erro. Se não tivesse se virado, talvez ainda mantivesse a orientação; mas agora, estava confuso. Estava em um labirinto de salas idênticas. Tudo parecia exatamente igual em todas as direções.

Sua segurança ia se esvaindo com rapidez.

— Então, pense — disse a si mesmo. — Quando você entra em uma sala, as luzes devem se acender automaticamente e, quando você sai, elas se apagam. Mas há interruptores perto de cada porta. Quem sabe, se a gente mexer neles, a luz fica acesa. Talvez seja simples assim.

Com uma inspeção rápida da porta mais próxima, no entanto, essa esperança se foi. Aquilo que Reynie imaginara serem interruptores não passavam de painéis de madeira decorativos. Ele estava a ponto de se virar e tentar retraçar seus passos quando lhe ocorreu que talvez os próprios painéis fossem importantes. Deu uma olhada mais de perto em um deles. Mais ou menos do tamanho de uma carta de baralho, o painel tinha quatro flechas entalhadas, apontando em direções diferentes, cada uma de uma cor. Uma flecha azul apontava para a direita, uma verde para a esquerda, uma amarela meio retorcida apontava para frente e uma flecha roxa apontava para baixo.

Claro, Reynie pensou, sentindo-se meio bobo. As flechas não eram para decoração: tinham o intuito de mostrar o caminho. Mas em qual delas ele deveria acreditar? Depois de examinar todos os painéis, não se sentiu mais confiante. Quatro passagens com quatro flechas cada uma significava que ele tinha dezesseis flechas para escolher, e que não havia padrão aparente. Reynie forçou o cérebro: Será que devia seguir as verdes? Flechas verdes em sinais de trânsito significam "siga". Mas talvez isso fosse óbvio demais. Talvez as flechas vermelhas fossem as certas a seguir: talvez o truque fosse esse. Mas isso não parecia justo. E se ele fosse daltônico e não conseguisse enxergar a diferença?

Logo que isso lhe ocorreu, ele se deu conta de qual era o segredo.

Reynie passou o dedo por cima das flechas entalhadas no painel a sua frente e sorriu. A única que se destacava pelo toque era a flecha em formato meio retorcido. O que tinha sido mesmo que Rhonda dissera a Kate? "Todos vocês devem ser capazes de resolver de olhos fechados." Pareceu que ela só estava os incentivando. Na verdade, ela estava lhes dando uma pista: mesmo no escuro, mesmo com os olhos fechados, Reynie era capaz de sentir os painéis com os dedos e encontrar as flechas com formato retorcido.

Só para se certificar, ele correu pela sala toda e conferiu os painéis. E é claro que, apesar de as outras flechas não seguirem nenhum padrão específico, todas as flechas retorcidas apontavam para a mesma porta: aquela cuja flecha retorcida apontava para frente. Reynie respirou fundo, torceu pelo melhor e seguiu em frente. A sala seguinte tinha exatamente a mesma aparência, mas dessa vez as flechas retorcidas indicavam a porta à direita. Ele a atravessou.

Depois de atravessar dez salas desta maneira, Reynie não fazia ideia de que lugar da casa estava. Podia estar de volta à porta de entrada e nem saberia. Ou talvez estivesse bem no meio do labirinto. E, com as paredes pintadas de preto como estavam, se todas as luzes se apagassem, ele ficaria na escuridão completa. De repente se perguntou se aquelas luzes que se apagavam também não eram parte da prova. A ideia deu início a uma agitação desconfortável no estômago dele. Mas logo que começou a se preocupar, entrou em uma sala e deu de cara com uma escada. Com um grito de triunfo, subiu os degraus correndo e chegou a um patamar estreito, onde encontrou o sino de bronze sobre o qual Rhonda havia falado e o tocou.

Ouviu um barulho de passos rápidos descendo a escada. Então uma porta se destrancou e a mulher-lápis apareceu com um cronômetro na mão. Ela o examinou e disse:

— Seis minutos e catorze segundos.

— E isso é bom? — perguntou Reynie.

Sem responder, ela disse:

— Por favor, feche os olhos e fique imóvel.

Algo nisso deixou Reynie pouco à vontade. Será que ele tinha ido tão mal assim? Será que isto era para testar a coragem dele? Ele fez o que lhe foi ordenado, fechou os olhos e se preparou o melhor que pôde.

— Por que você está tremendo? — perguntou a mulher-lápis.

— Não sei. Achei que talvez você fosse me bater.

— Não seja ridículo. Eu poderia te bater com os olhos abertos. Só vou colocar uma venda em você.

Ao fazer isto, ela conduziu Reynie escada abaixo mais uma vez. Com a mão no ombro dele, a mulher-lápis o guiou de volta pelo labirinto até a primeira sala, onde tirou a venda. Olhando para o cronômetro, ela disse:

— Por favor, vá tocar o sino de novo.

Desta vez foi fácil. Reynie percorreu todas as salas com muita rapidez, dando uma olhada nos painéis para se orientar e, em poucos minutinhos, já estava tocando o sino de novo. A mulher-lápis apareceu atrás dele e olhou para o cronômetro.

— Três minutos exatos — disse ela.

Ela o conduziu por mais um lance de escada até uma sala de estar e apontou para um sofá.

— Isto significa que eu passei?

— Nós pedimos para que você percorresse o labirinto pela segunda vez para ver se você de fato o tinha solucionado. Precisamos ter certeza de que não deparou com a escada por sorte. Se tivesse descoberto o segredo, seria bem mais rápido da segunda vez. E isso aconteceu. Portanto, parece que você solucionou o labirinto. Portanto, você passou. Portanto... — Interrompendo a si mesma, ela tirou um biscoito do bolso e o comeu com muita rapidez, como se não comesse havia dias e não pudesse esperar nem mais um instante.

Reynie inclinou a cabeça, curioso.

— Mas por que foi necessário me fazer percorrer o labirinto de novo, se você podia simplesmente ter me perguntado? Eu poderia ter *dito* qual era o segredo, sabe?

— Você ficaria surpreso de saber como foram poucas as crianças que fizeram esta observação — disse a mulher-lápis e se encaminhou para a porta.

— Está dizendo que queria saber se eu ia reparar nisso?

A mulher-lápis deu uma piscadela.

— E agora nós sabemos, não é mesmo?

Ela se apressou para fora da sala, deixando Reynie sozinho no sofá. Ele estava começando a se acostumar com as entradas e saídas abruptas da moça. Mesmo assim, era estranho se ver em uma casa desconhecida, sentado sozinho naquele sofá. Olhou ao redor da sala. As paredes eram forradas de livros, a maior parte deles em línguas que ele não reconhecia. Em um canto havia um piano antigo; em outro, um globo verde maravilhoso. Reynie foi dar uma olhada no globo. Se os outros demorassem tanto tempo quanto ele para terminar o labirinto, ainda demoraria um pouco para ele ter companhia. Era melhor achar alguma coisa para se distrair.

Mas ele mal tinha dado uma volta no globo (ainda nem havia localizado o porto de Stonetown nele) quando ouviu o sino tocar do lado de fora, no patamar da escada. Tocou várias vezes, muito alto e sem sinal de que ia parar e, por isso, ele concluiu que devia ser Kate. Claro que, alguns minutos depois de os toques cessarem, a mulher-lápis levou Kate para a sala de estar, para se juntar a ele. Kate sorria de orelha a orelha. A mulher-lápis estava com a mão na testa, como se talvez aquele barulho todo do sino lhe tivesse dado dor de cabeça.

— Ela não teve que ir duas vezes? — perguntou Reynie, surpreso.

— Não adiantaria nada — disse a mulher-lápis e os deixou sozinhos.

— Como assim, duas vezes? — perguntou Kate.

— Tive que fazer duas vezes para provar que eu tinha solucionado o labirinto. Mas você foi tão veloz, acho que seria difícil ir mais rápido do que isso.

— Seria mesmo, se eu não tivesse o meu balde comigo.

Depois de repassar isso na mente algumas vezes, Reynie desistiu e perguntou:

— Certo, o que o seu balde tem a ver com atravessar o labirinto?

— Bom, é claro que eu logo vi que estava em um labirinto, e eu sabia que precisava chegar ao outro lado da casa. Então eu procurei uma ventarola de calefação...

— Ventarola de calefação?

— Claro. E daí encontrei uma logo na primeira sala, então peguei a chave de fenda do meu canivete suíço, retirei a grade e me apertei pelo cano da calefação. Era bem apertado, vou dizer... tive que amarrar o meu balde nos pés e arrastá-lo atrás de mim. Esses canos velhos passam pela casa inteira, mas o cano central vai mais ou menos direto para os fundos da casa, então, com a lanterna em uma mão e o canivete na outra, eu simplesmente o segui até aqui, tirei a grade e saí na escada. Eu meio que precisei entortar a última grade. Acho que talvez a Velha da Roupa Amarela tenha ficado brava com isso.

— Aposto que ela vai perdoar você.

— Você acha? Também, não vai ser difícil consertar. É só uma gradinha de um por um. Ei, mas que globo impressionante!

Durante um tempo, os dois se entretiveram procurando lugares no globo, mas no fim se cansaram, e Sticky Washington ainda não tinha aparecido. Kate foi até o piano e tentou tocar. As teclas não produziam som. Juntos, eles ergueram o tampo e olharam lá dentro. As cordas do piano tinham sido removidas, e em seu lugar havia mais livros.

— Essa gente com certeza tem muita coisa para ler — observou Kate. — Ah, bom, não perdemos nada demais. Eu só sei tocar o "Bife" mesmo.

Quase 20 minutos haviam se passado, e ainda nenhum sinal de Sticky. Kate começou a ajeitar os itens de seu balde, assegurando-se de que cada um deles estava no lugar certo. Ela havia encontrado um jeito de arrumar em que tudo ficava seguro e fácil de pegar, e ela era muito exigente a respeito disso. Era o tipo de pessoa que gostava de se ocupar o tempo todo, Reynie percebeu. Não sabia muito o que fazer quando ficava à toa. E isso o lembrou de uma coisa que ele queria perguntar a ela.

— Sabe, Kate, tem uma coisa me incomodando. Você nos disse que carrega essas coisas todas no seu balde porque elas são úteis, certo?

— Exatamente — respondeu Kate.

— Então, para que você tem um caleidoscópio? É legal olhar através dele, talvez, mas como pode ser útil?

Kate parou de conferir as coisas do balde e ficou examinando Reynie com o olhar. No final, assentiu.

— Sabe, acho que posso confiar em você, já deu para perceber. Tudo bem, vou contar meu segredo. — Ela pegou o caleidoscópio e tirou a lente colorida e prismática. Foi só aí que Reynie viu que aquela lente escondia outra por baixo.

— O caleidoscópio é uma luneta de espionagem disfarçada — Kate explicou. — É uma boa luneta de espionagem, e não quero que ninguém roube. Como caleidoscópio, por outro lado, é bem ruim. Acho que ninguém vai sentir-se tentado a pegar.

Só a ideia de disfarçar uma boa luneta de espionagem em um caleidoscópio ruim já fez Reynie dar uma risada de prazer.

— Que maravilha! — exclamou.

Kate não sabia muito bem do que Reynie estava rindo, mas ela era uma pessoa muito agradável, e logo já estava dando risada junto com ele. Depois que Reynie deu uma boa olhada na luneta de espionagem, Kate voltou a guardá-la e se jogou no sofá.

— Você acha que Sticky algum dia vai terminar? Estou me divertindo e tudo o mais, mas acho que vou cair morta de fome.

Em resposta à pergunta dela, o sino tocou (apenas uma vez, e de maneira quase imperceptível, como se Sticky só tivesse encostado nele com as unhas). Do outro lado da porta fechada, escutaram a mulher-lápis falar no tom brusco dela, e depois um murmúrio acanhado que deve ter sido a resposta de Sticky. Depois de um momento, tudo ficou em silêncio de novo. Mais uma vez, eles esperaram.

— Agora não deve demorar — disse Reynie. — É fácil depois que a gente descobre o segredo. Eu só demorei três minutos na segunda vez.

Mas logo três minutos se passaram. Daí quatro, daí cinco. O sino só voltou a tocar quando quase quinze minutos tinham se passado, tão baixinho quanto antes. Um instante depois, a porta se abriu e Sticky entrou na sala com a mulher-lápis atrás dele. Ele abriu um grande sorriso ao ver Reynie e Kate, não tanto por ter terminado a prova, mas porque estava aliviado de voltar a ter companhia.

— Parabéns — disse a mulher-lápis. — Vocês todos passaram.

As crianças comemoraram e deram tapinhas nas costas umas das outras e, quando tinham terminado a comemoração e os tapinhas, perceberam que a mulher-lápis os tinha abandonado mais uma vez.

— Ela adora mesmo ir embora, não é? — perguntou Kate. — Nunca vi ninguém que desaparece tanto quanto ela. Imagino que ela queira que a gente fique esperando de novo, não?

— Talvez Rhonda venha falar com a gente — disse Reynie.

— Espero que sim. Senão eu vou precisar comer alguns destes livros. Sticky, por que foi mesmo que você demorou tanto? Você não sabia que eu estava morrendo de fome?

Sticky parecia a ponto a chorar. Ele estava indo pegar os óculos quando percebeu que Kate só estava brincando com ele. Então sorriu e deu de ombros.

— Eu tive que fazer duas vezes.

— Reynie também. Mas ele disse que havia algum segredo para chegar até o fim mais rápido. Então, por que você demorou tanto na segunda vez?

— Foi um *pouco* mais rápido — reclamou Sticky. — Mas que segredo é esse que você mencionou?

— O segredo para atravessar o labirinto — disse Reynie. — Você sabe, as flechas.

— Flechas? Está falando daquelas nos painéis?

Reynie lançou um olhar de surpresa para Kate, mas ela respondeu:

— Não olhe para mim, eu não sei de nada sobre flechas, está lembrado? Peguei um atalho.

— É verdade — disse ele. — Sticky, se você não usou as flechas, como chegou até o fim?

Sticky arrastou os pés no chão e disse:

— Eu só fui experimentando uma porta atrás da outra, até finalmente achar a escada. Foi pura sorte.

— E você conseguiu achar mais rápido da segunda vez? Isso sim é que é sorte *de verdade*.

— Ah, não, essa parte foi fácil — Sticky disse. — Eu simplesmente me lembrei de como tinha feito na primeira vez: primeiro peguei a direita, depois a esquerda, depois em frente, depois direita, direita de novo, depois esquerda, depois esquerda de novo, depois direita, daí em frente, e assim por diante, até chegar à escada. Não precisei perder tempo quebrando a cabeça com aqueles painéis, nem me preocupar se iam ou não apagar as luzes, nem nada disso. Simplesmente percorri o mais rápido possível o mesmo caminho que tinha traçado antes.

— Exatamente o mesmo... — começou Kate, então sacudiu a cabeça. — Que coisa incrível.

Reynie deu risada.

— Você fez da maneira mais difícil, Sticky.

— Qual era a mais fácil?

— Era só seguir as flechas retorcidas.

— Ah — disse Sticky, pensativo. — Teria sido útil saber disso.

O problema com as crianças, ou por que elas são necessárias

A refeição foi servida em uma sala de jantar aconchegante com estantes de livros abarrotadas em todas as paredes e uma janela que dava vista para o pátio. Passarinhos vermelhos piavam empoleirados no olmo do lado de fora da janela aberta, uma brisa suave entrava na sala e, de maneira geral, as crianças estavam bem mais animadas, depois de ter passado nas provas e de finalmente colocar um pouco de comida no estômago. Rhonda Kazembe já tinha dado a eles tigelas de sopa de tomate e queijos quentes, que eles devoraram com avidez; depois apareceu com uma travessa de frutas e, quando as crianças alegres pegaram bananas, uvas e peras, ela se sentou junto a elas.

— Tudo faz parte da prova, sabe? Ficar com fome e irritado. É importante ver como vocês se comportam quando outras crianças ganham rosquinhas e vocês não ganham nada, e como suas mentes funcionam apesar do cansaço e da sede. Todos vocês obtiveram resultados brilhantes, devo dizer. Simplesmente brilhantes.

Sticky, que ainda se sentia um pouco mal com o desempenho no labirinto, disse:

— Eu não diria que fui brilhante. Não encontrei a solução *nem* descobri um atalho, simplesmente fiquei tropeçando de um lado para o outro como um bobo.

— Você não deve se menosprezar — disse Rhonda. — Ouso dizer que poucas pessoas conseguiriam fazer o que você fez da segunda vez que atravessou o labirinto, quando retraçou seus passos com exatidão. Você fez mais de cem curvas!

— Duvido que eu fosse capaz de fazer isso — observou Reynie.

— Sei que *eu* não seria capaz — disse Kate, com a boca cheia de uvas.

Sticky abaixou a cabeça.

— Além do mais, você não foi a única criança que teve problemas com o labirinto — disse Rhonda. — Quando eu o atravessei pela primeira vez, fiquei totalmente perdida.

— Você se perdeu no labirinto? — perguntou Sticky.

Os ouvidos dos outros se aguçaram.

— Ah, sim, há vários anos, quando fiz essas mesmas provas. Eu me achei muito inteligente, porque logo vi que estava em um labirinto de salas idênticas. Sempre fui capaz de perceber coisas assim. "Bom", pensei comigo mesma, "se cada sala tem três saídas, e se eu sempre pegar a saída da direita, vou dar a volta na casa e chegar ao fundo rapidinho". Claro que o Sr. Benedict tinha pensado nisso.

— Quem é o Sr. Benedict? — perguntou Reynie.

— O Sr. Benedict é o motivo pelo qual nós todos estamos aqui. Vocês vão ser apresentados a ele depois do jantar.

— O que aconteceu com você no labirinto? — perguntou Kate.

— Bom, se você fizer o que eu fiz, depois de umas seis salas chega a um beco sem saída, e o seu plano tão inteligente entra pelo cano. Fiquei tão frustrada que nem me dei ao trabalho de desvendar os painéis. Em vez disso, simplesmente tentei seguir as flechas verdes durante um tempo... verde quase sempre significa "siga". Quando não deu certo, tentei as vermelhas. Quando a solução finalmente me ocorreu, mais de uma hora tinha se passado.

— E mesmo assim você passou? — perguntou Sticky, acalentado por saber que mais alguém tinha tido problemas com o labirinto.

— Claro que ela passou — disse a mulher-lápis ao entrar na sala de jantar. — Rhonda foi a criança mais inteligente que já fez essas provas. Ela foi tão bem em todo o resto que teria sido aprovada independentemente *do que* tivesse acontecido no labirinto.

— Não seja boba — disse Rhonda. — Se não foi *você* a pessoa mais inteligente que já fez as provas do Sr. Benedict, então eu sou a rainha da Inglaterra.

Com isso, as bochechas da mulher-lápis ficaram tão vermelhas quanto seu cabelo.

Como já tinha admitido, Sticky com frequência se atrapalhava quando ficava ansioso, e com esse frenesi de mistérios e revelações, ele mal conseguia pensar direito.

— Que negócio foi esse que você disse sobre a rainha da Inglaterra? — ele perguntou a Rhonda. — Foi alguma charada?

Rhonda deu risada.

— Foi só uma piada, Sticky. Não sou rainha nem de longe, sabe, e não sou da Inglaterra. Eu nasci em um país chamado Zâmbia e fui trazida aqui para Stonetown quando era criança.

— Zâmbia? Então você falava bembi ou alguma outra língua bantu?

— Ah, bembi — respondeu Rhonda, estupefata. — E como é possível você saber disso? Você sabe falar essa língua?

— Ah, não. Tenho certeza de que seria incapaz. Eu consigo ler a maior parte das línguas, mas tenho problemas em falar qualquer coisa que não seja inglês. Não consigo obrigar a minha língua a fazer o que deveria.

Rhonda sorriu.

— Hoje em dia, eu mesma mal consigo falar... já faz tanto tempo. — Ela lançou um olhar carregado de significado para ele. — É raro eu conhecer alguém que saiba que línguas se falam no Zâmbia, muito menos alguém que seja capaz de lê-las.

— Sticky sabe um bom número de coisas — disse Reynie.

— Eu gostaria de saber quando é que nós vamos conhecer esse tal de Sr. Benedict — disse Kate. — Este dia já foi longo demais, e eu adoraria saber que negócio todo é este.

— Em relação a isso — disse a mulher-lápis —, a razão pela qual vim aqui foi para dizer que o Sr. Benedict está pronto para recebê-los. Está esperando no escritório dele.

— E a outra? — Rhonda Kazembe perguntou.

— Parece que houve algum atraso. O Sr. Benedict disse que vai receber estas crianças agora, e a outra pode se juntar a elas quando chegar.

As crianças queriam saber quem era a outra menina, mas não havia tempo para perguntas, porque Rhonda e a mulher-lápis fizeram com que todos logo saíssem da sala e percorressem um corredor comprido até o escritório do Sr. Benedict.

Assim como todos os aposentos da casa antiga, o escritório do Sr. Benedict era apinhado de livros. Havia livros em estantes que se erguiam até o teto, livros em pilhas no chão, livros que serviam de base para um vaso de violetas que necessitava desesperadamente de água. Em quatro cadeiras arrumadas na frente de uma escrivaninha de carvalho havia ainda mais livros (que Rhonda e a mulher-lápis tiraram para as crianças poderem sentar) e também na própria escrivaninha, empilhados em torres tortas e precárias, havia ainda mais. As crianças se sentaram e olharam ao seu redor. Tirando os livros, a mobília e o vaso de violetas, o escritório parecia estar vazio.

— Achei que você tinha dito que ele estava à nossa espera — disse Kate.

— E, de fato, eu estava mesmo — disse uma voz que veio de trás da escrivaninha, onde um homem de óculos, olhos verdes e terno xadrez verde estava sentado, escondido pelas pilhas de livros. Seu cabelo volumoso e branco era desgrenhado e revolto, o nariz era bem grande e encaroçado, como se fosse um legume e, apesar de ser óbvio que ele tinha feito a barba havia pouco tempo, parecia tê-lo feito sem a ajuda de um espelho, porque aqui e ali, no pescoço e no queixo, havia cortes de gilete e alguns pelos brancos que ele tinha deixado passar. Este era o Sr. Benedict.

Com um sorriso simpático, o Sr. Benedict caminhou até a parte da frente da mesa para se apresentar às crianças, apertando a mão de cada uma delas e chamando-as pelo nome. Enquanto ele fazia isso, Rhonda Kazembe e a mulher-lápis se colocaram cada uma de um lado dele, acompanhando-o enquanto ele passava de uma criança à outra. Quando ele recuou um passo para se apoiar na escrivaninha, as duas mulheres mais uma vez o seguiram e ficaram bem perto dele, observando-o com expressão alerta, como se estivessem preocupadas com o que ele pudesse fazer. Aquilo foi muito curioso e desconcertante.

— Primeiro, crianças, quero parabenizá-las — o Sr. Benedict disse. — Vocês todos foram inacreditavelmente bem. Claro que há muita coisa a ser explicada, mas creio que as explicações vão ter que esperar mais um pouco, até que mais uma se junte a nós. — Ele pegou um relógio de bolso, conferiu a hora e suspirou. Para a mulher-lápis, disse: — Número Dois, tem alguma notícia de Travez a respeito da nossa amiguinha que falta?

— Ainda não — respondeu a mulher-lápis. — Mas ele disse que deve chegar logo.

— Você pode, por favor, ir ao encontro deles? Quero me assegurar de que ela comeu alguma coisa.

A mulher-lápis lançou um olhar de dúvida para ele.

— Vou ficar bem — garantiu. — Rhonda está bem aqui.

A mulher-lápis assentiu com a cabeça, um pouco incerta, e saiu.

— O senhor a chamou de Número Dois? — perguntou Kate.

— Ela prefere que usemos o codinome dela — explicou Rhonda. — Ela fica acanhada com o seu nome verdadeiro. Se quer saber a minha opinião, não há motivo para isso. O nome dela é perfeitamente razoável.

— Com ou sem motivo, todos nós temos coisas a respeito das quais nos sentimos envergonhados — disse o Sr. Benedict e lançou um olhar cheio de significado para Sticky, que imediatamente começou a limpar os óculos.

Kate e Reynie se entreolharam pensativos.

— Sei que vocês têm perguntas — disse o Sr. Benedict. — E eu talvez tenha condições de oferecer algumas respostas agora, apesar de outras precisarem ficar para depois. No que estão pensando?

— Eu gostaria de saber quem nós estamos esperando — disse Kate.

— Isto eu posso responder. O nome dela é Constance Contraire, e ela passou pelas provas, assim como vocês. Devo dizer que ela nos deixou bastante impressionados. É uma criança das mais interessantes. Rhonda, quantos lápis você disse que ela trouxe consigo hoje pela manhã?

— 37 — respondeu Rhonda, sacudindo a cabeça. — Nós dissemos a ela que trouxesse um, e ela trouxe 37.

— Como é que você sabe? — Sticky perguntou.

Rhonda deu de ombros.

— Ela mesma que me disse. Estão lembrados do cano de escoamento? Constance parou para me ajudar, mas em vez de tentar pegar o meu lápis, ela simplesmente abriu a capa de chuva que usava. Tinha bolsos e mais bolsos cheios de lápis. "Trinta e sete", ela disse. "Pode se servir."

— E isso não foi trapaça? — perguntou Kate. — Por que ela não foi desqualificada?

— Ela certamente assumiu um risco — respondeu o Sr. Benedict. — No entanto, ela recusou as respostas que Rhonda lhe ofereceu, e o objetivo do teste não era ver se vocês iam levar um lápis só, sabem? O lápis em si é insignificante.

Reynie estava curioso em relação a uma outra coisa.

— Por que ela estava usando capa de chuva? Estava fazendo sol hoje.

— Você é um ouvinte atento — disse o Sr. Benedict. — Isso deve ter muita serventia para você... aliás, eu diria que vai ter muita serventia para nós todos. Quanto à capa de chuva, acredito que ela a tenha usado para esconder os lápis.

— Mas *por que* trazer tantos lápis? — perguntou Kate, exasperada. — É ridículo!

— Se isso a intriga, Kate — disse o Sr. Benedict —, você também vai gostar de algumas das respostas dela na prova. Deixe-me ver, acredito que as tenha bem aqui.

Ele desapareceu atrás da escrivaninha, mais uma vez seguido de perto por Rhonda, que ficou parada prestando muita atenção enquanto ele remexia alguns papéis. As crianças só viam a parte de cima de sua cabeça despenteada enquanto ele procurava.

— Ah, aqui está — disse ele e voltou de novo para a parte da frente da escrivaninha. Como antes, Rhonda se posicionou bem ao lado dele. Ele examinou as páginas. — Ah, aqui está uma bem inteligente. Vocês se lembram desta questão da primeira prova? Diz assim: "O que há de errado com esta afirmação?" E sabem o que Constance escreveu como resposta? Ela escreveu: "O que há de errado com *você*?" — Com isso, o Sr. Benedict caiu na gargalhada — um jato rápido, rangente e gaguejante mais parecia um guincho de golfinho.

O rosto das crianças se contorceu em sinal de confusão.

— Tem outra aqui — disse o Sr. Benedict. — Estão lembrados desta? Mostra a imagem de um tabuleiro de xadrez com apenas um peão preto fora da posição original, e diz: "De acordo com as regras do xadrez, será que esta posição é possível?" A resposta que Constance escreveu foi: "Regra e escola é para bobo e boiola... eu não vou quebrar a cachola."

Mais uma vez, o Sr. Benedict soltou sua risada de golfinho. Desta vez, ele não conseguiu parar, e foi gargalhando cada vez mais alto, até ficar com lágrimas nos olhos. E daí, sem aviso nenhum, as pálpebras se fecharam, o queixo desabou em cima do peito e ele caiu no sono.

Rhonda deu um pulo para pegar os óculos dele, que tinham escorregado do nariz. Felizmente, o Sr. Benedict estava escorado na escrivaninha quando caiu no sono, de modo que só se inclinou um pouco e não caiu no chão.

Mesmo assim, Rhonda o segurou com cuidado pela cintura e disse:

— Rápido, um de vocês, traga uma cadeira para mim.

Kate se ergueu de um salto e passou a cadeira para ela. Rhonda colocou o Sr. Benedict nela e ajeitou a mão dele em posição confortável. A respiração dele se intensificou e se transformou em um ronco suave, como se ele estivesse dormindo havia horas.

Ao se recuperar da surpresa, Reynie percebeu por que Rhonda e Número Dois ficavam tão próximas do Sr. Benedict quando ele caminhava de um lado para o outro. Se ele sempre caía no sono assim, devia se arriscar a algumas quedas bem feias.

— Está tudo bem com ele? — cochichou Sticky.

— Ah, sim, está ótimo — disse Rhonda. — Ele vai acordar a qualquer momento. É raro que durma mais de um ou dois minutos.

E, de fato, antes mesmo de ela terminar de falar, as pálpebras do Sr. Benedict se abriram agitadas, e ele pulou para fora da cadeira abruptamente e disse:

— Ah. — Tirou o relógio do bolso, apertou os olhos para enxergar e colocou a mão na ponta do nariz, em busca de algo. — Acho que não enxergo sem óculos.

— Aqui estão — disse Rhonda e os entregou a ele.

— Obrigado. — Com os óculos no rosto, o Sr. Benedict conferiu o relógio e assentiu, satisfeito. — Só mais alguns momentos e tudo ficará bem. Eu detestaria fazer com que vocês esperassem muito. — Ele abriu um bocejo feroz e, sonolento, passou os dedos pela cabeça, como as pessoas costumam fazer quando acordam, e era provavelmente por isso que o cabelo dele tinha um aspecto tão desgrenhado.

— Esta é outra coisa que preciso explicar a vocês — disse o Sr. Benedict. — Eu tenho um problema chamado narcolepsia. Vocês sabem o que é?

— Claro. É um distúrbio caracterizado por ataques de sono profundos, repentinos e incontroláveis — Sticky disse e então abaixou a cabeça, acanhado. — Pelo menos é o que o dicionário diz.

— O dicionário está correto. Mas o problema toma formas diferentes com pessoas diferentes; no meu caso, o ataque normalmente é desencadeado por emoções fortes. Por esta razão, eu uso ternos xadrezes verdes... há anos descobri que o xadrez verde tem efeito calmante sobre mim, e sempre tento me manter calmo. No entanto, de vez em quando, eu preciso me permitir uma boa gargalhada, vocês não concordam? De que serve a vida sem risada?

As crianças, pouco à vontade, assentiram com educação.

— Bom, mas onde foi mesmo que eu parei? Ah, sim, Constance. Calculo que não tenham achado as respostas dela tão divertidas quanto eu acho. Mas não tenho certeza... talvez vocês tenham dado risada enquanto eu estava dormindo? — Ele olhou cheio de esperança para elas, mas só viu rostos sem expressão. — Percebo. Bom, talvez achem *isto* engraçado: em vez de responder às questões da segunda prova, ela compôs um longo poema a respeito do absurdo da prova e suas regras, principalmente sobre o fato de não existir quarto passo... o que aparentemente a fez lembrar do buraco que existe no meio das rosquinhas, porque esse foi o tema de um segundo poema. Parece que ela se irrita muito com o fato de que cada rosquinha tem um buraco no meio. Ela se sente como se estivesse sendo roubada. Eu me lembro de uma rima entre "grande porcaria" e "roubo na padaria". Vamos ver, onde estava? Está bem aqui... — Ele começou a folhear as páginas da prova.

— Com licença — disse Sticky. — Senhor? Como foi que esta menina passou nas provas se ela não respondeu nenhuma questão? Quero dizer, se ela nem tentou?

— Existem provas — respondeu o Sr. Benedict — e existem provas.

— Desculpe, não entendi.

— Logo tudo vai ficar claro, Sticky. Ah, finalmente, eles chegaram.

A porta estava se abrindo e então entrou na sala a Número Dois, com ar aborrecido, seguida por Travez, com ar tristonho. E com eles estava Constance Contraire, que era muito, muito pequena.

Demorou algum tempo para as crianças perceberem que Constance tinha chegado com os outros. Do rosto triste de Travez, os olhos delas tiveram que viajar uma boa distância para baixo até caírem em cima da face acesa da menina. Ela era de fato muito pequena, e também muito rechonchuda, o que fazia com que fosse quase do tamanho e do formato exatos de um hidrante (semelhança reforçada pela capa de chuva vermelha e pelas bochechas avermelhadas). O primeiro impulso de Reynie foi sentir pena dela (devia ser difícil ser tão menor do que as outras crianças), mas logo Constance olhou feio para ele, como se não tivesse ido nem um pouco com a sua cara, e o compadecimento de Reynie se esvaiu.

Número Dois ajudou a menina subir em uma cadeira (a cadeira não era assim tão grande, mas, de toda forma, ela precisou de ajuda para se sentar) e disse:

— Em vez de terminar o labirinto, Constance escolheu um canto tranquilo e se sentou para fazer um piquenique. Travez demorou um pouco para encontrá-la.

— Não vou pedir desculpa — disse Constance.

— Ninguém disse para pedir — respondeu o Sr. Benedict. — Fico contente em saber que você jantou. Aproveitou bem o seu piquenique, então? Comeu bastante?

— Bastante — respondeu Constance.

— Muito bem. Obrigado, Travez.

O homem infeliz assentiu com a cabeça, puxou o chapéu para cima dos olhos e saiu do escritório. Número Dois, por sua vez, tomou seu lugar ao lado do Sr. Benedict que, depois de apresentar Constance às outras crianças (ela olhou tão feio para todas elas que nenhuma se ofereceu para apertar sua mão), finalmente começou a dar explicações.

— Meus jovens amigos — disse, com uma expressão solene no rosto. — Permitam-me ir direto ao ponto. Eu gostaria de poder dizer que, depois de passar nessas provas, vocês estariam prestes a entrar agora em um período agradável de educação. Mas ao contrário, o que tenho a lhes dizer é extremamente *des*agradável; de fato, extremamente desagradável.

As crianças franziram a testa sem entender nada. Será que ele estava fazendo piada? Ele certamente *parecia* sério. Talvez isto também fosse uma prova... uma maneira de avaliar a dedicação deles.

— Já faz anos — prosseguiu o Sr. Benedict — que eu conduzo estas provas na esperança de formar uma equipe de crianças para me ajudar em um projeto urgente. Vocês já devem saber que, há alguns anos, Rhonda fez as provas, assim como a Número Dois. Aliás, um número muito grande de crianças fez estas provas e, no entanto, eu ainda não fui capaz de formar uma equipe. Por que isto acontece? Em primeiro lugar, muito poucas crianças passam. Em segundo, as que passam nunca o fazem ao mesmo *tempo*, e isto, percebam, é fundamental. Eu não preciso apenas de uma equipe, eu preciso de uma equipe de *crianças*. No entanto, as crianças não permanecem como crianças durante muito tempo, e eis onde a dificuldade reside. Rhonda era criança há apenas alguns anos, e Número Dois alguns anos antes disso, mas, como podem ver, elas já estão bem crescidas agora. Elas ficaram comigo como assistentes... e, de fato, seus talentos prodigiosos me ajudaram tremendamente... mas, como eu, elas não podem fazer parte da equipe.

Até agora, o Sr. Benedict não tinha dito nada que parecesse especialmente desagradável a Reynie. Se é que dava para dizer alguma coisa, tinha começado a se sentir ainda mais orgulhoso de si mesmo, e de seus novos amigos, por terem feito algo tão fora do comum. Era óbvio que o Sr. Benedict acreditava que eles tinham o que era necessário para formar esta equipe especial. Mas ele já estava sentindo que o Sr. Benedict não falava só por falar... se ele tinha prometido alguma coisa desagradável, Reynie tinha certeza de que algo desagradável estava por vir. Ao lado dele, Sticky se contorcia, pouco à vontade, aparentemente pensando a mesma coisa. E Kate apenas olhou na direção de Reynie, viu a incerteza no rosto dele e assentiu silenciosamente: a má notícia estava por vir.

— Estou vendo que vocês estão imaginando quando vai chegar a parte desagradável — disse o Sr. Benedict. — Muito bem. Permitam-me dizer, então: o projeto é perigoso. É uma missão... que pode colocar a vida de vocês em perigo.

Todas as crianças se endireitaram em suas cadeiras.

— Quero deixar algumas coisas perfeitamente claras — disse. — Não é meu desejo colocá-los em perigo. É bem o oposto: desprezo esta ideia. As crianças devem passar seu tempo aprendendo e brincando em perfeita segurança... esta é a minha crença mais firme. Então, partindo do princípio de que eu esteja dizendo a verdade, será que podem imaginar por que eu, mesmo assim, as envolveria em algo perigoso?

— Por que devemos partir do princípio de que o senhor está dizendo a verdade? — Constance desafiou.

— Pelo bem da discussão — respondeu o Sr. Benedict —, vamos supor que eu esteja.

— Se estiver dizendo a verdade — falou Reynie —, então a única razão para nos colocar em perigo é acreditar que estaríamos em perigo ainda maior se isto não for feito.

O Sr. Benedict deu uma pancadinha no nariz encaroçado com o dedo e apontou para Reynie.

— Precisamente. E eu, de fato, acredito nisto. Tenho certeza, aliás, que vocês, e um grande número de outras pessoas, estão em perigo neste exato momento, e que este perigo só tende a fazer aumentar.

Sticky tossiu e balbuciou alguma coisa a respeito de precisar usar o banheiro.

O Sr. Benedict lançou um sorriso gentil para ele e disse:

— Sticky, não tema: você não é obrigado a se juntar à equipe. Espero que eu possa explicar um pouco melhor, e então você terá a chance de escolher entre ficar ou ir embora. É justo?

Depois de um instante de hesitação, Sticky assentiu com a cabeça, e então o Sr. Benedict completou:

— Agora, se realmente precisar usar o banheiro, pode ir; se não, será que dá para esperar mais alguns minutos?

Sticky realmente precisava ir ao banheiro, mas respondeu:

— Eu posso esperar.

— Muito bem. Então, com o propósito de fornecer mais informações, vou fazer mais uma pergunta. O que vocês quatro têm em comum? Sabem me dizer?

— Nós passamos nas suas provas chatas — respondeu Constance.

— Nós somos todos talentosos — respondeu Kate.

— Nós somos todos crianças — respondeu Sticky.

O Sr. Benedict assentiu a cada resposta, então olhou para Reynie, que disse:

— Nós todos somos sozinhos.

O Sr. Benedict ergueu as sobrancelhas.

— O que o faz pensar assim?

— Para começo de conversa — disse Reynie —, o anúncio do jornal não era direcionado aos pais, mas sim às crianças, e isso me faz pensar que o senhor estava à procura de crianças que fossem sozinhas. Além disso, na primeira prova havia muitos pais, mas depois, no edifício Monk, havia só alguns poucos esperando... e eu sei que pelo menos algumas crianças foram até lá sozinhas. E agora, aqui estamos nós. Eu sou órfão, e a mãe de Kate morreu quando ela era bebê e o pai a abandonou, estou imaginando que o caso de Constance seja parecido, mas em relação a Sticky, bom...

desculpe, Sticky, mas acho que você está escondendo alguma coisa. Acho que, de algum modo, você também é sozinho.

— Antes que diga qualquer coisa — o Sr. Benedict disse a Sticky, que olhava fixo para Reynie com uma expressão chocada —, deixe-me dizer algo. Eu sempre tive atitude rígida em relação a aceitar crianças que fogem de casa. Tendo em vista as circunstâncias, no entanto, estou disposto a fazer uma exceção. Quando chegar a hora de tomar a decisão a respeito de ficar ou ir embora, por favor tenha em mente que não será necessário inventar histórias. E se decidir ir embora, Rhonda e Número Dois vão lhe oferecer assistência. Eu não tenho intenção de permitir que você retorne à cidade sem dinheiro, sem comida e sem lugar para morar.

A esta altura, Sticky tinha voltado sua expressão de choque na direção do Sr. Benedict. Ele abriu a boca para falar, reconsiderou e finalmente abaixou os olhos para os sapatos.

Kate se inclinou para perto dele e colocou a mão em seu ombro.

— Você fugiu de casa, hein? — murmurou ela. — Tem mais iniciativa do que eu imaginava, colega.

— Todos vocês responderam corretamente — disse o Sr. Benedict. — São todas crianças talentosas que passaram nas minhas provas "chatas", de um jeito ou de outro, e todos se mostraram excepcionalmente criativos. Por exemplo, eu por acaso sei que Constance vive em segredo em uma biblioteca pública em uma cidade ao norte de Stonetown, e que ela conseguiu pegar um ônibus, e depois o metrô, e finalmente um táxi para chegar até aqui. E eu sei que Kate embarcou escondida em um vagão de trem de carga em Chicago, enquanto Sticky se escondeu em uma balsa. Vocês todos demonstraram ingenuidade de uma forma ou de outra... e, sim, de uma forma ou de outra, todos são sozinhos.

Mais uma vez ele fez uma pausa e ficou olhando para as crianças com uma expressão que parecia uma mistura de muito orgulho e compreensão. De fato, lágrimas tinham enchido seus olhos, e a sinceridade em seu rosto fez com que Reynie (que estava acostumado a ignorar a solidão) quase sentisse um peso no coração. Ele sentiu um desejo muito forte de voltar a ver a Srta. Perumal. Tinha sido mesmo naquela manhã que ela o surpreendera ao chorar quando os dois se separaram? Parecia que já fazia um tempão.

— Ah, minha nossa — exclamou Rhonda naquele instante, porque o Sr. Benedict, tomado pela forte emoção, tinha caído no sono. Com um ronco repentino e alto, ele tombou para frente, nos braços atenciosos de Rhonda e Número Dois, que o levaram até o chão com cuidado.

— Qual é o problema dele? — perguntou Constance.

— Ele tem narcolepsia — respondeu Kate.

— Ele rouba muito?

— Isso é cleptomania — disse Sticky. — O Sr. Benedict *dorme* muito.

— Bom, eu não gostei nada disso — disse Constance, de mau humor.

— Posso garantir, Constance — disse Número Dois, parecendo irritada —, que o Sr. Benedict também não gosta nada disso. Nenhum de nós gosta. Mas simplesmente não há nada a ser feito.

Antes que qualquer outra coisa pudesse ser dita, o Sr. Benedict abriu os olhos, piscou algumas vezes e passou os dedos pelo cabelo branco desgrenhado.

Rhonda disse, com gentileza.

— Foi só um minuto, Sr. Benedict. O senhor apagou durante só um minuto.

— É mesmo? Muito bem, então, muito bem. Obrigado, minhas amigas, obrigado, como sempre. — Ele deu tapinhas nos braços de Rhonda e Número Dois, e elas o ajudaram a se levantar.

— Normalmente acontece quando eu estou dando risada — ele explicou às crianças. — Mas hoje em dia, com frequência acontece também com outra coisa. Então, bom, onde eu estava mesmo...? Ah, sim. Vocês são sozinhas. Deixe-me explicar por que esta parte é importante. Em primeiro lugar, crianças que não têm guardiões encontram-se em um tipo peculiar de perigo em que outras crianças não vivem... isto eu explicarei depois, para aqueles entre vocês que se unirem à minha equipe. Em segundo, seria simplesmente impossível para mim colocar em risco qualquer criança que *não fosse* sozinha. Por mais importante que a causa seja, os pais não gostam de submeter os filhos a perigos, assim como deve ser. E acontece, no entanto, que eu agora me vejo na presença da melhor equipe de crianças que eu jamais poderia esperar encontrar, de fato, que espero há muito tempo, e sem nem um minuto a perder. Em outras palavras, vocês são a nossa última esperança possível. Vocês são a nossa *única* esperança.

O Emissor e as mensagens

No final, todas as crianças concordaram em entrar para a equipe, apesar de a decisão ter sido mais difícil para umas do que para outras. Kate pegou um chiclete e, sem nem mesmo fazer uma pausa para refletir, disse:

— Estou dentro.

Reynie, menos destemido do que Kate, precisou pensar um pouco a respeito do assunto. Se ele não entrasse para a equipe, o que faria? Retornaria ao orfanato? Estar com a Srta. Perumal mais uma vez seria bom, mas ele seria o mesmo problema de antes: deslocado entre outras crianças, sem razão e solitário. Além do mais, se desse para confiar no Sr. Benedict (e, por algum motivo, Reynie confiava nele), então se sentir sem razão de ser e solitário seriam os menores de seus problemas. Uma coisa terrível estava acontecendo, e o Sr. Benedict precisava dele para detê-la. Uma sensação estranha de obrigação, isso sem falar de uma forte curiosidade, fizeram com que ele aceitasse o convite.

Constance mostrou-se mais cética. Estava ficando claro que essa era a maneira como ela normalmente abordava as coisas.

— Então, se eu ficar, e se o senhor me revelar este grande segredo, o que vai me impedir de sair por aí e contar para todo mundo?

— Nada vai deter você — respondeu o Sr. Benedict. — Você está livre para sair quando quiser. Mas se eu não tivesse determinado que posso confiar em você, nunca teria sido convidada para entrar neste escritório. E, aliás, se você fosse contar para alguém, ninguém iria acreditar, porque você é só uma criança. Não foi por isso que você veio fazer estas provas, para começo de conversa?

O rosto de Constance se contorceu, como se ela fosse irromper em lágrimas (ou, mais provavelmente, fosse ter um ataque de berros).

— Não tenho a intenção de atacá-la, mocinha — disse o Sr. Benedict, com gentileza. — Vamos fazer um trato. Se você entrar para a equipe, a nossa combinação será esta: você segue as minhas instruções, mas só depois de concordar com elas, não porque eu mandei. Ninguém vai obrigar você a fazer nada. Tudo depende da sua própria vontade.

— Certo — Constance finalmente disse. — Então, onde a gente vai dormir?

— Sei que você está cansada, mas primeiro precisamos esperar Sticky tomar uma decisão.

Sticky estava todo encolhidinho na cadeira dele. Ele tinha puxado os pés para baixo do corpo, cruzado os braços por cima dos joelhos e enterrado o rosto atrás deles. Ao ouvir as palavras do Sr. Benedict, ele ergueu o rosto com uma expressão que parecia de pânico, e depois rapidamente se escondeu de novo. Com a voz abafada, balbuciando as palavras, Sticky disse:

— Posso tomar a decisão amanhã?

— Acredito que não, amiguinho. Não há tempo a perder. Detesto pressioná-lo, mas precisa decidir nesta noite.

— O senhor acha que a equipe fica boa o suficiente sem mim? — perguntou a voz abafada.

— Sinceramente, não. A equipe precisa de você para ser bem-sucedida.

— Então, como é que eu posso dizer não?

O Sr. Benedict falou com gentileza:

— Sticky, é bem razoável que você esteja com medo. É terrível para uma criança o fato de lhe pedirem para entrar em uma missão perigosa. Você tem todos os motivos para dizer não, e eu não vou culpá-lo nem um pouco.

— Vamos lá, Sticky — disse Kate. — Vai ser divertido!

Sticky deu uma olhada de trás dos joelhos, primeiro para Kate, que lhe deu um sorriso e uma piscadela, depois para Reynie, que disse:

— Eu estou com o Sr. Benedict. Não culpo você se não quiser se juntar a nós. Mas eu iria me sentir bem melhor se você aceitasse.

— É mesmo?

Reynie assentiu.

Sticky escondeu o rosto de novo. Durante muito tempo, o escritório ficou em silêncio, cheio de expectativa. Constance bocejou e coçou uma mordida de mosquito no tornozelo. Ninguém mais se mexeu nem disse nada. Havia apenas o som abafado da respiração deles e, de algum lugar na sala, o tique-taque de um relógio que devia estar escondido atrás dos livros.

Finalmente, Sticky ergueu os olhos.

— Eu aceito. Agora, por favor, posso usar o banheiro?

Por mais que as crianças ansiassem por mais respostas, tinha ficado tarde, seus olhos estavam pesados, e o Sr. Benedict determinou que elas deveriam descansar aquela noite e deixar outras explicações para a manhã. Logo receberam escovas de dente, pijamas e chinelos quentinhos (a casa antiga tinha muitas correntes de vento encanado à noite) e foram conduzidas até os quartos. O quarto que Reynie compartilhou com Sticky era pequeno mas confortável, com um tapete puído no piso de madeira, um beliche encostado na parede e, é claro, mais estantes de livros. Quando Reynie voltou depois de escovar os dentes, viu que Sticky já estava dormindo na cama de baixo, com o abajur ainda aceso, os óculos ainda em cima do nariz, os chinelos ainda nos pés. Por cima do peito, que subia e descia com a respiração profunda e regular de quem dorme intensamente, havia um livro grosso sobre a vida das plantas tropicais que ele tinha pegado em uma prateleira. Estava aberto bem no meio. Em apenas alguns minutos, Sticky tinha lido metade do livro.

Reynie ficou maravilhado com isso. Ele próprio lia bem rápido (mais rápido do que a maior parte dos adultos), mas, em comparação com Sticky, ele devia parecer uma lesma, com toda certeza. O garoto tinha aquele talento tão incrível e, no entanto, lá estava, fugindo dos pais, dormindo na casa de um desconhecido. Do que ele tinha fugido? Ali parado no meio do quarto iluminado pelo abajur, refletindo sobre a vida de Sticky enquanto ele dormia, Reynie experimentou uma mistura curiosa de admiração, afeição e compreensão... era curioso porque ele só conhecia aquele menino fazia um dia, e parecia que eram amigos havia séculos. E Kate também, ele refletiu. Já gostava muito dela. E Constance.... bom, com Constance ele teria que esperar para ver.

Mas, bom, Reynie pensou, *se isto aqui não der em mais nada, pelo menos você está fazendo amigos. Isso já é mais do que você tinha ontem.*

Ele tirou os chinelos dos pés de Sticky e os óculos de seu rosto, e ajeitou tudo, junto com o livro sobre plantas, em um criado-mudo. Então ele puxou uma coberta para cima do amigo, apagou o abajur e saiu em silêncio do quarto.

Reynie voltou até o escritório do Sr. Benedict pelo longo corredor escuro (as meninas também deviam estar dormindo), depois de descer uma escada que rangia. Ele bateu de leve na porta e, lá de dentro, uma voz chamou:

— Pode entrar, Reynie.

Reynie entrou e encontrou o Sr. Benedict sozinho no aposento, sentado no chão com as costas apoiadas na escrivaninha, rodeado de livros, papéis e diversas canetas coloridas. Ele fez um gesto na direção de uma cadeira e disse:

— Sente-se, por favor, enquanto dou uma arrumada nisto aqui. — Ele começou a separar as coisas em pilhas. — É meio estranho ficar trabalhando no chão, mas foi o que eu combinei com Rhonda e Número Dois. Acho que elas se tornaram superprotetoras, e mal me deixam sozinho por um único minuto. Assim, eu prometi a elas passar o maior tempo possível sentado, e no chão, quando possível, e elas, por sua vez, me dão um pouco de privacidade.

O Sr. Benedict terminou de arrumar as coisas e se sentou em uma cadeira na frente da de Reynie.

— Eu estava esperando você. Imagino que queira telefonar para a Srta. Perumal e deixá-la a par de sua situação.

Reynie assentiu.

— Você é um garoto muito bom por pensar nisto. Número Dois me disse que você resistiu às tentativas dela de confundi-lo a este respeito hoje, mais cedo. Imagino que você tenha percebido que a maneira como ela agiu era mais um aspecto das provas, não?

Mais uma vez, Reynie assentiu. Na hora não tinha se dado conta, mas pensando depois, ele tinha mesmo desconfiado.

— Você se comportou de maneira admirável — disse o Sr. Benedict. — Educado porém inabalável, e com consideração apropriada. Bom, creio que você também não possa dar o seu telefonema agora, mas não tem nada a ver com provas ou testes. Acontece que a Srta. Perumal me telefonou quando do estavam levando você para o seu quarto. A mãe dela, ao que parece, teve uma reação desafortunada ao remédio novo, e a Srta. Perumal achou necessário levá-la ao hospital. Ela suplica que você não se preocupe, é apenas uma reação leve e os médicos garantiram que ela estará animada como um pássaro pela manhã. Mas ela queria que você soubesse que está muito orgulhosa de você... orgulhosa mas não surpresa, como ela disse, e envia felicitações. E agora — ele prosseguiu, tirando os óculos e mirando Reynie francamente com seus olhos verdes brilhantes (que ficavam ainda mais verdes por causa do terno xadrez verde) — vou antecipar as suas próximas perguntas. Primeiro, eu já tomei todas as providências necessárias junto ao Sr. Rutger no orfanato: nós temos habilidades e recursos consideráveis aqui, e você pode fazer muitas coisas que talvez não espere. E, segundo, em um tom mais solene: não, você não poderá voltar a entrar em contato com a Srta. Perumal. Acredito que a urgência da nossa missão, e seu sigilo necessário, proíbam isso. É para a proteção da Srta. Perumal e também para a sua. Mas, se tudo correr bem, como, claro, é a nossa esperança mais desesperada, você a verá novamente. De fato, se a nossa missão for bem-sucedida, tudo deve acontecer muito em breve, de modo que, com sorte, o seu reencontro deve se dar logo.

Reynie assentiu mais uma vez, mas não com tanta coragem quanto antes, e olhou para o outro lado para esconder as lágrimas que se acumulavam em seus olhos. Ele achou que isso pudesse acontecer, mas, mesmo assim, ficou triste com a ideia de que talvez nunca mais fosse compartilhar uma xícara de chá com a Srta. Perumal, nem tentar contar a ela, em seu tâmil limitado, a respeito de suas aventuras. Ele estava triste com a ideia do que teria pela frente e, sim, mais do que um pouco temeroso.

— Sinto muito, Reynie — disse o Sr. Benedict, com a voz trêmula.

Reynie continuou sem olhar para ele. Ficou olhando para longe até se recompor, o que fez com algumas respirações profundas e uma passada de mão rápida nos olhos com lágrimas. Quando ele sentiu que estava suficientemente recuperado, voltou-se mais uma vez para o Sr. Benedict... que dormia profundamente em sua cadeira.

Antes que Reynie pudesse se levantar e sair do escritório pé ante pé, no entanto, os olhos do Sr. Benedict se abriram e ele colocou a mão no braço de Reynie para detê-lo.

— Desculpe-me — disse, limpou a garganta e passou os dedos pelo cabelo desgrenhado. — Por favor, espere só mais um instante. Eu queria lhe fazer uma pergunta. Eu não dormi muito tempo, dormi? Acredito que não fiz com que me esperasse muito?

— Não, senhor, foi só um minuto ou dois.

— Ah, que bom. Geralmente é só um minuto ou dois *mesmo*, mas às vezes é mais tempo. Agora, então, a minha pergunta.

— Pois não, senhor?

— Está relacionada ao problema do xadrez da primeira prova. Você, Reynie, revelou-se como a única criança a responder a questão corretamente, e eu gostaria de escutar a sua explicação para ela. O tabuleiro mostra claramente que apenas o peão preto está avançado, fora da posição de início, ao passo que as outras peças estão em sua casa original. No entanto, de acordo com as regras do xadrez, o jogador branco sempre se move primeiro. Por que, então, você disse que a posição era possível?

— Porque o cavalo branco pode ter mudado de ideia.

— O cavalo branco?

— Ah, sim, senhor. Os peões só se movem para frente, nunca para trás, de modo que nenhum dos peões brancos poderia ter se movido ainda. E as peças maiores ficam presas atrás dos peões... de modo que *elas* ainda não poderiam ter se movido também. Mas um cavalo branco poderia ter aberto o jogo pulando para frente. Daí, depois que o peão preto andou duas casas, o cavalo voltou para a casa original. Então parece que o jogador branco nem se movimentou.

— Parabéns, Reynie. Você tem muita razão. Agora, diga-me: você consideraria esta uma boa jogada?

— Eu não jogo xadrez muito bem, mas eu diria que não. Ao recomeçar, o branco perde a vantagem de jogar primeiro.

— Então, por que você acha que o jogador branco pode ter feito isso?

Reynie refletiu. Ele se imaginou movimentando o cavalo para depois devolvê-lo ao mesmo lugar onde tinha começado. Por que faria uma coisa dessas? Finalmente, respondeu:

— Talvez ele tivesse ficado em dúvida em relação ao que fez.

— De fato — respondeu o Sr. Benedict. — Talvez tenha sido isso. Obrigado, Reynie, você foi muito gentil e paciente, e tenho certeza de que está pronto para uma noite de sono. Nos vemos no café da manhã, bem cedo e com muita animação.

Reynie se levantou e foi até a porta, mas hesitou ao alcançá-la. Olhou para trás. O Sr. Benedict tinha voltado a colocar os óculos e voltara mais uma vez ao chão, mais uma vez estava recostado na escrivaninha, ele tinha pegado um livro. Suas sobrancelhas se ergueram, cheias de expectativa, quando viu que o garoto se demorava.

—Pois não, Reynie?

—Sr. Benedict, o senhor já leu todos os livros desta casa?

O Sr. Benedict sorriu e deu uma olhada orgulhosa nos livros de seu escritório antes de olhar para Reynie mais uma vez.

—Meu caro garoto, o que você acha?

Bem cedo e com muita animação, foi o que o Sr. Benedict tinha dito e, de fato, era cedo, mas não havia muita animação no ar. Quando as crianças se levantaram e desceram para a sala de jantar (não sabiam em que outro lugar se encontrar), a chuva batia forte contra as janelas, o vento uivava nas chaminés e as correntes de ar que entravam pelas frestas faziam papéis voarem das mesas e se espalharem pelo chão. O céu escurecido lá fora parecia se esgueirar sombrio para dentro da casa, enfraquecendo as lâmpadas e estendendo as sombras; e junto com o uivo das chaminés ouvia-se o rugido dos trovões, grave e ameaçador e bem próximo, como se um tigre estivesse à espreita nos cômodos escuros do outro lado das paredes. De vez em quando, as lâmpadas piscavam com os trovões e, uma vez (bem quando as crianças estavam se acomodando à mesa), elas se apagaram completamente. A sala ficou escura apenas por alguns instantes, mas, quando as lâmpadas retornaram à vida, Travez estava parado na frente das crianças com uma jarra de suco, surgido do nada.

Constance soltou um grito estridente. As outras crianças deram um pulo.

Travez suspirou.

Ele encheu o copo delas e disse:

—Rhonda está chegando com torradas e ovos. Número Dois está consertando um vazamento na parede do quarto dela, mas vai buscar o Sr. Benedict quando tiver terminado.

— Travez, posso tomar um pouco de leite, por favor? — perguntou Kate, animada. Ela estava acordada havia mais tempo do que qualquer um deles, já tinha tomado banho e se vestido com as roupas limpas que Rhonda lhe dera e (aparentemente inabalada pela tempestade) estava com um humor muito melhor do que os outros.

Sem dúvida, estava muito mais animada do que Travez, que assentiu com tristeza e disse:

— Mais alguma coisa?

— Será que tem chá, Travez? — perguntou Reynie. — E, quem sabe, um pouco de mel?

— E doce? — pediu Constance.

— Não tem doce para o café da manhã — Travez respondeu e saiu da sala.

Rhonda apareceu com uma bandeja com torradas de pão, ovos e frutas.

— Bom-dia para todos — disse ela. — Que tempinho este de hoje, hein? Em um dia assim, a gente precisa colocar um peso em cima de todos os papéis soltos, se não quiser que uma corrente os leve embora. Um mapa do porto de Stonetown passou voando por mim no corredor agora mesmo, e eu encontrei na escada a lista de compras que não sabia onde tinha enfiado há duas semanas.

— Vazamentos nas paredes e correntes de ar em todos os cômodos — Constance resmungou. — Vocês deviam mandar consertar essas coisas.

— Creio que vazamentos e frestas não são prioridade — Rhonda respondeu. — O nosso projeto, que agora é o projeto *de vocês* também tem exigido cada momento livre, e todos os nossos recursos foram destinados à pesquisa, à investigação e às provas. Constance, pode passar a jarra de suco, por favor?

— Não — respondeu a menina e cruzou os braços.

— Quem sabe você fica menos mal-humorada depois de comer? — Rhonda disse e pegou a jarra por conta própria. Com isso, as bochechas rosadas de Constance ficaram ainda mais vermelhas, de modo que seu cabelo fino e loiro ficou parecendo quase branco em contraste com a face, e os olhos azuis claros dela brilharam como estrelas. Rhonda reparou nisto e disse: — Constance, até agora eu não tinha ideia de como os seus olhos são lindos. Espetaculares!

Esse elogio, que por algum motivo incomodou Constance, fez com que ela ficasse quieta por um tempo.

Travez voltou com o leite, um bule de chá e um pote de mel. Resmungando alguma coisa para Rhonda a respeito de estar de plantão, ele saiu sem proferir mais nenhuma palavra.

— O que ele quis dizer com isso? — perguntou Sticky. — "De plantão"?

— Travez é o nosso... bom, por falta de uma palavra melhor, o nosso guarda-costas. Ele tem outras funções, mas a primeira obrigação dele é garantir a nossa segurança. Claro que, até agora, nós nunca corremos perigo real, mas agora que vocês estão aqui... Sinto muito, não quero assustá-los. O mais importante é que ele está aqui para proteger vocês.

— Proteger a gente de quê? — perguntou Reynie.

— Vou deixar que o Sr. Benedict explique isto a vocês quando descer. A regra principal é a seguinte: vocês nunca devem sair de casa sem a companhia de Travez. Dentro da casa, estão em segurança; nós temos boas defesas aqui. O labirinto, por exemplo, não era só uma prova... é a única entrada. E isso me lembra de uma coisa: todas as flechas do labirinto apontam para a escada, e isso não é muito útil se você estiver tentando *sair* da casa. Essa é outra razão por que vocês nunca devem sair sem Travez. Temos um jeito especial de abrir a porta de entrada, vocês devem estar lembrados de que não tem maçaneta por dentro. Travez conhece o labirinto como a palma da mão.

— Sempre achei essa expressão engraçada — disse Kate. — Afinal, será que as pessoas conhecem mesmo tão bem a palma da mão? Sinceramente, alguém aqui sabe me dizer exatamente como é a palma da sua mão?

Todos estavam contemplando a própria palma da mão quando o Sr. Benedict chegou, seguido muito de perto e com muita atenção por Número Dois, que já não estava mais usando o *tailleur* amarelo, mas tinha trocado por um macacão amarelo bem confortável, de modo que continuava parecidíssima com um lápis. Ela ficou bem pertinho do Sr. Benedict até ele cumprimentar todo mundo e se acomodar em sua cadeira; depois disso, ela se inclinou para pegar a travessa de torradas e ovos, esbarrando sem querer em Rhonda no caminho.

— Desculpe-me — disse ela, acanhada.

— Não foi nada — Rhonda respondeu. Para as crianças, ela disse: — Número Dois está sempre com fome porque ela nunca dorme. Uma pessoa precisa de uma quantidade enorme de energia para ficar acordada o tempo todo e, portanto, precisa de muita comida.

— Acho que isso também me deixa um tanto nervosa e irritada — disse Número Dois. Ela então começou a comer a casquinha da torrada, girando a fatia para lá e para cá e dando mordidinhas ligeiras em toda a sua borda.

— Você *nunca* dorme? — perguntou Kate, depois de passar um momento observando o procedimento curioso.

Número Dois engoliu.

— Ah, sim, durmo, mas só um pouquinho.

— Nós não formamos um belo par? — perguntou o Sr. Benedict, servindo-se de uma xícara de chá. — Não consigo ficar acordado, e Número Dois não consegue dormir. — Ele começou a rir, e então se interrompeu, aparentemente para não arriscar. — Aliás, Rhonda, você viu por aí o meu mapa do porto? Parece que ele fugiu do escritório.

— Ele passou voando por mim no corredor — disse Rhonda. — Eu coloquei perto do sino, embaixo do livro suíço sobre aceleradores de eletropositron.

— Obrigado. Agora, crianças, falando do sino, vocês todos se lembram de onde ele fica, no patamar do segundo andar? Quando ouvirem aquele sino tocar, quero que se reúnam no patamar imediatamente. Só vai ser tocado em caso de emergência, então, não demorem. Larguem o que estiverem fazendo e vão para lá no mesmo instante. Entenderam?

As crianças assentiram, um pouco desconfortáveis. Toda essa conversa de perigo e emergência sem explicações estava começando a afetá-las.

— Sinto muito por deixar vocês pouco à vontade — disse o Sr. Benedict. — E não tenho muito o que dizer para reconfortá-las. Mas, finalmente, *posso* oferecer algumas respostas para suas perguntas. Quem quer começar? Pois não, Constance.

Para a grande exasperação dos outros, Constance perguntou por que não podiam comer doces no café da manhã.

O Sr. Benedict sorriu.

— Bela pergunta. A resposta mais curta é que, no momento, não há doce na casa. Além disso, a explicação envolve uma consideração a respeito do sabor excelente dos doces, mas de seu baixo valor nutricional, quero dizer, é uma coisa deliciosa porém uma refeição ruim. Mas eu desconfio que você não esteja interessada em explicações, e que simplesmente quisesse expressar a sua frustração. Estou correto?

— Talvez — respondeu Constance, dando de ombros. Mas pareceu ficar satisfeita.

— Outras perguntas? — disse o Sr. Benedict.

Havia, é claro, outras perguntas, e falando todas ao mesmo tempo, as crianças pediram a ele que explicasse o "projeto" e por que ele precisava de crianças e que tipo de perigo estavam correndo.

O Sr. Benedict pousou a xícara.

— Muito bem, vou explicar tudo, e vocês vão escutar enquanto saboreiam o café da manhã.

(Mas, quando ele começou, Constance foi a única criança que continuou a comer. As outras foram incapazes de se concentrar em qualquer outra coisa que não fosse a explicação.)

— Há vários anos — disse o Sr. Benedict —, no decurso da minha pesquisa sobre o cérebro humano, chamou a minha atenção o fato de que algumas mensagens estavam sendo transmitidas para pessoas no mundo todo... e que estavam chegando até elas, devo dizer, sem que elas soubessem. Era como se eu escondesse uma carta em segredo no seu bolso, e depois você encontrasse e lesse, sem saber de onde veio. Nesse caso, no entanto, as mensagens estavam indo direto para a cabeça das pessoas, e elas as absorviam sem saber de onde as mensagens vinham e sem perceber que tinham recebido ou lido qualquer coisa. As mensagens parecem chegar em um tipo de código — prosseguiu o Sr. Benedict. — Chegam como se fosse um "blá-blá-blá" poético. Mas, desde o princípio, eu tive motivos para acreditar que estão surtindo efeito poderoso, e bastante *desafortunado*, sobre quem as recebe, que é quase todo mundo. De fato, acredito que as mensagens sejam a fonte do fenômeno comumente conhecido como Emergência, mas reconheço que não sei qual é o objetivo disso. Assim, eu me dediquei a descobrir a razão delas e quem as envia. Infelizmente, não fui totalmente bem-sucedido.

— Mas o senhor descobriu muita coisa! — Número Dois protestou.

— Descobri, certamente. Eu sei, por exemplo, como as mensagens são enviadas...

— E de onde elas são enviadas! — disse Rhonda, impaciente.

— E o que o Emissor é capaz de fazer! — exclamou Número Dois.

Obviamente, Rhonda e Número Dois estavam preocupadas que as crianças pudessem julgar mal o Sr. Benedict. Ao pressentir isso, ele deu um sorriso de apreciação.

— É, minhas amigas, é verdade. Nós sabemos algumas coisas. Por exemplo, sabemos que o Emissor usa crianças para entregar as mensagens ocultas.

— Crianças? — perguntou Sticky. — Que crianças?

— E o que exatamente dizem essas mensagens? — perguntou Reynie.

— Quando vocês tiverem terminado o café da manhã, eu mostro. Enquanto isso, permitam-me dizer...

— Por favor, o café da manhã não pode esperar? — interrompeu Kate. — Vamos ver agora mesmo!

— Bom, se vocês todos pensam assim... — disse o Sr. Benedict, ao reparar na expressão de impaciência deles.

Desta vez, nem mesmo Constance resistiu (possivelmente porque já estava satisfeita), de modo que as crianças foram levadas diretamente para o terceiro andar, por um corredor comprido e estreito, e finalmente até uma sala lotada de equipamentos. Era uma bagunça e tanto. Em uma mesa encostada na parede havia um televisor, um rádio e um computador, e sobre todas as outras superfícies disponíveis estavam espalhados montes de ferramentas, fios, tabelas e cadernos, antenas desconectadas, aparelhos desmontados e várias coisas esquisitas e desconhecidas. Mal havia lugar para pisar quando o Sr. Benedict (observado bem de perto por Rhonda e Número Dois) as conduziu até o televisor.

— Ouçam com atenção — o Sr. Benedict disse e ligou o televisor.

No mesmo instante, Reynie sentiu sua pele se arrepiar. Percebeu que era uma sensação conhecida, mas nunca tinha prestado muita atenção nela antes. Nesse meio tempo, um programa de noticiário tinha aparecido na tela. Uma repórter de cabelo ruivo com brincos de ouro brilhantes estava na frente da Casa Branca, onde uma multidão tinha se reunido, como sempre, para exibir cartazes e exigir que algo fosse feito a respeito da Emergência.

— Estão pedindo mudanças — disse a repórter, com a expressão cerrada em seriedade pensativa. — E seus brados não estão sendo recebidos com indiferença. O presidente repetiu que concorda com o fato de que alguma coisa precisa ser feita, e logo. Enquanto isso, nos corredores do Congresso...

Constance abriu um bocejo ruidoso.

— Não estou ouvindo nada fora do comum.

As outras crianças olharam para o Sr. Benedict. Era grosseiro da parte de Constance falar daquele jeito, mas ela tinha razão.

O Sr. Benedict assentiu.

— Agora, prestem atenção, por favor. Número Dois, conecte o Receptor.

Número Dois sentou-se ao computador e, com dedos ágeis e rápidos, digitou uma sequência de comandos. A tela da TV tremelicou; a imagem ficou distorcida. As crianças ainda eram capazes de distinguir a imagem ondulante da repórter do noticiário fazendo gestos na direção da multidão atrás dela, mas sua voz desapareceu e foi substituída pela de uma criança.

— Mas o que é isto? — perguntou Kate.

— Apenas escutem — respondeu Número Dois.

A criança que não aparecia (soava como uma menina mais ou menos da idade de Kate) falava em um tom monótono e com dificuldade, com a voz meio encoberta pela estática. No começo, só algumas poucas palavras aleatórias eram claras o bastante para ser compreendidas: *"Mercado... livre demais para ser... ofuscar..."* Número Dois digitou mais comandos no computador; a interferência diminuiu de maneira considerável, e as palavras da criança então chegaram claras, escorrendo pela estática em uma fala monótona lenta:

"OS DESAPARECIDOS NÃO DESAPARECERAM, ELES APENAS PARTIRAM."

"TODAS AS MENTES GUARDAM TODOS OS PENSAMENTOS — ASSIM COMO OURO — MUITO BEM VIGIADOS..."

Mais uma vez, as palavras foram abafadas pela estática. Número Dois balbuciou algo sem abrir a boca. Os dedos dela voaram pelo teclado, e a voz lenta e sussurrada da criança retornou:

"PLANTE A GRAMA E CORTE A GRAMA."

"SEMPRE DEIXE A TV LIGADA."

"ESCOVE OS DENTES E MATE OS GERMES."

"MAÇÃS ENVENENADAS, MINHOCAS ENVENENADAS"

E continuava assim. A voz da criança nunca falhava, nunca cessava, e ia desfilando aquelas frases curiosas em uma progressão lúgubre, entoada. A repórter do noticiário, nesse ínterim, tinha desaparecido da imagem distorcida e sido substituída por um apresentador do tempo todo animado, mas era a voz da criança que eles continuavam escutando. O Sr. Benedict fez um sinal para Número Dois, cujos dedos voaram por cima do teclado do computador. A voz da criança sumiu. O apresentador prometia céu limpo para a tarde.

O Sr. Benedict desligou o televisor. Na tela apagada do aparelho, as crianças de repente viram o próprio reflexo. Todas elas estavam com a testa franzida. Quando perceberam isso, seus rostos adotaram um ar de surpresa e, logo depois, de curiosidade intensa.

— O que significa "ofuscar"? — perguntou Constance.

Sticky, como se alguém tivesse puxado uma cordinha nas costas dele, respondeu prontamente:

— Transformar em algo tão confuso e opaco que se torna difícil de perceber, ou, de outra forma, fazer com que seja indistinto.

Constance pareceu ter ficado com medo.

— Significa deixar as coisas encobertas — disse Reynie.

— Obrigado pela definição de dicionário, Sticky — disse o Sr. Benedict. — E obrigado, Reynie, pela tradução. — Ele cruzou os braços e olhou para as crianças. — Esta voz de criança no momento está sendo transmitida em todas as televisões, rádios e celulares do mundo. E isso significa, é claro, que está sendo absorvida por milhões de mentes. E, no entanto, apesar de esta voz de criança estar sendo ouvida, compreendida e levada a sério em uma parte importante de todas as mentes, em outra parte (a parte que tem consciência de si mesma), ela passa despercebida. Mas este Receptor que eu inventei é capaz de detectar e traduzir essas vozes, da mesma maneira que Reynie traduziu a definição de Sticky há um instante.

— Mas como é que as pessoas que falam outras línguas compreendem aquela criança? — perguntou Kate. — E as pessoas da Espanha?

— As mensagens são transmitidas em todas as línguas. Eu ajustei o Receptor para o inglês só porque é a língua que todos nós falamos.

— Isto é assustador demais — disse Sticky, lançando um olhar nervoso para trás. — Parece... parece...

— Que tem uma pessoa desconhecida cochichando no seu ouvido enquanto você dorme? — sugeriu o Sr. Benedict.

— Certo, agora ficou ainda mais assustador — disse Sticky.

Reynie sacudia a cabeça, pensativo.

— Como é que isto acontece, Sr. Benedict? Essas mensagens... sejam lá o que for... como são enviadas?

— Para colocar de maneira simples — começou o Sr. Benedict —, elas dependem da mobilidade de agentes externos...

— Sr. Benedict, isso não é colocar de maneira simples, de jeito nenhum — Rhonda interrompeu, olhando bem para Constance, cujo rosto tinha se anuviado de tanta frustração.

— Desculpe-me. Você tem toda razão. Para colocar de maneira simples *mesmo*, as mensagens pegam carona nos sinais. Televisão, rádio, celular... todas essas coisas usam sinais invisíveis, e o Emissor encontrou uma forma de se aproveitar disso. As mensagens não são seletivas, elas podem pegar carona em qualquer tipo de sinal. O Emissor descobriu como controlar a propriedade adesiva dos pensamentos.

— A o quê? — todas as crianças perguntaram juntas.

— A propriedade adesiva dos pensamentos. Quero dizer, a maneira como os pensamentos são atraídos para os sinais e como aderem a eles... bem parecido com pedacinhos de metal que são atraídos para um ímã. Eles são atraídos para todos os tipos de sinais, até mesmo para outros pensamentos.

— Então, as mensagens são só pensamentos? — perguntou Kate.

— De fato — respondeu o Sr. Benedict. — Mas eu não diria "*só*". Os pensamentos carregam consigo uma boa carga.

— Mas por que o Emissor usa crianças para enviá-las? — perguntou Reynie.

— É um truque diabólico — respondeu o Sr. Benedict. — E também necessário. Perceba, apenas os pensamentos de uma criança podem ser enfiados na mente dessa maneira, disfarçados. Por alguma razão, eles passam despercebidos.

— Não tem nenhuma surpresa aí — resmungou Constance. — Eu nunca conheci um adulto que acreditasse que eu era *capaz* de pensar.

— Ela está absolutamente certa — interrompeu Número Dois, com seu tom estridente de voz. — As pessoas não prestam atenção ao que as crianças dizem, muito menos ao que pensam!

Rhonda deu tapinhas no ombro de Número Dois.

— Número Dois é um pouco sensível em relação a este assunto. Ela costumava ser ignorada quando criança.

— Isso não muda a verdade! — Número Dois grunhiu.

— Calma aí — disse Rhonda. — Só estava brincando.

— Desculpe. Meu açúcar no sangue está baixo — disse Número Dois, tirando rapidamente uma barra de granola do pacote.

— De qualquer modo — prosseguiu o Sr. Benedict —, acredito que o Emissor use as crianças como uma espécie de filtro. Depois de passar pela mente de crianças, as mensagens se tornam praticamente imperceptíveis. Enquanto pensamentos adultos pesariam na mente como um elefante, os infantis se esgueiram sobre patas de gato e encontram um lugar escuro para se esconder.

— Ninguém repara mesmo neles? — perguntou Sticky.

— Ah, algumas pessoas podem ter uma vaga consciência da atividade mental — respondeu o Sr. Benedict —, mas quando isso acontece, elas atribuem a sensação de desconforto a alguma outra coisa. Pensam talvez que tiveram uma ideia original, ou que beberam café demais.

— Não me lembro de algum dia ter me sentido assim — disse Constance. — Como se estivesse acontecendo alguma coisa que eu não sei o que é.

Os outros sacudiram a cabeça, indicando que isso também não tinha acontecido com eles.

— Isso é porque vocês amam a verdade — disse o Sr. Benedict. — Vejam...

Número Dois o interrompeu.

— Sr. Benedict, antes que prossiga, não gostaria de se sentar? Eu fico muito nervosa com o senhor em pé desta maneira. Há muitas coisas duras por aqui. Olhe só para esta cadeira, e a mesa, e o aparelho de televisão, e tantas ferramentas... — Número Dois se virava para lá e para cá e apontava para tudo que via.

— Tudo bem, tudo bem, Número Dois, vamos todos sentar — disse o Sr. Benedict e se ajeitou com as pernas cruzadas no chão. Ele fez um gesto para que os outros se juntassem a ele.

Colocando para o lado livros, papéis e várias peças estranhas de equipamentos, as crianças abriram espaço para sentar. Número Dois respirou fundo para se acalmar.

— Vejam — o Sr. Benedict começou mais uma vez —, apesar de a maior parte das pessoas se preocupar com a verdade, não é muito difícil fazer com que, sob certas circunstâncias, e com a persuasão adequada, se desvie dela. Algumas, no entanto, possuem um fortíssimo amor à verdade, e vocês, crianças, estão entre essas poucas pessoas. A mente de vocês resiste a essas mensagens ocultas.

— É por isso que a sua prova perguntava se nós gostávamos de televisão e de rádio? — Reynie perguntou.

O Sr. Benedict deu um leve toque com o indicador no seu nariz.

— Exatamente. Claro que é possível gostar de assistir um ou outro programa de TV, ou escutar o rádio de vez em quando, mas em geral, vocês acreditam não gostar disso. Isso é porque a mente de vocês, tão disposta a não ser enganada, está evitando a exposição às mensagens.

— Não sei o que há de perigoso nisso tudo — disse Constance com expressão azeda. — E daí que as pessoas recebem alguns pensamentos de crianças sem se dar conta disso? Não me parece exatamente uma razão para entrar em pânico.

— Nós ainda não chegamos à parte do pânico — respondeu o Sr. Benedict, com seriedade.

— Ah — disse Constance.

— Ótimo — disse Sticky.

— Algo está se aproximando — disse o Sr. Benedict. — Algo pavoroso. Essas mensagens estão conectadas a isso, mas são apenas o começo. O que vem por aí é pior, muito pior... é uma escuridão que espreita, como nuvens de tempestade que vão se aproximando e encobrem o céu.

— O-o quê... — Sticky gaguejou. — O-o que *é* isso?

O Sr. Benedict coçou a cabeça desgrenhada.

— Devo dizer que não sei.

As crianças ficaram olhando estupefatas para ele. Será que era brincadeira? Ele não *sabia*?

— Ah, estou sentindo que vocês ficaram confusos — disse o Sr. Benedict. — Eu devia ter dito que não sei *exatamente*.

Rhonda falou:

— Nós temos bons motivos para acreditar nesta ameaça que está por vir em breve, crianças. É só que...

— Mas se vocês têm boas razões — interrompeu Constance —, por que estão aí sem fazer nada? Chamem o governo! Alertem as autoridades!

— Excelente observação, Constance — disse o Sr. Benedict (que, parecia a Reynie, demonstrava tolerância extrema para com a grosseria da menina). — Aliás, eu já fui conselheiro de confiança de certos representantes governamentais de alto escalão, muitos dos quais eram chefes de departamentos federais. Mas as coisas mudaram. Além de essas agências terem sido desmembradas, e de diversos bons homens e mulheres terem desaparecido, essas pessoas que anteriormente prestavam atenção às minhas observações se tornaram céticas em relação a elas. Passaram a me considerar um maluco simpático, e algumas até passaram a me olhar com desconfiança. Agora, tudo que eu faço é em segredo.

— O senhor acabou de dizer que bons homens e mulheres desapareceram? — perguntou Reynie, na esperança de ter compreendido mal.

— Sumiram — disse o Sr. Benedict, tristonho. — Anos atrás, quando me chamou a atenção pela primeira vez que alguns agentes em operação tinham desaparecido, eu naturalmente investiguei a respeito deles. Mas as minhas perguntas, independentemente de quem eu interpelasse (...) e eu perguntei para muita gente (...) eram recebidas com uma falta de atenção surpreendente. Fui informado de que era uma tolice muito grande perguntar aquelas coisas. De alguma maneira, acreditava-se que esses agentes desaparecidos tivessem *escolhido* ir embora... talvez tivessem recebido missões prazerosas em lugares de clima ensolarado, ou então se aposentaram prematuramente, apesar de não haver evidências para nada disso. Ninguém parecia se importar com o paradeiro daqueles agentes. Mas todo mundo sabia, como me disseram vez após outra, *todo mundo* sabia que os agentes não tinham *desaparecido*. Não, não, essa ideia era absurda.

As crianças ficaram estupefatas. Agentes do governo tinham desaparecido e ninguém se importava com isso? Ninguém nem acreditava nisso?

Reynie foi o primeiro a recuperar a voz.

— Então é por isso que o senhor sabe que essas mensagens estranhas surtem efeito sobre as pessoas?

O Sr. Benedict assentiu.

— É isso mesmo, Reynie. Pelo menos, este é um exemplo.

— Espere um minuto — disse Kate. — Como é que o senhor sabe que as mensagens estão relacionadas a isso?

— Por causa daquela frase que nós escutamos no Receptor — disse Reynie. — "Os desaparecidos não desapareceram, eles apenas partiram." Você não acha que há uma conexão?

— Ei, você tem razão! — disse Kate, que já tinha esquecido a frase.

Constance parecia exasperada.

— Certo, então as autoridades estão sendo enganadas por essas mensagens ocultas. Mas como é que podem resistir aos fatos? Mostre a elas o seu aparelhinho de recepção, Sr. Benedict. Elas vão *ter* que acreditar no senhor.

— Acho que não vão, não — respondeu o Sr. Benedict. — O Receptor seria considerado evidência insuficiente. Até onde eles sabem, as mensagens podem ser invenção minha, geradas pelo próprio Receptor. Eu já não sou mais considerado fonte confiável de informação.

Reynie ficou confuso.

— Mas, Sr. Benedict, se explicasse como funciona, do ponto de vista científico, quero dizer, como é que poderiam não acreditar no senhor? Certamente seria possível demonstrar os princípios envolvidos.

O Sr. Benedict hesitou.

— É uma sugestão razoável, Reynie. Muito... Agora, deixe-me ver. Como colocar? Não sei exatamente... Bom...

Número Dois o interrompeu.

— O que o Sr. Benedict está acanhado demais para dizer, crianças, é que mesmo que ele explique, ninguém vai acreditar nele, porque ninguém o *compreenderia*. Esse é o lado negativo de ser um gênio... só porque *você* entende uma coisa, não significa que os outros *vão* entender. O Sr. Benedict é modesto demais. Ele nunca vai ser capaz de dizer uma coisa destas.

— Ele já tentou explicar para várias pessoas — Rhonda contribuiu. — Mas além de elas se mostrarem céticas logo de cara, Número Dois e eu, e alguns outros assistentes, fomos as únicas pessoas que o compreenderam.

As bochechas e a testa do Sr. Benedict tinham ficado rosadas de acanhamento. Ele tossiu.

— Como sempre, minhas amigas, vocês exageram em relação às minhas realizações. Ainda assim, a essência do que disseram é verdadeira. Entre as autoridades de hoje em dia, é difícil encontrar um ouvido amigo.

— Em outras palavras, comparadas com o senhor, todas as pessoas são burras — disse Kate e deu uma risada.

— Talvez esta não seja a maneira mais educada de colocar a questão, Kate — disse o Sr. Benedict.

Diferentemente de Kate, os outros não estavam com ânimo para dar risada. Mensagens ocultas que eram transmitidas para o mundo, bons homens e mulheres que desapareciam, autoridades que não podiam ser convencidas... e as crianças de algum modo iriam se envolver em tudo isso? Essa perspectiva fizera com que um temor profundo e indefinível recaísse sobre eles, como uma névoa fria.

A reação de Constance, que a esta altura já era previsível, foi expressar irritação.

— Certo, já entendi. Muita gente sumiu sem deixar vestígio, e alguém está enviando mensagens secretas e ninguém acredita no senhor em relação a essas coisas. Mas *nós* não estamos em perigo real, não é mesmo? — (Apesar de o tom de zombaria e de irritação, ficava claro, pelos olhos dela, que disparavam de um lado para o outro, que Constance estava ficando com medo.) — O senhor disse que nós todos estávamos em perigo... mas foi só um exagero, não é mesmo?

— Sinto dizer, Constance — respondeu o Sr. Benedict, sombrio. — Mas eu não exagerei nem um pouco. Vocês todos estão em perigo, inclusive neste exato momento em que conversamos.

E, de fato, quando ainda nem tinham terminado de conversar, o sino do patamar começou a tocar furiosamente.

Os homens no labirinto

Muita coisa aconteceu em muito pouco tempo. O Sr. Benedict caiu no sono ao se assustar com o sino de emergência e tombou para o lado, nos braços alertas de Número Dois. As crianças nem tiveram tempo de trocar olhares apavorados antes de o sino parar de tocar, as luzes se apagarem e Constance berrar. E então, depois de muitos encontrões, cotoveladas e passos desajeitados no escuro, Kate achou a lanterna dela e acendeu, mas Constance tinha sumido.

— Onde ela foi!? — exclamou Reynie.

— Talvez ela tenha ido para o patamar, como nós deveríamos fazer — respondeu Sticky.

— Por algum motivo, eu duvido — disse Kate.

— Certo, todos vocês — disse Rhonda, com urgência na voz, enquanto Número Dois sacudia o Sr. Benedict para tentar acordá-lo. — Dirijam-se rapidamente para o patamar, agora. Travez irá encontrar vocês lá, e ele poderá achar Constance, se necessário. Número Dois e eu nos juntaremos a vocês assim que o Sr. Benedict acordar. Agora, corram!

As crianças saíram da sala aos tropeções (Kate na frente com a lanterna) e foram dar no corredor escuro. Com o trovão rugindo e o vento uivando e a chuva batendo no telhado, seria praticamente impossível ouvir se alguém os atacasse de surpresa, e as crianças, cientes disso, agarraram-se umas às outras no escuro e encontraram o caminho até a escada. Tremendo cada vez que um novo trovão soava, elas desceram até o patamar. O facho da lanterna de Kate passou pelo sino, pendurado ali em silêncio e imóvel, e recaiu sobre um rosto muito triste.

— Onde está Constance? — perguntou Travez.

— O que foi que eu disse? — Kate perguntou para os meninos.

— Nós estávamos torcendo para ela estar aqui — respondeu Reynie.

Travez assumiu uma expressão sombria, ainda mais do que o normal.

— Ela pode ter passado por mim no escuro. Isso complica as coisas. Não vai dar tempo de levar vocês para um lugar seguro... se ela estiver no labirinto, pode ser que se perca a qualquer segundo. Mas não posso deixar vocês aqui sozinhos. Vão ter que me acompanhar.

— Nós vamos entrar no labirinto? — perguntou Sticky. — No escuro?

— Não há outra coisa a fazer. Agora, segure na minha jaqueta, Sticky, e vocês dois, segurem nele. Independentemente de qualquer coisa, fiquem junto de mim. E, Kate, apague a lanterna. Só vai servir para ajudar eles a encontrar vocês.

— Eles?

— É isso mesmo — respondeu Travez. — Vieram atrás de vocês. Agora, não falem mais nada.

Nenhuma das crianças falou (apesar de duas delas terem engolido em seco), e seguiram para o labirinto. As luzes lá também estavam apagadas... já não se acendiam mais quando se entrava em uma sala. Tudo estava completamente preto, e nessa perfeita escuridão eles se movimentavam, passando de sala em sala, até que Travez de repente ficou paralisado. As crianças prenderam a respiração. No começo, Reynie não viu nada. Então, deu uma olhada atrás de si e avistou dois fachos de lanterna se movimentando em uma das outras salas. Ele apertou o braço de Sticky, que retribuiu o aperto ainda com mais força.

Da direção das lanternas veio um grito de dor repentino (era a voz de Constance), seguido por um baque, como se alguém tivesse caído no chão. Uma voz de homem sibilou:

— Estou com ela!

— Venham — murmurou Travez, apressando-se na direção das luzes. As crianças o seguiram, segurando bem uma na outra. Era desajeitado caminhar tão rápido juntas no escuro, e apesar de Kate se movimentar com a graça de um gato, os meninos tropeçavam tentando acompanhar. Talvez tenham atrasado demais o avanço de Travez, porque, quando entraram na sala alguns momentos depois, as luzes tinham desaparecido. A sala estava preta e imóvel. Parecia totalmente vazia, se não fosse por uma fragrância pungente e picante que permanecia no ar.

— Estou sentindo o cheiro do seu perfume — disse Travez, examinando a escuridão.

— Espero que goste — disse uma voz masculina. As luzes surgiram atrás deles, formando suas sombras nas paredes. — Agora, por favor, virem-se. Virem-se muito devagar. Vamos todos ficar bem bonzinhos e calmos.

Travez começou a se virar, mas as crianças apavoradas, ao perceber que tinham sido enganadas e sem querer acreditar, agarraram-se umas às outras e não se mexeram.

— Está um pouco devagar *demais* — disse a voz. — Vamos lá. Deixem-me dar uma olhada em vocês. Não se preocupem, não vamos colocar a lanterna nos seus olhos. Eu sei que é desconfortável.

Travez pressionou o ombro das crianças e lentamente as virou na direção da voz. O homem tinha dito a verdade: as lanternas foram apontadas para baixo. No brilho lançado pelos fachos, Reynie só conseguiu enxergar a silhueta de quem as carregava. Ele não sabia exatamente o que esperava ver, mas não era isso: dois homens bonitos, um de altura impressionante, olhando para eles com expressão agradável e convidativa. Os homens usavam ternos bem cortados e relógios de pulso grandes de aparência cara, capas de chuva compridas por cima, das quais escorria água no chão. Os dois sorriam de maneira simpática e inesperada. Aliás, o sorriso reluzente deles (somada à aparência elegante) foi ao mesmo tempo tão surpreendente e apaziguador que Reynie quase relaxou. Quase. Mas então os olhos dele se voltaram para um saco de lona volumoso nas sombras atrás deles. Do saco pendia um dos pés minúsculos de Constance.

— Vocês realmente acharam que nós não escutamos quando estavam se aproximando? — o homem alto perguntou. Ele falava em tom animado, como se estivesse compartilhando uma piada com as crianças. — Ah, mas vocês parecem uma manada de búfalos! Agora levantem as mãos acima da cabeça, por favor.

Reynie estava com medo, mas não viu razão para obedecer. Os homens não pareciam carregar armas. Mas Travez fez o que o homem disse (obviamente, ele sabia algo que Reynie não sabia) e então, com o coração galopando, Reynie e Kate se largaram e também ergueram os braços. Sticky, no entanto, tinha ficado confuso de medo e não queria largar a jaqueta de Travez.

— Por favor, diga ao garoto careca que erga as mãos — insistiu o homem alto.

— Está tudo bem, Sticky — disse Travez. — Faça o que eles estão pedindo, menino. Vamos, largue.

Finalmente, Sticky conseguiu soltar. No momento em que o fez (e para a grande surpresa de todos os presentes), Travez saltou para uma passagem aberta e sumiu da sala. Ele se moveu com tanta rapidez que ninguém pôde reagir antes que ele desaparecesse. Os homens se entreolharam e caíram na gargalhada.

Reynie sentiu a boca ficar seca. Sticky soltou um choramingo.

— Mas que belo protetor! — O homem mais baixo deu uma risada. — Devo dizer, ele fez um belo trabalho em proteger a *si mesmo*. Nunca vi ninguém se movimentar com tanta rapidez.

O homem alto soltou risadinhas.

— Ele não te pareceu familiar?

— Agora que você falou, tenho impressão que sim — respondeu o outro, coçando a cabeça. — Mas não consigo dizer de onde. De todo modo, vamos acabar logo com isto.

— O que vocês vão fazer com a gente? — quis saber Kate. Apesar de suas pernas tremerem, sua voz era desafiadora.

O homem alto enfiou a lanterna embaixo do braço e estendeu as duas mãos, com as palmas viradas para cima, em um gesto que tinha a intenção de reconfortar.

— Agora, simplesmente fique calma — disse ele, em tom acalentador.

Enquanto isso, o homem mais baixo estava fazendo exatamente a mesma coisa (enfiando a lanterna embaixo do braço e estendendo as mãos). Foi aí que Reynie notou que os relógios prateados enormes do homens eram idênticos, e que por alguma razão, cada um deles usava *dois*; um relógio em cada pulso.

— Se vocês, crianças, forem boazinhas e ficarem quietinhas — disse o homem alto, lançando a elas um sorriso brilhante —, prometo que não vai doer nem um pouquinho.

— Ah, vamos dizer a verdade, pelo menos desta vez — disse o outro. — Só por diversão.

O homem alto revirou os olhos.

— Tudo bem, a verdade é que vai doer, sim. *Muito*. Mas, se vocês ficarem quietinhos — disse ele, sacudindo os braços para liberar os relógios dos punhos da camisa —, prometo que não vai doer por *muito tempo*.

Reynie sentiu Kate e Sticky se enrijecerem ao lado dele. Eles não sabiam o que vinha pela frente, mas sabiam que seria horrível. Os homens começaram a dar risada de novo. Reynie ouviu um zumbido de eletricidade...

De maneira abrupta, as risadas cessaram. Foram interrompidas por dois sons de assobio estranhos, com o que o homem alto fechou os olhos, largou a lanterna com um ruído e desabou no chão. O outro fez exatamente a mesma coisa, desabando inconsciente em cima do parceiro. As lanternas saíram rolando e direcionando seu facho para todos os pontos da sala.

Um dos fachos parou na passagem atrás dos homens caídos, onde Travez agora aparecia com uma pistola tranquilizante nas mãos. Ele deu um passo a frente para tirar os minúsculos dardos com penas dos ombros dos homens e, enquanto fazia isto, foi dizendo:

— Lembrem-se, crianças. Para cada saída, também há uma entrada.

A sala de jantar parecia um lugar completamente diferente agora. A chuva tinha parado, as correntes de ar desapareceram e um sol forte entrava pela janela. No entanto, o clima no recinto era sombrio. Na mesa, o café da manhã das crianças continuava como elas o tinham deixado (apenas uma hora se passara desde que Reynie pedira chá e mel para Travez), mas o bule de chá e o pote de mel poderiam muito bem ter sido objetos de cenário em uma peça, de tão irreais e insignificantes que pareciam agora.

Todos estavam sentados à mesa, à exceção de Constance, que estava sentada no chão. Os homens do labirinto tinham dado um choque e tanto em Constance (um choque de verdade, desferido por meio de fios que saíam como línguas de cobra dos relógios deles, segundo a descrição dela) e ela ainda estava um pouco confusa. O cabelo fino e loiro apontava para todas as direções, igual a um sol desenhado por uma criança pequena, e seus olhos pareciam se agitar um independentemente do outro. Momentos antes, ela tinha andado em círculos ao redor da cadeira (tentando se sentar, sem sucesso) e então se largou de bumbum no chão, e disse que achava melhor se sentar ali por enquanto.

O Sr. Benedict a observava com preocupação.

— Tem certeza de que ela está bem, Rhonda? Você a examinou com cuidado?

Rhonda assentiu.

— Ela logo vai se sentir melhor.

— Certo, quem eram aqueles homens? — soltou Kate.

— Sequestradores profissionais — respondeu o Sr. Benedict. — Sujeitos ardilosos que trabalham para o Emissor. Vocês devem estar lembrados de que ele usa crianças para enviar suas mensagens, não?

— Então ele as *captura*? — perguntou Kate.

— Ele tem métodos mais sutis também. Mas algumas crianças, sim, ele captura. Os olheiros dele têm nariz aguçado para crianças vulneráveis. Não se preocupem, eles foram depositados longe daqui e ficarão inconscientes por um bom tempo, graças a Travez.

Número Dois estalou a língua.

— Ah, se pelo menos Constance não tivesse entrado no labirinto... Constance, por que motivo, afinal, você resolveu ir para lá?

— Eu não *resolvi* — disparou Constance. — Eu estava tentando ir para o patamar, como o Sr. Benedict nos disse para fazer — disseram os meninos e olharam para Kate, que assentiu com um dar de ombros que tinha se enganado —, mas eu desci um lance de escada a mais. Daí ouvi alguém atrás de mim, então eu segui labirinto adentro para tentar fugir. Mas eles me acharam — disse ela com um calafrio. — Eles definitivamente me acharam.

Número Dois deu um tapinha no ombro dela.

— Não se preocupe, Connie. Você está segura agora.

— Não me chame de Connie — falou, enfezada. Ela se levantou cambaleante do chão e tentou mais uma vez se sentar na cadeira. Desta vez, conseguiu se ajeitar.

— Fico feliz por você estar se sentindo melhor, Constance — disse o Sr. Benedict.

— Mas aqueles homens não vão voltar? — perguntou Reynie.

— É possível que voltem — respondeu o Sr. Benedict. — E é por isso que precisamos trabalhar rápido. Do jeito que as coisas estão, espero que possamos evitar ser detectados em tempo suficiente para dar início à nossa investigação.

— E se não pudermos? — perguntou Constance, como se estivesse esperando o fracasso.

— Se não pudermos, menina, tudo estará perdido! — exclamou o Sr. Benedict. No mesmo instante, pareceu arrependido. Em tom mais suave, disse: — Sinto muito por erguer a voz. O fracasso neste caso é uma perspectiva preocupante. Agora, por favor, permitam-me explicar. Aqueles homens tinham a intenção de levá-los para uma escola chamada Academia-Ouro da Vivência Vocacional.

— Já ouvi falar desse lugar — disse Reynie. — Alguns garotos do orfanato queriam estudar lá, mas o Sr. Rutger disse que era contrário às regras e não permitiu.

— Sem dúvida era, pelo menos contrário às regras *dele*. Além de ser diretor de orfanato, o Sr. Rutger é diretor da sua academia, não é? Acredito que ele seja pago por aluno.

— Até pelos que têm tutores especiais? — perguntou Reynie.

O Sr. Benedict lançou um olhar cheio de significado para ele.

Reynie ficou indignado.

— Então foi por isso que ele não quis me mandar para uma escola avançada! Ele queria que eu ficasse na lista da academia... só por cobiça!

— É possível que ele tenha achado que isso era para o seu bem — disse o Sr. Benedict. — A cobiça com frequência faz as pessoas criarem motivos que não encontrariam por conta própria. De qualquer forma, foi *mesmo* melhor para você não ter ido. A Academia admite qualquer criança, mas tem preferência principalmente pelas órfãs e pelas que fugiram de casa. De fato, como pode ver, essas crianças às vezes são levadas para a Academia independentemente de quererem ir para lá ou não.

— As mensagens ocultas vêm da Academia, não é mesmo? — perguntou Reynie.

— Acredito que a escola tenha sido criada exatamente por essa razão — respondeu o Sr. Benedict. — De tempos em tempos, o Emissor deve precisar de crianças novas, e a Academia recebe fluxo constante.

— Não dá para acreditar que o Emissor faz isso impunemente — disse Sticky.

— Ele é muito ardiloso, Sticky. A Academia é uma organização muito sigilosa e bem vigiada, não é como qualquer escola, sabe, e, no entanto, goza de tremenda reputação. As mensagens ocultas convenceram a todos sobre as grandes virtudes da Academia.

— Há uma frase que sempre é repetida nas mensagens ocultas — explicou Rhonda. — *Não ouse questionar a Academia.* Obviamente, é um tipo de mecanismo de defesa.

— Assim, a Academia se isentou completamente das regulamentações — disse o Sr. Benedict. — Ela opera de acordo com suas próprias regras, sem qualquer interferência.

— Isso é ultrajante! — exclamou Kate. — Não acredito que ninguém vá procurar essas crianças!

— Acredito que órfãos e crianças que fogem de casa desapareçam com ainda mais facilidade do que agentes do governo — disse o Sr. Benedict. — Caso você tenha esquecido, "Os desaparecidos não desapareceram, eles apenas partiram".

As crianças se entreolharam, embasbacadas.

— Ainda bem que Travez estava aqui para nos proteger — disse Sticky e se tremeu todo. — A Academia é o último lugar para onde eu quero ir.

Com isso, o Sr. Benedict pareceu ficar um pouco desconfortável. Ele limpou a garganta.

— É, bom, os olheiros não vão carregar vocês para a Academia contra a sua vontade, é verdade. Mas é para lá que vocês certamente irão. Vocês vão ser os meus agentes secretos lá dentro.

Códigos e histórias

Kate Tempotodo demorou cerca de três segundos para adotar seu novo papel de agente secreta. Enquanto as outras crianças ainda estavam de queixo caído e olhar estupefato e se beliscavam para ter certeza de que não estavam sonhando (na verdade, Constance beliscou Sticky, que soltou um gritinho e retribuiu o beliscão), em resumo, enquanto as outras crianças se ajustavam à novidade, Kate já enchia o Sr. Benedict de perguntas: qual seria a missão deles? Eles precisariam de codinomes? Será que ela poderia ter um codinome *meio comprido*?

O Sr. Benedict esperou até todos se acalmarem. Então explicou a missão: como seriam admitidos à Academia no dia seguinte, como ele arrumaria todos os documentos necessários e como (para a grande decepção de Kate) eles *não* precisariam de codinomes. Eles tinham que ser eles mesmos, segundo o Sr. Benedict. Já teriam segredos suficientes para guardar.

— O que nós vamos fazer exatamente? — perguntou Sticky.

— Exatamente o que eles desejam que vocês façam — respondeu o Sr. Benedict. — Vocês vão aprender. Terão que ser alunos excelentes. Uma das poucas coisas que sabemos sobre a Academia é que certos privilégios são concedidos apenas aos melhores alunos. Não há dúvida de que são essas crianças que o Emissor usa para enviar suas mensagens ocultas.

— Então, o senhor espera que a gente receba algumas informações secretas? — perguntou Reynie.

— Exatamente. Como as mensagens do Emissor obtêm efeitos tão profundos, quais são as especificidades do plano dele... qualquer coisa que vocês descubram pode nos ajudar a derrotá-lo.

— Então é só isso? — disse Sticky. — O senhor só quer que a gente seja aluno?

— Muito mais do que isso — respondeu o Sr. Benedict. — Porque, além de aprender aquilo que eles ensinarem, vocês vão ter que tentar aprender o que eles *não* ensinam. Cada pequeno detalhe, cada aspecto suspeito da Academia... qualquer elemento minimamente fora do comum, vocês devem relatar a mim. Não há como saber qual é o pequeno detalhe que pode guardar a chave do plano todo do Emissor. Qualquer coisa que vocês perceberem pode ser útil.

Kate estava esfregando as mãos.

— Então, o senhor quer que a gente bisbilhote tudo, invada alguns escritórios e...

O Senhor Benedict sacudiu a cabeça.

— De jeito nenhum.

Kate parou de esfregar as mãos.

— Não?

— Vocês têm que descobrir tudo que puderem — disse o Sr. Benedict com muito sério — e devem relatar tudo a mim, mas não devem correr riscos desnecessários. A missão de vocês já é bem perigosa da maneira como está.

Kate parecia desolada. As outras crianças pareciam aliviadas.

— Bom, então — prosseguiu o Sr. Benedict —, nós precisamos nos comunicar sempre, e em segredo. Para isso, vamos usar código Morse.

— Código Morse! — exclamou Reynie, surpreso.

— *Ninguém* mais usa código Morse — afirmou Kate.

— Precisamente por isso é útil para nós — respondeu o Sr. Benedict. — Como vocês devem saber, a Academia se localiza na ilha Nomansan, que fica a 800 metros do porto de Stonetown. De uma posição escondida em terra, nós vamos vigiar a ilha constantemente. Todos os dias e todas as noites, em todos os horários, nós estaremos à espera dos seus sinais. Vai estar a critério de vocês escolher o momento mais seguro. Nós vamos estar prontos.

— Mas nós partimos amanhã, e ainda nem *sabemos* código Morse! — Constance reclamou.

— Na verdade, eu sei — disse Sticky. — Posso ensinar a você, se quiser.

Constance mostrou a língua para ele.

— Vocês todos aprendem rápido — disse o Sr. Benedict. — Não estou preocupado com isso. E, Constance — continuou, erguendo uma sobrancelha —, lhe aconselho a aceitar a oferta de Sticky. Este é um ponto importante que eu gostaria de discutir: agora vocês são uma equipe. Se sempre concordam uns com os outros ou não, não faz muita diferença, mas vocês precisam cuidar uns dos outros, precisam confiar uns nos outros para todas as coisas. Não estou exagerando quando digo que cada um de vocês é essencial para o sucesso da equipe e, de fato, para o destino de todos nós. Vocês precisam se lembrar disto.

Constance revirou os olhos.

— Certo, tudo bem, George Washington, pode me ensinar a porcaria do código Morse.

— Você pode por favor me chamar de Sticky? Só Sticky está bom. Você nem precisa usar o meu sobrenome.

— Quando nós começamos, George Washington?

Sticky franziu a sobrancelha:

— Não me *chame* por esse nome!

Kate se inclinou para perto de Reynie e cochichou:

— Acho que nós vamos ter mais problemas do que o Sr. Benedict previu.

Foi sugerido às crianças que estudassem código Morse na sala de jantar, mas a tarde estava tão linda, e o pátio sombreado era tão convidativo, que elas imploraram para embrulhar o almoço e ir estudar lá fora. O Sr. Benedict disse que sim, sob a condição de que nenhum deles saísse pelo portão, e que Travez os acompanhasse. Então lá foram eles para o pátio, onde Sticky e Constance se acomodaram em um banco de pedra embaixo do olmo, enquanto Kate e Reynie se estiraram no chão coberto de hera ali perto. Travez, disfarçado de jardineiro, com cabelos grisalhos e chapéu de palha, ficou cuidando das plantas perto da cerca de ferro, todo tristonho, podando as roseiras.

— É um código simples — Sticky explicava. — Se usa pontos e traços, sinais curtos e sinais longos, para representar letras e números. A letra *A*, por exemplo, é feita com um sinal curto e um sinal longo, ou um ponto e um traço. Aqui está, deixe-me mostrar para vocês. — Sticky pegou a lanterna de Kate emprestada (Kate estava com seu balde, como sempre) e a ligou e desligou muito rápido. — Este foi o sinal curto, o ponto — disse. Então ligou a lanterna de novo por um segundo inteiro. — E este foi o sinal longo, o traço. Juntos, eles formam a letra *A*, e as outras letras são bem parecidas. O *B* é o traço e três pontos, o *C* é traço, ponto, traço, ponto e assim por diante. Está tudo escrito bem aqui — ele disse, apontando para as tabelas que o Sr. Benedict tinha lhes dado. — Vamos treinar — disse Sticky. — Constance, use a lanterna e a tabela para soletrar uma mensagem, e nós vamos descobrir o que você está dizendo.

As mãos de Constance eram tão pequenas que ela precisou usar as duas para segurar a lanterna, de modo que Sticky segurou a tabela para ela. Apertando os olhos para o papel, bem concentrada, ela piscou a lanterna uma vez muito rápida, seguida de duas vezes mais longas e mais uma piscada rápida, então fez uma pausa.

— Ponto, traço, traço, ponto — disse Sticky.

Kate consultou sua tabela e disse:

— Esta é a letra *P*, não é?

Constance assentiu e acendeu a lanterna de novo: três sinais longos.

— Três traços — disse Reynie. — É um *O*.

Mais uma vez Constance assentiu e desta maneira eles prosseguiram pelo resto de sua mensagem. Como o Sr. Benedict tinha observado, eles aprendiam bem rápido, mas, mesmo assim, demoraram alguns minutos para decifrar, já que todos eles (menos Sticky) precisavam consultar as tabelas. Mas Constance finalmente piscou o código de sua última letra (ponto, ponto, traço: um *U*), e então olhou cheia de expectativa para Sticky, que imediatamente começou a se agitar. A mensagem tinha sido: *Por que você fugiu?*

— Ei, esta é uma boa pergunta — disse Kate. — Por que você fugiu de casa, Sticky?

— Iria demorar muito para responder em código — disse Sticky. — Vamos treinar com uma outra mensagem, alguma coisa mais curta.

— Deixe o código para lá e conte — insistiu Kate. — Se nós vamos ser uma equipe, precisamos conhecer melhor um ao outro, você não acha, Reynie?

— Ela tem razão — disse Reynie. — É melhor se todos nós soubermos.

— Suponho que sim — disse Sticky, arrasado. — Mas não é uma história muito agradável de se contar.

Também não era uma história muito agradável de se ouvir, e enquanto Sticky foi contando, o rosto das crianças foi ficando tão triste que elas começaram a se parecer com miniaturas de Travez (que tinha se aproximado para escutar, com seu jeito silencioso de sempre). Acontece que Sticky já tinha sido bem feliz com sua vida, era o filho agradável de pais agradáveis, mas a situação mudou quando seus talentos se tornaram conhecidos.

Isso aconteceu em um dia de abril quando sua mãe (que tinha artrite nos joelhos, e cuja cadeira de rodas precisava de lubrificação extra quando o clima estava úmido) ficou reclamando em voz alta, perguntando por que precisava chover tanto. Enquanto Sticky ajudava a mãe a se acomodar na cadeira, começou a dar explicações detalhadas sobre sistemas meteorológicos e geografia local. Ele sempre foi uma criança tímida e quieta, aquela tinha sido a primeira vez que ele deu qualquer indicação de seus conhecimentos consideráveis. A mãe mediu sua temperatura para ter certeza de que ele não estava com febre.

Naquela noite, ela contou ao marido, que pediu a Sticky que repetisse o que tinha dito antes. Sticky repetiu, palavra a palavra. O pai precisou se sentar. Então ele se levantou outra vez, foi até o escritório e voltou carregando vários volumes de uma enciclopédia desatualizada. Interrogando o filho em conjunto, o casal Washington descobriu que o filho, que tinha só 7 anos na época, carregava mais informação dentro da cabeça do que um professor universitário, talvez mais do que *dois* professores, com mais um engenheiro de lambuja. Surpresos e orgulhosos, eles não teriam ficado mais animados se tivessem encontrado um tesouro enterrado.

E de certo modo era isso que tinha acontecido, porque eles imediatamente começaram a inscrevê-lo em competições de perguntas e respostas, que Sticky vencia com facilidade. Ele levou para casa prêmios substanciais: uma enciclopédia nova para substituir a desatualizada, uma escrivaninha nova, um prêmio em dinheiro, uma conta de poupança. Quanto mais Sticky vencia, mais animados os pais dele iam ficando. Eles o incentivavam a estudar constantemente, a ler durante as refeições que faziam juntos, a ficar acordado até tarde para ler, a parar de perder tempo com os amigos. A pressão de vencer começou a distraí-lo. Os pais passaram a ficar bravos quando ele errava as perguntas, coisa que ele tinha começado a fazer cada vez mais, já que se atrapalhava quando ficava nervoso, e davam bronca nele por não se preocupar com a família. Diziam que, se Sticky realmente se importasse, ele se esforçaria mais para vencer, já que só vencendo ele poderia trazer riqueza e alegria para a família.

Isso foi surpresa para Sticky, porque ele sabia que nunca tinham sido ricos, mas não tinha se dado conta de que eram infelizes. E para ele era diferente: quanto mais vencia, mais infeliz ficava. Mas, apesar de às vezes errar perguntas das quais sabia a resposta, continuava ganhando os concursos com facilidade, o que lhe valia lugar em concursos maiores com prêmios maiores, até que, no final, os pais estavam totalmente fascinados com a perspectiva de fortuna, e Sticky, totalmente exausto. Apesar de reclamar e até implorar, ele não conseguiu convencê-los de que precisava parar. Se ele quisesse ser rico e famoso, disseram, tinha que continuar vencendo. Quando ele respondeu que não ligava para fama e riqueza, eles não acreditaram e disseram que ele só estava sendo preguiçoso.

Finalmente Sticky resolveu mostrar o seu ponto de vista fingindo que tinha fugido. Ele deixou um bilhete e então passou vários dias escondido em um armário em um porão que os pais acreditavam estar lacrado, mas no qual Sticky tinha achado um jeito de entrar. De lá, ele conseguia sair escondido para roubar comida, usar o banheiro e espionar os pais um pouco. No começo, ficou contente com o que viu: o casal Washington, muito preocupado, emitiu um alerta a respeito do filho perdido e buscou ajuda em todos os lugares possíveis. Mas então algo lamentável aconteceu. Um homem rico, que era um ex-campeão de competições de perguntas e respostas, soube do caso e deu uma grande soma de dinheiro ao casal Washington para ajudar na busca. A notícia da generosidade dele logo se espalhou, e isso serviu de inspiração para que outros filantropos, que não queriam ficar para trás, enviassem ainda *mais* dinheiro; logo tinha gente de todo lugar mandando presentes para o casal Washington, que foi ficando rico. Para sua grande surpresa e pavor, Sticky viu os pais tentarem encontrá-lo cada vez menos, e usarem seu tempo e energia cada vez mais para aproveitar as riquezas recém-conquistadas. No final, um dia, quando ele ouviu o pai dizer algo sobre como estava "melhor agora" (melhor agora que ele tinha *ido embora*, Sticky percebeu), ele não aguentou mais a traição. E fugiu para sempre.

— Fazia semanas que eu estava sozinho — ele concluiu e tirou os óculos para enxugar uma lágrima — quando vi o anúncio do Sr. Benedict no jornal. Esta é a minha história. O resto, vocês já sabem. Agora será que podemos continuar com o treino?

Depois de um silêncio curto e triste, os outros concordaram, e Constance pegou a lanterna. A mensagem dela foi mais rápida desta vez. Eram só duas palavras: *sinto muito*. Os outros ficaram estupefatos. Até Travez, que tinha retornado a suas rosas e parecia não estar prestando atenção, ergueu as sobrancelhas.

— Não faz mal — disse Sticky.

— Nós somos ou não somos uma turma deprimente? — disse Kate. — Se continuarmos assim, vamos ter que chamar isto de código *remorso*.

— O que é remorso? — perguntou Constance.

— É ficar triste com alguma coisa que você fez — explicou Reynie.

— Ah, você está triste, George Washington? — perguntou Constance.

Sticky se contorceu de irritação.

— Ela estava falando de *você*. E, por favor, não me chame disso.

— Eu não chamei você "disso". Chamei você de George Washington. Pergunte aos outros. Eles me ouviram. Com toda certeza não chamei você "disso", George Washington.

Kate suspirou e balbuciou:

— Que remorso, que nada.

— E Travez? — perguntou Constance. — Por que *ele* é tão triste?

Todos os olhares se voltaram para o guarda-costas deles, que tinha parado de cuidar das rosas e estava passando óleo nas dobradiças do portão. Ele tinha jeito de quem estava precisando, ele próprio, de uma lubrificação... se movimentava de maneira bem lenta, e mancando muito, de modo que realmente parecia tão velho quanto seu disfarce. Ele não lançou nenhum olhar na direção dos meninos. Ou não tinha ouvido a pergunta ou estava fingindo que não tinha ouvido. Mas Constance não deixou passar.

— Travez! Venha aqui nos contar por que você é assim tão triste que até dói!

— Mas que coisa — disse Sticky. — Será que você precisa arrancar a história triste de todo mundo? Por que você não o deixa em paz?

Mas ela não deu a menor bola e, depois de mais alguns pedidos teimosos, Travez finalmente largou sua lata de óleo e se aproximou deles, arrastando os pés.

— Tudo bem — respondeu, em tom resignado. — Vou contar.

As crianças todas se aprumaram.

— Há muitos anos — começou Travez —, acordei vendado, em uma cadeira dura de metal. Minhas mãos e meus pés estavam amarrados todos juntos, um pedaço de metal segurava minha cabeça e, quando eu fui acordando, uma voz de homem disse: "Este aqui é difícil de dobrar". De fato, eu me sentia como se *tivesse sido* dobrado ao meio. Eu estava com uma dor de cabeça de matar, faminto e exausto e, por algum motivo, meus dedos das mãos e dos pés ardiam. Pior: quando eu tentei me lembrar onde estava, e como tinha chegado ali, descobri que não conseguia.

— Amnésia? — perguntou Reynie.

Travez assentiu.

— Parecia que eu tinha levado uma pancada e tanto na cabeça. Não conseguia me lembrar de absolutamente nada... nem do meu passado, nem dos meus objetivos, nem mesmo do meu nome. Até hoje não tenho lembrança de quem sou.

— Então por que você disse que o seu nome era Travez? — Constance perguntou, quase em tom de acusação, como se ele tivesse mentido para eles.

— Quando eu recobrei a consciência, foi o primeiro nome que me veio à mente. Talvez este seja de fato o meu nome, mas não *parecia* ser o meu nome, se é que vocês me entendem. Parecia se aplicar a mim de alguma maneira, e parecia ser importante, de modo que talvez seja o meu nome, mas acredito que nunca terei certeza.

— O que aconteceu depois? — perguntou Kate.

— Bom, em seguida, ouvi a mesma voz dizer: "Vamos jogar água fria nele com a mangueira de novo. Estou cansando deste aqui." Daí ele sacudiu o meu braço e disse em um tom bem diferente, gentil: "Acorde, meu amigo, acorde", sem se dar conta de que eu já estava acordado fazia tempo suficiente para ter escutado ele falar como se eu fosse um pedaço de carne. Fingi que estava acordando naquele momento e disse: "O quê? Eu estava dormindo? Onde estou?" E ele respondeu: "Você está em segurança, e isso é o mais importante. Nós salvamos você da morte e estamos aqui para ajudá-lo. Então, é verdade que você não se lembra de nada?" Eu não me lembrava, é claro, como expliquei a vocês. E talvez eu fosse dizer a mesma coisa para aquele homem. Mas como naquele momento parecia que ele estava à espera daquela resposta e que de algum modo ia se aproveitar dela, falei: "Ao contrário, eu me lembro de tudo perfeitamente." O homem exclamou: "O quê? Você está mentindo!" "De jeito nenhum", respondi. "Sinto muito se você acha isto tão preocupante." Então foi voltando à voz ardilosa e disse: "Se você se lembra tão bem assim, então me diga por que está aqui." "Acho que vou deixar para você explicar", respondi. "Que safado! Você está mentindo para nós, seu imundo...", o homem gritou, e então, estranhamente, tudo ficou em silêncio, como se alguém tivesse fechado a boca dele com a mão. Depois de um tempo, eu perguntei: "Imundo o *quê*? Por favor, me diga... o suspense está me matando." A voz retornou, agora bem mais calma. "Não vai ser o suspense que vai matar você", ele disse. "Se não abrir o bico até amanhã, nós vamos jogar você no porto." "Bom, eu tenho certeza de que prefiro esta sina ao cheiro do seu bafo", respondi e, com isso, ele me bateu bem forte no rosto e ordenou que me levassem embora da sala. Acontece que aquele soco foi bom, porque serviu para afrouxar a venda. Eu tinha acabado de sair da sala quando ela começou a escorregar, e apesar de os meus captores não terem percebido, logo eu já conseguia ver bem. Dois homens de terno me conduziam por uma passagem de pedra. Eles se movimentavam devagar para acompanhar o meu ritmo, que era lento por causa das algemas nas minhas canelas. Enquanto nós caminhávamos, eu examinei as minhas mãos, que ainda estavam algemadas à minha frente, e percebi que estava segurando alguma coisa em uma delas. Imaginando o que seria, abri o punho e, ao fazê-lo, reparei que as minhas unhas tinham sido roídas para além da parte branca, de modo que as pontas dos meus dedos estavam em carne viva. (Isso explicava por que estavam ardendo e, a julgar pela dor nos meus pés, as unhas dos pés também tinham sido roídas.) Na minha mão, descobri um instrumento minúsculo que se parecia com um grampo de cabelo retorcido. Para a minha surpresa, percebi que tinha sido feito com as minhas unhas das mãos e dos pés. Eu mesmo devia ter feito tudo aquilo, e não me lembrava de nada. Imaginem como fiquei surpreso ao descobrir para que servia aquele instrumento minúsculo. Eu o coloquei na fechadura das algemas (meus dedos pareciam saber o que estavam fazendo, apesar de eu não saber) e, bem quando chegamos a uma escada, ouvi a fechadura abrir... eu tinha conseguido fazer aquilo em menos de um minuto. Antes de eles se darem conta de que estava livre, eu já tinha me ajoelhado e prendido os dois homens pelos tornozelos. Então pulei para longe do alcance deles e os meus captores, ao tentarem me seguir, caíram de cara no chão. Antes de conseguirem voltar a se erguer, eu já tinha aberto a fechadura das algemas dos meus tornozelos, colocado no pulso dos homens e os prendido à escada. Depois disso, minha fuga foi bem simples. Eu escapei para a escuridão de uma noite chuvosa. Fui perseguido, é claro, mas consegui atravessar um terreno acidentado até chegar a um penhasco que dava para o porto. A água parecia rasa e estava a uns 30 metros abaixo de mim, mas, como eu não tinha outra escolha, mergulhei de uma vez. A isso se seguiu uma tarefa complicada de nadar até o continente enquanto meus perseguidores, a bordo de barcos, tentavam me capturar com redes e ganchos, esse tipo de coisa. Mas acabei sendo um bom nadador, e as pedras do canal são péssimas para os barcos. No final, eu escapei.

Travez tinha feito toda essa narrativa em tom suave, sem o menor traço de excitação ou drama na voz. Mas as crianças, escutando, mal puderam se conter e, quando ele terminou, explodiram cheias de perguntas: como ele tinha chegado até ali? O que ele estava fazendo na ilha Nomansan para começo de conversa? Era *mesmo* a ilha Nomansan, não era? E os homens de terno...

— Sim, eram os mesmos homens, aqueles que vocês viram no labirinto. Eles não sabiam muito bem de onde me conheciam, mas eu certamente me lembro deles. E, sim, foi da ilha Nomansan que eu fugi... da Academia. Por que eu estava lá, não sei dizer, mas o Sr. Benedict está convencido de que eu era um agente secreto, um empregado de uma agência governamental há muito desmembrada. Eu não tenho como saber.

— Talvez o Sr. Benedict possa descobrir — disse Reynie.

— Foi essa esperança que me trouxe até ele — admitiu Travez. — Eu tinha passado meses procurando informações a respeito do meu passado, mas ninguém acreditava na minha história, e ninguém tinha resposta alguma. Finalmente, fiquei sabendo de um homem que valeria a pena conhecer... ele próprio não era agente do governo, mas era um homem brilhante com motivações misteriosas que sempre parecia saber mais do que todo mundo a respeito de tudo. Claro que era o Sr. Benedict. Mas, apesar de ele ter me ajudado a encontrar sentido no que aconteceu, e de ter conquistado a minha lealdade, o negócio todo é tão extraordinariamente sigiloso e complicado que eu já estou convencido há muito tempo de que nunca vou descobrir nada sobre o meu passado.

— Que horror — disse Reynie.

— É, é ruim demais mesmo — disse Sticky, mas em um tom não tão convincente, porque naquele momento ele preferiria não ter se lembrado do próprio passado, levando em conta a tristeza que aquilo lhe trazia.

— Ei, por acaso a sua amnésia tem a ver com os seus disfarces bobos? — perguntou Constance.

Travez afundou mais o chapéu de palha na cabeça.

— Meus disfarces "bobos" são úteis por outros motivos, mas, sim, Constance, seria uma infelicidade se algum inimigo meu do passado me reconhecesse e eu não pudesse reconhecê-lo. É melhor nunca ser reconhecido, de todo modo.

— Então realmente não há esperança de que a sua memória vá voltar? — perguntou Kate.

— Ah, suponho que haja uma *leve* esperança. O Sr. Benedict tentou hipnose e outros tratamentos comigo, tudo sem efeito. Ainda assim, ele diz ser possível que algum acontecimento importante, ou o aparecimento de um objeto ou de uma pessoa marcante do meu passado, ou alguma outra coisa desconhecida, possa romper a porta e deixar as lembranças saírem. Mas eu acho, infelizmente, que já não sou mais muito dado à esperança.

— Se você não tem esperança, como consegue seguir com a vida? — Reynie perguntou, com uma desconfiança desagradável de que talvez chegasse um momento, que não estava muito distante, em que também não conseguiria ver muita esperança nas coisas.

— Obrigação — respondeu Travez. — Nada mais, apenas uma noção de obrigação. Sei que o Emissor está aí para fazer mal. Eu me sinto na obrigação de detê-lo. Ou, pelo menos, de tentar.

— E você acha que nós podemos conseguir? — perguntou Reynie. — Você acha que ele pode ser detido?

Em resposta, Travez apenas retornou à sua lata de óleo. Ele não voltou a olhar para as crianças.

A coisa que está por vir

Depois que as crianças tinham estudado o código Morse até pontos e traços ficarem nadando na cabeça delas mesmo quando fechavam os olhos, Rhonda os chamou para entrar. Já era o começo da noite, a luz na janela da sala de jantar tinha um tom de âmbar suave e, por toda a casa, os assoalhos de madeira rangiam e estalavam fazendo um barulho bem curioso, parecido com o de um navio no mar.

— Isto acontece às vezes, depois que chove de manhã — disse Rhonda quando as crianças se sentaram à mesa. — Não se preocupem. Esta é uma casa antiga bem sólida... nós não vamos afundar. — Ela colocou várias páginas de anotações na frente de cada um deles. — Agora que vocês compreenderam a missão e estão bem encaminhados no código Morse, o sr. Benedict gostaria que vocês entendessem melhor o que nós vamos enfrentar.

Os ouvidos das crianças se aguçaram. Havia mais coisa? Reynie começou a folhear os papéis, e percebeu que alguns deles exibiam manchas leves de manteiga de amendoim.

— Número Dois resumiu tudo nessas anotações — disse Rhonda. — Se vocês lerem rápido, talvez consigam terminar antes do jantar. O Sr. Benedict virá aqui em breve para responder qualquer dúvida.

— Ele quer que a gente leia *tudo* isto? — perguntou Constance, como se não conseguisse acreditar na ousadia do Sr. Benedict.

Rhonda apenas sorriu e se retirou.

As crianças (todas menos Constance, que estava ocupada resmungando) começaram a examinar as anotações. Sticky lia com tanta rapidez que quando mal parecia ter começado, já tinha terminado. Ele ficou sentado em silêncio, refletindo profundamente, à espera dos outros. Dez minutos depois, Reynie também já tinha terminado, e Kate, ao reparar nisso, colocou as últimas páginas de lado e pediu para os meninos explicarem o resto para ela.

O que as crianças aprenderam com as anotações foi o seguinte: A Academia na ilha Nomansan gerava toda a eletricidade que usava com a força das ondas... uma fonte inesgotável de energia. As turbinas de maré da Academia eram consideradas as melhores existentes no mundo; eram capazes de produzir energia suficiente para fazer funcionar *cem* Academias, imagine uma só.

Essas turbinas tinham sido inventadas por um homem chamado Ledroptha Curtain que, quando era um jovem cientista, tinha publicado teses impressionantes a respeito de uma grande variedade de temas (de energia obtida com a maré a mapeamento cerebral), até que as teses pararam de aparecer de maneira abrupta. Ninguém ouviu falar dele durante muitos anos. Então, um dia, ele ressurgiu e fundou a Academia, quando aparentemente resolveu direcionar sua genialidade para a questão da educação.

Não havia dúvida: Ledroptha Curtain era o Emissor. Mas, no entanto, restavam muitas dúvidas a respeito de certas coisas. Por exemplo, as mensagens enviadas da Academia só eram transmitidas algumas vezes por dia, e com sinal muito fraco. Mas as turbinas de maré deviam ser capazes de produzir uma quantidade enorme de energia, muito mais do que a necessária para alimentar a Academia (e certamente suficiente para transmitir as mensagens do Emissor com sinal bem forte). Por que, então, Curtain tinha construído turbinas tão extravagantes se não tinha intenção de usar a força extra? E por que ele enviava as mensagens de maneira intermitente, se tinha capacidade para transmiti-las 24 horas por dia?

— Ele está guardando para o futuro — disse Reynie, apertando os olhos. — Era isso que o Sr. Benedict estava tentando dizer hoje de manhã. Tem alguma coisa ruim se aproximando. Alguma coisa *nova*...

— A coisa que está por vir — disse o Sr. Benedict, aparecendo à porta. Ele assentiu com a cabeça em sinal de aprovação e se juntou às crianças na mesa, acompanhado por Número Dois. — Parece que vocês terminaram de ler as anotações. Sei que são complicadas... Vocês têm perguntas a respeito delas?

— Acho que eu as compreendi bastante bem — disse Constance. (Os outros olharam para ela, descrentes.) — Neste momento, as mensagens ocultas estão sendo enviadas em baixa potência, várias vezes por dia, pelo Emissor... um homem chamado Ledroptha Curtain. Mas as turbinas de maré dele são extremamente potentes, de modo que parece que, em algum momento, ele vai começar a aumentar a força de suas mensagens.

— Parabéns, Constance! — disse o Sr. Benedict. — Muito bem!

As outras crianças franziram as sobrancelhas.

— Muito bem para *todos* vocês — o Sr. Benedict completou, com uma piscadela que fez todos se sentirem um pouco melhor. — Bom, então, vocês têm mais perguntas?

— Eu tenho — disse Kate. — O que vai acontecer quando o Emissor fortalecer o sinal?

— Nós só temos certeza de uma coisa — respondeu o Sr. Benedict. — Com um aumento muito leve, o Emissor vai eliminar a necessidade de televisores ou rádios para transmitir suas mensagens, ele vai ser capaz de emiti-las diretamente para dentro da mente de todo mundo. Até mesmo aqueles entre nós que têm um amor pela verdade já não serão mais capazes de evitar as transmissões.

Sticky parecia horrorizado.

— Qual... vai ser a *sensação* disso?

— Não me diga que nós vamos escutar a voz daquelas crianças na nossa cabeça — disse Kate com uma expressão de nojo no rosto.

— Em casos raros, talvez isto aconteça com pessoas que tiverem a mente excepcionalmente sensível — disse o Sr. Benedict. — Mas a maior parte de nós simplesmente vai se sentir irritada e confusa, essencialmente da maneira que nos sentimos agora sempre que a televisão está ligada e as mensagens estão sendo transmitidas.

— O senhor disse "com um aumento muito leve" — Reynie considerou. — O que vai acontecer quando a potência for usada no máximo, quando as mensagens forem transmitidas com força total?

O Sr. Benedict deu pancadinhas no nariz com o dedo.

— É *aí* que nós vamos escutar as vozes na cabeça. Imagino que não vá ser nada agradável.

—Parece horrível — disse Kate com o lábio torcido só de imaginar aquilo. — Então, por que ele deseja que nós todos pensemos que estamos loucos?

Uma sombra tinha cruzado o rosto de Reynie.

—*Não* é isso que ele quer, não é mesmo, Sr. Benedict? Pelo menos não é a coisa principal. Se não, por que ele estaria esperando?

—Certo, agora fiquei confusa — disse Kate, e as outras crianças mostraram que o mesmo valia para elas.

—Acredito que Reynie esteja tentando entender — disse o Sr. Benedict — por que o Emissor esperaria tanto tempo para aumentar a força, se já podia ter feito isso há muito tempo. Estou certo?

Reynie assentiu.

—Eu concordo — disse o Sr. Benedict. — As vozes não são o mais importante. Elas são o efeito colateral, a consequência não intencional de uma empreitada obscura e ambiciosa. O Emissor passou esses anos todos preparando as pessoas para alguma coisa... preparando-as para a coisa que está por vir.

—Mas o que é a coisa que está por vir? — perguntou Constance.

—É exatamente isto que precisamos descobrir — disse o Sr. Benedict. — Antes que seja tarde demais.

—E se *já* for tarde demais? — perguntou Sticky, nervoso. — Será que vai ser mesmo assim tão ruim?

O Sr. Benedict assumiu um ar solene.

—Para nós, e para todas as pessoas como nós, todas aquelas cuja mente se atém com tanta firmeza à verdade, estou convencido de que vai ser bastante desagradável. Vocês precisam compreender que o Emissor teve tanto trabalho, durante tantos anos e gastando quantias tão extravagantes de dinheiro, que não vai permitir qualquer interferência em seus planos. Ele já se revelou bastante implacável. Não, crianças, eu acredito que, pela virtude da resistência da nossa mente, nós devemos... como colocar? Acredito que devemos receber atenção especial.

Com estas palavras, uma nuvem sombria de possibilidades surgiu na mente das crianças, uma escuridão em que pensamentos assustadores se acendiam como relâmpagos.

Atenção especial.

A boca das crianças ficou seca como o deserto.

A mente de Reynie dava voltas e mais voltas. Parte dele queria *não* acreditar no Sr. Benedict. Será que realmente dava para confiar nele? Ele era um homem estranho, e as coisas que lhes contou eram ainda mais estranhas. Seria um alívio muito grande pensar que as previsões dele em relação à coisa que está por vir não passavam de especulações malucas. E, no entanto, Reynie de fato confiava no Sr. Benedict; tinha começado a confiar nele de maneira quase imediata. O que incomodava Reynie era que ele *queria* tanto confiar no Sr. Benedict... queria acreditar naquele homem que tinha demonstrado ter fé nele, queria ficar com estas crianças que pareciam gostar de Reynie e respeitá-lo do mesmo modo que ele gostava delas e as respeitava.

Então, a questão não era se Reynie podia confiar no Sr. Benedict ou não, mas sim se podia confiar em si mesmo. Quem, com a cabeça no lugar, diria que de fato quer ser colocado em perigo só porque assim poderia fazer parte de alguma coisa?

Reynie não sabia. Ele só sabia que não queria voltar atrás.

O batismo da equipe

Em preparação para a partida das crianças, o Sr. Benedict disse a elas que havia muitas informações necessárias a serem reunidas, e documentação a ser preenchida, e assinaturas a serem falsificadas, e ordens a serem dadas, e taxas a serem pagas, e telefonemas a serem feitos. Tirando o breve encontro com as crianças, Número Dois não tinha saído de seu computador, nem o Sr. Benedict tinha deixado sua escrivaninha, já fazia horas. E como Travez estava de vigia e a própria Rhonda estava ocupada demais para fazer algo além de levar o jantar deles e pedir licença, as crianças jantaram sozinhas.

Depois, Reynie e Kate foram para a sala de estar para treinar o código Morse. Apesar de eles pedirem, Constance, de mau humor, recusou-se a se juntar a eles. Em vez disso, enquanto Sticky os ajudava a treinar, ela compôs um poema a respeito de um bando de gárgulas mandonas que gostavam de comer comida de gato e cutucar a orelha. Era um poema desagradável, e o nome das gárgulas, não muito bem disfarçado, era Katina, Reynardo e Georgete. Depois de recitar seu texto para os outros, Constance foi direto para a cama sem escovar os dentes nem dar boa-noite.

Na verdade, isso foi um alívio para as outras crianças, que já estavam mais do que cansadas dos modos de Constance, e que se juntaram no quarto dos meninos para discutir exatamente essa preocupação. Ela tinha testado a paciência deles a noite toda (de fato, desde que a tinham conhecido) e a perspectiva de ela se juntar a eles em uma missão perigosa os preocupava.

— Nós simplesmente não podemos fazer isto — Kate disse pela décima vez. Ela estava pendurada de ponta-cabeça na cama de cima do beliche para ver se seu cabelo encostava no chão, mas os cachos loiro-dourados ficavam a 7,5 centímetros do piso, como ela tinha desconfiado. — Ela não é nada mais do que um peso. É mal-humorada, não é especialmente inteligente até onde eu pude perceber e provavelmente é a garota mais atrapalhada que eu conheço... ela sempre derruba as coisas e caminha como se estivesse com enjoo a bordo de um navio. Como é que nós vamos conseguir fazer o que precisamos com uma pessoa assim na nossa equipe?

— Kate tem razão — disse Sticky, erguendo os olhos de um livro de geologia. — Constance só vai dificultar tudo.

— Eu me sinto da mesma maneira — Reynie admitiu. — Mas vocês não acham que seria estranho o Sr. Benedict permitir que ela se juntasse a nós se não fosse importante?

— Ele pode ser um gênio, mas até os gênios cometem erros — respondeu Kate, com o rosto tão vermelho quanto um tomate. Ela tombou para trás no beliche, deu uma cambalhota e caiu em pé. Então prendeu o cabelo em um rabo de cavalo, com um gesto bem despreocupado. — Talvez tenha pena dela.

— Talvez tenha mesmo — disse Reynie. — Mas certamente não permitiria que seus sentimentos estragassem a missão. Ele deve ter bons motivos para incluí-la.

— Só há uma maneira de descobrir — disse Kate. — Você tem que falar com ele.

— Eu? Por que eu?

— Porque você é o único que pode fazer isto. Se Sticky for, ele só vai ficar lá balbuciando e limpando os óculos. Se eu for, vou acabar reclamando dela, como estou fazendo há meia hora. Por exemplo, você viu o jeito como ela roubou um pedaço do meu bolo no jantar? E aquele foi o único doce que eu comi o dia inteiro!

— É verdade — disse Sticky ao terminar de ler o seu livro e fechá-lo, fazendo um barulho surdo. — Vou ficar com a língua presa, e Kate vai ficar esquentada. Tem que ser você, Reynie.

Assim, alguns minutos depois, foi Reynie quem bateu na porta do escritório.

— Pode entrar, Reynie — disse o Sr. Benedict. Como antes, Reynie o encontrou no chão, dessa vez com um biscoito meio comido em uma mão, um gráfico de um tipo qualquer na outra e migalhas de biscoito espalhadas pelo paletó verde. — Eu estava terminando o meu jantar. Quer um biscoito?

Tem outro na minha escrivaninha, mas acho que está frio... eu estava tão concentrado no trabalho que tinha esquecido de comer até agora.

— Não, obrigado — disse Reynie. Mesmo que estivesse com fome, não teria conseguido comer nada; ele estava se sentindo muito desconfortável.

Não parecia muito decente reclamar de Constance, e ele também não gostava da ideia de demonstrar dúvidas a respeito do Sr. Benedict, de quem gostava muito. Mas aquilo devia ser feito, e ele estava se preparando para começar quando o Sr. Benedict disse:

— Imagino que esteja aqui para falar de Constance.

Reynie engoliu em seco e assentiu.

— E que você não vá falar só por você, mas também por Sticky e Kate?

Reynie ficou pensando que talvez algum dia fosse se acostumar com o fato de o Sr. Benedict sempre saber o que se passava pela cabeça dele.

— Entendo perfeitamente — disse o Sr. Benedict. — E, se tivéssemos mais tempo, eu ficaria feliz em explicar a você as minhas escolhas com todos os detalhes. Mas, como não temos, permita-me garantir que Constance é muito mais talentosa do que parece, e que não é por pena, cegueira ou esperança infundada que eu a incluí nesta missão. Ao contrário, acredito que ela seja exatamente a chave para o nosso sucesso.

— Se isso é verdade, então acho que ela vale a pena a dor de cabeça e os problemas.

— Às vezes, Reynie, o problema em si é a chave.

— Senhor, não entendi.

— Tenho certeza de que, com o tempo, vai entender. Agora, escute, é verdade que tenho uma certa simpatia por Constance. Como ela, como você, eu fui criado em um orfanato, e sei o que é se sentir triste e sozinho. No entanto...

— O senhor é órfão?

— Certamente. Os meus pais eram cientistas holandeses, morreram em um acidente no laboratório quando eu era bebê. Fui enviado para este país para morar com a minha tia, mas ela também morreu, e por isso fui mandado para um orfanato. No entanto, a minha intenção era dizer que, apesar de eu sentir afinidade por Constance, não foi por isso que eu a incluí, da mesma maneira que não foi por afinidade que incluí você ou qualquer um dos outros. É justo?

— Acredito que sim.

— Muito bem, então. Você pode me fazer um grande favor? Pode dizer aos seus amigos o que eu falei e voltar para me apresentar o veredicto deles? Se alguém preferir não prosseguir, é melhor que eu saiba logo.

A noção de urgência era evidente na voz do Sr. Benedict, e Reynie se apressou para voltar e relatar a resposta a Sticky e Kate, que estavam sentados de pernas cruzadas no chão, travando uma batalha de polegar para passar o tempo. Eles não ficaram nada contentes com a notícia, mas também não demonstraram intenção de desistir, de modo que Reynie os deixou com sua batalha de polegar e voltou apressado para o escritório do Sr. Benedict. Ele estava a ponto de bater na porta quando ouviu vozes lá dentro. Hesitou, porque não queria interromper.

— Não suporto isto! — o Sr. Benedict ia dizendo. — Não posso *suportar* a ideia de colocá-los em perigo! Isso vai contra tudo aquilo que eu acredito.

— Entendo — veio a resposta, e Reynie reconheceu a voz de Número Dois. — Eu sei, Sr. Benedict, nós todos nos sentimos assim. Mas, se eles não forem, então tudo estará perdido... a cortina vai se fechar. Foi o senhor mesmo que disse. Não temos escolha. Agora, por favor, acalme-se antes que...

O Sr. Benedict disse alguma coisa que Reynie não conseguiu distinguir, mas foi uma expressão clara de angústia, ou talvez de fúria, e então Número Dois começou a dizer:

— Ah, nossa. E desta vez ainda foi com a boca cheia de biscoito. Acorde, meu caro Benedict. — Ouviu-se um som de tapinhas. — Acorde, estou com medo que engasgue.

Depois de um instante, ouviu-se um barulho de ronco, depois uma tosse, e então o Sr. Benedict disse:

— Ah. Passei muito tempo dormindo?

— Só um instante — disse Número Dois, com gentileza.

— Que bom, que bom. Obrigada pela sua comiseração, minha amiga, e agora, é melhor que você retorne ao seu computador caótico. Sinto muito por fazê-la trabalhar tanto.

— Eu sei tão bem quanto o senhor que isto é necessário. Permita-me apenas colocar água nesta violeta, pelo bem da minha consciência, e já saio. Coitadinha, está à beira da morte.

— Eu sei, é vergonhosa a maneira como eu a negligencio, mas não tenho tido tempo nenhum. Obrigado, Número Dois. Agora vá e leve aquele biscoito, não adianta dizer que não quer, eu a vi olhando para ele, e, se cruzar com o nosso herói no corredor, peça a ele que entre já.

O coração de Reynie se agitou. Herói? Será que o Sr. Benedict estava se referindo a *ele*?

— Ele é uma criança extraordinária, não é mesmo? — disse Número Dois, com a fala um pouco atrapalhada pela boca cheia de biscoito.

— De fato, é mesmo. Eles todos são, e é por isso que eu desprezo tanto a ideia... mas, bom, não vou me estender. Não posso cair no sono de novo, vamos ficar a noite inteira nisto. Que tal nos encontrarmos à meia-noite para ver em que pé as coisas estão?

— Está marcado, meia-noite. Vou dizer a Rhonda — Número Dois falou e abriu a porta. — Ah, Reynie! Falando do diabo, Sr. Benedict, aqui está ele. Pode entrar, menino, eu preciso me apressar.

Reynie entrou.

— Todo mundo quis continuar, Sr. Benedict. Nós vamos fazer o possível para nos entender com Constance.

— Fico contente em saber, e não tenho dúvida de que vocês farão isto, Reynie — disse o Sr. Benedict e seus olhos já foram retornando ao gráfico que tinha na mão. — Muito obrigado. Agora, é melhor dormir um pouco. Amanhã, o dia que terá pela frente será bem difícil.

Reynie hesitou.

— Senhor, se eu não conseguir dormir, posso voltar aqui? Prometo que não vou incomodar. Vou ficar bem quietinho. É só que os meus nervos estão todos à flor da pele.

— Não diga mais nada, Reynie — disse o Sr. Benedict, que tinha começado a calcular um número no gráfico com uma mão e a fazer anotações com a outra em um bloco, como se nenhuma das duas coisas exigisse mais concentração do que para calçar meias. — O meu escritório é o seu escritório. Venha aqui sempre que desejar.

Reynie assentiu, colocou a mão na maçaneta e mais uma vez hesitou.

— Sr. Benedict?

— Humm? O que foi, Reynie?

— Eu gostaria de agradecer, senhor.

O Sr. Benedict ergueu os olhos.

— *Agradecer*? Por quê?

— É só que eu quero... agradecer, senhor. Nada mais.

O Sr. Benedict lançou um olhar longo e confuso para ele. Finalmente, ele deu de ombros, sacudiu a cabeça, abriu um sorriso afetuoso e disse:

— Reynie, meu bom menino, eu lhe digo, sinceramente: não foi nada.

Bem cedo pela manhã, antes de o sol ter lançado seus primeiros raios e de os passarinhos vermelhos piarem suas primeiras notas, as quatro crianças já estavam reunidas no quarto dos meninos. Ansiosas demais para dormir, como que por magia, elas tinham acordado na mesma hora e procurado umas as outras. Agora estavam sentadas de pernas cruzadas ou esparramadas no chão, falando em tom bem baixinho. A casa estava em silêncio, mas eles não eram os únicos acordados. Além da voz deles mesmos, também escutavam, percorrendo os corredores cheios de correntes de vento encanado, um barulho de teclas abafado (Número Dois, que nunca dormia, estava ao computador) e, vindo de algum lugar acima deles, um ou outro rangido do assoalho.

As crianças estavam envolvidas em um debate cochichado. Tinham decidido que deveriam ter um nome. Tinha sido ideia de Kate Tempotodo, é claro, mas todo mundo concordou, até Constance. Se iam dar início a uma missão secreta, em um lugar onde estariam completamente sozinhos entre desconhecidos, se realmente precisariam confiar uns nos outros como colegas agentes e amigos (se, em resumo, fossem formar uma *equipe*), eles certamente precisavam de um nome. Então, tinham se decidido a escolher como chamariam a si mesmos.

— Eu estava pensando em algo como A Grande Máquina do Tempo da Kate e Seus Companheiros Tempestuosos — disse Kate. — Meio que brinca com o tema do clima.

A sugestão dela foi recebida com silêncio geral e, da parte de Constance, um olhar realmente tempestuoso. Depois de uma pausa, Kate disse:

— Bom. Alguém *mais* tem alguma uma ideia?

— Que tal "A Gangue das Quatro Crianças"? — ofereceu Sticky. — Ou "O Grupo Infantil de Agentes Secretos"?

O rosto franzido e tempestuoso de Constance ficou ainda mais obscuro, se é que isso era possível. Reynie limpou a garganta. Kate disse:

— Hum, Sticky? Esses devem ser os nomes mais *chatonildos* que eu já escutei na vida.

— Mas são exatos — argumentou Sticky, olhando esperançoso para Reynie, mas Reynie só sacudiu a cabeça.

— Se estamos só tentando ser exatos, que tal "O Bando Fadado ao Fracasso"? — disse Constance. — Sinceramente! Nós não conseguimos nem achar um *nome* para nós mesmos.

— Ouçam — disse Reynie, ignorando-a. — O que foi que nos juntou? Talvez possamos começar por aí.

— O Sr. Benedict — disseram Kate e Sticky ao mesmo tempo.

— Tudo bem, então, que tal alguma coisa com o nome dele, para nos lembrar da nossa missão?

— "A Equipe Muito Secreta do Sr. Benedict"? — disse Sticky.

Todo mundo resmungou.

Kate disse:

— Que tal "Sr. Benedict e A Grande Má..."

— Nem termine de falar — disse Reynie.

— A Misteriosa Sociedade Benedict — disse Constance, levantando-se ao falar. Então ela saiu do quarto, aparentemente convencida de que não se fazia necessária mais discussão.

E acabou que ela estava certa.

Ilha Nomansan

O porto de Stonetown sempre tinha sido movimentado: navios chegando e lançando âncora a qualquer hora do dia e da noite, estivadores e incontáveis marinheiros andando para lá e para cá como formigas, e as docas com pilhas e mais pilhas de carga. Toda essa atividade ocorria à sombra de Stonetown em si, uma cidade que existia por causa de seu porto, e que tinha crescido tanto e ficado tão movimentada por causa dele. Perto da parte sul do porto, no entanto, havia um canal de baixios traiçoeiros, salpicado aqui e ali com enormes pedregulhos que ainda exibiam as cicatrizes de antigos naufrágios e, por consequência, essa parte sul do porto era sempre bem tranquila. Era ali, entre as rochas marcadas por navios, que se encontrava a ilha Nomansan.

A praia da ilha era composta de pedras afiadas, apenas com um ou outro trecho de areia por onde seria possível um barco se chegar perto; mas o capitão de qualquer embarcação que tentasse se aproximar dali tinha que ser muito corajoso ou muito tolo, porque as correntes das águas ao redor eram imprevisíveis, e as partes rasas eram famosas por serem difíceis de navegar. O único ponto de aproximação prático da ilha Nomansan era a ponte comprida e estreita que ia de sua praia até o litoral do continente, coberto por um bosque, a 800 metros de distância. A cidade não tinha se desenvolvido naquela parte da costa, mas tinha crescido para o norte, na direção do rio continental, deixando alguns acres de bosque intocado. (Um dia, sem dúvida, alguém repararia no bosque, como uma coceira irritante, e ele seria derrubado rapidamente; mas, por enquanto, permanecia lá.) Foi por esse bosque, e na direção dessa ponte, que os integrantes da recém-formada Misteriosa Sociedade Benedict foram conduzidos.

Eles rodavam ligeiros por uma estrada pouco usada, em uma perua velha dirigida por Rhonda Kazembe. Quando o carro passou por baixo das árvores, Reynie reparou nas primeiras cores do outono nos galhos lá em cima. As folhas das extremidades estavam ficando vermelhas, amarelas e alaranjadas, enquanto as mais próximas aos galhos ainda mantinham o verde profundo do verão, de modo que as árvores pareciam confeitadas. Era uma paisagem adorável, mas Reynie não foi capaz de aproveitá-la. Seus companheiros se sentiam basicamente da mesma maneira. Em poucos minutos, eles seriam admitidos na Academia-Ouro da Vivência Vocacional, e estavam apreensivos. Quando mais se aproximavam da ilha, mais real o perigo parecia.

Rhonda apontava através das árvores, para o litoral do continente.

— Os nossos telescópios vão estar escondidos ali, nos arbustos — disse ela. — Vamos instalá-los assim que eu os deixar lá e, a partir de então, vamos ficar de olho neles o tempo todo. Se vocês se posicionarem em qualquer ponto deste lado da ilha, nós poderemos enxergá-los com os telescópios, como se estivessem a meio metro de distância. Sempre que vocês tiverem alguma informação para dar, nós vamos estar prontos para receber. E se *nós* tivermos alguma coisa a dizer para *vocês*, vamos mandar uma mensagem de resposta. Fica a critério de vocês encontrar o momento mais seguro de estabelecer comunicação. O mais provável é que seja depois de escurecer, quando os outros estiverem dormindo. Mesmo assim — Rhonda completou —, sempre existe uma pequena chance de as nossas mensagens para vocês serem observadas da ilha. Por este motivo, elas precisam necessariamente ser cifradas.

— O que significa cifradas? — disse uma voz do banco de trás.

— Desculpe, Constance. Quando disse "cifradas", eu quis dizer vagas ou misteriosas. Não vamos jamais usar nomes, e nunca dar orientações óbvias, a não ser em caso de emergência. Na maior parte dos casos, vamos confiar na habilidade de vocês para descobrir o que nós queremos dizer. É mais difícil assim, mas precisamos tomar precauções em nome da segurança de vocês. Mesmo com precauções, a situação será extremamente perigosa.

Com as palavras "extremamente perigosa" frescas nos ouvidos das crianças, o carro saiu do bosque com seu motor barulhento e a ilha Nomansan apareceu a frente deles. E, lá, na beira da ilha, estava um arranjo de construções cinzentas bem grandes, um pátio, e uma torre estreita que se assemelhava a um farol; tudo parecia ter sido construído inteiramente com pedras tiradas da própria ilha. Dessa distância, a Academia se confundia tanto com as encostas escarpadas de Nomansan que parecia fazer parte da própria ilha. Atrás dele, dos dois lados, erguiam-se colinas íngremes e, além das colinas, enxergavam-se picos de outras colinas e, além desses, outros mais. Um mastro de bandeira se projetava da lateral da torre da Academia, exibindo um estandarte vermelho comprido que esvoaçava com a brisa. Escrita no estandarte, com letras grandes o suficiente para serem lidas do continente, estava a palavra AOVIVO (uma sigla, obviamente, para Academia-Ouro da Vivência Vocacional).

— Pelo menos não está escrito *morrer* — refletiu Kate.

— Ah, sim, muito encorajador — disse Sticky, cujo suor começava a escorrer pela testa.

Reynie olhou pela janela, para a ponte que se aproximava. Para atravessá-la, primeiro era necessário parar em uma guarita, e Reynie estava nervoso, apesar das garantias do Sr. Benedict. Novos alunos eram admitidos o tempo todo, e o Sr. Benedict tinha tomado todas as providências, seguido todos os procedimentos adequados, mas, mesmo assim... era normal se sentir nervoso, o Sr. Benedict dissera. Todas as crianças ficam nervosas no primeiro dia em uma escola nova, e todos os agentes secretos ficam nervosos no primeiro dia de missão. Combinando-se os dois, as chances de nervosismo aumentavam muito.

Na entrada da ponte, duas pessoas saíram da guarita e fizeram um sinal para o carro parar.

— Fiquem tranquilos agora — disse Rhonda baixinho. — Ainda não há nada com que se preocupar.

Os guardas eram um homem e uma mulher de óculos escuros, sorrindo e com ternos caros, com sapatos bem engraxados que brilhavam ao sol da manhã. Quando a mulher fez um sinal para que Rhonda abaixasse o vidro, ninguém pôde deixar de notar os relógios prateados enormes nos pulsos dela. Reynie apertou o apoio de braço.

— Posso ajudar? — perguntou a mulher, espiando dentro do carro. Um perfume cítrico adocicado entrou pela janela. A mulher não parava de sorrir, a imagem da simpatia. O outro guarda também sorria, mas Reynie logo viu que ele os examinava com muita atenção.

— Estes são os seus novos alunos — disse Rhonda. — Três transferidos da Academia Binnud e um do orfanato de Stonetown.

— Espere aqui, por favor. — A mulher voltou para dentro da guarita. O outro guarda permaneceu onde estava. Inclinou a cabeça para escutar alguma coisa que a mulher lhe dizia, mas ficou de olho no carro.

— Fiquem tranquilos — Rhonda entoou mais uma vez, em altura suficiente apenas para as crianças escutarem.

Mas Reynie reparou que (com muita sutileza) ela havia engatado a marcha a ré do carro. Só por precaução.

Reynie respirou fundo e prendeu o ar. Ele torcia para que os amigos fossem se lembrar da história de cada um. A dele era bem fácil, já que era a verdade: o Sr. Rutger, adequadamente convencido, tinha feito uma exceção especial no caso dele. Os outros, no entanto, vinham de um escola temporária especial para órfãos chamada Academia Binnud. Naquela manhã, enquanto se despediam no café da manhã, o Sr. Benedict tinha dito que, se dissessem "Academia Binnud" em voz alta, isso serviria para lembrar que ele sempre estaria pensando neles.

— Assim como eu — Número Dois tinha dito. Distraída pela emoção, ela enxugava os olhos com uma fatia de pão. — Vou estar sempre pensando e rezando por vocês.

Todos os adultos pareciam especialmente emotivos, exaustos e tristes (menos Travez, que era assim o tempo todo) mas, no entanto, havia uma fagulha de animação, até mesmo de esperança, em todos os olhos.

— Agora vão, crianças — dissera o Sr. Benedict. — Vão e mostrem a eles do que vocês são capazes.

Nesse momento, Reynie sentiu que era capaz de derreter bem ali. Seus joelhos tremiam e ele mal conseguia fazer com que seus dentes não batessem. Sticky esfregava os óculos com tanta força que eles até rangiam, e Constance estava com os olhos bem apertados, fingindo estar dormindo sem convencer ninguém. Até Kate estava tremendo um pouco. A guarda parecia estar demorando demais.

Quando ela finalmente saiu, seu sorriso não tinha diminuído nem um pouco. Reynie só teve tempo de imaginar se isso significava que ela tinha ou *não* algo a esconder... e então ela já estava ao lado do carro, dizendo:

— Bem-vindos, garotos! Vocês estão liberados, e chegaram bem na hora. Por favor, dirijam-se aos portões da ilha. Vou passar uma mensagem por rádio para que possam entrar.

Quando Rhonda subiu a janela e engatou o carro mais uma vez, todas as crianças soltaram a respiração. Então atravessaram a ponte comprida em direção a seu destino.

Depois que as malas tinham sido descarregadas da perua e Rhonda tinha assinado um formulário e se despedido de todos, as crianças ficaram esperando em uma área de carregamento perto do portão da ponte. Seus acompanhantes logo viriam buscá-los, disseram os guardas do portão. Enquanto isso, por favor, que saíssem do meio do caminho, porque aquela era uma área movimentada e não era o tipo de lugar para crianças ficarem andando. Trabalhadores de uniforme branco tiravam caixotes de um depósito próximo e colocavam em um caminhão grande. E de fato pareciam muito ocupados, carregando e empilhando os caixotes de maneira incansável, algo tão exaustivo que dava dor nas costas só de olhar.

As crianças se colocaram ao lado da área de carregamento, arrastando as malas atrás de si. (Rhonda arranjara mudas de roupa para todos eles, incluindo peças que ela tinha costurado à mão durante a noite para o tamanho diminuto de Constance.) Elas não tinham muito o que fazer nem o que olhar para se ocupar, apesar de quererem muito arranjar alguma coisa para se ocupar para afastar o nervosismo da mente. Havia apenas uma guarita, o depósito e a área de carregamento (todos lugares onde elas aparentemente não podiam ir) e um muro de pedra que bloqueava a visão delas do porto. Depois de rodar os polegares durante alguns minutos, as crianças empilharam as malas e se revezaram subindo na pilha para espiar do outro lado do muro. (Constance precisou das quatro malas, os outros se viraram com duas.)

Ficaram interessados ao descobrir atividade embaixo da ponte: mais trabalhadores de uniforme branco que navegavam um barco entre os pilares. Os trabalhadores carregavam chaves inglesas gigantes, manivelas e outras ferramentas e as usavam para fazer ajustes em algum aparato que elas não enxergavam embaixo da superfície da água. Assim como os trabalhadores que carregavam os caixotes no caminhão, os do barco pareciam totalmente absortos por seu trabalho. Falavam pouquíssimo, e sempre em tom bem baixo, como se nutrissem grande reverência pela tarefa a ser cumprida.

Devem ser as turbinas, Reynie pensou e desceu de cima das malas. Sticky e Kate tinham chegado à mesma conclusão, mas Constance ficou refletindo em voz alta a respeito do que aquela gente poderia estar fazendo lá embaixo. Será que estavam tentando consertar a *água*?

Reynie não sabia dizer se Constance estava brincando ou não. De todo modo, ele começou a responder, mas sua voz foi abafada pelo rugido de um motor. Os trabalhadores tinham acabado de carregar o caminhão grande. Dois homens de terno tinham entrado na cabine e, quando o portão se abriu para eles, acenaram alegres para as crianças e saíram pela ponte com o caminhão.

— Vocês viram aquilo? — Constance exclamou. — Eles estão usando aqueles relógios de choque! Os guardas da ponte também. Vocês repararam?

— Fale baixo — disse Kate entre. — Está louca? É claro que nós reparamos.

Constance estava indignada, mas não havia tempo para que uma discussão completa se desenvolvesse, porque foi bem aí que os acompanhantes das crianças chegaram.

Os acompanhantes estavam vestidos de maneira idêntica, com calça azul, túnica branca bem engomada e faixa azul na cintura, mas jamais poderiam ser confundidos um com o outro. Um era um rapaz ruivo e corpulento com olhos azuis gélidos e nariz tão fino e pontudo que parecia uma faca. A outra era uma moça com corpo forte, um rabo de cavalo castanho ensebado e olhos pequeninos e juntos de cor indeterminada. Eles se apresentaram como Jackson e Jillson.

Reynie estendeu a mão.

— Eu me chamo...

— Vai haver tempo para isto — disse Jillson e se virou para o outro lado. — Vamos andando. Vamos levar vocês primeiro para o quarto, onde vão deixar a bagagem.

Surpreso, Reynie abaixou a mão. Ele sabia que Jillson que tinha sido grosseira (ela e Jackson também não se ofereceram para ajudar com as malas), mas mesmo assim se sentiu um bobão.

— *Ela* é simpática, hein? — murmurou Kate.

As crianças foram conduzidas por um longo caminho de cascalho em direção aos prédios da Academia. Atravessaram o amplo pátio de pedra e depois um jardinzinho modesto de pedras, então esperaram enquanto Constance tirava o cascalho que tinha entrado nos sapatos dela. Finalmente foram levados para o dormitório dos alunos, onde foram forçados a se separar, afinal o quarto das meninas ficava em uma das pontas de um corredor comprido feito de pedra e o dos meninos, na outra.

O quarto de Reynie e Sticky, além de ser muito limpo e arrumado, era bem como eles esperavam que fosse: beliche, duas escrivaninhas com cadeira (mas nenhuma estante de livro), um guarda-roupa, um aquecedor, um aparelho de televisão grande (bom, *isso* era inesperado) e uma janela que dava vista para o pátio. Reynie foi até a janela. Além do pátio ficava o canal reluzente, que brilhava ao sol e agitava-se com ondas de crista branca e, mais à frente, a costa do continente coberta pelo bosque, onde os telescópios do Sr. Benedict ficariam escondidos. As crianças poderiam enviar suas mensagens em código Morse daquela janela mesmo. O estômago de Reynie se agitou. A cabeça dele podia já ter entendido que ele agora era um agente secreto, mas seu corpo ainda estava tendo dificuldade em acreditar.

Jackson se escorou no batente da porta.

— Se vocês precisarem de alguma coisa, peçam para um Executivo. Vocês sempre podem distinguir um Executivo pelo uniforme: calça azul, túnica branca, faixa azul. Os Executivos mandam em tudo por aqui. Muitos de nós somos ex-alunos que nos demos tão bem como Mensageiros que o Sr. Curtain nos contratou para continuar aqui. Mas não nos confundam com os Mensageiros. Os Mensageiros também usam túnica e faixa, mas a calça deles é listrada. Eles são apenas alunos como vocês, mas são os melhores da classe e têm privilégios especiais. Privilégios *secretos*, devo adicionar. Mas, bom, logo vocês vão ficar sabendo de tudo isso. Por enquanto, podem desfazer a mala; se quiserem, assistam a um pouco de TV. — Ele ligou o televisor que estava na frente deles. — A orientação de vocês vai ser daqui a uma hora. Então vocês vão ser apresentados ao Sr. Curtain.

— Quem é o Sr. Curtain? — perguntou Reynie, achando que seria melhor dar a impressão de que ele tinha o mínimo de informações possível. Quanto menos se sabia, menos as pessoas desconfiavam de você... e talvez mais pudessem lhe dizer.

Jackson soltou uma gargalhada de desdém e então forçou o desprezo a se transformar em sorriso. Ele parecia um crocodilo ruivo.

— Sempre me esqueço de como vocês, garotos, são ignorantes quando chegam aqui. O Sr. Curtain é o meu chefe. Ele é o fundador da Academia, a razão por que nós todos estamos aqui. Entenderam? — Estava claro que Jackson era o tipo de rapaz que se considera mais esperto do que é, e que é naturalmente cruel mas acredita ser um sujeito decente. Como os meninos menores demoraram um pouco para responder, ele explodiu: — Vocês me entenderam ou não? Vocês falam inglês, certo?

Os meninos assentiram.

— Que bom. A gente se vê daqui a uma hora.

Depois que Jackson saiu, Sticky desligou a televisão.

— Você ouviu isso? *Mensageiros*. A gente sabe o que isso significa, não é mesmo?

— É melhor acharmos as meninas.

— Nós estamos bem aqui — disse uma voz abafada vindo de cima deles. Um painel no teto deslizou para o lado e a cabeça de Kate Tempotodo apareceu no espaço vazio. — Não tem nenhuma viga de suporte em cima do beliche de vocês, então será que alguém pode colocar uma cadeira aqui embaixo, por favor? Eu vou ajudar Constance a descer. Aliás, o que vocês estão *fazendo*?

Os meninos já estavam nervosos antes daquilo, e ao ouvir aquela voz inesperada vinda de cima, Reynie tinha colocado as mãos em cima da cabeça, como se estivesse tentando evitar um golpe, e Sticky tinha tentado, sem sucesso, esconder-se atrás da mala. Com um sorriso acanhado, Reynie puxou uma cadeira para baixo da abertura. Um momento depois, os pezinhos de Constance apareceram, depois o resto do corpo dela, enquanto Kate, com as pernas entrelaçadas em uma viga, a descia com cuidado até a cadeira. Os meninos a ajudaram a descer até o chão enquanto Kate prendia a corda na viga e descia para se juntar a eles.

— Não se incomode em me agradecer — ela disse a Constance, que fazia cara feia e tirava pedacinhos de material isolante da roupa.

— Por que eu agradeceria? Você me arrasta até o teto, faz com que eu entre em uma abertura de aquecimento, me arraste no meio de teias de aranha no escuro, em cima dessas tábuas duras, dizendo: "Não coloque o joelho aí! Você vai cair e quebrar o pescoço!" e "Não respire tão alto! Alguém vai ouvir!" até o meu coração estar na garganta e os meus joelhos estarem me matando, e espera que eu agradeça?

— De jeito nenhum — respondeu Kate. — Fiquei feliz de fazer tudo isso.

Os olhos de Constance pareciam prontos para saltar da cabeça.

— Você pensou na possibilidade de simplesmente vir caminhando pelo corredor? — perguntou Sticky.

— Achei que era melhor termos uma entrada secreta — respondeu ela. — Para o caso de querermos nos encontrar secretamente. Aposto que aqueles Executivos estão sempre patrulhando este lugar. Não gostei deles nem um pouco. Jillson caçoou do meu balde, ficou nos chamando de "menininhas" e ficou dando ordens. Achei que Constance ia dar uma mordida na perna dela.

— Eu pensei no assunto — disse Constance.

— Mas ela parece durona — refletiu Kate. — 1,80 m de altura, braços de gorila, e prende o rabo de cavalo com *arame*. Provavelmente usa isso para estrangular as crianças que a irritam.

— Vamos tomar cuidado para não irritá-la, então — disse Reynie, e então contou a elas o que Jackson tinha dito a respeito dos Mensageiros.

— Jillson nos falou sobre a mesma coisa — disse Kate. — Então, a voz que nós ouvimos na televisão deve ser de alguma criança mensageira, certo?

— Deve ser. E parece que os outros alunos não sabem muito bem o que os Mensageiros fazem... eles só ganham esses "privilégios secretos" quando se tornam os melhores alunos. Isso significa que nós vamos ter que subir ao topo, e rápido, para podermos nos tornar Mensageiros e descobrir tudo o mais rápido possível.

— Por que nós não bisbilhotamos por aí e descobrimos algumas coisas por conta própria agora mesmo? — disse Kate, que adorava bisbilhotar por aí.

Os outros concordaram, de modo que Kate pegou a corda dela e reajustou o painel do teto, e eles saíram pelo corredor. Apressando-se para acompanhar Kate, que sempre se movimentava em marcha rápida, Reynie estava quase na saída do dormitório quando reparou que Constance não estava com eles. Todos voltaram. Constance estava parada bem à porta do quarto dos meninos, apontando para uma mancha de mofo no teto e franzindo o nariz.

— Que nojo! Quero dizer, isso aí é um pavor! Eu *odeio* mofo!

— Hum, Constance — disse Reynie. — Nós estamos com pressa, está lembrada?

Eles partiram mais uma vez, agora de olho em Constance. Mas, além de se distrair com facilidade, Constance também caminhava tão devagar que era intolerável. Quando eles pediram a ela que se apressasse, ela se recusou, obstinada. Quando a deixaram para trás, ficou irritada porque eles não a esperaram.

— Não é minha culpa se as minhas pernas são mais curtas do que as de vocês — reclamou. — Não podem querer que eu ande assim tão rápido.

— E se um de nós carregar você de cavalinho? — sugeriu Reynie.

— Isso é uma idiotice — disse Constance.

Mas, no fim, ela deixou Kate erguê-la e, assim, afinal, eles conseguiram sair do dormitório para o sol.

As crianças resolveram seguir um caminho estreito e bem cuidado de brita que ziguezagueava para cima de uma colina alta próxima ao dormitório. Em alguns minutos, já tinham chegado ao topo, onde foram apresentados a uma vista excelente da ilha. O terreno todo era formado por uma série de colinas e mais colinas, algumas baixas e outras avultantes.

As crianças olharam para sua nova escola. Os prédios de pedra cinzenta da Academia eram tão parecidos uns com os outros e tão próximos que era difícil avaliar precisamente onde acabava um e começava outro. Estavam dispostos mais ou menos em formato de U ao redor do amplo pátio de pedra e se conectavam por passarelas e degraus de pedra. Vistos dessa perspectiva, com a torre de pedra erguendo-se logo atrás do dormitório, os prédios se pareciam mais com uma fortaleza do que com uma escola.

E, no entanto, com o sol forte da manhã, a Academia não parecia um lugar assim tão proibitivo, tão ameaçador quanto tinham imaginado; aliás, a ilha toda era bastante adorável. As encostas das colinas formavam uma colcha de retalhos composta por areia, vegetação verdejante e aglomerados de pedregulhos unidos por caminhos de cascalho serpenteantes. E, aqui e ali, ao longo dos caminhos, cactos em flor tinham sido plantados em grandes vasos de pedra. Um riacho vigoroso corria de uma colina próxima, seguindo seu curso por cima e ao redor das pedras, às vezes se derramando em cachoeiras em miniatura enquanto cumpria seu trajeto até a praia da ilha, que ficava a uma curta distância da Academia, encosta abaixo. Além do chape e do murmúrio da água e dos pios distantes das andorinhas nas colinas, a ilha era notavelmente silenciosa, sem crianças à vista e com apenas um ou outro trabalhador de uniforme branco varrendo um caminho ou apressado para cumprir alguma tarefa desconhecida.

— Acho que todo mundo está em aula — disse Sticky. Lançou um olhar curioso para Kate. — Por que você está pegando o seu caleidoscópio?

— É uma luneta de espionagem disfarçada — Reynie explicou quando Kate removeu a lente do caleidoscópio.

Kate percorreu a torre de pedra com a luneta de espionagem.

— Olhem, há uma janela bem em cima da bandeira da Academia. Aposto que tem alguma coisa importante ali. É a janela mais alta da ilha. Tem sempre alguma coisa importante atrás da janela mais alta.

Ela entregou a luneta de espionagem para Constance.

— Deve ser só para poderem alcançar a bandeira — disse Sticky. — Precisa haver um jeito de recolhê-la para lavar, sabe?

— Talvez — respondeu Kate. — Seria bem simples entrar lá para descobrir. A janela não é tão alta quanto parece, não se você estiver naquela colina. Primeiro, é preciso chegar àquele paredão de pedra — ela apontou para um lugar próximo ao topo da colina — e então pular o riacho e escalar o resto do caminho. A torre é construída bem na encosta, estão vendo? Com um pedaço decente de corda, dá para laçar o mastro da bandeira, subir e ficar em pé no mastro para abrir a janela.

— Você acha que isso é simples? — disse Reynie.

Kate deu de ombros.

— É *bastante* simples.

— Mas, bom — disse Reynie —, está bem à mostra e você certamente seria avistada. Acho que não era isso que o Sr. Benedict tinha em mente quando nos disse para não correr riscos desnecessários.

Kate suspirou.

— Suponho que seja verdade.

Constance, enquanto isso, fazia cara de nojo.

— Esta sua luneta de espionagem é péssima, Kate. Faz tudo parecer mais distante.

Kate virou a luneta de espionagem e devolveu para ela.

As crianças ficaram algum tempo no alto da colina. Era agradável ficar ali, com aquela vista ampla e a brisa, e, apesar de nenhuma delas ter dito, estavam relutantes em voltar para baixo e se encontrar com os Executivos de novo. Kate estava mais relutante do que qualquer uma delas, não por ter medo de ser pega como espiã (apesar de ela estar nervosa com isso, como as outras), mas porque detestava parar de explorar. Explorar era o que ela fazia melhor, e Kate sempre gostava de fazer o que fazia melhor. Não que ela não fosse uma boa colaboradora do grupo; aliás, ela era ótima, e raramente reclamava. Mas Kate tinha passado a vida toda (desde que o pai a abandonara, coisa que a afetou mais do que ela queria admitir) tentando provar que ela não precisava da ajuda de ninguém, e era mais fácil acreditar nisso quando estava fazendo aquilo em que era boa.

Então, quando Sticky sugeriu, ansioso, que eles voltassem, ela não conseguiu segurar o suspiro. Mas todo mundo estava com vontade de suspirar, na verdade, de modo que ninguém perguntou a Kate por que ela tinha feito aquilo.

Reynie ajudou Constance a subir nas costas de Kate e as crianças começaram a descer a colina em direção ao dormitório. Kate, esperançosa, ficou de olho para ver se não percebia nada fora do comum, mas infelizmente não havia nada para se ver além de pedregulhos e areia e trechos de vegetação verde.

Na metade da colina, Sticky parou.

— *Aquilo* é estranho.

Os olhos de Kate se acenderam. Ela olhou ao redor.

— Tem alguma coisa estranha? O que é estranho?

Sticky apontou na direção de um canteiro verdejante de hera (ou alguma coisa parecida com hera), vários metros a frente no caminho, que cobria o chão perto de um aglomerado de pedregulhos.

— Estão vendo aquela planta que cobre o chão com folhas bem pequenininhas? É uma planta rara, chamada hera-drapeada, que cresce em solo fino.

— Ah, nossa — disse Constance. — Uma planta rara.

Kate perdeu toda a animação.

— O que eu ia dizer — Sticky insistiu — é que uma parte foi plantada há menos tempo do que o resto. A hera-drapeada adulta desenvolve caule marrom amadeirado, mas as plantas mais novas costumam ter brotos verdes.

Os outros olharam para a hera-drapeada, tentando distinguir os brotos e os caules marrons embaixo das folhas verde escuro. Era verdade: um pedaço grande no meio era diferente do resto, apesar de a diferença ser tão sutil que apenas um botânico (ou Sticky) seria capaz de notar.

— O que você acha? — disse Constance. — Talvez haja alguma coisa enterrada ali?

— Ou *alguém* — sugeriu Kate. Ela olhou para Reynie. — Será que a gente não deve conferir?

Reynie ficou agradavelmente surpreso. Ainda não estava acostumado à ideia de outras crianças pedirem sua opinião.

— Acho que sim — disse, depois de um momento. — Mas vamos tomar cuidado.

— Cuidado com o quê? — disse Kate. — É uma planta.

— Não sei. De algum modo, isso me deixa pouco à vontade.

— Provavelmente não é nada — disse Sticky, que começou a achar que não devia ter dito nada. Ele seguiu os outros para fora do caminho. — Talvez uma parte da hera tenha desenvolvido um fungo e morrido, e um jardineiro simplesmente preencheu o pedaço vazio. Hera-drapeada pega fungo com bastante facilidade...

Os outros pararam na beirada do aglomerado de hera-drapeada. Tinha mais ou menos o tamanho de dois tapetes de sala e (para Kate, pelo menos), a metade do interesse desse objeto.

— Parece um monte de urtiga — disse ela, ajeitando Constance para mais alto nas costas. — Dá coceira?

— Não, é perfeitamente inofensiva — disse Sticky, caminhando na direção do meio do aglomerado. Kate e Constance foram atrás dele.

— Vou arrancar um broto bem novo e mostrar para vocês...

No momento seguinte, parecia que a hera-drapeada o tinha engolido.

Armadilhas e coisas sem sentido

Kate e Constance estavam dois passos atrás de Sticky quando ele caiu através da hera-drapeada. Se ele estivesse só um pouquinho mais longe, não haveria como salvá-lo. Sticky também não teria a mínima chance se tivesse sido qualquer outra criança que se apressasse em agarrá-lo. Da maneira como aconteceu, Kate deu um mergulho desesperado de barriga e quase não conseguiu agarrar a mão de Sticky antes de ele desaparecer.

Os problemas deles estavam longe de chegar ao fim. O mergulho de Kate para o chão fez Constance desabar de cima de seus ombros e, em um flash, ela agarrou a menina pela canela, antes que ela também desaparecesse, mas então o peso dos dois começou a arrastar Kate para dentro do buraco.

— Hum, Reynie? — Kate chamou com os dentes cerrados. — Pode dar uma ajudazinha?

Reynie se apressou e pegou as pernas de Kate.

Puxar Sticky e Constance de volta à segurança foi difícil e complicado (e desagradável também porque Constance passou o tempo todo reclamando que os cotovelos de Sticky estavam enfiados nas costelas dela). Mas, no final, Reynie e Kate os arrastaram de volta ao chão firme, onde agora os quatro estavam deitados de barriga para cima, olhando para o céu e arfando de exaustão.

— Parece que, no final das contas, hera-drapeada não é perfeitamente inofensiva coisa nenhuma — disse Constance.

Sticky olhou para ela. Ele queria se mostrar irritado, mas se viu tão aliviado de estar vivo que só conseguiu sorrir.

Logo, todos estavam dando risada. O perigo tinha passado e, de algum modo, toda a agitação fizera com que eles deixassem de lado um pouco da ansiedade. Eles se entreolharam com sorrisos satisfeitos (como quem diz: "Nós conseguimos, não é mesmo? Juntos, nós conseguimos!"), levantaram-se e tiraram o pó da roupa. Eles se juntaram perto do buraco no meio da hera-drapeada (mas não muito perto) e tentaram espiar lá dentro. Só conseguiram ver escuridão e gavinhas compridas, e até mesmo estas iam lentamente ficando escondidas. Os caules flexíveis e os ramos deslocados por Sticky estavam endurecendo e voltando para o lugar. Como uma pegada na grama, o buraco logo desapareceria por inteiro.

Kate se arrastou até a beirada do buraco, afastou para o lado algumas gavinhas e usou a lanterna para examinar a escuridão.

— É um buraco. Tem 6 metros de profundidade. — Ela lançou o olhar para Sticky. — É profundo o suficiente para quebrar as suas pernas.

Sticky enxugou a testa.

— Obrigado por me segurar, Kate. Eu realmente gosto das minhas pernas.

— Eu também agradeceria — disse Constance —, só que eu não teria caído no buraco se você não tivesse mergulhado, então o meu obrigada e a sua desculpa se cancelam.

Kate deu risada.

— Tanto faz, Constance. Desde que eu não precise pedir desculpa, acho.

As crianças ficaram paradas ao lado da hera-drapeada um tempo, refletindo sobre a descoberta. Ninguém conseguia pensar em uma boa razão para aquilo estar ali. Por que alguém tinha se dado ao trabalho de cobrir aquele buraco tão perigoso?

— Só consigo pensar em uma resposta — disse Reynie, finalmente.

— É uma armadilha? — sugeriu Kate.

Reynie assentiu com a cabeça.

— Ah, nossa — disse Constance. — Agora também temos armadilhas.

— Mas por que está aqui? — Sticky ficou se perguntando. — Para que serve?

Kate deu uma gargalhada de desdém.

— Sério, Sticky, você me surpreende! Uma armadilha é para capturar coisas... ou pessoas.

Sticky não respondeu. Ele estava voltando para o caminho pé ante pé, com cuidado a cada passo.

As crianças voltaram para o quarto quase exatamente no momento em que os Executivos deviam ir buscá-las. Provavelmente seria má ideia deixar os Executivos esperando, Sticky tinha dito. Mas foram eles, e não os Executivos, que ficaram esperando. Depois que meia hora se passou sem sinal de Jillson, Constance de repente cantarolou:

"Agora já esperamos trinta minutos consecutivos
Para encontrar com uns idiotas de uns executivos
Foi meia hora em que eu poderia dormir
Mas *ela* acha que assim seus compromissos não vai cumprir"

Kate levou um susto.

— Como assim, você é uma poeta relógio-cuco? Pare com isso, ela pode estar ali mesmo do outro lado da porta!

Jillson estava, de fato, bem à porta, mas, para o alívio de Kate, ela entrou com o mesmo jeito mandão de antes e mais nada, nenhum traço de indignação. As paredes e portas deviam ser muito sólidas, Kate refletiu. Ia ser difícil bisbilhotar através delas. Isso seria vantajoso para as crianças quando elas tivessem conversas secretas, mas também dificultaria espionar os outros, e esse fato irritava Kate, mas nem de perto tanto quanto a fala de Jillson:

— Andem logo, menininhas. Não posso ficar o dia inteiro esperando vocês.

Kate mordeu a língua.

— Nós estamos prontas.

— É melhor estarem mesmo — disse Jillson. Então, seu rosto se anuviou. — Ei, por que a televisão não está ligada? Está quebrada?

— Nós, hum, só desligamos agora há pouco — mentiu Kate.

— Por que fariam uma coisa dessas?

Kate ficou parada, atônita.

— Porque íamos sair do quarto!?

— Ah — Jillson disse mais uma vez, refletindo. Finalmente, resmungou: — Bom. Vocês que façam o que quiserem.

Elas se juntaram a Jackson e os meninos no corredor. Os Executivos agora tinham consigo uma folha de papel que listava o nome das crianças e, depois de conferir se todas elas estavam ali (eles continuavam não se dando ao trabalho de trocar apertos de mão), deram início à turnê pela Academia. Depois de uma passagem rápida pelo dormitório (nada além de alojamentos para alunos e banheiros), saíram, então Jillson lhes disse que tinham liberdade de circular por onde quisessem, desde que não saíssem dos caminhos.

— É perigoso demais fora dos caminhos — disse ela. — A ilha está coberta de buracos de mineração abandonados.

As crianças trocaram olhares.

— São do começo, quando o Sr. Curtain construiu a Academia — explicou Jillson. — Antes de o Sr. Curtain comprar a ilha, diziam que aqui não tinha nada além de pedras. Mas não sabiam que *tipo* de pedra. Acontece que a ilha toda era rica em minerais preciosos. O Sr. Curtain sabia disso. Ele construiu a ponte, trouxe equipamento de mineração e trabalhadores, uma *colônia* inteira de trabalhadores. O dormitório deles foi o primeiro prédio a ser construído. Hoje é o dormitório dos alunos. — Como se fosse uma guia de excursão, Jillson apontou para o dormitório dos alunos bem à frente deles, apesar de eles saberem onde ficava.

Obedientes, as crianças olharam e assentiram.

— O Sr. Curtain se tornou um dos homens mais ricos do mundo — prosseguiu Jillson, com um sorriso de orgulho. — E vocês podem adivinhar como ele usou essa riqueza?

— Que dúvida — murmurou Jackson.

— Ele construiu a Academia? — arriscou Reynie.

Jackson pareceu surpreso.

— Exatamente — respondeu Jillson. — Esta é uma escola gratuita, como vocês sabem. Não custa nem um centavo para estudar aqui. Tudo graças à generosidade do Sr. Curtain. Saibam que ele não pede nada em troca... nem mesmo atenção. O Sr. Curtain é, na mesma medida, tão recluso quanto é generoso. Nunca sai da Academia, nunca tira férias. Diz que tem trabalho importante demais a fazer, alargando as mentes da próxima geração.

Os Executivos os conduziram através do jardim de pedras até o grande pátio central, que era ladeado pelos enormes edifícios de pedra da Academia. Enquanto iam caminhando, Jackson ia identificando cada um dos prédios:

— Começando pela direita, vocês veem o dormitório, é claro... Estão lembrados do dormitório de vocês, não é mesmo? E, logo à esquerda dele, aquele com a torre é o Prédio de Controle da Academia. Ele abriga o escritório do Sr. Curtain, as salas dos vigias e dos Recrutadores, e as suítes dos Executivos. Vocês nunca terão motivos para ir lá a não ser que o Sr. Curtain os mande chamar até sua sala. Ou a menos que vocês próprios se tornem Executivos algum dia.

Jackson examinou as crianças e sacudiu a cabeça, como se ele duvidasse muito dessa possibilidade.

— Mas, bom — prosseguiu ele —, ao lado do Prédio de Controle da Academia fica a cantina, bem na nossa frente, aqui, e depois o prédio das salas de aula. Aquele prédio mais para o lado é o Centro da Melhor Saúde, que é o que chamamos de enfermaria, e o prédio no fim daquele caminho é o ginásio. O ginásio está sempre aberto, exceto quando está fechado. E pronto. Estes são todos os prédios da Academia.

— E aquele ali? — perguntou Reynie, apontando para um telhado que se avistava depois do prédio das salas de aula.

Jackson desdenhou.

— Eu estava *chegando* lá, Reynard. Aquele é o quartel dos Ajudantes. Vocês sabem o que é um quartel, certo? É onde os Ajudantes moram.

— Ajudantes?

— Vocês não têm olhos? — Jackson caçoou. — Vocês não viram os adultos de uniforme branco andando de um lado para o outro, varrendo os caminhos e tirando o lixo e tudo o mais?

Reynie assentiu. Ele não podia saber que eles se chamavam Ajudantes, é claro, mas preferiu não fazer essa observação.

— Os Ajudantes cuidam da manutenção — explicou Jillson — e da limpeza, da lavanderia, da cozinha... de todas as tarefas sem importância, sabem? Agora andem, criancinhas, e não arrastem os pés. Ainda tem muita coisa a ser vista na parte de dentro.

Os Executivos os conduziram apressados até o prédio das salas de aula, que já parecia bem grande de fora, mas por dentro era realmente enorme. Corredores muito bem iluminados saíam da entrada em todas as direções. As crianças foram conduzidas por corredor atrás de corredor, e Constance estava tendo dificuldade para acompanhar (e trazia no rosto uma expressão de muita infelicidade por conta disso). No final, pararam em um que era cheio de portas de sala de aula de ambos os lados.

— Bom, há uma quantidade enorme de corredores neste prédio... — disse Jillson.

— E não só neste prédio — Jackson completou. — Alguns se conectam ao quartel dos Ajudantes e à cantina, que têm seus *próprios* corredores, obviamente.

— Obviamente — disse Jillson. — Então, a próxima coisa que vocês, garotos, precisam saber, é como circular. Não entrem em pânico. Parece confuso, mas *não é*. E esse por acaso é um princípio importante que vocês vão aprender aqui na Academia.

— Não é confuso? — disse Constance, que estava dando voltas ao redor de si mesma, claramente confusa.

— Olhe para baixo — disse Jackson. — Estão vendo essa faixa de ladrilhos amarelos? Fiquem sempre nos corredores com os ladrilhos amarelos e vocês não vão se perder.

Obedientes, as crianças olharam para o chão. Reynie já tinha reparado nos ladrilhos amarelos, mas achou que não fossem nada... achava que eram para decoração. Ele precisava se lembrar de não ficar achando *nada* naquele lugar.

Jillson colocou o indicador em cima dos lábios e conduziu as crianças para dar uma espiada em uma janela de uma das portas. Um Executivo alto e magro estava na frente de trinta jovens alunos atentos, conduzindo-os em um exercício de memória:

```
O LIVRE-MERCADO TEM QUE SER SEMPRE COMPLETAMENTE
LIVRE.
O LIVRE-MERCADO PRECISA SER CONTROLADO EM ALGUNS
CASOS.
O LIVRE-MERCADO TEM QUE SER LIVRE O SUFICIENTE PARA
CONTROLAR SUA LIBERDADE EM CERTOS CASOS.
O LIVRE-MERCADO PRECISA TER CONTROLE SUFICIENTE PARA
SE LIBERTAR EM CERTOS CASOS.
O LIVRE-MERCADO...
```

— De que diabos ele está falando? — perguntou Sticky.

— Ah, este é só o Exercício do Livre-Mercado — respondeu Jackson. — Coisa muito básica. Vocês vão pegar rapidinho.

— Para mim, parece um monte de coisas sem sentido.

— Em um certo nível, *tudo* parece um monte de coisas sem sentido, não é mesmo? — Jillson disse, enquanto continuavam o trajeto. — Este é precisamente o tipo de lição que vocês vão aprender na Academia. Peguem a palavra "comida", por exemplo. Perguntem-se: "Por que chamamos isso assim?" É uma palavra que soa estranho, não é? "Comida." Poderia ser considerada uma coisa sem sentido com facilidade. Mas, na verdade, é extremamente importante. É a coisa mais essencial da vida!

— Continua parecendo um monte de coisas sem sentido — resmungar Constance —, e agora estou com fome.

Não era só o papo sobre comida que tinha feito a boca de Constance salivar (e a das outras crianças também, aliás), mas o *cheiro* de comida também. Estavam sendo conduzidas para a cantina agora, um salão enorme e bem iluminado cheio de mesas, bem parecido com qualquer outra cantina, se não fossem os cheiros. Pairando no ar, parecia haver mil cheiros deliciosos: salsicha grelhada, hambúrgueres e verduras; queijo derretido; molho de tomate; alho; linguiça; peixe frito; tortas assadas; canela e açúcar; tortas de maçã; e assim por diante. Além das mesas vazias, do outro lado de um balcão elas viram Ajudantes correndo de um lado para o outro na cozinha, meio escondidos por nuvens de vapor e fumaça da grelha.

Kate estava com o nariz para cima como um cão farejador.

— Isto aqui parece uma confeitaria, uma pizzaria e um restaurante ao mesmo tempo.

— Esta é outra coisa maravilhosa a respeito da Academia — disse Jackson. — Os Ajudantes preparam refeições maravilhosas. Você pode comer o que quiser, e quanto quiser também. É só chegar para eles e dizer o que deseja. Não se ofenda se eles não disserem nada. Os Ajudantes não devem falar com vocês a menos que lhes façam uma pergunta. Logo, vocês nem vão mais reparar neles. Eu me lembro de que, quando era aluno, gostava de pregar peças neles, e eles não podiam fazer nada, vejam bem, porque não havia nenhuma regra dizendo que eu não podia fazer aquilo. Mas agora eu mal presto atenção a eles, exceto quando preciso colocá-los na linha.

— Parece que aqui não existe regra nenhuma — disse Sticky.

— É verdade, George — disse Jillson. — De fato, não há praticamente nenhuma. Você pode usar a roupa que quiser, desde que esteja de calça, camisa e sapato. Pode tomar banho quantas vezes quiser, ou nenhuma, desde que esteja limpo todos os dias na aula. Pode comer o que quiser e quando quiser, desde que seja na hora das refeições, na cantina. Você pode ficar com as luzes acesas no seu quarto até a hora que quiser, desde que seja até as dez, todas as noites. E pode ir onde quiser pelo terreno da Academia, desde que permaneça nos caminhos e nos corredores com ladrilhos amarelos.

— Na verdade — disse Reynie — tudo isso soa como regra.

Jackson revirou seus gélidos olhos azuis.

— Este é o seu primeiro dia, então não espero que você saiba muita coisa, Reynard. Mas esta é uma das regras da vida que você vai aprender na Academia: muitas coisas que parecem regras, na verdade não são regras, e sempre parece que há mais regras do que existem na verdade.

— Parece-me que são mais *duas* regras que eu vou aprender — respondeu Reynie.

— Exatamente o que eu quis dizer. Agora, vamos em frente, pessoal. Precisamos nos apressar, vocês têm que se juntar aos outros recém-chegados para o discurso de boas-vindas do Sr. Curtain. Constance, pare de enrolar. Você também, George, ande logo.

— Você se importa de me chamar de Sticky? — perguntou o menino, apressando-se.

— Sticky é o seu verdadeiro nome? — perguntou Jackson.

— É como todo mundo me chama — respondeu Sticky.

— Mas é oficial? Existe alguma documentação oficial em algum lugar declarando que "Sticky" é o seu nome oficial?

— Hum, não, mas...

— Bom, se não é *oficial*, então não pode ser *real*, não é mesmo?

Sticky só ficou olhando.

— Bom garoto, George — disse Jackson, conduzindo-os mais uma vez na direção das salas de aula.

Cuidado com Gemini

As crianças foram levadas para uma sala de aula como qualquer outra; lá, o sol entrava pelas janelas, as carteiras estavam vazias e um Executivo esperava para falar com Jackson e Jillson. Enquanto as crianças escolhiam um lugar para sentar, os Executivos conversavam em particular. Então, Jillson e o outro executivo saíram apressados.

— Não deve demorar muito — Jackson disse às crianças. — O outro grupo está terminando o *tour* deles, e parece que os nossos Recrutadores trouxeram alguns novatos inesperados. Estão fazendo a inscrição neste momento, então vamos começar alguns minutos atrasados, certo? — Ele saiu da sala, e então voltou. — *Certo?*

— Certo — responderam as crianças.

Jackson sacudiu a cabeça com desdém e se retirou.

— Ele é um amor — disse Kate.

— Não sei como você consegue fazer piada — disse Sticky. — Meu estômago está todo embrulhado.

O estômago de Reynie não estava muito diferente.

— Vocês ouviram o que Jillson disse sobre os poços de mineração?

— Pode apostar que sim — Kate respondeu. — Não faz o menor sentido. Por que montar armadilhas e depois nos avisar a respeito delas?

— Não querem que a gente saia dos caminhos — especulou Reynie. — E, se sairmos, eles querem saber que saímos... querem nos pegar no ato.

Os olhos azuis de Kate brilharam de animação.

— Se for verdade, pode ser que haja armadilhas *por todos os lados!*

— Vocês dois não estão ajudando em nada o meu estômago — disse Sticky.

Logo a porta se abriu e uma dúzia de outros recém-chegados entrou, acompanhados por vários Executivos e um par de homens usando ternos elegantes e dois relógios cada um. A isso se seguiu uma confusão de apresentações, de escolha de carteiras e de caos generalizado, durante a qual os Executivos ficaram observando as crianças com muita atenção, como se não acreditassem que elas não sairiam correndo da sala ou começariam a brigar. Reynie estava dolorosamente ciente dos olhos que repousavam sobre ele; já se sentia em evidência. Mas alunos novos *sempre* se sentem em evidência, ele lembrou a si mesmo. Assim, sorriu e assentiu com a cabeça, esforçando-se muito para parecer tão animado e ansioso quanto os outros novatos.

Seus colegas da Misteriosa Sociedade Benedict estavam fazendo a mesma tentativa, alguns com menos sucesso do que outros. Kate sorria, encantadora. Sticky conseguiu estampar no rosto um sorriso amarelo, apesar de a expressão dele estar mais parecida com a de uma pessoa no meio de uma tempestade de areia. Constance assentiu com a cabeça algumas vezes com simpatia, até que o movimento ficou sonolento e as pálpebras dela se fecharam. Reynie deu uma cotovelada nela. Constance ergueu a cabeça de supetão e ficou piscando, surpresa, como se não soubesse muito bem onde estava.

Aliás, era exatamente assim que dois dos outros novatos pareciam se sentir: uma menina pesadona com o corpo em forma de sino e um menino magricela sentados na frente da sala. Os dois tinham expressão de confusão no rosto e usavam roupas que não eram do tamanho certo (as dela eram pequenas demais; as dele, muito grandes), e ambos estavam com o cabelo molhado e pareciam ter tomado banho havia pouco tempo. Tirando Constance, eles eram as únicas crianças que não pareciam felizes nem animadas. Talvez só estivessem com sono, mas seria de se pensar que um banho e o temor de estar em uma escola nova serviriam para deixá-los bem acordados.

Reynie viu um dos homens de terno olhar para as crianças de aparência confusa (deu uma piscadela e lançou um sorriso simpático para elas) e de repente compreendeu tudo. *Recrutadores*, Jackson tinha dito. Devia ser assim que os olheiros da Academia se chamavam. E isso significava que os "novatos inesperados" que Jackson mencionara eram... Seria possível? Será que aqueles garotos realmente tinham sido sequestrados? E só estavam lá sentados com cara de *sono*? Aquilo parecia improvável, Reynie pensou. Ele devia estar deixando passar alguma coisa. E, no entanto...

A atenção de Reynie foi desviada. A comoção estava diminuindo. Jillson tinha se posicionado na frente da sala, parecia estar esperando a deixa de Jackson, que estava parado à porta. Jackson fez um sinal com a cabeça e Jillson ergueu as mãos para pedir silêncio. A sala logo se aquietou. Então, com voz ribombante, Jillson anunciou:

— E agora, pessoal, é com imenso prazer que eu apresento a vocês o estimado fundador, presidente e diretor da nossa querida Academia: o Sr. Ledroptha Curtain!

Todo mundo ficou olhando para a porta com ansiedade. Durante uma longa pausa cheia de expectativa, não ouviram nada além de um barulhinho contínuo e distante, mas que foi ficando cada vez mais alto e deu lugar a um barulho tremendo de raspagem e de pneus cantando (como um carro mudando de marcha e virando as rodas), até que um homem em cima de uma cadeira de rodas motorizada entrou a toda na sala, movendo-se com tanta velocidade e com desleixo aparentemente tão grande que todas as crianças recuaram, com medo de serem atropeladas. Mas o Sr. Curtain tinha controle perfeito de sua cadeira e passou rápido por entre todas as fileiras, desviando dos pés das crianças com habilidade e evitando as quinas das mesas, sorrindo o tempo todo.

A cadeira de rodas era diferente de qualquer outra que eles já tivessem visto: tinha quatro rodas espaçadas de maneira regular, como um carro de corrida, com botões de controle nos descansos de braço e pedais de controle embaixo de cada pé. O Sr. Curtain estava acomodado na cadeira acolchoada com um cinto de segurança atado sobre o peito e o colo, e a cadeira rodava tão rápido que o volumoso cabelo branco esvoaçava na cabeça dele. Usava grandes óculos redondos, com lentes prateadas espelhadas, de modo que não dava para ver os olhos dele; as bochechas e o queixo estavam vermelhos por ter feito a barba havia pouco; e seu nariz era grande e encaroçado, como um legume.

A entrada dele teria sido uma visão chocante para qualquer criança, mas foi muito pior para os integrantes da Misteriosa Sociedade Benedict. O nariz (tão parecido com um legume) e aquele cabelo (tão volumoso e branco) seriam suficientes para sobressaltá-los, mas o terno que ele usava (um terno *xadrez verde*) foi o que mais os assustou. Com expressão de descrença no rosto, as quatro crianças ficaram olhando boquiabertas para o homem, e depois umas para as outras, notando na mesma hora que o Sr. Curtain era o próprio Sr. Benedict.

A mente de Reynie estava disparada, procurando uma explicação. Será que o Sr. Benedict tinha sido sequestrado? Será que estava sendo forçado, de algum modo, a fingir que era o Sr. Curtain? Mas por quê? E como é que ele podia ter feito isso com tanta rapidez? Eles tinham visto o Sr. Benedict naquela mesma manhã. Quem sabe o Sr. Benedict tivesse personalidade dupla, como Dr. Jekyll e Mr. Hyde? Isso também parecia improvável. Mas *tudo* parecia improvável até então, e Reynie preferia praticamente qualquer outra explicação àquela que parecia mais plausível: por alguma razão terrível e desconhecida, o Sr. Benedict os tinha enganado.

Enquanto Reynie ainda estava pensando nessas coisas, o homem apresentado como Sr. Curtain fez a cadeira parar com uma cantada de pneus, virou-a e disparou para frente, para se colocar bem ao lado dele. Ele posicionou a cadeira de maneira tão perfeita que seu rosto ficou a meros centímetros do de Reynie (tão próximo que o menino era capaz de enxergar sua própria expressão assustada e confusa refletida naquelas lentes prateadas reluzentes; tão próximo que ele sentia o cheiro do hálito pungente do homem). E então o Sr. Benedict (quer dizer, o Sr. Curtain) inclinou-se para ainda mais perto. Se chegasse mais perto, aquele nariz encaroçado ia entrar no olho de Reynie.

— O que foi, rapazinho? Por que está olhando para mim assim?

Reynie pensou rápido. Ou o Sr. Benedict (Sr. Curtain) de algum modo não o reconhecera ou então estava fingindo não ter reconhecido.

— É... o seu nariz. Parece um pepino cor-de-rosa!

Os amigos dele ficaram olhando para Reynie, surpresos, mas várias crianças caíram na risada. O Sr. Curtain franziu a testa, com os punhos cerrados, a expressão sombria e, durante muito tempo, não falou nada. A fúria dele parecia estar crescendo até chegar a ponto de explodir. Reynie ficou só esperando, cada vez mais apavorado. Mas então a cor se esvaiu do rosto do Sr. Curtain, a testa franzida se transformou em expressão de satisfação, e ele até sorriu.

— Vocês, crianças — disse. — Eu sempre me esqueço. As crianças são capazes de ser tão grosseiras e sinceras. Tudo bem, rapazinho, não vou usar isto contra você. Precisamos de alunos que não têm medo de dizer a verdade. Qual é o seu nome?

— Reynard Muldoon, senhor. Mas todo mundo me chama de Reynie.

— Bem-vindo, Reynard — disse o Sr. Curtain e, com isso, virou-se e disparou para a frente da sala, onde mais uma vez se virou para ficar de frente para os alunos e abriu os braços bem largos. — Bem-vindo, Reynard Muldoon, e bem-vindos, todos vocês! Bem-vindos à Academia-Ouro da Vivência Vocacional.

Aplausos irromperam na sala e Reynie e os amigos mais uma vez se entreolharam (desta vez, de maneira mais disfarçada) com expressão de surpresa infeliz. *Tudo está ao contrário*, Reynie pensava, tentando desesperadamente encontrar sentido naquilo tudo. *O Sr. Benedict deixa a gente à vontade, mas o Sr. Curtain nos apavora. O Sr. Benedict admira as crianças, mas o Sr. Curtain as despreza. E o Sr. Benedict parece saber tudo a respeito de nós, mas o Sr. Curtain parece não saber nada... pelo menos por enquanto.*

Enquanto isso, o Sr. Curtain tinha dado início a seu discurso de boas vindas:

— Em outras academias — declarou —, as crianças só são ensinadas a sobreviver. Lições de habilidades de leitura, matemática, arte e música... quanto desperdício do tempo dos alunos! Aqui na Academia-Ouro da Vivência Vocacional — a voz do Sr. Curtain ribombou e ele escreveu o nome da escola em uma lousa, em letras bem grandes — nós mostramos aos nossos alunos como viver.

A isso se seguiram mais muitos aplausos, mas Reynie ainda pensava: *Tudo está ao contrário*. Olhando para as palavras escritas na lousa, ele pensou na sigla de denominação da academia, AOVIVO, e não pôde deixar de pensar que aquilo estava conectado à televisão.

Como Jillson tinha explicado, as crianças tinham liberdade para deixar as luzes e a televisão ligadas "a noite toda" se quisessem, desde que o quarto estivesse escuro às dez da noite. Quando esse horário chegou, Reynie espiava através de uma fresta na porta aberta. É claro que (bem como Kate tinha previsto) um Executivo estava fazendo patrulha. Este, que era um adolescente compridão com pés gigantescos, tinha acabado de apagar a luz do corredor e, na meia escuridão, estava conferindo se alguma luz escapava por baixo da porta de algum aluno. Reynie apagou a luz do quarto deles e fechou a porta sem fazer barulho.

— Quem está lá fora? — perguntou Sticky.

— P.G. Pedalian. Está lembrado dele? Kate brincou que "P.G." devia ser abreviação de "Pé Grande".

Alguém bateu à porta. Quando Reynie abriu, P.G. Pedalian estava ali parado com os braços cruzados. Mal dava para distinguir seu rosto bondoso, bem acima deles, com o luar que entrava pela janela.

— Vocês precisam parar de fazer barulho — disse, com certa gentileza. — Vocês são novos, então achei que talvez não fossem entender as regras, ou a ausência delas. E, é claro, quando encostei a orelha na porta de vocês, escutei uma espécie de murmúrio, ou seja, vocês estavam conversando, e isto não pode acontecer. Vocês têm liberdade para conversar, é claro, desde que não façam nenhum barulho.

— Certo — os garotos responderam sem emitir som.

— Certo, é só para vocês saberem. Agora, tenham uma boa noite — disse, fechando a porta e soltando um grito de dor. A porta se abriu rapidamente, P.G. tirou dali a ponta do pé e a porta se fechou de novo.

— Isso deve acontecer muito com ele — cochichou Reynie.

De cima deles, veio o som de um painel do teto sendo arrastado para o lado e, com o brilho de uma lanterna, viram o rosto exasperado de Constance, coberto de teias de aranha e de pó. Sticky pegou uma cadeira, e logo Constance e Kate tinham descido para se juntar a eles. Kate apagou a lanterna bem quando uma nuvem passou na frente da lua do lado de fora. O quarto instantaneamente foi envolvido pela escuridão.

— Qual pode ser o significado disto? — murmurou Kate.

— É um truque maldoso — disse Constance.

— Acho que ele é louco — falou Sticky. — O que você acha, Reynie?

Reynie tinha passado o dia inteiro pensando sobre aquilo.

— Acho que devemos enviar uma mensagem para o continente. Se nós *não tivermos* sido enganados, se o Sr. Benedict estiver sendo forçado a agir contra a sua vontade, ou se houver alguma outra explicação, a resposta pode nos dar alguma ideia sobre o que fazer.

Os outros concordaram, e Sticky foi eleito para enviar a mensagem, já que era o mais rápido com o código Morse. Sticky subiu no móvel da televisão, que ficava embaixo da janela, e olhou para o pátio. Na extremidade da área, viu uma silhueta conhecida de costas para a Academia, olhando na direção da ponte.

— Vamos ter que esperar. Estou vendo o Sr. Benedict... acho que quero dizer o Sr. Curtain.

— O que ele está fazendo? — perguntou Constance.

— Só está sentado na cadeira dele sem fazer nada.

— Talvez esteja admirando que maluco formidável ele é — disse Kate.

— Esperem aí — disse Sticky. — Um par de Executivos saiu, e agora estão todos indo embora juntos. Nossa, ele se move rápido mesmo com aquela coisa. Eles estão suando para acompanhar. — Sticky olhou em todas as direções. O pátio estava vazio, e ele não viu nenhum vigia nos caminhos, nenhum barco na água e ninguém na ponte distante. — Certo, o terreno está limpo.

Kate entregou a lanterna para ele e, em código Morse, Sticky enviou a mensagem deles: *Vemos o Sr. B quando vemos o Sr. C. Como pode ser?*

Eles tinham decidido ser o mais breves e cifrados possível, para o caso de algum Executivo escondido avistar o sinal. Agora, enquanto esperavam minuto após longo minuto pela resposta, começaram a pensar que a mensagem não tinha sido compreendida. Ou, pior: que não tinha nem mesmo sido captada.

— Não tem ninguém lá — disse Constancex em voz alta. Os outros três fizeram sinal para que ela ficasse quieta. Ela colocou a língua para fora, mas prosseguiu em um murmúrio: — Isto prova que foi um truque. Todos os outros fazem parte do plano. Eles queriam mandar a gente para esta ilha, e agora nós nunca mais vamos sair daqui.

— Vamos ter paciência — disse Reynie. — Se não responderem logo, vamos enviar a mensagem de novo. Se não responderem de novo, aí vou ter que concordar com Constance: nós fomos enganados, ou então alguma coisa deu muito errado, e é melhor começarmos a pensar em como fugir.

— Esperem! — disse Sticky. — Estou vendo uma luz nas árvores! Estão mandando a resposta.

Os outros prenderam a respiração durante um tempo que pareceu horrivelmente longo. Então Sticky murmurou:

— Caramba, quando Rhonda disse que as mensagens seriam cifradas, estava falando sério.

— E qual é a mensagem? — perguntou Kate.

— É uma espécie de charada — disse Sticky. Recitou para eles:

> Quando olhei na minha lente
> Vi um rosto confiável. Pena,
> Não devo ser tomado por ele.
> **Cuidado, portanto, com Gemini**

— Ah, *isso* certamente esclarece as coisas — disse Constance, revirando os olhos.

— Parece que ele olhou no espelho e enxergou a si mesmo, então chegou à conclusão de que *não* era ele — disse Kate. — Acho que isso esclarece mesmo as coisas, o Sr. Benedict realmente é louco.

Sticky sacudiu a cabeça.

— Não foi o Sr. Benedict que enviou a mensagem, estão lembrados? Acabei de vê-lo no pátio.

— Ah, sim — disse Kate. — Então deve ser algum dos outros. Mas o que estão tentando nos dizer?

Reynie mordia o lábio, pensativo.

— Vamos ouvir a mensagem de novo, Sticky.

Sticky repetiu.

— O que é Gemini, afinal? — perguntou Constance.

— É o nome em latim de uma constelação, um signo do zodíaco, ou uma pessoa que nasceu sob este signo — respondeu Sticky.

— Você não está ajudando muito, George Washington — disse Constance. — Quem são os zodíacos, e por que eles gostam tanto de fazer signos?

— O zodíaco é parecido com um diagrama que tem a ver com estrelas e planetas e essas coisas — Reynie respondeu, tentando simplificar. — O seu signo do zodíaco tem a ver com a sua data de nascimento, se você nascer no final de abril, por exemplo, é Taurus, o signo do touro. Também pode ser Pisces, o signo do peixe, ou Capricorn, que é o, hum...

— Signo do bode — disse Sticky.

— Certo, o signo do bode, e assim por diante... Já dá para ter uma ideia. O seu signo depende do seu aniversário.

— Então agora a gente tem que descobrir quando alguém nasceu? Quem? Isto é ridículo! — declarou Constance.

— Acho que eu sei o que a mensagem quer dizer — Kate disse em tom repentinamente inquieto. — Está dizendo que certas pessoas não são quem parecem ser, que não podemos confiar nas pessoas em quem achávamos que podíamos. Em outras palavras, Constance tem razão, fomos enganados. A pessoa que enviou a mensagem também deve ter sido trapaceada. Deve ser Rhonda ou Número Dois tentando nos alertar.

— É um pouco tarde demais para nos alertar, não é? — observou Reynie.
— E que negócio é esse de Gemini?

Kate parecia muito pouco à vontade mesmo.

— Ela deve achar que um de nós faz parte do plano. Alguém que tinha um pacto secreto com o Sr. Benedict para conseguir fazer com que nós viéssemos para a ilha

— Você está dizendo que um de *nós* é Gemini? — disse Sticky, pasmado.
— Sinto muito — falou Kate. — É a única coisa em que eu consigo pensar.

Com essa sugestão, todos ficaram em silêncio, olhando um para o outro com uma sensação desagradável de desconfiança.

— Bom, não adianta nada adiar — disse Kate. — Se eu tiver razão, vamos poder descobrir tudo bem rápido. Vamos dizer quando é nosso aniversário.

Todo mundo menos Constance deu a data de nascimento na hora: nenhum deles era Gemini. Mas Constance se recusou.

— Isto é besteira. Mesmo que eu *fosse* Gemini, coisa que eu não sou, nós não sabemos com certeza qual é o significado da mensagem.

— Se você não é Gemini — disse Sticky —, por que não prova?
— Prove você! — Constance irritou-se. — Como é que nós vamos saber se você não mentiu: você pode provar quando nasceu, Sr. Capricorn?
— Hum... — Sticky começou. Claro que não podia.

Constance se virou para Kate.

— E você, Srta. Taurus? Pode provar que é isso mesmo *para* nós?

Kate hesitou, tentando pensar em uma resposta indignada que rimasse. Infelizmente, parecia que nada rimava com "Constance".

— *Alguém* pode provar? — Constance desafiou.
— Ela tem razão — disse Reynie, com uma sensação de enorme alívio. — Não tem como provar. — (Mesmo com o luar fraco, deu para reparar na expressão de gratidão de Constance; ela estava muito preocupada em ser considerada traidora.) — Esta realmente é uma boa notícia — prosseguiu Reynie —, porque eu tenho certeza de que o Sr. Benedict não enviaria uma mensagem que fosse nos colocar uns contra os outros, não se não

houvesse alguma maneira de provar a verdade. O significado da mensagem deve ser outro.

— Você sempre se esquece — disse Sticky — que o Sr. Benedict está aqui na ilha. Ele não está enviando mensagem nenhuma. Ele não pode estar em dois lugares ao mesmo tempo.

— É isso! — exclamou Reynie.

Os outros pediram para que ele ficasse quieto.

— É isso! — repetiu ele em um murmúrio cheio de animação. — Dois lugares ao mesmo tempo! Sticky, qual é o signo de Gemini?

— É o signo dos gêmeos — Sticky respondeu no mesmo instante. Os olhos dele se arregalaram. — Espere um minuto!

— É isso mesmo! — disse Reynie. — Acho que o Sr. Benedict tem um irmão com quem perdeu o contato!

Como sempre é o caso em uma sociedade, ainda era necessária uma certa discussão. Kate queria saber por que o Sr. Benedict não tinha dito a eles que tinha um irmão gêmeo na ilha, ao que Reynie respondeu que ele provavelmente não sabia. Mas se não sabia *antes*, Kate insistiu, como é que ficou sabendo *agora*?

— O espelho — Reynie respondeu, com um sorriso. — Estão lembrados? *"Quando olhei na minha lente, vi um rosto confiável."* O Sr. Benedict estava falando do telescópio! Estão lembrados de que só foi instalado hoje?

— Então ele viu o Sr. Curtain pela primeira vez hoje — disse Sticky —, quando viu a ilha pelo telescópio.

— Aposto que foi um choque e tanto — disse Reynie.

— Mas como é que o Sr. Benedict podia não saber que tinha um irmão gêmeo? — perguntou Kate. — Eles *nasceram* juntos.

— Devem ter sido separados quando bebês — respondeu Reynie. — O Sr. Benedict me disse que era órfão. Quando os pais dele morreram, ele foi mandado da Holanda para cá, para morar com a tia. O Sr. Curtain deve ter sido mandado para outro lugar.

— E os dois são gênios e sempre se interessaram pelas mesmas coisas — disse Kate, com a imaginação correndo solta. — Então finalmente foram reunidos!

— Uau — disse Sticky.

— Hum-hum. Estou com sono — disse Constance, que preferiu não se impressionar.

Reynie a ignorou.

— É uma notícia estranha, mas é boa. Pelo menos, agora sabemos que não fomos enganados. Sticky, é melhor enviar uma mensagem dizendo que nós entendemos.

Foi o que Sticky fez, e logo a luz no bosque começou a brilhar em resposta. Sticky observou com atenção e foi relatando as palavras na medida em que chegavam: *Bom trabalho. Boa-noite. Boa sor...*

— Pararam de fazer sinal — murmurou Sticky, com a testa franzida. Em um instante, viu o motivo. — Executivos! Um par deles saiu para o pátio. Só estão lá parados, conversando. Agora se sentaram em um banco. Parece que vão se demorar por ali.

— Mas a mensagem já estava mesmo quase no fim — disse Kate, com um bocejo e tanto. — E, sinceramente, estou pregada. Será que podemos encerrar por hoje?

Reynie e Sticky concordaram, mas Constance estava incrédula.

— Como é que nós podemos encerrar por hoje? Nós nem sabemos o que eles iam dizer!

Kate deu risada.

— Caramba, Constance. Você está de brincadeira?

Constance estava indignada.

— *Você* está? Não podia ser "caramba"! A segunda palavra começava com "sor".

Surpresa, Kate abriu a boca para responder, mas Reynie a interrompeu.

— É uma boa observação, Constance. Mas de fato, tenho bastante certeza de que iam dizer "boa sorte". Você não acha?

Constance parecia desconfiada em relação a isso. Afinal de contas, disse ela, não tinha como eles terem *certeza* de qual seria a palavra. Mas como ela estava com mais sono do que qualquer um dos outros (fazia uma hora que estava esfregando os olhos), ela consentiu em interromper a reunião.

— Continuamos depois — disseram os outros.

Lições aprendidas

A Academia-Ouro da Vivência Vocacional era diferente de qualquer outra escola. Para começo de conversa, a comida da cantina cheirava bem, e tinha sabor ainda melhor. Além disso, não havia livros didáticos, nem excursões, nem boletins, nem chamada (se você não estivesse na aula, um Executivo ia procurá-lo), nem projetor de filmes capenga, nem armários, nem esportes em equipe, nem biblioteca. Era muito estranho, mas também não tinha nenhum espelho à vista. Também não havia nenhuma separação entre os iniciantes e os alunos avançados: os grupos de classe eram definidos de maneira aleatória, independentemente da idade ou dos avanços, e todo mundo de um grupo ficava nas mesmas classes juntos, aprendendo as mesmas lições. As lições tinham sido criadas pelo próprio Sr. Curtain, e quando todas já haviam sido passadas, começavam a ser repetidas desde o início. Assim, as lições acabavam sendo revisadas várias vezes, e os alunos que as aprendiam melhor se tornavam Mensageiros.

Os integrantes da Misteriosa Sociedade Benedict nunca tinham visto algo assim. E, no entanto, em certos aspectos, a Academia de fato os lembrava outras escolas: memorização por repetição das lições não era incentivada, mas exigida; a participação em aula era encorajada, mas raramente permitida; e apesar de haver provas *todos os dias*, em *todas as aulas*, sempre havia pelo menos um aluno que resmungava, outro que demonstrava surpresa e um terceiro que implorava ao professor, em vão, para não dar a prova.

— Terminou o tempo! — P.G. Pedalian avisou durante a aula da manhã, um dia. — Todos podem passar as provas para frente, e não enrolem, por favor. (Um ponto economiza tempo, sabem)?

— Nove — corrigiu uma Mensageira na fileira do meio. Reynie a reconheceu de suas outras aulas. Era uma adolescente alta e atlética com olhos penetrantes e cabelo bem preto, ela era bem mais velha (e mais atrevida) do que a maior parte dos alunos, e tinha fama de ser líder entre os Mensageiros. O nome dela era Martina Crowe.

— Nove pontos? — perguntou P.G. — Não, Martina, tenho certeza de que é só um ponto.

— Não, um ponto na hora certa economiza *nove* — desdenhou Martina.

— Exatamente — respondeu P.G.

Com todas as provas entregues, a sala ficou em silêncio enquanto P.G. examinava as páginas e fazia anotações em seu caderno. Era o ritual de cada hora. Em todas as aulas, um Executivo primeiro apresentava o material do dia, daí o material era revisado (e às vezes a *revisão* era revisada), e então os alunos recebiam uma prova relativa à lição do dia anterior. Se o material não fosse tão estranho, com certeza poderia ser facilmente dominado.

Hoje, o terceiro dia completo de aulas para a Misteriosa Sociedade Benedict, a lição de P.G. tinha o nome de "Higiene pessoal: perigos inevitáveis e o que deve ser feito para evitá-los". Assim como todas as lições da Academia, esta continha uma enxurrada de detalhes (páginas e mais páginas), mas o resumo era que as doenças, como se fossem um predador faminto, estavam à espreita em cada canto e em cada fresta. Cada superfície em que se tocava tinha uma doença só esperando para se manifestar, cada partícula de poeira era uma alergia pronta para fazer o seu nariz inchar e tapar as suas vias respiratórias, cada cerda de escova de dentes era um playground de bactérias. E a coisa prosseguia assim, tudo muito exagerado, Reynie pensou, apesar de não ser totalmente irreal. O que fazia com que a lição fosse tão confusa era a "conclusão lógica" que, segundo P.G., deveria ser apreendida: como era impossível, no final, proteger-se de *qualquer coisa* (por mais que você se esforçasse), era importante se esforçar ao máximo para se proteger de *tudo*.

Havia algum tipo de verdade escondida ali, Reynie pensou, mas ela estava camuflada no meio de coisas sem sentido. Não era para menos que alguns alunos tinham problemas. Por sorte, ele e Sticky estavam tirando notas perfeitas. Para confirmar isto, Reynie deu uma olhada para o amigo, que assentiu de leve com a cabeça e fez um sinal de positivo com o polegar para cima. Aquilo provavelmente nem era difícil para ele: Sticky se lembrava de tudo sobre o que punha os olhos. Por enquanto, estava tudo bem. Reynie se contorceu na cadeira para olhar para Kate. Ela inchou as bochechas, fez olhos vesgos e colocou as mãos na cabeça, como se fosse explodir. *Nada* bom. Reynie resolveu não olhar para Constance; o otimismo dele já tinha sido bem prejudicado.

A maior parte dos outros alunos estava lá sentada em estupor, exausta por causa da aula, ou então examinava as anotações na esperança de ter se dado melhor do que achava. Os Mensageiros, no entanto (havia quatro deles na sala, com suas túnicas brancas bem engomadas e faixas azuis), estavam entregues a um pequeno hábito no qual Reynie tinha reparado. De tempos em tempos, algum deles olhava para a porta, com os olhos concentrados e cheios de expectativa. Martina Crowe estava especialmente fixada.

Estavam esperando ser chamados por um Executivo (ser chamados para os seus "privilégios secretos"). E sempre que um Executivo *de fato* aparecia à porta (como tinha acontecido com Jackson agora), todos os Mensageiros da sala se aprumavam, cheios de expectativa.

— P.G. — anunciou Jackson. — Preciso de Corliss Danton e Sylvie Biggs.

Os Mensageiros em questão se levantaram da carteira de um salto, juntando suas coisas com muita pressa. Com o rosto radiante e mal olhando para trás, seguiram Jackson para fora da sala. Martina Crowe ficou olhando para eles com olhos famintos.

— Para os novatos entre nós — disse P.G. —, permitam-me lembrá-los de que vocês também podem vir a desfrutar dos privilégios de que os nossos Mensageiros gozam. Estudem com afinco! Principalmente vocês, novos recrutas, que estão se saindo muito bem, aliás. Rosie Gardner, Eustace Crust... *muito* bem. Vocês dois deram várias respostas certas. Continuem assim. — Ele deu um sorriso de incentivo na direção do fundo da sala e retornou à correção das provas.

Reynie se virou na cadeira para ver com quem P.G. estava falando, e então não conseguia mais desviar os olhos. *Novos recrutas*, era assim que P.G. os tinha chamado e, de fato, eram os dois cuja expressão confusa tinha chamado a atenção de Reynie no primeiro dia: a menina com corpo em forma de sino e o garoto magricela que ele desconfiava terem sido sequestrados. Agora, mal pareciam ser as mesmas crianças. A aparência de sonolência e confusão tinha desaparecido, substituída por motivação, até prazer, nos olhos. Aquela não era a expressão típica de crianças que tinham sido sequestradas e levadas embora contra sua vontade. Mas então por que tinham sido trazidas por Recrutadores? E por que outro motivo seriam chamadas de "recrutas"?

Reynie ficou desconfiado de que estivesse se apressando em tirar conclusões. Ele costumava pensar que era bom compreender as pessoas (a Srta. Perumal lhe tinha dito isso mais do que uma vez), mas esses garotos eram um mistério para ele. De algum modo, ele estava entendendo tudo errado; tinha que estar. E, falando em entender tudo errado, os olhos de Reynie agora tinham recaído sobre Constance, que dormia profundamente com o rosto em cima da carteira. Reynie de repente se sentiu deprimido. Ele precisava parar de virar para trás.

P.G. terminou de corrigir as provas e fez uma pilha na beirada de sua mesa.

— Certo, pessoal, classe dispensada. Vocês podem ver a prova quando saírem. E é melhor alguém acordar a Srta. Contraire. Tenho bastante certeza de que ela está viva; eu a vi se mexer. Reynard Muldoon e George Washington, por favor, fiquem depois da aula. Preciso falar com vocês.

A garganta de Reynie se apertou, e ele olhou para Sticky, que parecia ter sido picado por uma vespa. Será que estavam desconfiando deles? Enquanto os outros saíam da classe, Kate lançou um olhar cheio de significado para os meninos. *Boa sorte*, diziam seus olhos. Constance passou tropeçando, com o olhar embaçado, sem se virar para eles, e então os dois meninos se dirigiram para a mesa de P.G.

O caminho deles de repente foi interrompido por Martina Crowe, que os fixou com o olhar cheio de fúria. Assustados, os meninos deram um passo atrás, como se tivessem deparado com uma cobra cascavel.

— É isso aí — Martina sibilou por entre os dentes. — Recuem. — Ela olhou para eles com ódio, irradiando ameaça.

Reynie ficou imaginando o que devia fazer. Será que perguntava qual era o problema? Será que isso a incentivaria a atacar?

— Martina? — disse P.G., de sua mesa. — Está precisando de alguma coisa?

— Sei por que você quer falar com eles — disse Martina, sem tirar os olhos dos rostos assustados dos meninos.

— Que bom. Mas agora eu preciso *mesmo* falar com eles, então, por favor, dê licença.

— Eu vou — respondeu Martina. — Mas não vou longe. — Ela se inclinou para perto dos garotos e sibilou: — Ouviram? Não vou longe!

Certamente, não vai longe o *suficiente*, Reynie pensou enquanto ela saía da sala batendo os pés. Por que estava tão brava? Será que ela também desconfiava deles? Tremendo, os meninos se aproximaram da mesa.

P.G. parecia sério.

— Acho que vocês dois estão em maus lençóis.

— Mas por quê? — perguntou Reynie.

Sticky tremia como se estivesse a ponto de cair.

— Vocês irritaram Martina, por isso. Sinceramente, garotos, eu estou simplesmente perplexo. Ou, devo dizer, *estupefato*. Não, não é bem...

— Admirado? — ofereceu Reynie. — Atônito?

P.G. assentiu.

— Isso também. Além do mais, estou surpreso. Como é que vocês estão se saindo tão bem nas provas? Estão tirando notas perfeitas! Acho que Martina escutou quando eu falei sobre isto com outro Executivo, aliás, e é por isso que ela não gosta de vocês.

Sticky retomou o equilíbrio. A respiração de Reynie se acalmou. No final, não estavam encrencados. Só com Martina Crowe, por algum motivo.

P.G. os olhou com atenção.

— Como vocês explicam estas notas? É improvável que alguém os esteja ajudando. Vocês acabaram de chegar, e os outros alunos naturalmente desprezam os novatos, de modo que *eles* não iriam ajudar.

— Eu me lembro das coisas — respondeu Sticky, com simplicidade.

— Eu me esforço — disse Reynie.

P.G. estava com cara de que era exatamente aquilo que ele tinha suspeitado.

— Lembrar e se esforçar são duas qualidades muito boas. Parece que vocês têm isso de sobra. Eu só queria dar parabéns e dizer para vocês continuarem assim.

— Igual a Eustace e Rosie? — perguntou Reynie.

— Ah, aqueles dois? Eles são um caso diferente, meninos. Eles são recrutas especiais. Recrutas especiais recebem atenção especial nos primeiros dias, por ordem do Sr. Curtain. Eles demoram um pouco para entrar no clima, e precisam de incentivo. Mas podem observar, um dia eles vão chegar a ficar entre os melhores alunos. Os recrutas especiais com frequência terminam como Mensageiros, e muitos se tornam Executivos. Peguem Jackson e Jillson, por exemplo, eles próprios foram recrutas especiais.

— O que faz dos recrutas especiais tão especiais? — perguntou Sticky. Ele quase parecia com ciúme.

P.G. pareceu incomodado com a pergunta.

— Bom, em relação a isso, realmente não posso falar, hum, nem aqui nem agora. Vocês só precisam saber que... bom, não precisam saber nada. Só precisam aprender o material, mais nada. Obviamente, isso vocês precisam saber. E como... na verdade, suponho que há muitas coisas que vocês *devem* saber, mas... — Ele se aprumou, limpou a garganta e disse: — Apenas se esforcem, garotos, e não vão ter nada com que se preocupar.

— A não ser com Martina — disse Reynie. — Ela estava com cara de quem queria pisotear a gente.

P.G. deu risada.

— E ela deve querer mesmo! Vocês estão fazendo com que se sinta diminuída. Notas perfeitas são extremamente raras. Se vocês continuarem assim, vão se tornar Mensageiros rapidinho... de modo que, naturalmente, os Mensageiros vão odiar vocês. Existe um número limitado de Mensageiros, sabem? E não há garantia de que você vai *continuar sendo* Mensageiro. Se tiver uma semana de notas ruins, outra criança pode ficar com o seu lugar.

— Isso acontece sempre? — perguntou Reynie.

— É muito raro — respondeu P.G. — Os Mensageiros não suportam a ideia de perder seus privilégios especiais. Eu me lembro de como me sentia péssimo sempre que eu precisava entregar a *minha* faixa e a túnica. Aconteceu comigo várias vezes. Mas, no fim, eu aprendi absolutamente todas as lições, sabia todas de trás para frente, e nunca mais perdi minha posição. Até que me tornei Executivo, e foi isso. Mas, bom, suponho que vocês pareçam uma ameaça a Martina. Compreendo o que ela sente, mas é claro que não há motivo para ela se portar com tanto mau humor em relação a isso.

Mau humor não era a palavra mais exata, Reynie pensou. *Veneno* estaria mais adequado. Eles teriam que tomar cuidado com Martina Crowe.

Pessoas e lugares a se evitar

Reynie e Sticky passaram o resto da manhã olhando nervosos por cima do ombro. Entre as aulas, eles se apressavam pelos corredores, porque não queriam ser emboscados por Martina e, quando a avistaram na hora do almoço, perto do balcão da cantina, adiaram o almoço apesar dos roncos insistentes no estômago. Em vez de pegar a comida, encontraram uma mesa e ficaram esperando Kate e Constance. Quando as meninas voltaram do balcão, Reynie e Sticky relataram rapidamente o que P.G. tinha dito a respeito dos Mensageiros, e também o que tinha acontecido com Martina. Havia um barulho tão absurdo na cantina que eles podiam falar em tom de voz normal que ninguém escutaria, mas Kate mal conseguiu fazer com que sua voz se mantivesse em um tom abaixo de um grito de ultraje.

— Onde Martina está agora? — disse ela, olhando para a esquerda e para a direita.

— Estou tentando *não* ver — respondeu Sticky.

— Calma, Kate — disse Reynie. Discretamente, ele apontou com a cabeça na direção de uma mesa distante. — Ela acabou de se sentar em uma mesa de Mensageiros. De vez em quando, ela lança olhares furiosos para nós. Mas não vamos nos preocupar com isso. Nós só precisamos evitá-la, nada mais.

Constance limpou a boca com a manga.

— Ei, meninos, quando voltarem com a comida de vocês, tragam um pouco de sorvete.

— O que aconteceu com seus modos? — disse Sticky. — O que aconteceu com *por favor*?

Reynie olhou para Constance que, como resposta a Sticky, mostrava a língua. Ela realmente era muito mal-educada: espalhava comida sem se importar nem um pouco, mastigava mais com a boca aberta do que fechada, e segurava os talheres como se fossem pás. Mas Reynie considerava o comportamento dela mais triste do que irritante. Ele sabia que ela provavelmente nunca teve ninguém para ensinar-lhe bons modos. Ele não fazia ideia de como tinha sido a vida dela antes (as perguntas que eram feitas a Constance eram ignoradas de maneira geral, ou então respondidas com sons grosseiros), mas era óbvio que ela havia recebido pouca orientação.

Constance reparou que Reynie olhava para ela. Revirou os olhos e abriu a boca para lhe mostrar a comida mastigada. Ela não gostava que olhassem para ela, tanto quanto não gostava que lhe fizessem perguntas.

Reynie e Sticky foram até o balcão pedir o almoço. Os Ajudantes mexiam sopas e abriam massa de pizza e preparavam uma variedade enorme de pratos, sendo que todos tinham cheiro maravilhoso, e a boca dos meninos salivava como um chafariz. Reynie finalmente se decidiu por lasanha e leite com chocolate (e sorvete, já que Sticky se recusou a atender ao pedido de Constance). Reynie simplesmente não estava a fim de lidar com uma sessão de choramingos.

A Ajudante que tomou o pedido dele assentiu em silêncio, evitando os olhos dele, e começou a preparar a bandeja. Reynie a observava desconfortável. Apenas uns poucos Ajudantes tinham falado com ele, e nenhum tinha olhado em seus olhos. Parecia que o Sr. Curtain tinha determinado regras rígidas em relação a isso. Era uma exigência estranha para o trabalho que eles desempenhavam, essa exibição constante de deferência, mas os Ajudantes a cumpriam de maneira admirável. Aliás, eram tão silenciosos e tímidos em relação ao contato do olhar que Reynie tentava não cumprimentá-los nem olhar muito para eles. Para ele, isso parecia ser a maior grosseria, mas quando fazia diferente, sempre ficava com a impressão de deixar os Ajudantes pouco à vontade.

Sticky devia estar pensando a mesma coisa, porque, quando se juntaram às meninas na mesa, ele disse:

— Dá para imaginar um trabalho pior do que ser Ajudante?

— Não são mesmo muito tristes? — disse Kate. — Não conversam, não olham no olho das pessoas. Eu não ia poder ter um emprego desses, teria que ser sedada.

— Ei, vai ver que eles *são* sedados — sugeriu Sticky. — Talvez haja alguma coisa na comida deles!

Kate sacudiu a cabeça.

— Já os vi comendo a mesma comida que servem para nós, e nós estamos bem, não é mesmo?

Todos olharam com desconforto para Constance, que tinha terminado de engolir o sorvete e tinha deixado o queixo melado cair sobre o peito. As pálpebras dela se agitavam, e a respiração tinha se transformado em um ronco profundo.

— Bom, mas ela já era assim antes de chegarmos aqui — disse Reynie.

Foi um dia longo e cansativo. As aulas da tarde se passaram da mesma maneira que as da manhã: primeiro Reynie ficava animado com o bom resultado que ele e Sticky tinham obtido na prova, depois desestimulado pelos olhares de ódio que seu sucesso trazia, vindos dos outros alunos e dos Mensageiros em geral, mas principalmente de Martina. E se Kate e Constance não chamavam esse tipo de atenção desagradável para si, era só porque estavam tendo enormes dificuldades com as provas, o que era ainda mais desestimulante.

Quando a última aula terminou, os quatro foram para o pátio e se sentaram em um banco de pedra. (Todos menos Kate, que ficou pulando parada no lugar, gastando energia.) A maior parte dos alunos da Academia passava a hora anterior ao jantar jogando no ginásio ou assistindo a televisão no quarto, mas a Misteriosa Sociedade Benedict quis passar um tempo sozinha. E, assim, ficaram no pátio sem ser incomodados por Martina ou por mais ninguém e, no entanto, mal proferiram uma palavra. A razão era por não conseguirem parar de olhar (com uma mistura curiosa de fascínio, medo e desconforto) para o Sr. Curtain com seu terno xadrez verde, seus óculos prateados e sua cadeira de rodas endiabrada.

O pátio era um dos lugares preferidos dele. As crianças também o tinham visto ali no dia anterior à tarde, e à noite. Todo mundo sabia que o Sr. Curtain geralmente ficava lá por mais ou menos uma hora, período durante o qual ninguém o incomodava, a não ser os Executivos (e *eles* só o procuravam se tivessem algum assunto urgente). Aquela tarde não foi diferente. Todos que passavam pelo pátio desviavam do Sr. Curtain e ninguém jamais passava na frente dele, já que parecia deliciado em olhar para a ponte ao longe, e ninguém queria atrapalhar sua visão.

Exceto pelo olhar, o Sr. Curtain estava bem ocupado. Ele tinha uma pilha de jornais consigo e os examinava meticulosamente, de vez em quando marcando coisas e sorrindo misteriosamente. De tempos em tempos ele abria um livro grande, que carregava no colo, e fazia uma anotação nas páginas internas. Então ficava olhando ao longe mais uma vez. No final, o Sr. Curtain deu meia-volta e disparou pelo pátio, desapareceu dento do Prédio de Controle da Academia, e as crianças saíram de seu transe.

Depois de passar tanto tempo só olhando, e como no jantar não conseguiram pegar uma mesa só para si, tiveram que esperar até as luzes se apagarem para ter qualquer conversa secreta, já que as noites eram dedicadas ao estudo. Era essencial que Reynie e Sticky conseguissem continuar a se dar bem nas provas (principalmente se Kate e Constance não *começassem* a se dar bem). E, de todo modo, uma das poucas regras que os Executivos pareciam dispostos a admitir era que os alunos não tinham permissão para ir ao quarto de outros. Encontros particulares entre alunos regulares era o tipo de coisa que a Academia condenava rigorosamente, já que todos os segredos estavam reservados para os Mensageiros e os Executivos.

Mas não havia proibição em relação aos corredores do dormitório durante o horário de estudo, e antes de as crianças se enfurnarem no quarto para se debruçar sobre suas anotações, elas se demoraram um pouco à porta do quarto de Reynie e Sticky. Se não aproveitaram a ocasião para conversar, era só porque estavam espionando os outros. Tinham descoberto que, nesse horário do dia, havia uma quantidade considerável de atividade e conversa no corredor, que sempre fornecia oportunidade de aprender alguma coisa. Aqui e ali, ao longo do corredor, alunos conversavam em grupinhos, relutantes em se recolher e começar a estudar, e um fluxo constante de crianças com escovas de dente e artigos de toalete passava entrando e saindo dos banheiros.

Naquela noite, o alvo de espionagem mais óbvio eram os vizinhos de Reynie e Sticky, dois meninos mais velhos de cabeça grande e aparência muito comum que faziam toda questão de nunca falar com Reynie e Sticky. Os meninos estavam parados à porta do quarto jogando um jogo que consistia em chutar a canela um do outro sem gritar de dor, e enquanto eles chutavam e faziam careta, especulavam infinitamente sobre os privilégios secretos dos Mensageiros. Esse era um dos temas de conversa preferidos entre os não Mensageiros, mas nunca era produtivo, e com esses meninos não era diferente. Logo ficou claro que nenhum dos dois fazia menor ideia de quais eram os privilégios, só sabiam que eram algo a ser cobiçado.

A conversa dos meninos logo ficou desinteressante, e Reynie estava a ponto de desistir quando, de repente, a voz de Jackson ribombou no corredor:

— Corliss Danton! Finalmente encontrei você!

Algumas portas mais para baixo, Corliss Danton se sobressaltou. (Todo mundo se sobressaltou, mas Corliss Danton foi o mais afetado.) Ele se virou para olhar para Jackson com olhos estranhamente carregados de culpa, e veio marchando em sua direção por entre os grupinhos de alunos, sendo que todos se encolhiam contra a parede para deixá-lo passar. O corredor, que momentos antes era só agito e fofoca, ficou tão silencioso quanto um cemitério. Corliss ajeitou a faixa de Mensageiro quando Jackson chegou perto.

— Há... há algum problema, Jackson?

— Você sabe qual é o problema, Corliss — disse Jackson. — O Sr. Curtain precisa falar com você. Vou levá-lo até a Sala de Espera.

Com a menção da Sala de Espera, Corliss, que, para começo de conversa, já tinha a pele pálida, ficou totalmente branco. Os meninos do quarto vizinho estremeceram, e deram um passo rápido para trás, tentando se desassociar dele. Um murmúrio se espalhou pelo corredor.

— Mas... mas... — Corliss limpou a garganta. Ele puxou a barra da túnica. — Mas, fale sério, Jackson. Por que eu seria castigado? O quê...?

— Você não vai ser castigado. O Sr. Curtain só quer falar com você. Mas ele está ocupado no momento, de modo que você vai ter que esperar. Venha comigo agora mesmo.

Corliss sacudiu a cabeça e deu um passo atrás.

— Eu... Sabe o quê? Acho que não. Acho que eu vou só... só... — Ele olhou para a esquerda e para a direita, analisando as saídas do corredor.

O tom de Jackson era despreocupado, porém firme.

— Compreendo que você não goste de esperar, Corliss. Ninguém gosta de esperar. Mas se você não quiser ir para a Sala de Espera *e* perder seus privilégios especiais, então é melhor vir comigo agora mesmo.

Corliss se encolheu todo.

— N-não... não vai ser... não vai ser necessário. Vou com você, Jackson. Acho que, de um jeito ou de outro, eu vou ter que esperar, não é mesmo?

— De um jeito ou de outro.

Corliss respirou fundo para se recompor.

— Certo, pode apostar. Não me importa o que o Sr. Curtain quer comigo. Você não vai ouvir nenhuma reclamação da minha parte.

Jackson deu uma piscadela.

— Assim que se fala. Vamos andando. — Ele colocou a mão no ombro de Corliss e o acompanhou até a saída mais distante.

No momento em que Corliss saiu, o corredor irrompeu em algazarra, repleto de conversas animadíssimas. Uma menina até começou a chorar; ela própria já tinha estado na Sala de Espera, parecia, e a simples menção do lugar a deixara descontrolada. Enquanto as amigas tentavam consolá-la, os vizinhos de cabeça grande de Reynie e Sticky continuavam olhando para a saída através da qual Jackson tinha conduzido Corliss para seu martírio.

— A Sala de Espera — disse um dos meninos. — Eu não sabia que *Mensageiros* eram enviados para a Sala de Espera.

— Não vamos falar sobre isto — respondeu o outro, sacudindo a cabeça. — Acho que é má sorte falar sobre isto. Não preciso desse tipo de coisa.

Os meninos entraram no quarto e fecharam a porta atrás de si.

Reynie e os outros se entreolharam, ansiosos.

— Acho que é melhor nós evitarmos sermos mandados para a Sala de Espera — disse Constance.

— Você acha? — perguntou Kate.

Sticky pegou seu paninho de limpar óculos.

Conclusões lógicas e erros de cálculo

Quando o painel do teto deslizou para o lado naquela noite, só o rosto de Kate apareceu.

— Onde está Constance? — murmurou Sticky.

— Hoje ela vai ficar de fora — respondeu Kate. — Nunca vi uma menina tão sonolenta. Caiu no sono em cima da escrivaninha. Não consegui acordá-la.

— Acho que depois você pode colocá-la a par de tudo — disse Reynie, cheio de dúvidas, e Sticky sacudiu a cabeça em sinal de desaprovação.

— Estou muito feliz de ver vocês, meninos — disse Kate e se sentou no chão. Ela cruzou as pernas em uma posição complicada, que mais se parecia com um pretzel, aparentemente impossível para os meninos. — Estou cansada de estudar. Devo ter repassado as minhas anotações cem vezes, mas nada fica na minha cabeça. Não faz sentido! "Você precisa trabalhar muitas horas para ter mais tempo para relaxar?" "É preciso haver guerra para que exista paz?" Como é que essas coisas podem ser "conclusões lógicas"? Por favor, digam para mim!

Reynie soltou uma risada cansada.

— Que tal "é importante se proteger porque é impossível se proteger"?

— Ah, sim, a lição da higiene — disse Kate, desgostosa. — Essa é a melhor de todas. Eu nunca poderia pensar que escovar os dentes poderia me deixar tão desesperançada.

Reynie deixou a cabeça pender para o lado. Alguma coisa no que Kate tinha dito tinha lhe parecido familiar, mas ele não sabia dizer o quê.

— Essas coisas também não fazem o mínimo sentido para mim — disse Sticky —, mas eu não tenho nenhum problema para lembrar. Posso ajudar você a estudar, Kate.

— Quando? — perguntou Kate, exasperada. — Nunca dá tempo para nada! Não, eu preciso fazer isso sozinha.

— Ah... ah, tudo bem — Sticky falou baixinho, obviamente desapontado.

Kate estava preocupada demais para reparar. Ela trançava os cabelos em nós complicadíssimos, com a mente longe. Quando terminava, desfazia as tranças.

— Eu realmente não entendo, meninos. De que adianta aprender tanta coisa assim?

De repente ocorreu a Reynie o que lhe parecera familiar.

— Acho que isso tem relação com as mensagens ocultas! Lembram-se daquela frase que nós escutamos no Receptor? "Escove os dentes e mate os germes?" Tem que estar relacionada com a lição de higiene, vocês não acham?

— Ei, você tem razão! — respondeu Kate, animando-se.

— E, agora, pensando bem, no nosso primeiro dia aqui, nós escutamos as crianças na classe de P.G. falando sem parar do mercado isto, mercado aquilo...

— O Exercício do Livre-Mercado — disse Sticky.

— Exatamente! E "mercado" foi a primeira palavra que nós escutamos o Receptor do Sr. Benedict, estão lembrados?

Sticky assentiu (era óbvio que ele se lembrava), mas Kate só deu de ombros.

— Eu vou ter que acreditar na palavra de vocês em relação a isto — disse ela. — Mas, bem, as aulas obviamente estão conectadas às mensagens ocultas. Então, a questão é saber como tudo se encaixa.

— Quanto antes nós nos tornarmos Mensageiros, mais rápido vamos ficar sabendo! — disse Reynie, todo animado.

— Nós ainda não somos Mensageiros, então, segure a onda — disse Sticky, que ainda estava tentando se recuperar da mágoa e estava um pouco irritado. — Só faz alguns dias que estamos aqui.

— É verdade — suspirou Reynie. — Certo, vamos relatar isto para o Sr. Benedict.

Eles se prepararam para enviar uma mensagem para o continente, só que foram impedidos pela presença do Sr. Curtain no pátio. E então, bem quando o Sr. Curtain finalmente resolveu entrar, um par de Executivos apareceu para dar um passeio relaxante pelo terreno da Academia. Os dois pareciam ter a intenção de percorrer todos os caminhos e trilhas à vista. Estava ficando muito tarde, e as crianças, exaustas, resolveram adiar. Não iam conseguir se dar muito bem nas aulas se não conseguissem ficar acordadas.

— O relatório pode ser enviado depois — disse Kate e bocejou. — Enquanto isso, vamos dormir. Meninos, tenham uma boa noite.

Ela subiu por sua corda, puxou-a para o teto atrás de si e desapareceu. Com uma mistura de surpresa e admiração, Reynie e Sticky ficaram observando enquanto ela ia embora. Eles ainda precisavam se acostumar com o método de ir e vir de Kate.

— Como deve ser ir de um lugar para o outro como ela faz? — Sticky ficou se perguntando em voz alta.

Reynie deu de ombros.

— Empoeirado, imagino.

Muito tempo depois de Kate ter tomado seu caminho empoeirado e os meninos terem ido para a cama, Reynie ainda estava acordado, acalmando seus nervos com a composição de uma carta mental para a Srta. Perumal. Ele nunca poderia de fato *escrever* a carta, lógico (nunca poderia enviá-la), mas Reynie se acalentava ao pensar na Srta. Perumal, em um ambiente bem distante desta responsabilidade e deste perigo, bebericando o seu chá e corrigindo a gramática de tâmil dele. Ele refletiu sobre a tarde agradável que tinham tido passeando no parque Oldwood, discutindo uma ou outra coisa (a mãe dela, ou as árvores antigas no parque, ou beisebol, ou cachorros). E também sobre as vezes em que contou a ela sobre algumas gozações muito maldosas que ele ouvia das outras crianças, e a Srta. Perumal não oferecia nenhum conselho (coisa que teria sido inútil), mas só assentia e estalava a língua, sorrindo triste para Reynie, como se a lembrança dele fosse a lembrança dela também, como se a compartilhassem. Bom, talvez eles *de fato* a compartilhassem, agora que ele tinha contado para ela. E, de algum modo, isso sempre o deixava mais leve... às vezes, dependendo da ocasião, até chegava a alegrá-lo na mesma hora.

Reynie tinha acabado de terminar a carta quando ouviu Sticky se levantar e se movimentar pelo quarto e, depois de uma pausa, murmurar:

— Reynie, você está acordado?

Teria sido um bom momento para pegar no sono; Reynie estava se sentindo calmo pela primeira vez naquele dia inteiro. Mas ele não podia exatamente agradecer à Srta. Perumal em sua carta por escutá-lo, então se virar para o outro lado e não demonstrar disponibilidade para Sticky.

— Sim, estou acordado — respondeu ele.

— O terreno está limpo agora.

Reynie olhou para baixo do alto do beliche.

Sticky tinha colocado os óculos e olhava pela janela.

— Se Kate não tivesse levado a lanterna embora, nós poderíamos enviar o relatório. Precisamos lembrar disto da próxima vez. Devíamos pelo menos tirar *algum* proveito de uma noite mal dormida.

— Talvez dê para acender e apagar a luz do quarto — Reynie sugeriu.

— Acho que sim — Sticky respondeu, duvidoso, com um quê de preocupação na voz. — Mas e se houver alguém lá fora? Não posso ficar de olho se estiver perto do interruptor.

— Nós somos dois, está lembrado? Eu fico de vigia na janela.

Sticky já estava fazendo o gesto de pegar seu paninho de limpeza.

— Fico nervoso — ele disse, achou o paninho na escrivaninha e deu uma boa esfregadela nos óculos. — Fico pensando na expressão daquele Mensageiro quando Jackson falou a ele sobre a Sala de Espera. A última coisa que eu desejo é que desconfiem de mim. — Ele colocou os óculos e suspirou. — Ah, eu preferia não ter tocado no assunto. Mas acho que é necessário, não?

— Vamos fazer logo e acabar rápido — disse Reynie.

Infelizmente, o interruptor da luz fazia um barulho muito grande quando era ligado. Sticky se contorcia a cada estalo, como se estivesse levando um choque e, no fim da mensagem, estava tremendo e seus dedos suados escorregavam do interruptor. Mas a mensagem foi enviada por completo, e ninguém os descobrira.

Olhando na direção do continente, Reynie soltou uma risadinha.

— Eles querem saber o que nós ainda estamos fazendo acordados.

Sticky se sentia ansioso demais para sorrir.

— Mais alguma coisa?

— Estamos fazendo um trabalho excelente, precisamos continuar a tomar cuidado e agora realmente precisamos ir dormir.

— Eles disseram tudo isso?

Reynie desceu da televisão.

— Bom, eles disseram: "Excelente. Cuidado. Dormir."

— Não precisam dizer duas vezes — disse Sticky e deslizou para dentro das cobertas. — Principalmente a parte sobre tomar cuidado. Meu estômago está todo embrulhado, Reynie. Eu me sinto assim o tempo todo.

— Eu sei — respondeu Reynie e subiu para a cama de cima do beliche. — A mesma coisa acontece comigo. Mas pelo menos nós sabemos que o Sr. Benedict e a equipe dele estão de olho em nós. Não estamos sozinhos, certo?

— Acho que isso deveria ser animador — disse Sticky, sem muita certeza na voz.

— Parece que você não acha muito animador.

— Não — respondeu Sticky e puxou o lençol até embaixo do queixo, bem apertadinho. — Não, desde a primeira vez que o vi, fiquei imaginando o Sr. Curtain me perseguindo, chegando cada vez mais perto. Ele parece estar bem mais próximo do que o Sr. Benedict e os outros, que estão lá longe, no continente.

Desta vez, Reynie não disse nada. Ele compreendia muito bem a maneira como Sticky se sentia. Se pelo menos ele soubesse de alguma coisa reconfortante que pudesse dizer, algo para aliviar a ansiedade de Sticky... e, sim, algo para aliviar a sua própria ansiedade. Ele pensou e pensou. Ficou acordado durante muito tempo, pensando. Com certeza devia haver *algo*.

Mas, se havia, ele não conseguia descobrir o que era.

A ansiedade de Sticky afetou-o. Ele dormiu mal e, durante toda a manhã seguinte, teve dificuldade para ficar acordado. Quando a aula de Jackson começou, as pálpebras dele pareciam tão pesadas quanto bigornas. Foi necessário esforço heroico (incluindo vários beliscões doloridos na perna) para que ele ficasse com os olhos abertos e prestasse atenção ao discurso longo e monótono de Jackson. Mas uma hora Jackson finalmente terminou e, apesar da sonolência, Sticky tinha conseguido trancar toda a informação com segurança na cabeça. A revisão no final da aula não exigiria sua atenção, e isso significava que ele precisaria apenas de muita força de vontade (mal estava conseguindo ficar acordado). Ele necessitava ocupar a mente com alguma coisa.

Assim, Sticky se concentrou em Corliss Danton, que estava de volta à sala de aula naquela manhã, e não parecia pior do que antes. Ao contrário, era o próprio aluno exemplar: estava sentado em sua carteira com as costas bem eretas, escutando com atenção, e seu uniforme de Mensageiro estava impecável. Aliás, ele todo parecia brilhar, de verdade. Da cabeça aos pés, sua pele pálida estava rosada de tanto esfregar, até suas unhas pareciam ter sido meticulosamente limpas. Ele parecia estar cheirando tão bem quanto um sabonete. Corliss obviamente tinha a intenção de passar boa impressão, Sticky pensou. Ele queria passar a ideia de que tinha se eximido de qualquer coisa que tivesse feito de errado.

Só depois de Corliss ter olhado várias vezes na direção da porta que ficava atrás dele, Sticky percebeu que ele não estava completamente recuperado de sua visita à Sala de Espera. O rosto dele estava cansado, os olhos até vidrados, como se ele não tivesse dormido nem um pouco, e havia um vestígio de tristeza inconfundível em seus olhos. Não pela primeira vez, Sticky se pegou imaginando por que tipo de provação Corliss deveria ter passado. Então percebeu que não queria pensar sobre isso, porque a ideia fazia seu estômago doer. E então ele percebeu que tinha caído no sono.

Sticky não *saberia* que tinha dormido, no entanto, se Martina Crowe não tivesse sibilado:

— Ei! Seu quatro-olhos magricela e careca! Que negócio é esse de ficar dormindo? Você por acaso não é o *superaluno*?

Os olhos de Sticky se abriram de supetão. De todos os lados, alunos prendiam o riso e os Mensageiros (incluindo Corliss) torciam o nariz em desdém para ele. Todo envergonhado, Sticky tateou em busca dos óculos.

— Olhem só como agora ele vai começar a limpar os óculos — disse Martina. — Que esquisitão!

— Silêncio! — Jackson gritou da frente da sala. O olhar gélido e afiado dele recaiu sobre Sticky. — Vocês podem dizer o que quiserem quando tiverem permissão — disse Jackson, e completou: — Neste momento, ninguém tem permissão.

Paralisado, Sticky nem conseguiu assentir.

Kate, no entanto, estava ultrajada demais para segurar a língua.

— Mas não foi Sticky que falou!

Martina, que por acaso estava sentada bem na frente de Kate, virou para trás com expressão de choque. Kate olhou-a bem nos olhos, desafiadora, e isso deixou Martina ainda mais surpresa. Mas, antes que as duas pudessem trocar qualquer palavra, Jackson já tinha disparado por entre as fileiras e estava parado ao lado de Kate.

— Por acaso você levantou a mão e pediu permissão para falar?

Kate sacudiu a cabeça e, então, com expressão toda acesa, ergueu a mão.

— Não — disse Jackson. — Você não tem permissão para levantar a mão. E deixe-me avisar a você e ao seu amigo — disse, lançando uma olhadela na direção de Sticky — que não é nada benéfico desafiar um Mensageiro.

Martina passou a mão pelo cabelo pretíssimo e assentiu, com petulância notável. O rosto de Kate ficou bem vermelho (ela estava realmente radiando fúria), mas ela segurou a língua. Jackson retornou para a frente da sala e os alunos voltaram a se ocupar com a tomada de notas.

Todos menos Sticky, que estava aborrecido demais para se concentrar. Em vez disso, ele ficou olhando fixo para Jackson, tristonho, e depois para a outra pessoa que o atormentava, Martina, que parecia imensamente satisfeita consigo mesma. O olhar dele se distraiu por um movimento embaixo da mesa de Martina. Kate estava voltando a colocar os pés dentro dos sapatos. Mas por que ela tiraria os sapatos em primeiro lugar? Estava frio demais para ficar descalça. Foi bem aí que Martina lançou um olhar na direção de Sticky. Ele desviou os olhos e não olhou mais naquela direção. Dava para sentir a raiva sem nem olhar.

E foi assim que, quando Jackson dispensou a classe e Martina se levantou da carteira, Sticky ouviu, mas não viu, Martina caindo de cara no chão. Ele deu uma olhada naquela direção, surpreso. Cadernos, papéis e lápis tinham se espalhado por todos os lados, e Martina se levantava lentamente de gatinhas, cuspindo e sacudindo a cabeça enquanto tentava se recompor. Mensageira ou não, a atrapalhação dela fez com que todos os outros alunos caíssem na gargalhada, menos Kate, que fingiu nem notar, pegou o braço de Sticky e o arrastou para a porta.

— Eu amarrei os cadarços dos sapatos dela na carteira — cochichou ela. — Com os dedos dos pés.

— Maravilha — Constance disse na hora do almoço. — Além de nós termos uma missão secreta e perigosa, agora nós também temos inimigos. Belo trabalho, Kate.

Kate deu risada.

— Ela já era inimiga dos *meninos*. Eu me adicionei à lista. O que você achava que eu devia fazer? Deixar que ela saísse impune? Ela chamou Sticky de careca, caramba.

— Eu *sou* careca — disse Sticky, passando a mão na cabeça. — A culpa é toda minha. Eu usei removedor de pelos quando fugi, para me disfarçar.

— *Isso* explica tudo — Reynie disse. — Eu fiquei imaginando o que teria acontecido, mas fiquei com medo de perguntar.

— Mas removedor de pelos não arde pra caramba? — perguntou Kate.

— Foi o que eu ouvi dizer, de modo que inventei minha própria mistura, com a adição de outros ingredientes para não arder.

— E deu certo? — perguntou Constance, obviamente torcendo para que não tivesse dado.

— Não — confessou Sticky. — Parecia que a minha cabeça estava pegando fogo, e agora está demorando uma eternidade para o meu cabelo voltar a crescer! Nem *começou*!

Os outros sorriram. E depois sorriram ainda mais. E daí começaram a dar risada. E, finalmente, como não conseguiam se segurar, caíram na gargalhada. Sticky resmungou e abaixou a cabeça, mas no fim até *ele* começou a sorrir. Durante um tempo, as risadas deles lançaram para longe os problemas que tinham, e eles relutaram em parar de rir.

Mas, no final (rápido demais), as risadas se foram. E, diferentemente do cabelo de Sticky, seus problemas não hesitaram em voltar.

Maçãs envenenadas, minhocas envenenadas

Naquela tarde, na aula, Jillson falou a respeito da economia nacional. Também falou sobre educação, crime, ambiente, guerra, impostos, seguro, saúde, medicina, o sistema judiciário... e *frutas*.

— Vejam bem — disse Jillson, já para o fim da aula —, todos esses problemas terríveis são resultado de uma coisa só: mau governo! Não me entendam mal, ter governo é uma coisa boa. Sem governo, não é possível solucionar nenhum dos problemas horríveis do mundo, a menos que se tenha um governo *ruim*, e nesse caso os problemas ficam ainda mais horríveis. Infelizmente, todos os governos do mundo são ruins. Como uma maçã envenenada — (aqui, os ouvidos de Reynie se aguçaram) —, os nossos governos parecem bonitos, brilhantes e inteiros a distância, mas uma vez que você começa a fazer parte deles, eles se comprovam bastante mortíferos. Além disso, eles abrigam mais do que um representante mal-intencionado; como minhocas envenenadas naquela maçã envenenada.

Maçãs envenenadas, minhocas envenenadas, Reynie pensou. Essa era mais uma frase das mensagens ocultas que eles tinham escutado através do Receptor do Sr. Benedict. Ele não se surpreendeu (pois sabia que as aulas estavam conectadas às mensagens ocultas), mas ficou imaginando como aquilo tudo se encaixava. Tinha certeza de que seria capaz de descobrir, se apenas...

Sem aviso, o humor de Reynie mudou. Seu otimismo se esvaiu, e ele de repente ficou bravo com Jillson (aquela Jillson idiota e cheia de papo!), e também não era só com Jillson, mas... na verdade, ele estava bravo com praticamente todo mundo em quem conseguia pensar. Essa era uma sensação incomum para Reynie, e muito estressante. Ele se sentia como se as paredes estivessem se fechando em cima dele, como se estivesse com vontade de se levantar e sair correndo da sala. Estava com vontade de gritar e chutar as coisas, de preferência, Jillson.

O que estava acontecendo? Será que a pressão finalmente o estava afetando? Totalmente exausto, Reynie largou o lápis e deu uma olhada em Sticky, que estava olhando para o papel da prova como se estivesse com vontade de rasgá-lo e jogar no fogo. *Ai, não*, Reynie pensou, *por algum motivo, ele travou.* Por um momento ele ficou bravo com Sticky também. Mas então Sticky, ao ver que Reynie estava olhando para ele, assentiu como sempre e fez um sinal fraco de positivo, com o polegar para cima. Então, não era a prova. E agora Sticky estava olhando para Reynie com expressão preocupada, e foi assim que Reynie percebeu que ele próprio estava com o cenho franzido. Ele olhou para Kate e Constance. As duas estavam com a cabeça nas mãos e pareciam prontas para começar a berrar. E, no entanto, nenhum dos outros alunos parecia nem um pouco afetado. Então, por que apenas os quatro...?

Martina nos envenenou!, Reynie pensou. Imediatamente convenceu-se disso. Martina tinha colocado alguma coisa no almoço deles, talvez tivesse ordenado aos Ajudantes que fizessem isso. Toda a raiva dele agora se direcionou para Martina.

Quando a aula finalmente terminou, Reynie demorou vários segundos para entender por que os outros alunos estavam se levantando e saindo. Jillson olhava para ele e seus amigos como se fossem um bando de lunáticos.

— Eu disse para irem embora! — rosnou. — Ou vocês querem ficar aqui o dia inteiro?

Os quatro saíram em disparada das carteiras. Precisavam fazer uma reunião de emergência.

A maior parte dos alunos foi para o ginásio para jogar alguma coisa antes do jantar, e o Sr. Curtain não estava em seu lugar preferido. O pátio estava deserto. As crianças atravessaram para o canto mais distante, asseguraram-se de que não tinha ninguém escutando, e todas começaram a falar ao mesmo tempo.

— Vocês estão sentindo o que eu estou sentindo? — perguntou Reynie.

— Que negócio é *este*? — disse Kate.

— Então vocês também estão sentindo? Parece que a minha cabeça vai rachar ao meio! — falou Sticky.

— A primeira coisa que eu pensei foi que Martina nos envenenou — disse Reynie. — Mas...

— Veneno? — disse Kate. — Não, acho que não. Isto aqui está tudo na minha cabeça.

Reynie e Sticky concordaram. Não era um problema físico, exatamente; era outra coisa. Mas, então, *o que* era? Os três começaram a comparar os sintomas.

Só Constance não dizia nada. Ela escutava enquanto os outros falavam sobre como estavam se sentindo bravos e irritados, como se estivessem envolvidos em uma discussão furiosa e, enquanto falavam, parecia que ela ia encolhendo. Foi Reynie quem reparou nisso: que Constance, com uma expressão de frustração ansiosa, tinha começado a se agachar e a se encolher, como se quisesse se proteger de um ataque.

— Constance, o que aconteceu? — perguntou Reynie, com a testa franzida de preocupação. — O que há de errado?

— É... só isso? — Constance perguntou, com a voz fraca. — Vocês só se sentem meio irritados?

— *Extremamente* irritados — disse Kate. — De verdade, nunca me senti tão mal-humorada na vida.

— Então vocês não... vocês não escutam...? — A voz de Constance foi sumindo.

Ela não precisou terminar. Reynie não acreditava que não tinham pensado naquilo imediatamente. A experiência devia ter arrancado toda a noção da cabeça deles. O Sr. Benedict por acaso não tinha previsto exatamente isto? *A maior parte de nós simplesmente vai se sentir irritada e confusa*, o Sr. Benedict tinha dito, *essencialmente da maneira que nos sentimos agora sempre que a televisão está ligada e as mensagens estão sendo transmitidas.*

— O Sr. Curtain está aumentando a força — disse Reynie, com gravidade e, quando Sticky e Kate olharam para ele sem compreender, ele disse: — São as mensagens ocultas. A nossa mente está reagindo a elas.

Sticky engoliu em seco. Kate deu um tapa na testa. Claro! As mensagens ocultas tinham começado a ser transmitidas diretamente para a mente deles... não havia mais necessidade de televisão, rádio, nem nada. Todos os outros alunos não se incomodavam porque, como o sr. Benedict tinha dito, apenas mentes com amor excepcional pela verdade reparavam que alguma coisa estava acontecendo.

— Então nós não podemos mais evitar? — perguntou Kate. — Bom, *isso* é deprimente.

— Acho que tem mais — disse Reynie. Ele se ajoelhou ao lado de Constance e colocou a mão no ombro dela (e Constance, pelo menos desta vez, não reclamou). — *Tem* mais coisa, não é mesmo, Constance?

Kate e Sticky ficaram olhando de Reynie para Constance, que estava assentindo com a cabeça e escondendo o rosto atrás das mãos. Ela realmente parecia estar segurando o choro. A mente de todos eles estava resistindo às mensagens, mas Constance, e apenas Constance, era capaz de ouvir a *voz* do Mensageiro.

Em casos raros, com mentes excepcionalmente sensíveis, era o que o Sr. Benedict tinha dito. E ali estava um desses casos, uma dessas mentes: Constance Contraire. A revelação os deixou chocados, principalmente Constance, que ficou tão incomodada que passou a noite com a cabeça enfiada embaixo do travesseiro. Ela não estava nada melhor quando Kate a levou pelo teto até o quarto dos meninos para a reunião deles.

— Pode ser útil, sabe — cochichou Sticky, tentando animá-la. — Uma maneira de avaliar o progresso do Sr. Curtain. Em um dia bem ruim mesmo, um de *nós* talvez não seja capaz de distinguir entre o mau humor normal e o mau humor causado pelas mensagens ocultas. Mas se você consegue ouvir as *vozes* de fato... bom, então você é como o nosso canário na mina de carvão!

— Canário na mina de carvão? — Constance balbuciou sem erguer os olhos.

Sticky não reparou no olhar de alerta que Reynie lhe lançara.

— Ah, sim, os mineradores costumavam levar canários consigo para avaliar os níveis de oxigênio na mina. Se o canário morresse, eles sabiam que o oxigênio estava diminuindo e era melhor sair dali.

— Se o canário *morresse*? — repetiu Constance.

De repente, Sticky pareceu arrependido.

— Essa talvez tenha sido uma comparação infeliz — disse Reynie.

— O negócio é que você é importante — falou Kate. — Certo?

— Disso eu já sabia — explodiu Constance. — Não precisava de toda esta falação na minha cabeça para me dizer. E definitivamente não preciso de Martina Crowe lá dentro sussurrando... era ela que estava fazendo a última mensagem, caso vocês estejam interessados. Eu já não gosto nada dela no lado de *fora* da minha cabeça, muito menos no lado de *dentro*. Aliás, acho que vou escrever um poema contra ela mas, pensando bem, "Martina" é difícil de rimar.

Reynie, Sticky e Kate se entreolharam com otimismo cauteloso. Constance parecia estar se sentindo um pouco melhor. Todos eles se sentiam assim, na verdade. Eles tinham passado a noite se acostumando com as transmissões de mensagens ocultas (mais três tinham sido feitas desde a aula de Jillson), tentando não se irritar uns com os outros, ou bater com o punho fechado no tampo de mesas, ou bater gavetas. Estudar tinha sido definitivamente uma tortura, como tentar ler enquanto alguém batuca uma música chata no piano (e com os dedos nas teclas erradas, ainda por cima). Mas uma hora tinha se passado desde a última transmissão, e o humor das crianças tinha melhorado. E isso as ajudava a se concentrar no fato de que sua situação, infelizmente, *não* tinha melhorado nada.

A coisa que estava por vir se aproximava. O Sr. Curtain ainda não estava transmitindo suas mensagens com força total (se não, todos os quatro ouviriam vozes, não apenas Constance). Mas a situação obviamente tinha piorado, e as crianças só tinham chegado à ilha havia pouquíssimo tempo. Será que já era tarde demais? O que deveriam fazer?

— O terreno está limpo — disse Sticky quando subiu na televisão e olhou pela janela. Ele pegou a lanterna de Kate. — O que eu devo dizer?

— O Sr. Benedict já deve saber que as mensagens estão mais fortes — refletiu Reynie. — Ele e os outros certamente também devem estar sentindo. Diga apenas que Constance está ouvindo vozes. Ele não esperava por isso.

— Entendi — disse Sticky e se virou para a janela. — "Constance ouve vozes." Lá vai.

— Mas não use o nome verdadeiro dela — orientou Reynie.

— Ah, certo — respondeu Sticky, acanhado. — Claro que não.

— Você está *tentando* fazer com que eu seja pega, George Washington? — resmungou Constance.

— Desculpe — disse Sticky, rangendo os dentes como sempre fazia quando Constance usava seu nome inteiro. — Eu só vou dizer, hum... — olhou para os outros, em busca de ajuda.

Reynie deu uma olhada em Constance, que fazia uma cara de desdém impressionante, pronta para reclamar a respeito de qualquer coisa que ele sugerisse. Reynie resistiu à primeira coisa que lhe veio à cabeça e sugeriu que se referissem a ela como "a menor".

Constance, não muito feliz, aceitou a ideia, e logo Sticky já tinha enviado a mensagem. Alguns minutos depois, recebeu a resposta do continente:

> O tempo é mais curto do que a nossa pretensão.
> Assim, precisamos achar uma solução
> Vocês precisam se transformar no que não são.

— Parece que ele quer que nós nos apressemos — disse Sticky ao descer da televisão.

— Por mim, tudo bem — respondeu Kate. — Mas como, exatamente? O que ele quis dizer com "transformar no que não são"?

— Seja lá o que for, precisamos nos transformar em algo diferente para conseguir — disse Reynie.

— Mas o que pode ser isso? — Constance quis saber.

Eles todos se entreolharam. Nenhum deles fazia a menor ideia. Eles nem sabiam por onde começar.

Uma sugestão surpreendente

As transmissões das mensagens eram difíceis para todos eles. Sentiram mais uma na hora do almoço no dia seguinte (era Corliss Danton, de acordo com Constance), o que os fez ranger os dentes, resmungar uns para os outros e lutar contra o ímpeto de jogar os talheres para o alto. Outra aconteceu à noite, de modo que eles tiveram que estudar com seus nervos esticados como as cordas de um banjo. A última transmissão finalmente terminou bem quando Reynie estava fechando o caderno. Ele deitou a cabeça na escrivaninha, aliviado.

— Estou *tão* feliz porque acabou — disse Sticky, que tinha passado o período de estudo deitado na cama com uma careta. — Você terminou?

Com esforço, Reynie assentiu.

Eles tinham escutado a voz ribombante de Jackson no corredor anunciando o horário de apagar a luz.

— Vou apagar a luz — disse Kate e pulou para o chão atrás de Reynie. Reynie ficou de queixo caído e caiu da cadeira. Sticky bateu a cabeça no beliche de cima. Kate apagou a luz e subiu em uma cadeira para ajudar Constance a descer do teto.

— Talvez fosse bom se você batesse antes de entrar — resmungou Sticky, esfregando a cabeça.

— Para estragar a surpresa? — perguntou Kate.

— Ouçam — disse Reynie, recompondo-se. — Passei o dia inteiro examinando a mensagem do Sr. Benedict, e acho que estou começando a entender. O que o Sr. Benedict queria que nós conseguíssemos quando nos enviou para cá?

— Informação — respondeu Sticky. — Você acha que foi isso que ele quis dizer com "arrumar uma solução"? Só informação?

— Informação *secreta* — disse Reynie. — E é por isso que precisamos nos tornar Mensageiros o mais rápido possível. Precisamos nos transformar no que não somos.

Constance revirou os olhos.

— Mas isso é óbvio! Nós já sabemos disso!

— Você está certa — admitiu Reynie. — É por isso que eu disse que *comecei* a entender a mensagem... acho que deve ter mais coisas aí. Não sei bem o quê, só que nós precisamos nos apressar.

— Mas nós estamos andando o mais rápido que podemos — disse Kate. — Vocês, meninos, estão tirando notas perfeitas nas provas, e Constance e eu... bom, nós estamos dando o melhor de nós, não é mesmo? — Ela lançou um olhar de dúvida para Constance. — Pelo menos eu estou, com certeza.

— O que você quer dizer com isso? — disse Constance, franzindo a testa.

— Só não quero falar por você — respondeu Kate, evasiva.

— O que eu estou dizendo — interrompeu Reynie — é que nós precisamos achar um jeito para você e Constance irem melhor nas provas.

— Ugh — disse Kate, com um suspiro dramático. Ela se jogou no chão e abriu bem os braços, como se tivesse levado um golpe e desmaiado. — Para dizer a verdade, acho que eu não tenho jeito. O meu cérebro simplesmente não absorve aquelas coisas sem sentido, por mais que eu me esforce.

— Comigo é a mesma coisa — disse Constance. — Não vai ter como eu melhorar nessas provas. Estou cansada demais para estudar mais do que eu já estudo.

— Que é praticamente nada — resmungou Kate.

Constance ficou louca da vida.

— Vamos ver se *você* consegue estudar com vozes falando um monte de bobagem na sua cabeça!

— Pelo menos eu estou tentando!

— Calma, calma — disse Reynie. — Vamos voltar para a mensagem do Sr. Benedict. O que será que todos nós não somos?

— Adultos? — sugeriu Sticky.

— É verdade — respondeu Reynie com gentileza. — Mas não acho que nós podemos nos apressar e ficar *mais velhos*, não é mesmo?

Constance observou que nenhum deles era uma vaca comendo capim, nem um caderno falando do inferno, nem gado do cerrado.

— Você só quer nos irritar, não é mesmo? — perguntou Kate.

Constance sorriu.

— O fato é que existe um número infinito de coisas que nós não somos — disse Sticky, em tom de derrota.

— É, mas o Sr. Benedict espera que nós desvendemos a mensagem — disse Reynie. — Então, deveríamos ser capazes de diminuir as possibilidades. Vamos pensar no que ele sabe sobre nós, alguma coisa que nós todos temos em comum, algo que possamos mudar.

— Ele acabou de nos conhecer — observou Kate. — Ele não pode saber tanta coisa assim sobre nós, não é mesmo?

— Bom, ele sabe que nós somos crianças órfãs e fugidas — Sticky ofereceu e, então, logo completou: — Eu sei, eu sei. Não podemos de repente arrumar uma família. O que mais?

— Somos todos talentosos — disse Constance. — Nós todos passamos nas provas bobas dele.

— E nenhum de nós assiste televisão nem escuta rádio — falou Kate — porque a nossa mente tem um amor extraordinariamente forte pela verdade, certo?

Sticky coçou a cabeça.

— Não sei como assistir televisão possa ajudar a nos transformar em Mensageiros mais rápido.

— Esperem um pouco! — disse Reynie e se levantou com um pulo. — O nosso amor pela verdade!

Os outros ficaram em silêncio e olharam para ele. Reynie tinha começado a andar de um lado para o outro e murmurar para si mesmo.

— Nós precisamos nos transformar no que não somos... precisamos nos tornar Mensageiros mais rápido... e o Sr. Benedict *sabe* que nós não somos, porque... pronto, acho que entendi!

Kate iluminou Reynie com a lanterna, que parou no lugar onde estava. A expressão exuberante dele se transformou em dúvida e ele apertou os olhos, desconfortável com a luz da lanterna. Ele limpou a garganta, hesitou, e então limpou a garganta de novo.

— E aí? — Constance quis saber. — Qual é a grande ideia?

Finalmente, Reynie conseguiu colocar para fora. E não era surpresa o fato de os outros não terem pensado naquilo sozinhos. Porque a sugestão de Reynie jamais teria lhes ocorrido, era algo muito alheio à natureza deles, algo que nenhum deles jamais tentara fazer.

Eles precisavam aprender a trapacear.

— Faz todo o sentido — explicou Reynie rapidamente, quando viu a expressão horrorizada dos amigos. — Nenhum de nós aceitou a oferta de Rhonda para colar, estão lembrados? Fazia parte do teste. O Sr. Benedict está dizendo que precisamos nos transformar no que não somos, *pessoas que trapaceiam*, para que possamos nos tornar Mensageiros com mais rapidez!

— Você tem que estar de brincadeira! — disse Kate. — O Sr. Benedict não pode querer uma coisa dessas.

Sticky sacudia a cabeça.

— Por acaso ele não nos escolheu porque nós *não* trapaceamos?

— Bom, eu sou totalmente a favor — disse Constance, com desdém. — Vamos todos trapacear até não poder mais!

Kate ficou pasmada.

— Não estou acreditando em vocês dois! Onde está este forte amor pela verdade do qual o Sr. Benedict falou?

Reynie não se surpreendeu com a reação dos amigos. Ele também desconfiou da ideia quando ela lhe veio. Mas não era verdade que eles eram agentes secretos? Só a presença deles na Academia por acaso já não era uma falsidade? A reação de Kate e Sticky tinha sido apenas instinto, ele refletiu; eles mudariam de ideia em um minuto.

Mesmo assim, Reynie ficou incomodado com a pergunta de Kate. Onde *estava* o forte amor pela verdade dele? A mente dele resistia às mensagens ocultas... mas talvez não tanto quanto a dos amigos. Como é que ele podia saber? Por acaso ele não tinha sentido uma tentação enorme de trapacear na prova do Sr. Benedict quando Rhonda ofereceu as respostas? Será que ele talvez não fosse a alma corajosa e amante da verdade que o Sr. Benedict e os outros achavam que ele era?

— Caiam na real — disse Constance. — O Sr. Curtain é o maior enganador de todos, estão lembrados? Nós podemos vencer o jogo dele!

Kate e Sticky tinham lá suas dúvidas, mas agora estavam menos resistentes. Sticky estava limpando os óculos, dizendo que *talvez* tudo bem, e Kate tinha começado a andar de um lado para o outro, dizendo:

— É só que eu nunca me imaginei... Não sei, simplesmente é difícil para mim pensar assim. Reynie, você acha mesmo que é isso que o Sr. Benedict quer que a gente faça?

— Só há um jeito de descobrir — disse Reynie, com muita esperança de estar certo; não por que ele quisesse trapacear, mas porque se trapacear fosse ideia do Sr. Benedict, e não dele próprio, Reynie se sentiria melhor consigo mesmo.

Sticky enviou a pergunta deles no mesmo instante: *Por favor, aconselhem a respeito da trapaça.*

Alguns minutos depois, uma luz começou a piscar no bosque. Sticky transmitiu a mensagem na medida em que foi chegando: *Não.*

— Acho que então está resolvido — disse Kate.

— Tem mais — disse Sticky.

O resto da mensagem era o seguinte: *deixem que percebam.*

— Acho que *agora* está resolvido — disse Constance.

O "treinamento para trapaça" ocupou a Misteriosa Sociedade Benedict durante duas horas inteiras naquela noite. No momento em que as crianças receberam permissão, elas se dedicaram a descobrir as melhores estratégias para "ganhar sem aprender", como Constance chamou. Nenhum deles tinha tentado fazer isso antes e, no começo, os resultados foram muito fracos mesmo. Mas como eles aprendiam tudo muito rápido, quando resolveram que estava na hora de dormir, já estavam se sentindo bem seguros de que conseguiriam trapacear o trapaceiro daquelas lições de trapaça em nove entre dez vezes.

A dedicação foi recompensada na manhã seguinte. O resultado das meninas nas provas finalmente começou a melhorar. Devido a sua altura e a sua visão aguçada, Kate podia se sentar atrás de Reynie e copiar por cima do ombro dele, enquanto Reynie segurava o papel de um jeito que ela conseguisse enxergar tudo. A maior dificuldade era ficar de olho para ver se alguém percebia, mas Kate e Reynie eram bons naquilo, e o trabalho em equipe produziu resultados excelentes. Aliás, eles ficaram tão contentes com o sucesso que nem as transmissões de mensagens ocultas da manhã conseguiram fazer o otimismo deles diminuir.

A estratégia de trapaça de Sticky e Constance era mais complicada. Constance era baixinha demais para copiar por cima do ombro, e passar bilhetinhos seria arriscado demais, de modo que Reynie finalmente sugeriu o código Morse. Como Sticky era muito agitado mesmo, ele dava as respostas mexendo na orelha ou batendo na têmpora (movimentos que ele disfarçava como se estivesse coçando a cabeça, ajeitando a gola da camisa e limpando os óculos) e Constance ficava sentada na última fileira, onde nenhum dos outros alunos repararia que ela estava de olho nele.

A estratégia funcionou, mas com alguns problemas. No corredor entre as aulas, Constance reclamou, com os dentes cerrados:

— Cada vez que você se *coça* de verdade, eu marco a resposta errada.

— Desculpe — disse Sticky, envergonhado. — Fico com coceira quando estou nervoso. Vou tentar melhorar.

— Não *tente* — Constance sibilou. — *Faça*.

— Ei, o fato de eu ser agitado não é o único problema, sabe? — Sticky se irritou. — Ajudaria se você treinasse o seu código Morse pelo menos *um pouco*!

O rosto de Constance ficou tão vermelho, os olhos azuis claros dela brilharam tão forte atrás das lágrimas de raiva, e o cabelo fininho loiro estava tão despenteado que ela se parecia mais com o desenho de uma criancinha feito por uma pessoa do que uma pessoa de verdade. Um mostruário estranho de cores fortes com proporções esquisitas, parecia que ela tinha saído de uma tela com a intenção única de ter um ataque histérico.

— Pronto, crianças — disse Kate, em tom maternal, colocando-se entre os dois. — Não vamos brigar para ver de quem é a culpa. Culpar é *errado*. O importante é nos darmos bem uns com os outros, para que tenhamos mais sucesso na nossa *trapaça*.

— Não é engraçado — disse Constance, mas a piada levou embora um pouco da raiva dela, de modo que não disse mais nada.

O mesmo valia para Sticky, que ficou arrependido de sua explosão, até porque era imprudente discutir a trapaça no corredor, e pior ainda mencionar código Morse. Ele tinha ficado louco? E se alguém escutasse? Só a perspectiva da Sala de Espera já o deixava tonto.

E assim a manhã se passou: esforçando-se para ignorar as transmissões de mensagens ocultas, concentrando-se nas aulas, trapaceando em todas as provas. Os quatro tinham um pouco mais de coisas em que pensar do que os outros alunos. No entanto, os meninos continuavam a obter resultados perfeitos, as meninas estavam melhorando muito, as transmissões em algum momento paravam e, na hora do almoço, todos estavam de bom humor.

Ao mesmo tempo, estavam todos em estado de alerta, para detectar pistas. No intervalo entre as aulas, tinham ouvido dizer que Charlie Peters, um dos Mensageiros mais antigos da Academia, iria se formar. Ele não tinha comparecido às aulas o dia todo, e alguns Executivos tinham sido vistos com ele no dormitório, naquela manhã. Geralmente, era assim que acontecia, os outros tinham dito. Os Formandos nunca falavam com ninguém quando iam embora, parece que ficavam muito altivos e convencidos até para se despedir dos velhos amigos. Eles não tinham *escolha*, disse outro aluno; os Executivos nunca permitiam que o fizessem.

— Por que será isto? — perguntou Reynie enquanto se dirigiam para a cantina, para o almoço.

— Boa pergunta — disse Kate. — E lá vem a nossa chance de conseguir algumas respostas. — Ela apontou para um corredor adjunto, onde P.G. Pedalian tinha acabado de aparecer, acompanhando Charlie para uma saída distante. — Rápido, tentem falar com ele enquanto eu distraio P.G.

— Como é que você pretende fazer isto? — perguntou Constance.

Mas Kate já tinha disparado corredor afora, e Reynie e Sticky a seguiam, apressados.

— P.G., ei, P.G.! — chamou Kate. — Quero perguntar uma coisa sobre a sua aula de hoje de manhã.

P.G. se virou e viu Kate correndo na direção dele.

— Sinto muito, mas não posso conversar agora, K...

Antes que P.G. pudesse terminar, Kate levou um tombo espetacular. Os pés dela foram parar no ar; os braços e as pernas voaram para todos os lados; o balde estalou e saiu rolando pelo piso de pedra, soltando faíscas; e, no final (com os pés primeiro na frente do corpo e depois atrás, de algum modo), Kate rolou e escorregou até parar a poucos metros de P.G., onde ela cumpriu a tarefa muito convincente de fazer os olhos revirarem para dentro da cabeça mais uma vez.

— Kate! — P.G. exclamou e correu para ver se estava tudo bem com ela, quando os garotos chegaram correndo. — Deem um passo atrás! — ordenou ele. — Deem espaço para que ela respire!

Enquanto Kate fazia toda uma cena de bater os cílios e revirar os olhos para todos os lados, Reynie e Sticky passaram por P.G. para falar com Charlie Peters, que estava um pouco mais longe, olhando para o fim do corredor, impassível, aparentemente nem um pouco preocupado com o que tinha acontecido com Kate. Era um garoto terrivelmente pálido, com olhos pálidos, cabelo pálido e pele pálida, Charlie parecia um boneco de cera. Quando os meninos se aproximaram, ele nem reparou na presença deles. Tinha no rosto uma expressão levemente confusa, como se não conseguisse entender por que tinha que ir embora da Academia, por que não podia continuar sendo Mensageiro para sempre.

— Ela vai ficar bem — disse Reynie, apontando com o polegar na direção de Kate, como se Charlie se importasse. — Ela vive caindo, mas sempre se recupera.

— O quê? — disse Charlie, e olhou para os meninos pela primeira vez.

O rosto de Reynie assumiu expressão compassiva.

— Ah, acho que você deve estar com a cabeça em outras coisas, pois está se formando. Aposto que está triste de ir embora, não está? Vai perder aqueles privilégios especiais.

— Que privilégios especiais? — perguntou Charlie, cauteloso. — Eu não me lembro de nenhum privilégio especial. Ser Mensageiro é uma responsabilidade, uma questão de liderança. Quando se é Mensageiro, a gente fica tão ocupado ajudando o Sr. Curtain que nem tem mais tempo de pensar. Aliás — Charlie disse agora com ar de decepção no rosto —, parece que foi ontem que eu me tornei Mensageiro, e agora eu já vou para casa. Andei tão ocupado que tudo parece um borrão.

— Ficou ocupado fazendo o quê? — perguntou Sticky.

Atrás deles, P.G. se esforçava para fazer Kate ficar em pé outra vez. Kate dificultava a ação, escorregando nas coisas que tinham caído do balde dela.

Charlie ficou agitado. Olhou para a esquerda e para a direita, então olhou bem para eles, com um ar de desconfiança certeira.

— Não posso dizer.

— Mas por que não? — implorou Reynie. — Eles ameaçaram você? Não pode nos dizer *nada*?

Charlie sacudiu a cabeça, desconfiado. Mas parecia estar refletindo sobre o assunto, e as esperanças dos meninos cresceram. Então ele sacudiu a cabeça de novo, desta vez com mais vigor. Ele parecia extremamente estressado com o questionamento.

— Não posso dizer — falou. — Não posso mesmo.

— ... sorte de estar viva — P.G. ia dizendo a Kate atrás dele. Então a voz dele ficou mais ríspida. — Ei! Meninos, se afastem de Charlie!

— Certo, tchau, Charlie — disse Reynie rapidinho e Charlie só ficou olhando para ele com expressão perturbada, como se eles tivessem feito alguma coisa ofensiva e errada com ele.

Lançando um olhar de desaprovação para os meninos, P.G. pegou Charlie pelo braço e o conduziu na direção da saída.

— Conseguiram alguma coisa? — disse Constance, que finalmente tinha percorrido a extensão do corredor e estava lá parada, fazendo questão de não ajudar, enquanto Kate juntava suas coisas.

Reynie pegou o estilingue de Kate e entregou para ela.

— Ele não falou nada. E não quis dizer por quê.

— Eu fiz aquilo tudo por nada!? — exclamou Kate, desconsolada.

— Não sei dizer — respondeu Reynie. — Tem alguma coisa curiosa no que Charlie disse. Alguma coisa... — Ele franziu a testa. — Vou ter que refletir sobre o assunto.

— Mas, bom, Kate, não venha nos dizer que você não gostou de fazer aquilo — disse Sticky.

— É verdade, gostei, sim — reconheceu Kate, com um sorrisinho travesso. — Como foi?

— Parecia que você tinha caído de um avião — disse Reynie quando eles retomaram o caminho da cantina.

— É mesmo? — Ela olhou para ele com olhos brilhantes. Estava profundamente tocada.

Testes e convites

Durante a última aula do dia, perto do fim da revisão da lição, a porta da classe se abriu de supetão e Jackson entrou.

— Não ligue para mim — ele disse para o Executivo que tinha interrompido, mas, pela maneira como Jackson caminhava, era óbvio que ele estava gostando de chamar atenção. — Só vou colocar aqui a lista nova dos Mensageiros.

Todos os alunos da classe se sentaram mais eretos. A lista nova dos Mensageiros! Todo mundo sabia que fazia mais de um mês que a lista não mudava. Agora, a partida de Charlie Peters tinha deixado um lugar vago. Quem o teria substituído? Quando Jackson pendurou o papel na frente da sala, todo mundo apertou os olhos para ver os nomes. Kate era a única com olhar aguçado o suficiente para conseguir ler.

— Ainda não tivemos sorte — ela cochichou para Reynie. — O seu nome ainda não está lá.

No momento em que a classe foi dispensada, os alunos enxamearam na direção da lista. Martina Crowe, a primeira da fila graças a seus cotovelos pontudos, anunciou que Bonnie Hedrickson era a nova Mensageira. Isso causou um resmungo coletivo de decepção. Mesmo assim, ninguém saiu da fila. Todo mundo queria ver por conta própria, talvez na esperança de que Martina estivesse fazendo uma piada, ou que o nome de Bonnie desaparecesse como que por mágica, substituído pelo da própria pessoa.

A Misteriosa Sociedade Benedict tinha se reunido perto do fundo.

— Vamos sair daqui — disse Kate. — É Bonnie mesmo. Eu vi o nome dela.

— Vocês três podem ir — disse Reynie, que se sentia estranhamente na obrigação de olhar a lista de perto. — Encontro vocês no pátio.

Assim, os outros saíram e Reynie entrou na fila, imaginando por que ele estava com tanta vontade de olhar. Talvez não fosse assim tão diferente dos outros alunos, no final das contas. Talvez ele também tivesse esperança de que uma coisa impossível acontecesse.

— Os privilégios secretos! — disse uma menina, desejosa.

— E aquelas túnicas! — completou um menino. — Entro nesta lista, nem que tenha de morrer por isto!

Reynie se inclinou para o lado para ver quem estava na frente da fila. Rosie Gardener e Eustace Crust, os dois recrutas especiais. Apesar do comportamento confuso, Reynie continuava desconfiado de que eles tinham sido sequestrados, e se pegou imaginando mais uma vez como é que eles tinham ficado tão contentes com seu destino. Aquelas expressões iniciais de confusão tinham evaporado havia muito tempo, e os recrutas especiais agora eram só ansiedade, e ambos tinham um brilho de cobiça nos olhos. Reynie os observou quando saíram da sala com uma pontada inesperada de compaixão. Quem eles tinham sido antes? Será que, assim como Sticky, tinham fugido de casa? Será que tinham conhecido os pais? Que tipo de vida miserável tinha sido a deles para que a Academia parecesse assim tão maravilhosa agora?

Na medida em que a fila avançava, Reynie teve uma espécie de iluminação. Imaginou o futuro dos recrutas especiais como eles deveriam imaginá-lo: sem nenhum lugar para onde voltar, sem pais nem avós implorando para que retornassem, eles se dedicariam inteiramente à Academia. Eles subiriam para a categoria de Mensageiros, vestiriam suas túnicas com faixas elegantes e, um dia, quando chegasse a hora, dariam as costas para o mundo lá fora e se tornariam Executivos. Não faria diferença a maneira como tinham chegado até ali, nem o que tinha acontecido antes. Essa parte já estava esquecida, ou então *seria* esquecida em meio a sensação agradável de ser importante. De fazer parte de alguma coisa.

Parado na frente da lista agora, Reynie nem olhou para ela. Sua compaixão, percebeu, tinha se transformado em outra coisa, em um sentimento totalmente diferente. O que era? Com certeza não era agradável. Então, com surpresa, ele o reconheceu: *inveja*.

— Que coisa estranha — Reynie disse a si mesmo.

— O que é estranho? — perguntou uma voz de homem.

Reynie se virou para trás e se viu cara a cara com o Sr. Curtain, que olhava diretamente para ele por trás de suas lentes prateadas. Perdido em pensamentos, Reynie tinha se demorado depois que todo mundo tinha saído, e agora se via sozinho com o Emissor em pessoa.

— Eu... Como disse, senhor?

— Você disse que tinha alguma coisa estranha — falou o Sr. Curtain, batucando os dedos em cima de um livro grande e grosso que tinha no colo. — Acredito que estivesse se referindo à lista dos Mensageiros.

— Ah, sim, senhor — disse Reynie e então mentiu: — Achei que veria o meu nome aí. Tenho tirado notas perfeitas.

— Foi bem o que eu pensei — disse o Sr. Curtain. — É fácil ler a mente das crianças, mesmo quando são crianças talentosas como você, Reynard.

— Fico feliz por o senhor me considerar talentoso — disse Reynie, pressentindo uma oportunidade. — Quero me tornar Mensageiro mais do que qualquer outra coisa.

— Claro que sim — disse o Sr. Curtain. — Todos os Executivos relataram como você está indo bem. Tanto você quanto o seu amigo George Washington ultrapassaram enormemente as expectativas. Aliás, em toda a história da Academia, ninguém dominou uma quantidade de material tão grande com tanta rapidez.

A cadeira do Sr. Curtain tinha rolado para mais perto, lentamente, de maneira quase imperceptível, de modo que agora os rostos dos dois estavam muito próximos.

— É uma estranha coincidência, não é mesmo, que duas crianças tão talentosas tenham sido admitidas à Academia ao mesmo tempo, e que sejam tão bons amigos?

Escondida atrás daquelas lentes espelhadas, a expressão do Sr. Curtain era difícil de decifrar. Será que ele estava desconfiado? O coração de Reynie, que já batia no dobro da velocidade, aumentou ainda mais o ritmo.

— O fato de terem sido admitidos ao mesmo tempo *de fato* é coincidência — disse. — Mas não é surpresa que dois bons alunos se tornem bons amigos, principalmente se dividirem o mesmo quarto.

— É verdade — respondeu o Sr. Curtain, erguendo uma sobrancelha em sinal de aprovação. — Você é uma criança inteligente, *muito* inteligente, Reynard, e acredito que daria um ótimo Mensageiro. Você também acredita nisto?

— Ah, sim, senhor, acredito muito! — Reynie exclamou com tanto entusiasmo quanto conseguiu transmitir.

— Que bom. Mas precisa se lembrar, Reynard, que você é novo. O seu momento ainda não chegou. Ainda não. Tudo virá em breve, no entanto, se você for paciente. Acredito que seja capaz de ter paciência, não?

— Farei o possível, Sr. Curtain.

— É só o que pedimos, meu garoto. Devo confessar que eu, pessoalmente, não sou um homem paciente. — Aqui, a voz do Sr. Curtain mudou. Ao passo que antes tinha sido paternal e encorajadora, agora se tornara investigadora. — Tome como exemplo a sua amiga, a pequenina Srta. Contraire. Estou perdendo a paciência com ela. Meus Executivos acabam de informar que, apesar de as notas nas provas dela estarem melhorando, ela continua bastante desobediente... dorme durante as aulas, recusa-se a responder quando é questionada, faz cara feia para os Executivos, esse tipo de coisa.

Internamente, Reynie soltou um resmungo.

— Ela não parece dedicada — prosseguiu o Sr. Curtain. — O comportamento insolente dela contradiz os resultados de suas provas. Não compreendo quais são suas motivações, e quando eu não entendo alguma coisa, Reynard, é natural que eu não confie nela.

— Perfeitamente natural, senhor — Reynie concordou. — Mas o senhor sabe o que dizem sobre pessoas em quem não se confia.

— Não — respondeu o Sr. Curtain, erguendo uma sobrancelha. — O que dizem?

— Quando não se confia em alguém, o melhor a fazer é manter a pessoa próxima.

O Sr. Curtain teve um ataque de riso estridente que fez Reynie se sobressaltar.

— Manter a pessoa próxima. Muito bom. Você tem ainda mais a oferecer do que eu pensava, Reynard Muldoon. Muito bem, vou mantê-la próxima, como você faz, e talvez um dia ela se mostre útil.

— Talvez — respondeu Reynie. Ele teve a sensação certeira de que alguma coisa entre os dois tinha mudado, como se ele tivesse passado em um teste. *E eu não sabia que estava sendo testado*, ele pensou, com uma sensação curiosa de *déjà vu*.

— É, mantenha a pessoa próxima — o Sr. Curtain disse e coçou o queixo. Ele parecia estar refletindo sobre alguma coisa. — Sim esta é a melhor maneira de controlar o problema. E controle é o segredo, meu garoto. Nunca se esqueça disto. O controle é sempre o segredo.

— Pode deixar, senhor — respondeu Reynie. — Eu não vou me esquecer.

O Sr. Curtain sorriu.

— Muito bem, Reynard, eu decidi uma coisa. Gostaria de conversar mais com você. Venha comigo até o meu escritório, pode ser? Acompanhe-me, rápido. Eu detesto perder tempo me deslocando de um lugar a outro. — E, virando a cadeira, o Sr. Curtain disparou como um foguete para fora da sala.

Reynie hesitou apenas tempo suficiente para respirar muito, muito fundo, e então saiu apressado atrás dele.

O Sr. Curtain realmente detestava perder tempo. Reynie teve que correr para acompanhá-lo. Através dos corredores vazios e cruzando a cantina, onde os Ajudantes estavam ocupados preparando o jantar, o Sr. Curtain nunca diminuía a velocidade, nem mesmo quando se aproximou da porta do pátio. Ele a abriu de supetão com a parte da frente da cadeira (fez com que alunos saíssem correndo para todos os lados) e disparou através do pátio e do jardim de pedras, com as rodas cuspindo pedacinhos de cascalho que pinicavam os braços de Reynie. Correndo atrás dele, Reynie viu os amigos do outro lado do pátio, olhando para ele surpresos e nem um pouco apreensivos. Ele acenou para tranquilizá-los, apesar de ser ele quem estava precisando ser tranquilizado naquele momento.

Quando o Sr. Curtain irrompeu pela porta do Prédio de Controle da Academia, ocorreu a Reynie que cada porta da Academia tinha sido projetada para abrir dessa maneira violenta. O Sr. Curtain obviamente não aguentaria esperar para que uma porta se abrisse. Nem esperaria qualquer aluno atrasado, de modo que Reynie se apressou. Passaram por diversos corredores ladeados de portas, que deviam ser o departamento dos Recrutadores e as suítes dos Executivos. Finalmente, chegaram a uma porta lisa de metal, onde o Sr. Curtain parou de maneira tão abrupta que Reynie, achando que ele iria abri-la sem diminuir a velocidade, quase foi de encontro à parte de trás da cadeira de rodas dele. Foi então que viu um teclado numérico ao lado da porta. O Sr. Curtain digitou um código de números, a porta deslizou e abriu com suavidade, e o Sr. Curtain disparou para o interior do escritório; Reynie teve que pular para dentro antes que a porta voltasse a se fechar.

O escritório do Sr. Curtain era uma sala oblonga, de pedras brancas, sem janelas. Parecia ossuda e fria, como um crânio vazio. O chão nu de pedra não tinha nem tapete, e havia um ralo nele, talvez para ajudar na limpeza. Bem alto na parede atrás da mesa do Sr. Curtain, em uma moldura prateada, estava pendurado um mapa antigo da Holanda (o local de nascimento do Sr. Curtain, Reynie se lembrou) junto com diversos desenhos do porto de Stonetown e da ilha Nomansan. Embaixo dos desenhos havia uma fileira de armários trancados (Reynie percebeu que eram estantes de livros, mas que estavam trancadas para que ninguém pudesse pegá-los). A mesa do Sr. Curtain, uma coisa toda polida, de metal espartano, era cuidadosamente organizada com caixas de arquivo e pilhas pequenas de papel. No canto da mesma havia uma violeta artificial em um vaso. A flor parecia perfeitamente real, estava em condições excelentes e, diferentemente da violeta *viva* do Sr. Benedict, não exigia cuidados. Como aqueles dois homens eram estranhamente parecidos, Reynie pensou, e como eram absolutamente diferentes.

O Sr. Curtain fez um sinal para que Reynie se sentasse na frente da mesa e então colocou seu livro grande e preto em cima do tampo. Aquele era claramente um livro antigo, com encadernação que tinha sido reparada mais de uma vez e com várias páginas com a ponta dobrada por todo o volume. O livro se abriu em um lugar que o Sr. Curtain tinha marcado com um clipe de papel, e Reynie viu que as páginas estavam cobertas de escrita manual. Era um diário!

O Sr. Curtain batucava os dedos na mesa e observava Reynie em silêncio. De repente, ocorreu a Reynie que talvez *ele* devesse dizer alguma coisa.

— O senhor... queria me mostrar alguma coisa neste livro?

O Sr. Curtain franziu a testa.

—*Neste* livro? Certamente que não — ele estendeu a mão e fechou o diário com um gesto rápido. — Eu só estava organizando as ideias, Reynard. Diga, o que acha do meu mapa? Vi que olhava para ele quando entramos.

— O seu mapa da Holanda, senhor? É bem bonito.

— E não é mesmo? — o Sr. Curtain disse, mudando o tom para orgulhoso. — Eu nasci na Holanda, sabe... era órfão, como você. Passei a infância lá, também, e foi uma infância terrível. Eu era caçoado e maltratado, ridicularizado e xingado pelas outras crianças. Não sinto falta da minha infância, mas ocasionalmente sinto falta da Holanda, um país com tradições admiráveis.

— O senhor se importa se eu perguntar por que as outras crianças o atormentavam?

— Eu me importo *sim* com a sua pergunta — respondeu o Sr. Curtain com frieza, mas então se recompôs e disse, em tom mais simpático: — Nós dois sabemos que você teve experiências parecidas, não é mesmo, Reynard? Por ser diferente?

Reynie hesitou, então assentiu com a cabeça.

— As pessoas são capazes de fazer muita maldade, Reynard. Elas causam tanta tristeza umas às outras. É por isso que eu tenho tanto orgulho do meu trabalho. Apesar de eu mesmo ter sido perseguido, meu objetivo principal na vida é levar alegria para todos. — Ele sorriu um sorriso contido, um sorriso que passava a Reynie a impressão de que o Sr. Curtain só acreditava em metade do que tinha dito, mas que também havia por baixo daquilo uma outra coisa, muito maior e mais obscura.

— Então, Reynard, vamos direto ao ponto — o Sr. Curtain interrompeu. — Não acredito que jamais tenha havido um aluno tão inteligente na minha Academia quanto você. A sua mente é astuta e forte. Vi isto logo de cara. E você é um líder natural.

— Não sei se sou, não, senhor...

— Não discuta comigo, Reynard — disse o Sr. Curtain. — Não aprecio contradições.

— Desculpe, senhor.

O tom do Sr. Curtain ficou mais suave:

— É um líder natural, como digo. Ah, você próprio pode não perceber isto, mas ouso dizer que a minha percepção é um pouco mais aguçada do que a sua. A maneira como os seus amigos se reúnem ao seu redor, a maneira como os seus inimigos desejam destruí-lo... não pense que eu não reparei nessas coisas. Tudo isso me é familiar, veja bem. Você me lembra de mim mesmo quando tinha a sua idade.

— Estou... lisonjeado, senhor. Tenho certeza de que foi um aluno brilhante.

— Sem dúvida — disse o Sr. Curtain, com um sorriso. — E eu tive minha parcela de inimigos, também. As crianças desprezam mentes superiores, sabe, especialmente nos líderes, que devem com frequência tomar decisões nada agradáveis.

Reynie de repente pensou em Kate e Sticky, que tinham ficado tão chocados com a sugestão dele de trapacear nas provas. Mas eles não o *desprezavam*, disso ele sabia...

— Um problema de ser líder — o Sr. Curtain ia dizendo — é que, mesmo entre os seus amigos, você está sozinho, porque é você e ninguém mais que os outros procuram em busca de orientação final. — (Reynie sentiu uma pontada. Era verdade, pensou. Ele realmente se sentia assim às vezes.) — Não estou dizendo que esta é a sua experiência *agora* — prosseguiu o Sr. Curtain —, porque você é apenas um menino. Mas, no seu futuro, é possível que você deseje escolher com cuidado as pessoas com quem se associa. Não adianta nada ser um tipo de pessoa regular, Reynard. Você tem uma vocação maior, e uma obrigação consigo mesmo, e deve ir atrás disto de coração e mente completos.

— E... como devo fazer isto? — perguntou Reynie.

— É onde quero chegar — respondeu o Sr. Curtain. — Quando você estiver um pouco mais velho e tiver um pouco mais de experiência, acredito que vá se tornar Executivo.

— Executivo!

— Vejo que está surpreso. Não deveria estar. Não, a questão não é se você tem capacidade para ser Executivo, você tem isto em abundância, mas se tem inclinação para tanto. Você é órfão, eu sei. Sem dúvida, não tem muito de que sentir falta em sua antiga vida. Portanto, peço fortemente que considere aquilo que pode constituir uma *nova* vida, a vida de Executivo.

— Bom, pelo que eu vi... — Reynie começou.

O Sr. Curtain guinchou (quer dizer, soltou uma risada) e interrompeu Reynie.

— Ah, sim, o que você *viu*. Há muito mais em ser um Executivo do que você *viu*, Reynard. Logo haverá, de qualquer modo. Veja, estou a ponto de lhe contar uma coisa que apenas os meus Executivos e alguns Mensageiros sabem. Você deve manter esta informação no mais absoluto segredo. Se voltar até mim, eu vou saber que foi você que contou, compreendeu?

Reynie não podia imaginar o que ele lhe diria. Seu coração e seu estômago pareciam estar trocando de lugar dentro dele, e depois mudando de ideia e se deslocando outra vez.

— Compreendi, senhor.

— Muito bem — disse o Sr. Curtain. — Eis aqui o segredo: as coisas vão mudar, Reynard. Elas vão *melhorar*. Não posso dizer exatamente como. Isso virá depois, depois de você comprovar o seu valor. Basta dizer que a Academia como você a conhece está destinada a mudar. Coisas grandiosas estão por vir. A Melhoria está bem próxima, e depois que ocorrer, já não haverá nada parecido com os Mensageiros. Meus alunos vão ficar enormemente desolados, eu sei, mas é pelo bem maior.

Reynie quase caiu da cadeira. Não vai mais haver Mensageiros? Por que não?

— Mesmo assim — o Sr. Curtain ia dizendo —, eu ainda vou precisar de Executivos, e minha intenção é manter alguns dos melhores Mensageiros para prepará-los para serviços mais elevados quando atingirem a maioridade. Obviamente, estou pensando em você... e talvez no seu amigo George Washington também, apesar de não ter assim tanta certeza em relação a ele. Ele possui enorme talento, mas temo que ele não corresponda às expectativas e no fundo seja fraco. No entanto, também não quero dispensá-lo assim de pronto. Tenho a mente aberta, sabe? Aliás — ele completou, com uma de suas risadas curtas e guinchadas —, mentes *abertas* são a coisa que eu mais valorizo!

O Sr. Curtain apertou um botão na cadeira e a porta do escritório se abriu. Reynie estava sendo dispensado.

— Obrigado, senhor — disse Reynie, e saiu para o corredor, onde Jackson estava a sua espera.

— Não me agradeça — disse o Sr. Curtain enquanto a porta se fechava. — Quero que você me impressione!

Quando as luzes finalmente se apagaram e as meninas já tinham descido do teto e Reynie já tinha contado para os amigos tudo que tinha acontecido, a primeira coisa que Constance conseguiu pensar para dizer foi:

— Você não confia em mim?

— Fala sério, Constance — disse Sticky. — Era só o que ele queria que o Sr. Curtain pensasse. É melhor do que fazer com que ele desconfie de Reynie também, sabe?

Kate deu o nó de pretzel dela nas pernas e afundou o queixo nas mãos.

— A Melhoria — disse ela. — Então é assim que o Sr. Curtain chama a coisa que está por vir. E ele disse que não vai mais precisar de Mensageiros?

— Foi o que ele disse — respondeu Reynie. — Mas eu achei melhor não perguntar por quê. Ainda preciso mostrar o meu valor para ele.

— Bom, é melhor passarmos tudo isto para o Sr. Benedict — Sticky disse e subiu na televisão.

Assim que o terreno ficou limpo, ele enviou o relatório, delineando tudo que tinham apreendido: o Sr. Curtain chamava a coisa que estava por vir de Melhoria, estava para chegar muito em breve, e os Mensageiros não seriam mais necessários. Alguns minutos depois, uma resposta começou a piscar entre as árvores do continente.

— Lá vem — disse Sticky.

Não se preocupem, disse a mensagem.

E em seguida, depois de uma pausa curta: **Mas se apressem**.

Tudo como deveria ser

Antes do jantar, no dia seguinte, a Misteriosa Sociedade Benedict, esperançosa em encontrar pistas, subiu na colina depois do ginásio para dar uma olhada no terreno. Era uma colina bem alta, mas se você andasse rápido (e Kate *sempre* andava rápido, mesmo com Constance de cavalinho) dava para seguir o caminho serpenteante até o topo em questão de minutos. Foi o que Kate fez, com Reynie e Sticky arfando atrás dela, a uma certa distância. Quando os meninos chegaram ao topo, ela já estava pronta, examinando o terreno com sua luneta de espionagem.

Reynie franziu o cenho.

— Está vendo alguma coisa?

Kate deu de ombros.

— Grama e pedras, arbustos e pedras, hera e pedras, areia e pedras. Muitas pedras — disse, abaixando a luneta de espionagem. Então, de maneira bem casual, completou: — Também encontrei outra armadilha.

— Uma armadilha? — disse Sticky, olhando para todos os lados, como se a armadilha pudesse atacá-lo e carregá-lo para longe.

— Não se preocupe, é bem lá embaixo, em uma pequena área gramada atrás do Prédio de Controle da Academia. Não dá para ver de nenhum outro lugar, mas se você mirar a luneta no telhado do prédio das salas de aula, dá para ver mais ou menos.

Ela ofereceu a luneta de espionagem para Sticky, que recusou. Ele não queria ver mais armadilhas. Mas Reynie deu uma olhada e claro que dali dava para avistar apenas a hera-drapeada e os pedregulhos atrás do prédio.

Reynie devolveu a luneta de espionagem para ela.

— Por que será que as duas armadilhas ficam perto de um conjunto de pedregulhos?

— Você não acha que é para ficar mais difícil de ver? — disse Kate. — Com o sol ou com o luar, a hera-drapeada estaria sempre na sombra.

— Ardiloso — disse Constance.

— A hera-drapeada foi uma escolha perfeita então — disse Sticky. — É uma planta que adora sombra.

— Guarde a luneta de espionagem — murmurou Reynie. — Temos companhia.

Dois Ajudantes tinham aparecido no caminho lá embaixo, cada um carregando dois baldes cheios de ferramentas de jardinagem. Estavam subindo a colina devagar, tirando ervas daninhas e lixo dos caminhos. Na medida em que foram se aproximando, passaram para a beirada do caminho sem dizer nem uma palavra, de modo a não incomodar as crianças.

— Boa-tarde — disse Reynie, esquecendo que geralmente evitava cumprimentar os Ajudantes. Ele estava nervoso por causa da luneta de espionagem e queria parecer despreocupado.

Os Ajudantes, um homem e uma mulher, olharam para Reynie com desconfiança amedrontada. Para aliviar a preocupação deles, ele deu um sorriso afável e acenou (e então se arrependeu imediatamente). Os Ajudantes, sentindo-se na obrigação de retribuir, pararam de caminhar e pousaram os baldes no chão para poder acenar.

— Que baldes legais — disse Kate.

— Obrigado, senhorita. Eles cumprem sua função — disse um dos Ajudantes; era um homem baixinho e redondo que parecia um sapo-boi e soava ainda mais como um deles.

Ao escutar o som dessa voz, Reynie se sobressaltou. Ele conhecia aquele homem! Deu um passo mais para perto para examinar o rosto do homem. O ajudante deu um passo atrás e evitou os olhos dele.

— Sr. Bloomburg? — disse Reynie. — Quase não o reconheci!

Muito desconcertado, o Ajudante virou para a parceira, um fiapo de mulher que parecia estar tentando se esconder atrás do cabelo.

— Ele está falando com você?

— Você enlouqueceu? — sibilou a mulher, primeiro revirando os olhos para o parceiro e depois dando um sorriso triste e conciliatório para as crianças. Ela fez um esforço para falar com calma:

— Ele disse *senhor*. Não disse, rapazinho? Mas, bem, de todo modo, meu nome não é Bloomburg.

— Bem, o meu também não é — disse o homem e, olhando para o chão perto dos pés de Reynie, continuou: — Por favor, não se ofenda, mas o meu nome é Harry Harrison.

— O senhor não é o Sr. Bloomburg?

— Não quero contrariá-lo — disse Harry Harrison (a outra Ajudante fez sinais vigorosos de concordância) —, e espero que isso não o desagrade. Mas, não.

As outras crianças estavam olhando para Reynie, que parecia absolutamente confuso.

— Mas... mas... há quanto tempo o senhor trabalha aqui?

O Ajudante olhou para a parceira.

— Faz muito tempo, não é mesmo, Mary?

— Sei que *eu* estou aqui há muito tempo — disse a mulher, olhando para o chão. — E você esteve aqui durante quase todo este tempo, então, sim.

— Espero que assim esteja bom — disse Harry.

— Mas há quanto tempo exatamente? — pressionou Reynie.

— Sinto muito — disse Harry, e não parecia sentir muito coisa nenhuma. — Acredito que eu não me lembre da data exata. Você lembra, Mary?

— A data exata, não. Mas com certeza faz muito tempo.

Reynie colocou as mãos na cabeça.

— O senhor nunca visitou o orfanato de Stonetown?

— Você parece agitado — disse Mary, em tom preocupado. — Sinto muito se nós o incomodamos. Não sentimos, Harry?

— Sentimos muito, de fato — disse Harry, com grande tristeza. — Não temos a intenção de incomodar.

— Você não me incomodou — disse Reynie, parecendo muito incomodado. — Mas não o preocupa o fato de não se lembrar exatamente quando veio para cá?

Com isso, os dois Ajudantes sacudiram a cabeça e disseram:

— Tudo é como deveria ser.

Os olhos das crianças se arregalaram, mas os Ajudantes pareciam não perceber como aquela resposta soava estranha. Eles só estavam esperando para serem dispensados, na esperança de que as crianças não os maltratassem nem os metessem em encrencas.

— Fico feliz em saber disto — Reynie acabou por dizer. Ele parecia finalmente estar se recuperando. Ele até conseguiu dar uma risadinha e dizer: — Desculpe, sou mesmo atrapalhado. Mas é que você se parece tanto com ele... é uma pessoa que conheci. Obviamente, me enganei. Mas foi bom conversar com você.

Os Ajudantes ficaram aliviados.

— Ah, de fato... muito bom... um grande prazer... — eles disseram, pegaram seus baldes e se apressaram para o outro lado da colina.

— Certo, que negócio foi *aquele*? — Kate perguntou quando eles estavam distantes o suficiente para não escutar.

A testa de Reynie estava toda franzida em sinal de concentração.

— Aquele era o Sr. Bloomburg, não tenho a menor dúvida a esse respeito. O rosto, o formato do corpo, aquela voz de sapo... não tenho dúvida de que era ele. E, no entanto, ele fingiu não me conhecer... fingiu não ser *ele mesmo*. Agora, por que faria uma coisa destas?

— Talvez ele seja um agente secreto — disse Constance. — Sabe, como Travez era. E você estava estragando o disfarce dele.

— O Sr. Bloomburg? — disse Reynie. — Duvido.

— Mas ele meio que me lembrou Travez — disse Sticky. — Alguém reparou como ele parecia triste? Como *os dois* pareciam tristes. Quero dizer, os olhos deles. Eu nunca tinha olhado bem nos olhos de nenhum Ajudante antes... eles sempre desviam o olhar. Mas, com esses dois, deu para ver direitinho.

— É verdade — refletiu Kate. — Acho que eu nunca vi ninguém tão triste quanto Travez, mas esses dois chegaram bem perto mesmo. Reynie, você acha... *Reynie*, qual é o problema?

A cor tinha se esvaído do rosto de Reynie. Ele estava lá parado, com os olhos ao longe, sem olhar para nada específico, e de fato estava com jeito de que o nada era exatamente o que ele queria ver.

— Está tudo bem com você?

Reynie não respondeu. Ele finalmente tinha entendido algo que poderia parecer óbvio se não parecesse impossível: Travez, os agentes desaparecidos, o Sr. Bloomburg... tinham roubado a memória de todos eles.

Uma vez que isso lhe ocorreu, muitas peças do quebra-cabeça se encaixaram de repente. Quando Travez tinha sido capturado, ele achou que o Sr. Curtain tinha *descoberto* sua amnésia, mas, na verdade, ele a tinha *causado*. Foi por isso que o Sr. Curtain ficou tão bravo quando Travez disse que sua memória estava ótima. O Sr. Curtain quis roubar a memória dele, apagá-la (ou seja lá o que se faz com as memórias) e então ficar com ele como Ajudante. Da mesma maneira como tinha feito com todos aqueles outros agentes. O Sr. Curtain tinha transformado todas aquelas pessoas intrometidas em sua força de trabalho particular, e elas nem se davam conta disso.

Os Ajudantes tinham sido programados para acreditar que "tudo é como deveria ser". Mas dava para ver nos olhos deles. Eles tinham perdido a vida, tinham perdido a família... alguma coisa dentro deles sentia uma falta terrível dessas coisas.

— Reynie, você está nos deixando preocupados — disse Kate — Qual é o problema? Reynie!

Finalmente os olhos de Reynie voltaram a ter foco, ele se virou para os amigos e lhes disse o que tinha acabado de perceber.

Kate, Sticky e Constance ficaram lá, estupefatos... esforçando-se, assim como Reynie, para aceitar que uma coisa dessas fosse possível. E, no entanto, uma vez que se acreditava que era possível, várias outras coisas podiam ser explicadas. Finalmente fazia sentido como os recrutas especiais, se tivessem sido sequestrados, podiam parecer tão despreocupados: eles tinham sido sequestrados, sim; só que não se *lembravam* disso. E Charlie Peters! Ele parecia tão tonto (igualzinho aos recrutas especiais no primeiro dia) e depois tão incomodado quando os meninos lhe perguntaram a respeito dos privilégios especiais. "Não posso dizer", ele respondera. Ele estava incomodado porque realmente não *podia* dizer... ele não conseguia se lembrar!

— Isso tudo é uma loucura, mas parece se encaixar — disse Kate, andando de um lado para o outro no caminho. — Mas por que os recrutas especiais não são tão tristes quanto os Ajudantes? Eles parecem bem felizes de estar aqui.

— Charlie também não parecia assim tão triste — refletiu Sticky. — Ele ficou aborrecido, mas não estava triste de verdade. Deve ser diferente com amnésia lacunar. Talvez...

— Espere um minuto — exigiu Constance. — Retroceda um pouco e diga a mesma coisa em palavras humanas.

— Amnésia lacunar? Significa que você não consegue se lembrar de um acontecimento específico.

— Isso explica tudo — disse Reynie. — Você só fica triste se não puder se lembrar de todas as coisas que lhe são caras. Se você só perde um *pouco* da memória, só fica confuso durante um tempo... confuso, mas não triste.

— É exatamente como eu estou me sentindo agora — disse Kate. — Quem *é* o Sr. Bloomburg, Reynie? Por que ele está aqui?

— Ele era inspetor das instalações escolares. Ele ia ao orfanato mais ou menos a cada seis meses. O Sr. Rutger tinha medo dele, tinha medo de que encontrasse alguma coisa de errado no orfanato e que ele precisasse pagar por reformas. Mas o Sr. Bloomburg era um bom homem. Estava sempre dando risada, sempre falando. Ele batia papo o tempo todo com quem estivesse disposto a ouvir. E, depois, dava refresco de gengibre para as crianças. Era um homem muito simpático e gentil...

A voz de Reynie foi sumindo. Ele olhava para o outro lado do canal, na direção do continente, como se olhando pudesse de algum modo voltar para lá, e não simplesmente para o continente, mas para um tempo em que não sabia tudo que sabia agora.

— Sobre o que ele falava? — perguntou Kate.

— Sobre os filhos dele — respondeu Reynie.

— Ah — disse Kate, séria.

— Ele os amava muito — disse Reynie. — E, agora, olhem só para ele, com medo de todas as crianças que vê. Não faz nem um ano desde a última vez que eu o vi.

Kate estava juntando os fatos.

— Então, o Sr. Bloomburg veio à Academia para fazer uma inspeção, o que nunca deveria acontecer, e não gostou do que encontrou...

— E o Sr. Curtain tomou providências para que ele nunca mais voltasse — Reynie terminou.

— Mas como é que o Sr. Bloomburg pode ter esquecido os *filhos* dele? — protestou Sticky. — Não parece possível. Será que é possível? Será que *alguma* dessas coisas é possível?

Reynie não respondeu.

— Simplesmente não consigo acreditar — disse Sticky, desejando que não conseguisse mesmo.

De famílias perdidas e encontradas

O clima na reunião deles daquela noite estava sério: nada de implicâncias, nada de risadas, apenas uma sensação generalizada de resolução sombria. Agora que as crianças finalmente tinham descoberto algumas coisas, todas sentiam falta do tempo em que *não* sabiam de nada.

Ah, se pelo menos tivessem provas do que sabiam! Mas a única coisa que tinham era sua própria palavra, e palavra de criança, como elas sabiam, não valia nada. Se as autoridades não escutavam o Sr. Benedict, certamente não escutariam crianças. Reynie e os outros poderiam passar o dia inteiro argumentando que o Sr. Curtain estava apagando a memória das pessoas, que muitos agentes do governo eram mantidos como prisioneiros na ilha Nomansan... mas não poderiam sequer começar a explicar *por que* tudo aquilo estava acontecendo. E sem provas ninguém os ajudaria a tentar descobrir.

— Se a gente conseguisse colocar as mãos naquele diário... — disse Kate. — Será que isso seria prova suficiente?

— Não vai ter como — disse Sticky. — O Sr. Curtain está sempre com ele.

— Mas, bom, mesmo que a gente roubasse e convencesse as pessoas a lerem — disse Reynie —, iam achar que era falso. As mensagens do Sr. Curtain se encarregaram disso.

— Pelo menos *nós* poderíamos ler — disse Kate. — A gente sabe que está lotado de informações, e parte delas pode ser exatamente o que o Sr. Benedict precisa... — Ela suspirou. — Mas você tem razão, surrupiá-lo seria arriscado demais. De qualquer jeito, eu gostaria que nós pudéssemos fazer *alguma coisa*.

— Nós estamos fazendo tudo que podemos, não é mesmo? — disse Sticky. — Nós estamos dizendo ao Sr. Benedict tudo que sabemos.

— Falando nisso — disse Reynie —, nós deveríamos mandar o nosso relatório. Há muita coisa a contar.

Tanto a contar, realmente, que Sticky estava reclamando de bolha no dedo quando terminou o relatório. Alguns minutos depois, a resposta piscou no meio das árvores do continente.

O que se perdeu ainda pode ser encontrado. Tenham esperança.

— Ele está dizendo que *ele* tem esperança — disse Constance, irritada —, ou está falando que é para *nós* termos esperança?

— Tanto faz — disse Reynie. — Acho que ele acredita que essas pessoas têm chance de recuperar a memória. Talvez ele ache que pode encontrar um jeito de fazer isso. É uma coisa que nos enche de esperança, não é mesmo?

— Isso se a gente conseguir deter a coisa que o Sr. Curtain pretende fazer — disse Sticky.

Constance se levantou.

— Você não está me ajudando em nada a ter mais esperança, George Washington. Vou para a cama. — Ela franziu a testa para o teto e depois olhou para Kate. — Vou precisar de uma carona.

Depois que a reunião foi encerrada e as meninas tinham ido embora, Sticky e Reynie foram cada um para sua cama. Reynie não estava com muita disposição para dormir, mas ele precisava se acalmar e afastar as ideias, de modo que, deitado em seu beliche, voltou a seu método habitual. Escreveu uma carta mental:

Cara Srta. Perumal,

Toda vez que penso no coitado do Sr. Bloomburg e na família dele, minha mente se volta para você. Como a sua mãe (que sei que você ama tanto) se sentiria se a senhorita simplesmente desaparecesse da vida dela? É uma coisa terrível a se considerar. Ela a ama e depende de você, e sei que você também depende dela. Nunca penso na senhorita sem me lembrar de sua mãe também.

Com essas ideias na mente, eu tive uma sensação estranha no começo desta noite. Olhando para Sticky, Kate e Constance, fiquei imaginando como eu me sentiria se um deles desaparecesse. Às vezes Constance me enlouquece, mas agora não posso imaginar a vida na Academia sem ela. Não posso dizer com certeza, porque eu não tenho experiência, mas... bom, é isso que é família? A sensação de que todo mundo está conectado, e que sem uma das peças a coisa toda desmorona?

Reynie fez uma pausa em sua carta para refletir. Entre os quatro, Sticky era o único que tinha memórias da vida em família. Será que era pior para ele, Reynie ficou pensando, por ter se sentido amado e depois rejeitado? Ou será que era pior sempre ter se sentido sozinho? Kate disse que não tinha lembrança da mãe morta, nem do pai que a abandonara. E Constance... bom, eles não sabiam quase nada sobre Constance, mas Reynie tinha a sensação de que ela também nunca tinha tido família.

A mente de Reynie retornou à última noite na casa do Sr. Benedict. Agora parecia que tinha sido há muito tempo, mas ele se lembrava de tudo com absoluta clareza. Assim como estava acontecendo naquela noite, ele estava agitado demais para dormir e, apesar do avançado da hora, tinha saído da cama sem fazer barulho e se esgueirara até o escritório do Sr. Benedict. O Sr. Benedict tinha convidado Reynie para ficar lá com ele se estivesse com dificuldade de dormir; e obviamente ele já esperava que Reynie o fizesse, porque quando Reynie chegou, havia uma xícara de chá quente à sua espera na mesa do Sr. Benedict. Havia até um potinho de mel (e, a julgar pela maneira como os papéis do Sr. Benedict grudavam em seus dedos enquanto trabalhava, dava para ver que ele próprio já tinha se servido).

— Você tem alguma pergunta para mim? — o Sr. Benedict disse quando Reynie se sentou.

Reynie deu risada.

— Como é que o senhor sempre sabe?

— Não tenho muita certeza — admitiu o Sr. Benedict. — Talvez seja uma questão de empatia. Sei que, se eu fosse você, teria perguntas. — Ele coçou o topo da cabeça com um dos lápis. — Mas, pensando bem, talvez seja uma questão de probabilidade. Você parece do tipo que sempre tem perguntas. Assim, acredito que é aposta segura partir do princípio de que você sempre tem algo a perguntar.

— Eu estava imaginando se o senhor algum dia desejou ter família — Reynie disse de uma vez. Ele não tinha a intenção de falar tão diretamente, mas uma vez que começou, as palavras simplesmente jorraram de sua boca.

O Sr. Benedict assentiu.

— Quando eu tinha a sua idade, certamente. Hoje, não mais.

Reynie não sabia se devia se sentir reconfortado ou deprimido com essa revelação. Ele sempre imaginava como iria ser crescer sem ter pais.

— O senhor... superou a ideia, então? Parou de querer?

— Ah, não, Reynie, a gente não supera. É só que, uma vez que você consegue uma família, você não precisa mais desejar uma.

Reynie foi pego desprevenido.

— O senhor *tem* família?

— Absolutamente — respondeu o Sr. Benedict. — Você precisa se lembrar de que família com frequência nasce do sangue, mas não *depende* do sangue. E também não exclui a amizade. Os integrantes da sua família podem ser os seus melhores amigos, sabe? E os melhores amigos, sejam ou não seus parentes, podem ser a sua família.

Reynie tinha absorvido aquelas palavras como se fossem um medicamento milagroso. Apesar do fato de que na manhã seguinte ele partiria para uma missão perigosa, apesar de saber que uma coisa terrível estava por acontecer, aquelas palavras do Sr. Benedict tinham feito parecerem todas as coisas boas possíveis. Reynie tinha ido para a cama pensando nas pessoas que ele poderia um dia vir a considerar parte de *sua* família (se tudo desse certo).

E agora, deitado em seu quarto escuro na Academia, em um estado de espírito completamente diferente, Reynie terminou a carta que tinha começado para uma dessas pessoas.

Pelo menos eu tive você, Srta. Perumal, ainda que por um curto período. Talvez a senhorita não fosse minha família, mas foi o mais perto disso que eu tive e talvez que jamais terei. E agora as coisas estão horríveis e parece que vão piorar, e eu me preocupo de nunca ter a oportunidade de lhe dizer como foi importante para mim...

— Reynie? — murmurou Sticky da cama de baixo.

Reynie limpou a garganta.

— Sim?

— Você estava tendo um pesadelo? Parecia que você estava chorando.

Reynie enxugou os olhos.

— Eu só... só não consigo esquecer o que ele fez com aqueles coitados.

— Eu sei — disse Sticky. — É enlouquecedor pensar o que pode haver naquele diário dele, pensar que pode haver algo que a gente possa usar para detê-lo... mas eu sei que não há jeito de colocarmos as mãos nele.

Reynie se sentou ereto.

— Sticky!

Sticky quase caiu da cama.

— O quê? O que foi?

— Talvez a gente esteja encarando a coisa da maneira errada. Talvez a gente não *precise* colocar as mãos nele!

Cacto-polvo tático

A última aula terminou no meio de uma tarde perfeita de outono. Céu azul, temperatura amena, a mais sutil das brisas. O sol parecia descansar sobre o topo de uma colina distante como uma laranja gigante sobre uma mesa gigante.

No pátio, o Sr. Curtain estava sentado em seu lugar preferido, olhando na direção da ponte, lendo um jornal com olhar de satisfação, de vez em quando fazendo uma anotação no diário. Alguns alunos tinham se reunido nas beiradas do pátio e no jardim de pedras, esperando até a hora do jantar. Como sempre, davam muito espaço para o Sr. Curtain. Ninguém se atrevia a chegar perto dele enquanto estava trabalhando; e foi por isso que muitos queixos caíram quando Reynard Muldoon foi visto caminhando na direção dele. Será que o garoto novo não tinha noção de nada? Será que ele estava louco para fazer uma visita à Sala de Espera? Nenhum aluno jamais tinha se aproximado do Sr. Curtain no pátio antes.

Reynie imaginou que fosse assim, por isso ficou tão sem fôlego. Mas com os ombros retos e uma das mãos escondida atrás das costas, ele fez o que nenhum outro aluno ousava fazer. Ele chegou pela frente, ciente de que teria apenas uma chance; o plano dele falharia se o Sr. Curtain virasse a cadeira.

— Sr. Curtain?

O Sr. Curtain ergueu os olhos, as lentes brilhavam como cromo polido ao sol.

— Desculpe incomodar — disse Reynie, rapidamente. — Mas eu não pude deixar de notar que o seu livro tem várias páginas com as pontas dobradas. Devo dizer que fiquei surpreso.

O Sr. Curtain parecia não saber se ficava bravo ou incrédulo.

— Você está surpreso porque há páginas a que eu sempre me refiro?

— Ah, não, senhor! Fico surpreso por ninguém nunca ter lhe dado um presente adequado. — Reynie mostrou ao Sr. Curtain o que trazia nas costas: um punhado de fitinhas azuis. — Marcadores de livro! Achei que deveriam ser especiais, então pedi a uma Ajudante da lavanderia um pouco de tecido da faixa (tenho certeza de que o senhor reconhece o tom de azul) e ela cortou em tiras e costurou com capricho nas pontas. — Reynie estendeu as fitas, que de fato estavam costuradas de forma elegante. — Espero que o senhor goste.

O Sr. Curtain ficou estupefato. Ele estava lisonjeado, era verdade, mas sua expressão mostrava claramente que ele concordava com Reynie, que ele achava que *alguém* deveria ter dado para ele um presente assim antes. Era um gesto adequado de atenção que havia lhe faltado.

— Obrigado, Reynard — ele disse e assentiu com a cabeça em um gesto contido. — De fato, é um presente apropriado, de um jovem aluno a seu superior. Serão de muita serventia para mim. — O Sr. Curtain retornou a seu jornal.

— Senhor? — disse Reynie. — Não vai colocá-las nas páginas?

O Sr. Curtain soltou um resmungo de impaciência. A expressão dele foi se fechando. O menino era um incômodo. E, no entanto, o incômodo o tinha lisonjeado, e as fitas seriam *de fato* úteis. A expressão dele se suavizou um pouco. Finalmente, ele suspirou e colocou de lado o jornal. Folheou o diário até a primeira página com a ponta dobrada, colocou uma fita ali. Estava começando a virar a página quando Reynie disse:

— O que *é* exatamente este livro, senhor?

O Sr. Curtain fez uma pausa.

— É um diário, Reynard. Todo grande pensador mantém um diário, sabe? Ele retornou à marcação das páginas.

— Devo dizer que é um diário realmente grande.

— E que lugar melhor poderia existir para registrar ideias "realmente grandes", hein? — respondeu o Sr. Curtain, e era exatamente o que Reynie achou que ele diria. — Agora, Reynard, chega de interrupções. Tenho muito trabalho a fazer.

O Sr. Curtain passou para a próxima página com a ponta dobrada.

— Senhor, posso fazer uma última pergunta?

— Mas vai ser a última *mesmo*, Reynard — disse o Sr. Curtain e ergueu os olhos. — Pode falar.

— Por que o senhor está sempre olhando na direção da ponte?

— Ah, suponho que de fato pareça que estou sempre olhando para a ponte — disse o Sr. Curtain, com um sorriso. — Na verdade, olho na direção de uma das minhas maiores conquistas, as turbinas de maré. Acredito que conheça as turbinas? — Reynie assentiu. — Achei que sim; elas são bem famosas. São uma invenção extraordinária, sabe, e fazem parte da grande tradição.

— Tradição, senhor?

— Você não se lembra de quando mencionei a tradição admirável do meu país natal? Eu estava me referindo à grande conquista... a conquista do mar. A Holanda tomou boa parte de seu território pelo mar, sabe? Diques e comportas, meu garoto! Não há nada no mundo menos controlável do que o mar, e, no entanto, os holandeses encontraram uma maneira de controlá-lo. E agora, do meu próprio modo, eu fiz exatamente a mesma coisa. As minhas turbinas capturam a energia infinita do oceano, que uso para meus próprios fins. Não é notável?

— É a coisa mais notável que eu já ouvi — disse Reynie, igualmente impressionado com a vaidade notável do Sr. Curtain.

— Sem dúvida — disse o Sr. Curtain. Juntou as mãos. — Mas chega de delongas. Coisas ainda maiores virão no futuro, e não podemos perder tempo para conquistá-las. — Ele começou a virar as páginas do restante do diário, inserindo as fitas.

O Sr. Curtain virava as páginas em velocidade desanimadora, mas Reynie não ousou voltar a interromper. Em vez disso, permitiu-se dar uma olhada (e bem breve, aliás) por trás do Sr. Curtain, na direção da trilha da colina depois do dormitório. A uma pequena distância do sopé, o caminho fazia uma curva ao redor de um grande cacto. Não havia nada de incomum nisso (havia vários cactos assim espalhados pelos caminhos da Academia), mas essa planta em particular parecia ter vários *braços*. Um cacto-polvo, Reynie pensou, sorrindo por dentro.

— Pronto — disse o Sr. Curtain e ergueu o diário, com as pontas das fitas aparecendo aqui e ali. — Satisfeito?

— Ah, sim, senhor — disse Reynie, apesar de, na verdade, ele estar decepcionado. Dava para ver que ainda sobravam muitas páginas com a ponta dobrada. (Ele gostaria de ter trazido mais fitas, mas a Ajudante tímida tinha lhe dado todo o pano de faixas que podia. Ela ficou com medo de desapontá-lo, mas ficou apavorada com a perspectiva de lhe dar mais).

— De nada — respondeu o Sr. Curtain, como se tivesse sido Reynie a ganhar o presente, e não ele próprio. — E, agora, pode se retirar.

Desta vez, não precisou pedir duas vezes. Ele saiu apressado do pátio e atravessou o jardim de pedras, onde vários alunos ficaram olhando para ele boquiabertos, surpresos por vê-lo vivo. Ele até parecia *feliz*. Então Reynie chegou ao caminho e correu para cima, na direção do cacto-polvo.

Constance estava lá em cima, no topo da colina, de sentinela (ela estava de fato fazendo o que tinham lhe pedido, o que era promissora). Atrás do cacto, Kate estava de quatro, e Sticky, em pé, meio desequilibrado, em cima das costas dela. Ele olhava através da luneta de espionagem dela, que tinha sido fixada em cima de um galho alto do cacto.

— Ele conseguiu alguma coisa? — cochichou Reynie para Kate, como se não quisesse incomodar Sticky.

— Não precisa cochichar — disse Sticky. — Consegui algumas coisas, e vou conseguir mais se ele escrever algo. Ele está em uma página em branco, mas está olhando para longe de novo.

— Só algumas coisas? — disse Reynie.

— Ele foi virando as páginas super-rápido...

— Desculpe, eu tentei enrolar o máximo que pude.

— E só deu para ver uma pequena parte de cada página — disse Sticky. Ele olhou para Reynie com um sorriso travesso. — Mas eu me lembro do que vi.

— Alguma coisa proveitosa? — perguntou Reynie.

— Não sei dizer. Não tive tempo para pensar. Existe uma diferença entre lembrar e pensar, pelo menos para mim. — Ele retornou à luneta de espionagem. — Você enxergou a gente de lá?

— Os antebraços de Kate e os seus cotovelos, mas vocês estão bem escondidos — disse Reynie. — De todo modo, lá de baixo é impossível ver o que vocês estão fazendo.

— E de cima? — perguntou Sticky. — Será que ainda está tudo limpo nessa direção?

Reynie se virou para olhar para Constance. Foi bom que o tivesse feito. Constance corria caminho abaixo, na direção deles. No entanto, para Constance, "correr" significava dar alguns passos apressados e tropeçar, dar mais alguns passos apressados e tropeçar de novo...

E atrás dela, caminhando a uns vinte metros, vinha Jackson.

— Jackson está vindo! — sibilou Reynie por entre os dentes.

Ele foi imediatamente derrubado no chão. Sticky ficou com medo e caiu das costas de Kate, em cima de Reynie. A luneta de espionagem saiu voando da mão de Sticky para o caminho de cascalho e, antes que os meninos pudessem se recompor, Jackson já tinha passado por Constance (e esbarrou nela, o que fez com que ela caísse de joelhos) e estava junto a eles.

— O que está acontecendo aqui?

— Nós estávamos... tentando fazer uma pirâmide humana — disse Reynie.

— Uma pirâmide humana? Com três pessoas? — disse Jackson, com uma gargalhada de desdém. — Que coisa ridícula! E o que é isto? — Ele tinha visto a luneta de espionagem e estava se inclinando para pegá-la.

Kate se adiantou a ele com um salto e pegou o objeto primeiro.

— É meu, isso é que é!

Jackson ficou olhando para Kate, surpreso de ver uma aluna falar com ele daquela maneira. Então sua surpresa deu lugar à raiva.

— Pode entregar isso para mim *já* — disse ele, em tom ameaçador. Se não, vamos até a Sala de Espera. A escolha é sua, Tempotodo.

Kate olhou bem fixo para ele, com ar desafiador. Os outros prenderam a respiração.

— Tudo bem — disse Jackson, com um sorriso. Ele estava começando a se divertir. — Deixe só explicar a você como isto funciona. Eu vou pegar você pelo braço, e tenho a intenção de apertar bem forte, até doer, e vou levá-la até a Sala de Espera. Se você tentar fugir ou bater em mim, eu vou providenciar pessoalmente para que você seja expulsa da Academia... *depois* de passar pela Sala de Espera. O que acha?

Kate não tinha escolha. Com relutância, estendeu a luneta de espionagem. Quando Jackson a pegou da mão dela, Sticky virou para o outro lado e escondeu o rosto nas mãos. Não conseguia olhar.

Jackson caiu na gargalhada.

— Um caleidoscópio? Você se arriscou a ir para a Sala de Espera por um *caleidoscópio*? — Ele colocou o olho na lente.

— É, mas é o *meu* caleidoscópio — disse Kate.

— Bom, pode ficar com ele — disse Jackson em tom de nojo. Devolveu a luneta de espionagem para Kate. — Este é o pior caleidoscópio que eu já vi.

Reynie passou todo o tempo de estudo fazendo careta, tentando ignorar uma transmissão que durou duas horas. Depois que acabou, Reynie reparou que Sticky ainda estava fazendo careta. Ele tinha passado todo o tempo de estudo reproduzindo o que ele tinha visto no diário do Sr. Curtain e ainda estava na escrivaninha dele.

— Qual é o problema? — perguntou Reynie. — Esqueceu alguma coisa?

Sticky soltou um gemido.

— Esquecer não é o problema. Arte é o problema. — Ele largou o lápis. — Tinha um diagrama lá, mas não consigo desenhar nem que a vaca tussa. Palavras e números, sim. Imagens? Sem chance.

— Você sempre pode tentar outra vez — disse Reynie, olhando para o desenho por cima do ombro de Sticky. Parecia retratar um monte de espaguete com almôndegas numeradas. — Nós temos um minuto antes de as luzes se apagarem. Vai ser mais fácil se você não precisar usar a lanterna.

— Lanterna ou holofote, não vai fazer diferença. O resultado seria o mesmo no escuro. Esta foi a quarta tentativa. Supostamente, deveria ser um diagrama do cérebro do Sr. Curtain, com vários números por todas as partes.

Reynie ficou olhando duvidoso para a imagem.

— Tem certeza de que era o cérebro do Sr. Curtain?

— Dizia "MEU CÉREBRO" no alto da página.

— Ah. Bom, imagino que não havia legenda para os números, certo? Ou uma explicação do diagrama?

Sticky sacudiu a cabeça.

— Não naquela página.

Reynie bateu de leve nas costas dele.

— Então não se preocupe. Nós não precisamos de um diagrama para saber qual é a aparência de um cérebro.

O rosto de Sticky brilhou de alívio.

— É mesmo? Ah, eu estava torcendo para que você dissesse isto! — Ele rasgou a página em pedacinhos.

Reynie o ajudou a despedaçar as outras tentativas também, sendo que a maior parte delas parecia novelos de lã disformes com fios numerados. Eles terminaram bem quando as meninas apareceram no teto.

Todo mundo estava ansioso para começar. Em pouco tempo as luzes já estavam apagadas e eles todos formaram um círculo no chão.

— Certo, anotei todas as passagens que eu vi — disse Sticky, mostrando-lhes uma pilha pequena de papel. — Elas abrangem muito tempo, a primeira é de anos atrás, e a última foi escrita hoje. Posso ler em voz alta?

Os outros assentiram e, então, começando com a primeira passagem, Sticky leu:

> *Ninguém parece se dar conta do quanto somos influenciados pelo MEDO, o componente essencial da personalidade humana. Tudo o mais — da ambição ao amor, passando pelo desespero — deriva, de alguma maneira, dessa única emoção poderosa. Preciso encontrar a melhor maneira de tirar proveito disso.*

— Bom, que coisa mais *animadora* — disse Kate.

— Aposto que o Sr. Curtain é só um enorme medroso — disse Constance. — Então ele acha que todas as outras pessoas também são.

Sticky, que por acaso *se* considerava um grandessíssimo medroso, prosseguiu sem fazer comentários. A passagem seguinte, segundo ele, estava datada de um ano mais tarde:

> *Para a minha decepção, concluí que não existe algo como o controle perfeito. Passei a compreender, no entanto, que a ilusão do controle perfeito pode surtir o mesmo resultado.*

— Ele está totalmente relacionado com a ideia de ilusão — refletiu Reynie. — A "ausência de regras" na Academia é uma ilusão, isso sem falar em sua excelente reputação. E a Emergência também... as mensagens ocultas fazem com que tudo pareça mais desesperançado e fora de controle do que é na verdade. Mas então onde está esta ilusão de *controle*?

— Eu não vi nada sobre isto — respondeu Sticky. Ele deu uma olhada em seus papéis. — As próximas passagens são todas a respeito de usar crianças como filtro para manter as mensagens ocultas. Não têm nada que a gente não saiba. Vou pular estas por enquanto. Acho que a próxima passagem é um pouco técnica. Estão prontos?

Os outros disseram que sim (apesar de Constance ter espremido os olhos fechados, como se estivesse esperando que fosse doer) e Sticky prosseguiu:

A varredura cerebral é um sucesso! A transmissão de alta potência e contato próximo funciona perfeitamente bem como procedimento de força! O retreinamento também deve funcionar: mensagens de "contentamento" vão 1) neutralizar a tendência de um indivíduo que sofreu varredura cerebral ao questionamento e 2) diminuir o efeito da tristeza crônica.
Efeitos colaterais previstos do retreinamento: timidez, ansiedade, insegurança.
Conclusão: satisfatório

Constance colocou as mãos na cabeça.

— Hmm...

— Varredura cerebral deve ser o termo que o Sr. Curtain usa para destruição da memória das pessoas — disse Reynie. — Se a pessoa estiver na máquina dele, acho que é isso que ele quer dizer com "transmissão de contato próximo", então ele pode fazer a varredura cerebral contra a vontade dela, e é isso que ele quer dizer com "procedimento de força". Deve ser isso que aconteceu com Travez, só que Travez fugiu antes que o Sr. Curtain pudesse "retreiná-lo".

— Mas os outros agentes não tiveram tanta sorte — disse Sticky. — O Sr. Curtain os retreinou com mensagens de "contentamento" que lhes dizem para não questionar nada!

— E para se sentirem menos tristes — disse Kate. — Mas essa passagem não deve ter funcionado tão bem. Eles ainda sofrem daquele "efeito da tristeza crônica" chato.

— A próxima passagem fala mais sobre isso — disse Sticky.

Os resultados da varredura cerebral e do retreinamento variam: Ajudantes são controláveis, mas continuam desanimados. Pior, têm relapso de memória frequente demais, geralmente em associação com objeto-gatilho. Episódio típico começa com a última coisa de peso lembrada: nome de pessoas importantes, obrigações não cumpridas etc. É muito irritante. Observação: Dois dos últimos quatro episódios ocorreram perto de espelhos. O reflexo deve promover a autoidentificação. Solução: Remover espelhos.

Kate esfregou as mãos.

— Agora eu *realmente* estou começando a me sentir como uma agente secreta! Estamos descobrindo coisas! O que vem a seguir, Sticky?

Sticky conferiu os papéis.

— Estamos quase acabando. A próxima passagem explica por que os recrutas especiais não ficam tão tristes. É mais ou menos o que nós tínhamos pensado.

— Você pode fazer um resumo? — pediu Constance, e então completou: — Por favor?

Os outros se seguraram para não se entreolhar, e ninguém falou nada. Talvez aquela fosse a primeira vez que Constance tinha usado aquela palavra, e apesar de ser bem possível que ela o tivesse feito sem querer, ninguém queria estragar o momento. Se eles mencionassem o fato em voz alta, ela poderia voltar atrás. Assim, Sticky apenas assentiu e fez um resumo da passagem seguinte.

— Estão lembrados de quando eu falei de amnésia lacunar, ou de esquecer acontecimentos específicos? Parece que o Sr. Curtain é capaz de usar a máquina dele para apagar memórias *específicas* sem levar embora tudo, sem fazer uma varredura cerebral completa. Deixa as pessoas tontas durante um tempo, mas logo elas melhoram, e as memórias raramente retornam.

— Então se aqueles Recrutadores tivessem conseguido nos sequestrar — disse Kate —, o Sr. Curtain teria se assegurado de que nós não nos lembraríamos daquilo. É por isso que os recrutas especiais não ficam com medo.

— Mas como eles não sofreram varredura cerebral *completa* — disse Reynie —, eles também não ficam *tristes*. Por isso são mais adequados para se tornarem Executivos. Aposto que a maior parte dos Executivos já foi recruta especial. Talvez até todos eles. Afinal de contas, eles não tinham uma família para a qual retornar no continente.

— Suponho que assim vai ser mais difícil para mim não gostar deles — observou Kate —, já que eles foram órfãos sequestrados e tudo o mais.

Todo mundo refletiu sobre isso durante um minuto. Então eles se entreolharam e sacudiram a cabeça. Não tinha jeito. Eles continuavam não gostando dos Executivos.

— Mas isso não quer dizer que a gente não deva tentar ajudá-los — observou Reynie. — Se o Sr. Benedict conseguir descobrir como trazer as memórias de volta, talvez eles possam recomeçar; talvez possam aprender a não ser tão maus.

— Acho que vamos esperar sentados — disse Kate.

Sticky virou uma página.

— Adivinhem só? A data da próxima passagem é o dia em que nós chegamos à ilha.

Finalmente — todas as instalações agora estão completas! Oficiais adequados nos locais adequados. Humor público nos níveis adequados. A Melhoria está bem próxima. Tudo está pronto, à exceção das modificações finais e dos poucos carregamentos finais, sendo que um deles está sendo feito neste exato momento. Adeus! Despachei uma equipe de Ajudantes para ajustar a força das turbinas — vou precisar de muito mais energia deles nos próximos dias.

— A gente viu isso! — disse Kate. — Nós vimos quando eles estavam trabalhando nas turbinas! E nós vimos o caminhão que os Ajudantes estavam carregando!

— Aqueles caixotes! — disse Reynie. Ele deu um tapa na testa. — Como eu sou burro! Devia ter me ocorrido... — Ele olhou para os outros, sentindo-se completamente tolo. — Tenho certeza de que vocês já sabem do que eu estou falando.

Os outros só ficaram olhando para ele; não faziam a menor ideia.

— Mas eu gostei daquela parte de você ser burro — disse Constance.

— *Recrutadores* estavam dirigindo aquele caminhão, estão lembrados? — disse Reynie. — Então, devia haver algo valioso dentro dele... alguma coisa que o Sr. Curtain quer proteger. Por que então ele precisaria de tanta segurança?

— Ah, sim, eu ia mesmo pensar nisso — disse Kate com uma risada. — Você é muito severo consigo mesmo, Reynie!

— Mas se eu tivesse pensado nisso antes — argumentou Reynie —, o Sr. Benedict poderia ter investigado! Até onde nós sabemos, o restante dos carregamentos já foi enviado a esta altura. Talvez a gente nunca descubra o que tinha dentro daqueles caixotes.

— Talvez não — concordou Kate. — Mas nós podemos relatar o que aconteceu *e* podemos ficar de olho para ver se tem mais alguma coisa. Certo?

— É verdade — admitiu Reynie. Ele ainda se sentia um trouxa, mas preferia não estender a sensação. — Sticky, quantas passagens mais você tem para ler?

— Duas — respondeu Sticky.

A seguinte era esta:

Sucesso! A partir de hoje de manhã, as mensagens estão sendo transmitidas diretamente. Para a minha grande satisfação, o Sussurrador agora é capaz de

— Só isso? — perguntou Kate.

— Desculpe — disse Sticky. — A mão dele estava cobrindo o resto.

— O Sussurrador — disse Constance. — Então é assim que ele chama a máquina idiota dele.

Reynie não disse nada. Ele estava imaginando que coisa nova o Sussurrador seria capaz de fazer agora. De uma coisa ele tinha certeza: se o Sr. Curtain estava feliz, significava que a notícia era ruim.

Sticky estava se preparando para ler a última passagem do diário.

— É aqui que ele parece enlouquecer completamente. Não consegui entender absolutamente nada.

É Curtain para você! Confie em Ledroptha Curtain. Curtain deixa as coisas melhores. Tenha certeza sobre Curtain. Não, tenha certeza junto a Curtain. Curtain tem Controle.

— Bizarro! — disse Kate.

— Será que ele está falando consigo mesmo? — perguntou Constance.

— Parece que ele está tentando convencer alguém de alguma coisa — disse Reynie. — Mas quem pode ser?

— Só serve para embasar a minha opinião pessoal de que ele é completamente maluco — disse Kate e deu de ombros. — Mas, maluco ou não, ele toma um cuidado tremendo para guardar os segredos dele... e é por isso que isto aqui foi tão extremamente, fantasticamente, maravilhosamente satisfatório!

Incapaz de continuar parada e sentada, Kate levantou-se de um pulo, deu socos no ar e, em um murmúrio quase incontido, disse:

— Vocês acreditam que nós conseguimos mesmo olhar o diário do Sr. Curtain e *não fomos pegos*? O Emissor em pessoa! Eu digo, três vivas para nós! Três vivas para a Misteriosa Sociedade Benedict!

Reynie e Sticky murmuraram três vivas, mas Constance revirou os olhos e disse que comemorações eram para criancinhas.

— Estou vendo que você está voltando a ser você mesma — disse Kate com uma risadinha. — Mas não vou deixar que isso me incomode.

Constance desdenhou e começou a responder, mas Kate continuou falando.

— Estamos com tudo, pessoal. Realmente estamos chegando a algum lugar! Digo que devemos relatar tudo isto ao Sr. B. e, depois, amanhã, vamos dar uma olhadinha na área de carregamento com a minha luneta de espionagem. Vamos tentar descobrir o que tem naqueles caixotes!

Os outros concordaram; eles enviaram o relatório e duas horas depois Reynie estava caindo no sono, após terminar uma carta mental otimista para a Srta. Perumal e se sentindo esperançoso pela primeira vez em um tempão. Talvez, ele pensou, o Sr. Benedict realmente *pudesse* fazer alguma coisa para deter o Sr. Curtain. E então, talvez ele pudesse ajudar o Sr. Bloomburg e Travez e todos os outros a recuperar a memória. Era possível, não era?

Reynie respirou fundo, esticou o corpo e deixou o sono tomar conta dele. Por mais obscuras que as coisas parecessem, pelo menos não pareciam totalmente sem esperança. As crianças finalmente estavam fazendo algum progresso. Quem podia dizer o que ia acontecer amanhã?

Claro que Reynie não podia saber o que ia acontecer, e isso era uma sorte. Porque, se soubesse, não teria dormido com tanta facilidade.

Pego no pulo

No dia seguinte, Sticky foi pego passando as respostas da prova. Em uma exibição de fúria triunfal, Jillson marchou até o fundo da sala, pegou com brutalidade a mão de Sticky (que estava puxando o lóbulo da orelha) e perguntou, ríspida:

— O que é isto?

Apavorado, Sticky balbuciou:

— A minha... a minha mão.

— Sim, mas o que você está *fazendo* com a sua mão?

— Coçando a orelha?

— Eu não sou tão burra quanto pareço, sabe? — Jillson urrou, então hesitou ao se dar conta do que tinha dito, antes de franzir a testa e dizer: — Pronto, Washington, você vai para a Sala de Espera. Levante-se!

Jillson olhou para Reynie e para Kate, e para Constance no fundo, obviamente desconfiada de que algum deles fosse o parceiro de cola de Sticky. Mas o menino careca agitado era o único sobre o qual tinha certeza.

— Levante-se! — ela repetiu e tirou Sticky da cadeira com um puxão, como se ele não pesasse mais do que um passarinho. — O resto de vocês, fiquem sentados quietinhos. Vou mandar outro Executivo para monitorar a prova, que, graças a este trapaceiro, vocês vão ter que começar de novo, desde o início.

Vaias e reclamações irromperam enquanto Sticky era arrastado da sala, lançando um último olhar assustado para Reynie antes de desaparecer. Com um sentimento horrível de impotência, Reynie, observou enquanto ele se afastava. Ele olhou para trás, para Kate, que sacudiu a cabeça, desanimada.

Sticky estava profundamente encrencado. Eles *todos* estavam profundamente encrencados.

— Que peninha, que tristinho — disse Martina.

— O que *é* exatamente a Sala de Espera? — perguntou Eustace Crust, um dos recrutas especiais.

— Pergunte para Corliss Danton — respondeu Martina, petulante. — Conte para eles, Corliss.

Corliss, que à menção da Sala de Espera tinha enterrado o rosto nas mãos, enxugava lágrimas dos olhos em silêncio.

— É... só um lugar para onde você vai quando fica esperando para falar com o Sr. Curtain. É um... lugar desagradável.

Reynie olhou para Constance, cujo rosto estava ainda mais emburrado do que o normal, e temeroso também. Ele queria lançar um olhar reconfortante para ela, mas ela nem olhava para o lado dele. Mas, bom, de que adiantaria um olhar? Ele não estava mais confiante do que Constance... também achava que o fim estava chegando para eles.

Já era bem ruim o pior medo de Sticky ter se tornado realidade, mas se ele contasse tudo para o Sr. Curtain (e quem poderia culpá-lo se ele cedesse à pressão?), isso significaria o fim da missão deles... e o início de uma *outra* coisa. O que o Sr. Curtain faria se descobrisse? Será que ele lhes tiraria tudo? Faria uma varredura cerebral completa? E não só em Sticky, mas em todos eles?

Talvez eles nem valessem tanto trabalho, pensou Reynie, pessimista. Eles eram órfãos, afinal de contas... no caso de Sticky, acreditava-se que fosse. Será que eles simplesmente não... desapareceriam? Seriam *despachados*, como o Sr. Curtain diria. Despachados *de verdade*. Reynie teve uma sensação de pânico no estômago, do tipo que sempre tinha quando sonhava que estava caindo de um precipício. Só que, nos sonhos, ele sempre acordava.

Depois da última aula do dia, a Misteriosa Sociedade Benedict (um pouco desfalcada) se reuniu no jardim de pedras.

— Espero que Sticky não esteja sofrendo horrivelmente — disse Kate. — Ele tinha mais pavor da Sala de Espera do que de qualquer outra coisa. Se tinha que acontecer com algum de nós, devia ter sido comigo.

— Não se preocupe — disse Constance, enfezada. — Talvez você ainda tenha a sua chance.

Reynie não ponderou que a Sala de Espera talvez fosse a menor das preocupações deles.

— Olhem, até Sticky voltar, acho que precisamos prosseguir com o nosso plano. Vamos dar uma olhada na área de carregamento.

As meninas concordaram e, com Constance de cavalinho, eles saíram do jardim de pedras e atravessaram o pátio vazio. O dia estava feio, e ninguém, nem mesmo o Sr. Curtain, estava ao ar livre para aproveitá-lo. Mas havia alguns alunos no caminho que levava ao ginásio, e Reynie e as duas meninas passaram por eles sem proferir nenhuma palavra. Kate tinha decidido que a colina atrás do ginásio ofereceria a melhor visão da área de carregamento, de modo que era para lá que eles estavam indo.

Enquanto as crianças iam subindo a colina, uma névoa de início de noite começou a cair e, através da neblina, as luzes do movimento distante no porto brilhavam em cores desfocadas. Bem ao norte, uma (buzina avisando os navios soou), chegando até eles menos como um som e mais como um tremor na barriga, como se o corpo deles fosse um fole de um órgão antigo e sombrio. Aquele era um anoitecer sombrio em todos os sentidos.

Chegar ao topo não ajudou nada a melhorar o humor deles. Bem lá embaixo, perto do portão da ponte, a área de carregamento estava completamente deserta. Nenhum caminhão, nenhum Ajudante, nenhum caixote à vista, nem adiantava pegar a luneta de espionagem. Os guardas do portão estavam enfiados dentro da guarita, mantendo-se quentes e secos. Reynie olhou para a água, na direção da praia. Não parecia nada mais do que uma sombra na neblina, tão impossível de determinar quanto o destino deles.

O olhar de Reynie se direcionou para a Academia. O aglomerado de sempre de alunos tinha se juntado no ginásio, esperando as portas se abrirem. Daquela altura, eles pareciam insetos, avidamente reunidos na entrada de uma armadilha para insetos. Na teoria, o ginásio ficava aberto o dia inteiro, e os alunos eram incentivados a usá-lo "absolutamente a qualquer hora", mas é claro que as aulas, as refeições e o horário de estudo tomavam a maior parte do dia. Nos minutos livres que sobravam, alunos esperançosos com frequência se revezavam tentando abrir a porta, que permanecia teimosamente fechada. Logo antes do jantar, no entanto, Jackson e vários outros Executivos saíam de dentro do ginásio e deixavam os alunos entrarem. Se alguém tivesse coragem de perguntar por que a porta estava trancada,

Jackson respondia que *não* estava trancada; os alunos simplesmente não tinham conseguido abri-la.

Constance também olhava para a pequena multidão de alunos que se reunia na frente das portas trancadas.

— O ginásio está sempre aberto, menos quando não está — disse ela, imitando Jackson. Ela enxugou o rosto úmido com a manga úmida. — Afinal, o que os Executivos *fazem* lá dentro?

A única intenção de Constance era expressar seu aborrecimento (aliás, ela estava compondo um poema de insulto em que os Executivos lambiam o chão do ginásio até ficar bem limpinho), mas Reynie olhou para ela como se tivesse se transformado em ouro.

— Que boa pergunta! Eu sempre achei que eles ficavam fazendo exercício... só que queriam ter o ginásio todo só para si. Mas e se eles estiverem aprontando alguma outra coisa?

Kate pegou a luneta de espionagem.

— Adivinhem só? Tem uma janela nos fundos. Posso dar uma olhadinha. Mas preciso achar um jeito de alcançar... fica a uns bons três metros do chão. O que você acha, Reynie?

Várias coisas passaram pela cabeça de Reynie ao mesmo tempo. Isso significaria sair do caminho, e isso significava arriscar-se a cair em armadilhas, isso sem mencionar que podiam se meter em encrencas sérias. Mas talvez eles *já* estivessem metidos em encrencas sérias e ainda não soubessem, e talvez o que fossem descobrir seria extremamente importante! Reynie franziu a testa. Ele gostaria de ter mais tempo para deliberar, mas não *havia* mais tempo... a porta do ginásio seria destrancada a qualquer momento.

— Eu vou com você — disse ele. — Posso subir nos seus ombros.

Kate sorriu.

— Certo! O plano é o seguinte: a gente vai sair por trás desta colina, para ninguém nos enxergar do ginásio, então nós vamos dar a volta por aquelas colinas menores e nos esgueirar pelos fundos.

— Você não está se esquecendo de alguém? — perguntou Constance.

— Nós precisamos de um vigia. Daqui, você pode ver tudo, e nós vamos poder ver você. Se alguém se dirigir para os fundos do prédio, você pula para cima e para baixo e agita os braços.

— Ah, que beleza — disse Constance. — Eu vou poder ficar aqui sozinha no meio da neblina.

Mas Reynie e Kate já tinham saído, apressados. Eles desceram a colina rapidamente, correndo por cima de areia molhada e de arbustos baixos e de pedaços de grama, desviando de pedregulhos, de olho em hera-drapeada. Finalmente, chegaram a uma pequena elevação atrás do ginásio. Ali, estavam escondidos da visão dos outros e, enquanto Kate esperava Reynie retomar o fôlego, ela apontou com o polegar para trás deles, onde o terreno se transformava em um labirinto confuso de dunas e colinas pedregosas.

— Nossa rota de fuga — cochichou ela —, se precisarmos.

Reynie mirou com os olhos semicerrados o alto da colina onde tinham deixado Constance. Ele mal conseguia enxergar a pequena silhueta vermelha dela contra a paisagem cinzenta. Pensou que ela podia estar se movimentando, mesmo que só um pouquinho.

— Constance está acenando? Dá para ver?

Kate olhou pela luneta de espionagem.

— Só está cutucando o nariz. Vamos em frente.

Rapidamente, subiram na elevação e foram dar atrás do ginásio, onde o chão era inteiramente de brita, como se a construção tivesse largado pedacinhos de si mesma a seu redor. Que bom, pensou Reynie. Não vamos deixar pegadas. Mas ele estava preocupado com a descoberta de uma porta dos fundos que Kate não tinha visto ou não pensou em mencionar. Reynie apontou e franziu a testa. Eles não queriam ser surpreendidos por visitantes. Kate já estava cuidando do assunto, apontou para um galho de uma grande árvore petrificada que estava no meio dos pedacinhos de pedra ali perto. Juntos, ela e Reynie o arrastaram e colocaram apoiado na porta.

Kate assentiu, satisfeita, e se ajoelhou. Reynie subiu nos ombros dela. Ele se equilibrou com as mãos apoiadas na parede de pedra e ajustou os pés nos ombros dela. Com lentidão e suavidade, Kate foi esticando o corpo. O queixo de Reynie chegou à parte de baixo da janela. Ele conseguiu olhar lá dentro, e viu uma coisa das mais curiosas.

Duas fileiras de Recrutadores (havia muitos deles) cobriam todo o piso do ginásio, como se estivessem se preparando para uma dança. Cada um deles estava de frente para uma espécie de silhueta de papelão, mas Reynie não sabia dizer muito bem o que eram. Na ponta das fileiras estavam Jackson,

P.G. e vários outros Executivos. Jackson gritava alguma coisa que Reynie não conseguiu entender. Mais uma vez, como se estivessem fazendo uma dança, os Recrutadores adotaram várias poses. Alguns abriram os braços como quem espera um abraço. Outros estenderam a mão como se fossem cumprimentar alguém. Outros ainda ergueram os braços com as palmas das mãos para frente, em um gesto de calma que Reynie reconheceu muito bem. Todos sorriam e sorriam. Jackson gritou de novo.

Agora Reynie estava enxergando melhor as silhuetas. Elas tinham tamanhos diversos, de criancinhas pequenas a homens feitos. Ele estremeceu.

Aquilo não era dança nenhuma. Os Recrutadores estavam se preparando para alguma coisa. Mas para quê? O diário do Sr. Curtain não tinha dito que crianças não seriam mais necessárias? E certamente não seria necessário um número tão grande de Recrutadores para vigiar os portões da ponte. Não, eles estavam se preparando para alguma outra coisa. A Melhoria, a coisa que está por vir.

— Muito bem, pessoal! — gritou Jackson. — Por hoje é só!

Os Executivos começaram a passar pelas filas, recolhendo as silhuetas de papel. O treino tinha chegado ao fim, e de repente ocorreu a Reynie que ele nunca tinha visto os Recrutadores saírem do ginásio... e isso devia significar que eles usavam a porta dos *fundos*. O estômago dele deu um salto. Ele e Kate precisavam sair dali.

— Kate — cochichou Reynie — nós precisamos...

Ele nem terminou, porque foi bem aí que ele olhou pela janela e viu P.G. olhando bem para ele.

O medo tomou conta de Reynie como uma dose de veneno quente. Os nervos dele formigaram por todo o corpo e, no pânico de descer, ele caiu dos ombros de Kate.

— Está tudo bem? — cochichou Kate.

— Corra! — exclamou Reynie, ficando em pé. — Corra, corra, corra!

Reynie já estava na metade da elevação quando Kate o alcançou e o puxou pelo braço.

— Ande logo!

A porta de trás fez um barulho ameaçador e mais outro, seguido pelo som de xingamentos nervosos. O galho de árvore tinha lhes valido alguns segundos extras. Juntos, eles dispararam pela elevação, com Reynie meio correndo e meio sendo arrastado atrás de Kate, sentindo-se como se tivesse sido amarrado a um cavalo a galope. Ele lançou um olhar para Constance (uma mancha vermelha no alto da colina, pulando para cima e para baixo e agitando os braços furiosamente) e então ele e Kate se jogaram do outro lado da elevação, fora de vista.

— Diga que eles não reconheceram você — disse Kate, ajudando-o a se levantar.

— Não sei — respondeu Reynie.

— Então, vamos para a colina e torçamos pelo melhor.

E assim eles fugiram: para longe do ginásio, para longe dos caminhos, para longe da Academia... para a selva labiríntica de pedras, areia, dunas, encostas e escarpas que formavam o interior da ilha. Serpenteando por entre as colinas, abaixados, constantemente mudando de direção, eles correram como se a vida deles dependesse disso (e, de fato, era provável que dependesse mesmo). Em sua mente. Reynie não parava de ver os olhos de desaprovação e de acusação de P.G. Será que ele tinha sido reconhecido? *Será?*

Quando Kate achou que já havia distância suficiente entre eles e o ginásio, e estava convencida de que eles não tinham sido seguidos, as duas crianças se largaram embaixo de um aglomerado de cedros anões para descansar. Foi bem na hora: se desse mais um passo, Reynie poderia se transformar em uma massa inerte. Entre respirações entrecortadas, ele contou a Kate o que tinha visto, até a parte em que viu P.G. franzindo a testa para ele do outro lado do ginásio.

Inacreditavelmente, ou *quase* inacreditavelmente, Kate fez uma gracinha com isso.

— Bom, se ele reconheceu você, deve estar se perguntando como você conseguiu ficar tão alto. — Ela deu risada. — Coitado, ele não é o mais inteligente...

Reynie resmungou. Ele tinha acabado de se dar conta de uma coisa. Apesar de ter se sentado havia pouco, ele voltou a se levantar.

— Nós precisamos nos separar.

— Por quê? Achei que devíamos voltar até Constance...

— Ouça, Kate, eles sabem que foram necessárias duas pessoas. A janela é alta demais para uma pessoa só olhar através dela sem ajuda, está lembrada?

Volte até Constance. Se P.G. me reconheceu, você pelo menos vai poder dizer que estava a quilômetros de distância quando aconteceu.

— Caramba, você tem razão — disse Kate e ajustou o balde no cinto. — Você vai para lá, então, e eu vou buscar Constance. Se tivermos sorte, vamos dar risada de tudo isto no jantar.

— Se tivermos sorte — disse Reynie, sem se sentir com sorte nenhuma.

Aliás, ele tinha a sensação horrível de que não voltaria a ver Kate. Se o Sr. Curtain soubesse a verdade, no dia seguinte Reynie poderia se transformar inteiramente em outra pessoa... uma mistura de dor misteriosa e motivos esquecidos, sonhos esquecidos. Os rostos dos amigos iriam se transformar em borrões, como fotografias que de algum modo fossem *ir*reveladas, e então desapareceriam por completo. A missão falharia. Tudo estaria perdido.

De repente, Reynie sentiu que precisava pegar a mão de Kate.

— Obrigado por me ajudar naquela colina ali atrás. Eu nunca teria conseguido fugir a tempo sozinho.

Kate o dispensou.

— Ah, minha nossa. Só me faça um favor. Se você for mandado para a Sala de Espera, diga ao Sticky que eu mandei um oi.

Reynie ficou de queixo caído.

— Não é engraçado, Kate.

Por um instante (um instante fugidio), Kate pareceu desesperadamente triste.

— Bom, claro que não é engraçado, Reynie Muldoon. Mas o que você quer que eu faça? Chore? Agora, ande, pode ser? E assegure-se de estar presente no jantar! — Ela se virou e saiu correndo para a semiescuridão.

E assim, no escuro e na névoa, Reynie foi traçando seu caminho sozinho naquelas colinas proibitivas. Em meia hora, exausto e molhado, chegou a um caminho na extremidade mais distante da Academia. Ninguém o abordou no dormitório dos alunos, onde ele se esgueirou para dentro do quarto e trocou de roupa. E ninguém olhou torto para ele quando atravessou o pátio. Mas ele ainda não tinha cruzado com nenhum executivo. Reynie hesitou muito tempo na porta da cantina. Então, dizendo a si mesmo que pelo menos precisava *fingir* que era corajoso, entrou.

Viu as meninas logo de cara. Elas estavam com as roupas úmidas, em uma mesa só para elas. Constance parecia uma galinha molhada (o mesmo formato, o mesmo mau humor obstinado e só um pouquinho maior), mas Kate sorriu quando ele entrou e a visão daquele rosto animado deu a Reynie uma pontinha de esperança. Ele se lembrou de que Kate era capaz de sorrir sob circunstâncias terríveis. Ele não devia ficar achando que as notícias seriam boas. Ainda assim, ninguém parecia estar prestando a mínima atenção nele, e o Executivo de plantão só lhe lançou um olhar entediado e virou para o outro lado. Então era possível que Kate realmente soubesse de alguma coisa.

E sabia mesmo. No momento em que ele se sentou, ela lhe disse que ele estava seguro.

Reynie achou que ia morrer de alívio.

— Estavam interrogando alunos quando Constance e eu descemos a colina — disse Kate. — Ninguém viu você. Jackson nos interrogou, e nós contamos a mesma história. Ele estava berrando para P.G.: "Essa é a melhor coisa que você pode dizer? Um menino com aparência comum? Um número enorme de meninos tem aparência comum, P.G.!" E, coitado de P.G., ele só ficava argumentando que *aquele* menino tinha aparência *especialmente* comum. Jackson parecia pronto para estrangulá-lo.

Reynie não conseguia acreditar no que estava escutando. Ele estava salvo! Salvo de verdade! E então, bem quando o peso tinha saído de cima de seus ombros, voltou. Porque agora que uma preocupação tinha passado, outras rapidamente se apressaram em tomar o seu lugar. Sticky ainda estava em perigo. E se Sticky estava, todos eles também estavam.

— Tudo bem com você? — perguntou Kate. — Você parece péssimo.

— Pelo menos ele está seco — disse Constance enquanto enxugava o cabelo com um guardanapo.

— Vocês não viram Sticky, viram?

As meninas sacudiram a cabeça. Todos assumiram um ar muito solene e então terminaram a refeição em silêncio.

A Sala de Espera

Reynie ficou sozinho no quarto. Já passava das nove, e Sticky ainda não tinha aparecido. Uma transmissão de mensagem tinha acabado de terminar, e Reynie, exausto, estava se forçando a repassar as anotações do dia pela última vez. Pela primeira vez, estava feliz de estudar suas lições; estudar ajudava a desviar a mente de coisas piores. Ele até tinha ficado agradecido pela transmissão de mensagem, que era tão irritante e atrapalhava tanto a concentração que não sobrava espaço no cérebro dele para se preocupar com Sticky. Ainda assim, Reynie se sentia péssimo, e agora, para piorar tudo ainda mais, ele sentia um *cheiro* horrível também. O nariz dele se franziu de nojo. O que era aquilo? Será que alguma coisa rastejara para baixo do piso e morrera ali?

Então a porta se abriu. Era Sticky.

Ele estava coberto de lama preta, pegajosa e fedida, e entrou no quarto como se fosse um zumbi. Pelos olhos enormes, inchados e vermelhos, era óbvio que ele tinha chorado durante horas. Mas não foram os olhos em si que apertaram o coração de Reynie: foi a expressão de desespero total neles.

Reynie se levantou de um pulo e abraçou Sticky.

— Você saiu!

Sticky se afastou sem falar. Removeu os óculos, examinou as lentes salpicadas de lama e colocou-os em cima da escrivaninha sem se dar ao trabalho de limpar. Então, ainda sem proferir nenhuma palavra, saiu do quarto. Reynie pegou algumas das coisas de Sticky e correu atrás dele. No corredor, apertou-se entre dois Ajudantes que já estavam limpando as pegadas enlameadas de Sticky em um silêncio estranho. Dois meninos estavam saindo do banheiro, segurando o nariz e tentando não pisar nas pegadas enlameadas no chão. Reynie correu para dentro do banheiro.

Sticky tinha entrado em um boxe com chuveiro sem tirar a roupa e estava tentando girar a torneira, mas a mão lodosa ficava escorregando. Finalmente, ele pegou com as duas mãos e abriu a água quente no máximo. Ele se contorceu quando o jato atingiu seu rosto, então ficou lá parado, impassível, com os olhos fechados, enquanto a água escura fazia um redemoinho a seus pés.

Reynie o observava com ansiedade.

— Trouxe sabonete para você, Sticky. E uma toalha e roupas limpas.

Sticky não respondeu.

— Ei, tire a roupa e use o sabonete, certo?

Depois que Reynie tinha repetido isso várias vezes, Sticky assentiu em um gesto sem atenção e esticou a mão para pegar o sabonete.

Reynie se lavou na pia (ele estava imundo e fedido por ter abraçado Sticky) e depois foi para o quarto deles, trocou de roupa e ficou esperando. Ficou olhando para a porta, com receio do que estava por vir. Com medo de que suas desconfianças se confirmassem. Ele estava fazendo o que podia para permanecer calmo, mas seu corpo todo tremia. Ele tinha certeza de que Sticky tinha sido submetido a uma varredura cerebral. E o Sr. Curtain não apagaria as memórias de Sticky só porque ele estava trapaceando, não é mesmo? Se não, por que isso tinha acontecido? Que crime suscitaria uma ação assim tão terrível? Parecia haver apenas uma resposta: Sticky tinha contado tudo ao Sr. Curtain.

Quando Sticky finalmente voltou, jogou as roupas molhadas em um canto, vestiu os óculos enlameados sem limpar e então, sem nem olhar para Reynie, tirou a mala de baixo da cama.

— Sticky, o que aconteceu?

Sem resposta.

— Você precisa falar comigo, Sticky! Estou com medo de que alguma coisa horrível tenha acontecido! Não só na Sala de Espera, quero dizer, mas algo ainda pior.

Em um tom monótono, com um leve toque de raiva, Sticky disse:

— Suponho que não exista nada pior do que aquele lugar. Como é que *você* pode saber?

Reynie prendeu a respiração. Sticky se lembrava da Sala de Espera... e, pensando bem, também lembrava de onde a mala estava. Ainda havia esperança!

— Tem razão, Sticky. Eu não sei nada sobre o que aconteceu. Você pode me contar?

— Não quero falar sobre o assunto — disse Sticky, abrindo o guarda-roupa com dedos trêmulos. — E não tenho a intenção de voltar para lá. Eu vou fugir. Eles me disseram que o Sr. Curtain não poderia me receber hoje, que P.G. vai vir me buscar de novo de manhã. Eu vou me encontrar com o Sr. Curtain "se ele estiver disponível". Então, ou volto para aquele... aquele *pesadelo*, ou então vou ter que encarar o Sr. Curtain, e se isso acontecer, tenho certeza de que vou desmoronar, Reynie, tenho certeza de que vou perder o controle e falar tudo sobre você e as meninas...

Quando mais Sticky falava, mais a emoção tomava conta de sua voz, até que, no fim, tremendo todo, ele cobriu os olhos e caiu de joelhos.

— Não vou conseguir, Reynie. Não posso voltar lá, e não vou poder encarar o Sr. Curtain sem falhar com vocês. Simplesmente não vou conseguir. Eu preciso ir embora. Não tenho escolha.

Os olhos de Reynie de repente se encheram de lágrimas.

— Ouça bem, Sticky. Sinto muito pelo que aconteceu com você. De verdade, mas não posso nem dizer como estou feliz por você ainda estar aqui. Achei que tinham tirado a sua memória! Mas continua sendo *você* aí dentro, Sticky... ainda é o meu grande amigo!

— Não por muito tempo — disse Sticky, muito triste. — Eu vou ceder, Reynie. Você sabe como eu lido mal com pressão. Amanhã eu vou colocar tudo a perder, e vocês todos vão ser pegos. Que tipo de amigo eu vou ser, então?

Reynie fechou a mala.

— Você não vai colocar nada a perder.

— Como é que você pode saber?

— Dá para ver nos seus olhos — disse Reynie, com perfeita convicção. — Amanhã você vai se aguentar, e isso aconteceria mesmo que eu não tivesse um plano... e eu tenho. Quando os seus amigos realmente precisam de você, eles podem contar com você. Simplesmente *sei* disso. E preciso de você, Sticky. Eu preciso de você aqui como meu amigo.

Os olhos de Sticky se agitaram como uma vela a ponto de derramar a cera.

— É... legal da sua parte dizer isto — falou ele, duvidoso. Então, tremeu-se todo. — Mas, Reynie, prefiro morrer a precisar voltar para aquele lugar. Todas aquelas horas, com cada segundo se arrastando, e *outras* coisas se arrastando, coisas que não dava para ver, afundando o tempo todo naquela meleca, o fedor tão horrível, como se fosse alguma coisa morta, como se talvez *você mesmo* estivesse morto...

— Você não vai ter que passar outro dia lá — disse Reynie. — Eu juro.

— Pode apostar suas botas que não vai mesmo — disse Kate, cuja cabeça apareceu no teto acima deles. Ela baixou Constance no quarto. — Se mandarem você para lá, vamos encontrar um jeito de tirar você de lá, independentemente de qualquer coisa. Certo, amiguinho?

Trêmulo, Sticky se levantou.

— Vai dar tudo certo — disse Reynie. — Tenho certeza de que você vai falar com o Sr. Curtain logo pela manhã.

— Mas isto também não é nada bom! É terrível! Como é que eu vou conseguir não entregar todos vocês? Ele sabe que nós somos amigos, ele sabe que eu estava trapaceando, e só vai juntar dois e dois... — Sticky tomou fôlego, segurou a respiração por um momento e recomeçou. — Certo, você mencionou um plano, não foi? Você realmente tem algum?

— Vou contar para você — disse Reynie e lhe entregou um pãozinho. — Mas, primeiro, precisa comer. Eu roubei um pouco de comida para você.

Pela primeira vez, os olhos de Sticky brilharam e permaneceram brilhantes.

— Eu *estou* morrendo de fome.

— Dez horas! — Jackson rosnou bem na frente da porta. Todos se sobressaltaram. Ninguém tinha ouvido ele se deslocar pelo corredor. — Hora de apagar as luzes!

Ao correr na direção do interruptor de luz, Reynie lançou um olhar questionador para Kate.

— Nós apagamos a nossa antes de sair — disse, um pouco alto demais. Jackson bateu na porta imediatamente.

— Meninos, tem alguém aí dentro com vocês? Sabem que é contra as regras. Nada de visitas nos quartos, ponto final! E é *pior* ainda se tiver visita depois do horário de apagar a luz!

— Somos só nós dois — respondeu Reynie.

Essa era exatamente a resposta que Jackson queria que Reynie desse. Se ele pegasse os meninos com visitantes agora, além de estarem desrespeitando uma das pouquíssimas regras da Academia, também estariam mentindo. Ele abriu a porta de supetão e acendeu a luz.

— A-ha! Peguei... — Mas ele logo se interrompeu, porque só viu os dois meninos sentados no chão.

— A luz não devia estar apagada? — Reynie perguntou a ele.

Com uma careta de desdém, Jackson esticou o braço para apagar a luz, mas pensou melhor.

— Ainda não — disse e foi até o guarda-roupa. — Primeiro, quero ver quem está *aqui*. — Ele escancarou as portas do guarda-roupa.

Nada além de roupas lá dentro.

— Se não se importa, nós gostaríamos de dormir. Sticky teve um dia difícil.

— E por culpa de quem? — Jackson disse e se ajoelhou para olhar sob o beliche. Só tinha as malas dos meninos. Ele se levantou e ficou olhando para Reynie, que deu um sorriso agradável, e depois para Sticky, que só deu de ombros. Jackson soltou uma gargalhada de desdém. — Que *tal* a Sala de Espera, George?

Reynie de repente ferveu de raiva. Por ter passado a noite em um estado tão emocional, parecia incapaz de se segurar:

— Como é que vocês podem fazer uma coisa dessas com as pessoas, Jackson? Enviá-las para um lugar como aquele, e depois ficar gozando da cara delas?

Jackson fingiu não estar entendendo nada.

— Como assim, "um lugar como aquele"? A Sala de Espera não é um lugar tão ruim assim. E é perfeitamente segura. Uma laminha nunca machucou ninguém. É só tomar banho que sai, não é mesmo? Pode ter um certo odor, mas um odor não pode machucar mais do que a lama... ou a escuridão, aliás. Escuridão faz bem. Descansa os olhos. Impede queimaduras de sol...

Apesar de estar lívido de raiva, Reynie lutou para retomar o controle sobre si mesmo. Ele não devia ter falado nada, para começo de conversa. Não era nada bom discutir com um Executivo.

Jackson ainda continuava seu discurso, com prazer óbvio.

— E, sim, suponho que haja um grande número de moscas e besouros e coisas rastejantes... mas elas não mordem nem picam, não é mesmo? Você não tem medo de moscas, tem, George?

— Não — Sticky respondeu em tom inflexível. Mas ele estava olhando com ódio para Jackson. Era um olhar tão raivoso, tão cheio de ultraje desafiador, que Reynie realmente se sentiu incentivado. Havia força em Sticky. Só não era assim tão fácil de ver. E era ainda mais difícil para o próprio Sticky.

Jackson também não percebeu.

— Claro que não. Então, não quero mais ouvir essa bobagem — disse ele e franziu o rosto, como se estivesse falando com um bebezinho de dar dó — de que a Sala de Espera é um lugar feio! — Então ele deu um sorriso cheio de maldade, apagou a luz e saiu do quarto. As botas dele foram fazendo barulho corredor afora.

A voz abafada de Constance chamou.

— Caramba! Vocês vão querer me deixar aqui para sempre?

— Fique quieta! — cochichou Reynie, dando uma olhada para fora da porta. O corredor estava vazio. Ele fez um gesto com a cabeça para Sticky, que arrastou a mala dele de debaixo da cama.

— Ainda bem que você é tão pequena — Sticky murmurou quando Constance saiu.

— Ah é, que sorte a minha! Sou bem pequena que você pode me enfiar na mala. Por que *você* não tenta se encolher dentro de alguma bagagem? — disse Constance, esquecendo-se de que Sticky tinha passado o dia inteiro em um lugar imundo, escuro e cheio de bichos nojentos.

O painel do teto deslizou para o lado e Kate desceu para dentro do quarto mais uma vez.

— Então, que história é essa de plano? — disse ela, como se nem tivessem sido interrompidos.

Castigos e promoções

Os dois meninos já estavam em pé antes do amanhecer. E tinham ficado acordados até bem tarde na noite anterior, repassando o plano. Mas Sticky não estava com nem um pouco de sono. O medo mantinha os olhos dele bem abertos. Enquanto se vestia no escuro, cochichou para o beliche de cima:

— Reynie, não colocaram uma venda em você quando você foi até a sala do Sr. Curtain, colocaram?

— Venda? Não.

— Então acho que vou saber na hora se estou indo para a Sala de Espera. Isto já é alguma coisa, suponho.

Reynie se virou em cima do colchão e olhou para baixo, do beliche de cima:

— Eles colocaram uma venda em você? Por quê?

— Não disseram. Jillson só me arrastou até o pátio, colocou a venda e me rodou até eu vomitar. E estou falando em realmente vomitar. Então ela deu risada e me levou para dentro, descemos algumas escadas e chegamos à Sala de Espera. Eu tive que colocar de novo quando saí.

Reynie franziu a testa. Por que colocariam uma venda em Sticky assim?

Foi bem aí que alguém bateu na porta. Sticky passou um longo momento olhando fixo para a porta antes de abrir. P.G. Pedalian estava parado no corredor meio escuro, comendo um bolinho de canela. Com a boca cheia, ele fez sinal para que Sticky o seguisse. A hora tinha chegado.

Sticky respirou fundo.

— Deseje-me sorte, Reynie.

Reynie assentiu.

— Não se preocupe, você vai se sair muito bem.

Sticky seguiu P.G. pelo corredor. O dormitório estava perfeitamente silencioso, tirando o eco dos passos deles e um som ocasional de P.G., que mastigava seu bolinho de canela com gosto. Então eles saíram para o ar frio da manhã, onde P.G. parou, lambeu os dedos e (para o horror de Sticky) enfiou a mão no bolso.

— P.G.? — perguntou Sticky, com voz contida. — Será que eu... será que eu vou ter que *esperar* mais um pouco, ou...

— Ah, não, o Sr. Curtain vai poder recebê-lo — disse P.G., despreocupado, e tirou do bolso uma banana, não uma venda. — Agora, Sticky — P.G. era o único Executivo que chamava Sticky pelo apelido, apesar de o fazê-lo sem querer —, quero dizer, *George*, permita-me dar-lhe um conselho. Eu sou Executivo, como você bem sabe, e compreendo a maneira como as coisas funcionam por aqui. — P.G. olhou para a esquerda e para a direita e baixou a voz. — Eu gosto de você, George, você é um garoto bacana, e muito inteligente. E você é órfão, o que faz de você um bom candidato para ser Executivo algum dia, se você se aprumar e voar... se voar reto e direito...

— Se eu me aprumar e voar reto?

— É, tudo isso — P.G. disse, aliviado. — O que eu estou dizendo é o seguinte: não estrague as suas chances logo de cara. Independentemente do que você fizer, *não* confesse para o Sr. Curtain que você trapaceou. Isso se você trapaceou, quero dizer. Não estou dizendo que deve mentir. Isso seria ainda pior. Não admita que trapaceou, e não minta!

— Você está dizendo que a minha melhor atitude neste momento é não ter trapaceado no passado.

— Exatamente — disse P.G.

— Isso ajuda.

P.G. sorriu.

— Achei que ajudaria. O Sr. Curtain odeia pessoas que trapaceiam mais do que qualquer outra coisa. Fora isso, é um sujeito genial. Só tenha isso em mente durante a sua reunião... a coisa mais importante é não admitir que você trapaceou.

— Obrigado — disse Sticky, com voz fraca. A cabeça dele tinha começado a doer. O conselho de P.G. era exatamente o oposto do de Reynie.

Ele gostaria de ter um pouco de tempo para refletir sobre o novo dilema, mas, em menos de um minuto, estava parado na frente da porta de metal da sala do Sr. Curtain. Gotas de suor apareceram na cabeça lisa dele. O que ele devia fazer? Se alguém sabia desse tipo de coisa, seria um Executivo. No entanto, P.G. não era o mais iluminado do grupo de Executivos. Reynie, por outro lado, sabia ler as pessoas muito bem... E agora P.G estava batendo na porta. Sticky esfregou as têmporas latejantes. Ele se sentiu mais uma vez a ponto de ficar paralisado. Ou pior: de soltar a língua.

A porta deslizou e abriu, P.G. fez um sinal para Sticky entrar. Seja lá qual fosse o curso que ele escolhesse, tinha que escolher agora.

O Sr. Curtain estava sentado no meio da sala fria de pedra com os dedos entrelaçados, o queixo erguido, cheio de expectativa. Uma aranha gigante com olhos prateados esperando a mosca.

— Sinto muito por ter trapaceado, senhor! — Sticky declarou ao entrar.

A porta deslizou e fechou atrás dele, mas não antes de ele ouvir P.G., chocado, resmungar alguma coisa sobre o coitado do garoto que cedeu sob pressão.

O Sr. Curtain batucou os dedos no diário que estava no colo e ficou observando Sticky com aqueles olhos impossíveis de enxergar. Sticky estava se controlando demais para não se agitar. Um fio de suor escorreu pela curva da cabeça careca, chegou até o lóbulo da orelha e ficou lá pendurado, tremendo. Estava fazendo cócegas loucas em Sticky, mas ele permaneceu imóvel. De repente, o Sr. Curtain disparou para frente em sua cadeira (Sticky quase pulou para fora dos sapatos) e parou cantando pneu com seu rosto a centímetros de distância do rosto do menino.

— Você se incomoda de se explicar? — disse o Sr. Curtain, com frieza.

Sticky tinha memorizado o discurso. (Se não tivesse, era possível que não conseguisse proferir nenhuma palavra). Ele gaguejou, engoliu em seco, e então começou:

— Sinto muito, senhor. Eu não queria fazer nada de errado. Mas ela me pressionou tanto...

— Está falando de Constance Contraire, presumo — o Sr. Curtain interrompeu, com um olhar de satisfação.

— Constance? Ah, não, senhor. Ela é teimosa demais até para me deixar ajudar com a lição de casa. Tenho certeza de que o senhor já reparou como ela é teimosa. O senhor nota tudo a respeito de todo mundo, se me permite dizer, senhor.

— Hum — disse o Sr. Curtain. — Eu notei isso, *sim*, é verdade. Mas se não é Constance Contraire, de quem você está falando?

— Bom, como eu ia dizendo, ela colocou tanta pressão em mim, e eu não sabia bem o que fazer, já que ela é Mensageira e tudo o mais...

— O QUÊ? — berrou o Sr. Curtain, com o rosto instantaneamente roxo. — Uma *Mensageira*? Cobras e cachorros, eu... — ele se interrompeu e, por alguns momentos, ficou completamente em silêncio, como se estivesse tentando decidir exatamente que coisa horrível faria com Sticky. Enviá-lo de volta à Sala de Espera? Jogá-lo em um canteiro de hera-drapeada? Esmagá-lo embaixo das rodas de sua cadeira?

Sticky fechou os olhos.

No entanto, depois que vários momentos se passaram, sem que ele fosse enviado, jogado ou esmagado, Sticky abriu um olho. A cor tinha sumido do rosto do Sr. Curtain, de modo que ele já não se parecia mais com uma berinjela de óculos; só a pontinha do nariz encaroçado ainda estava em tom de carmim. E ele tinha começado a batucar os dedos de novo.

— George — disse o Sr. Curtain, mais calmo agora. — Por que está olhando para mim com um olho só?

Sticky rapidamente abriu o outro olho.

— Eu... eu...

— Deixe para lá — disse o Sr. Curtain. — Agora, explique-se. Está me dizendo que uma Mensageira obrigou você a passar as respostas da prova?

— Sinto muito por ter que dizer isto, senhor. Ela ficou furiosa por Reynie e eu estarmos indo tão bem. Ela não acreditava que nós já sabíamos mais do que ela. Ela me humilhou na aula e, depois, disse que ia continuar fazendo isso, ou coisa ainda pior, a menos que eu concordasse em ajudá-la. As provas ficavam muito mais fáceis se eu simplesmente desse as respostas para ela, foi o que ela disse. E, se eu fizesse isso, ela faria com que as coisas ficassem mais fáceis para *mim*... porque ia parar de me atormentar.

— Você está falando de Martina Crowe — disse o Sr. Curtain.

Sticky assentiu.

— Hum. Preciso dar uma olhada nisto. O fato de você passar as respostas não me incomoda muito, devo dizer, desde que eu compreenda a situação. O segredo é o controle, percebe? Eu simplesmente desejo conhecer as circunstâncias para que as possa manipular... quero dizer, para que as possa *administrar*. Não importa quais sejam as circunstâncias, George, desde que sejam controladas, nós podemos ter harmonia. Você compreende?

— Acredito que sim, senhor.

— Muito bom. Sinto muito por você ter sido obrigado a esperar para falar comigo a respeito desta questão. Compreendo que é desagradável esperar. Infelizmente, às vezes não há outro jeito... eu sou bastante ocupado. A boa notícia é que você não será castigado.

— Obrigado, senhor — disse Sticky com humildade.

— E, George?

— Pois não, senhor?

— Você *de fato* está indo bastante bem, não é mesmo?

— Parece que sim, senhor.

O Sr. Curtain examinou Sticky de cima a baixo e assentiu com a cabeça para si mesmo, como se estivesse avaliando um novo equipamento que seria bem útil.

— Bom trabalho — disse Constance. — Você é um mentiroso nato.

Aquele elogio era menos diplomático do que o que ele tinha recebido de Reynie e de Kate (que o tinham parabenizado e lhe dado tapinhas nas costas), mas Sticky estava aliviado demais para se incomodar.

Eles estavam a caminho do almoço, bem atrás do resto dos alunos, de modo que podiam conversar com privacidade nos corredores. Todos estavam bem satisfeitos consigo mesmos (e não só porque Martina Crowe estava bem encrencada). E agora, ao se aproximarem do fim do corredor, ouviram Jackson e Jillson conversando em uma sala de aula vazia. Entreolhando-se em sinal de concordância, eles pararam de andar para escutar.

— ...finalmente pegamos quem estava espionando no ginásio — Jackson ia dizendo. — Mas que desperdício. Ele era um bom Mensageiro. E recruta especial, sabe? O Sr. Curtain provavelmente o manteria aqui, daria treinamento para que ele se tornasse Executivo um dia. Acho que agora ele vai ser treinado para Ajudante.

— Que pena — disse Jillson. — Não devia ter aparência assim tão comum.

— O que ele não devia ser era assim tão *curioso* — disse Jackson. — A audácia daquele garoto! Sempre fazendo perguntas... foi isso que fez com que ele fosse enviado para a Sala de Espera da última vez, sabe? Achei que ele tinha aprendido a lição.

— Parece que não — disse Jillson. — Alguma notícia do cúmplice?

— O parceiro do crime dele? Ainda não. Pessoalmente, não sei o que há para se preocupar, mas você conhece o Sr. Curtain. Não dá para ser curioso demais, é o que ele diz. Nós temos que ser extravigilantes, ficar de olho em tudo. — resmungou Jackson. — E acho que você ouviu dizer que ele vai mudar o código das portas, não?

— Não! De novo? Eu *detesto* aprender códigos novos.

— Nem me diga — falou Jackson. — Teria sido bem mais fácil se o garoto entregasse o parceiro, mas ele negou tudo até o fim. Como eu disse, é uma pena. Ele provavelmente teria dado um bom Executivo.

— Fique quieto — disse Jillson. — Você escutou alguma coisa?

No corredor, os olhos das crianças se arregalaram. Elas seguraram a respiração.

— Foi só o meu estômago roncando — disse Jackson. — Pegue suas coisas, pode ser? Vamos comer.

Essa foi a deixa para as crianças seguirem em frente. Com expressão de alívio, Sticky Kate e Constance se apressaram em silêncio pelo corredor. Reynie foi atrás, tentando se acalmar. A notícia de Jackson o tinha deixado bem incomodado.

Depois que tinham feito uma curva e estavam a salvo, Kate disse:

— Dá para acreditar? Agora nós escapamos por pouco duas vezes! Primeiro o Sticky não foi castigado por passar as respostas da prova, e agora você se livrou de ser suspeito de espionagem, Reynie!

— É — respondeu Reynie, com o rosto corado de culpa. — É... é uma ótima notícia.

— E agora Martina *está* encrencada — disse Constance. — Este na verdade pode ser um bom dia.

Na hora do jantar, os boatos já estavam voando. Martina Crowe não tinha comparecido a nenhuma de suas aulas. Algumas pessoas diziam que ela estava em uma longa sessão de privilégios especiais (sejam lá quais fossem).

Outros argumentavam que os privilégios especiais nunca duravam tanto tempo. O mais provável, alguém disse, é que ela tivesse sido mandada para a Sala de Espera (um aluno tinha visto Jackson e Jillson acompanhando-a pelo pátio). Martina Crowe? Na Sala de Espera? *Quem* tinha visto isso? Para isso ninguém tinha resposta, então talvez tivesse sido só um boato.

Reynie tinha começado a se sentir bem enjoado. Parecia que tudo que ele estava fazendo prejudicava alguém. Primeiro, ele tinha sugerido a trapaça, que tinha mandado Sticky para a Sala de Espera. Depois, espiara pela janela do ginásio, e por isso algum pobre garoto de aparência comum estava pagando o preço. Agora havia o plano que ele tinha colocado em movimento... o plano de fazer Martina sair da lista de Mensageiros. Na hora parecia inteligente, mas será que ele tinha certeza disso? Apesar de toda sua cautela e inteligência, estava ficando perigoso ficar perto dele. Ele olhou para sua refeição intocada com desgosto. Empurrou para longe e enfiou o rosto nas mãos.

— Reynie? — disse Kate. — Qual é o problema?

— O plano foi meu — balbuciou Reynie.

— Ei, se tem alguém que merece a Sala de Espera, é Martina.

— Se alguém merece... — Sticky, que se sentia tão mal quanto Reynie, resmungou. Ele *sabia* como a Sala de Espera era terrível (só a menção dela já fazia com que ele começasse a suar) e era ele que tinha condenado Martina com uma mentira. Não importava o quão cruel ela era. *Ninguém* merecia a Sala de Espera, nem mesmo Martina.

Para piorar as coisas, naquele exato momento, uma transmissão de mensagem oculta começou.

— É aquele garoto Harold Rockwell — Constance resmungou para si mesma. — Cale a *boca*, Harold.

Reynie olhou desolado para Constance. Tinha lhe ocorrido o que iria acontecer com ela quando o Sr. Curtain usasse a potência máxima para o sinal. Se Constance escutava as vozes *agora*, como seria quando *isto* acontecesse? O que aconteceria com ela? Será que ela tinha pensado na questão? Pelo bem dela, Reynie esperava que não. Se ele estivesse no lugar dela, estaria apavorado.

Aquele dia tinha ido de bom para ruim e para pior. E, de lá, para *pior* do que pior.

— Cuidado com os pés, pessoal — murmurou Kate.

P.G. Pedalian estava se espremendo no meio de duas mesas próximas, onde alunos se sobressaltavam e soltavam gritinhos enquanto ele passava. Reynie recolheu os pés para ficar em segurança. P.G. se aproximou e olhou com curiosidade para eles.

— Por que a expressão de tristeza, garotos? Está tudo bem?

As crianças tentaram parecer animadas para que ele as deixasse em paz, mas, pelo menos desta vez, P.G. fez a avaliação correta.

— Vocês não me enganam. Eu reconheço rostos tristonhos quando os vejo. Estou surpreso com vocês! O nosso Sticky aqui... quero dizer, o nosso pequeno George aqui se safou com facilidade, vocês estão indo muito bem nas provas mas, ainda assim, ficam aí como se o gato tivesse comido a sobremesa de vocês. Hum, a sobremesa... não, como se tivesse comido a língua de vocês...

Ninguém se sentiu disposto a ajudá-lo e, depois de um tempo, P.G. desistiu. Ele adotou uma expressão desconfiada. E isso, em P.G., fazia parecer que ele estava com a maior indigestão.

— Agora não me digam que vocês já estão loucos para entrar na lista dos Mensageiros! É isso? Ouçam aqui — ele disse em tom de confidência, inclinando-se para perto deles. — Vou contar um segredo, porque vocês são legais. Vocês estão mais perto do que pensam!

Reynie assentiu, tristonho.

— Isso é porque Martina não é mais Mensageira?

P.G. inclinou a cabeça para o lado.

— Como é que você pode saber uma coisa dessas?

— *Todo mundo* sabe — disse Kate.

Isso surpreendeu tanto a P.G. quanto a Reynie, que disseram juntos:

— Sabe mesmo? Como?

Kate apontou para o outro lado da cantina, onde Martina estava entrando, acompanhada por Jillson e Jackson. Ela estava com a túnica e a faixa de sempre, mas não usava mais a calça listrada típica dos Mensageiros. Não, a calça dela era azul, e enquanto os outros Mensageiros comemoravam e batiam palmas, o rosto dela brilhou simultaneamente com ar de maldade e triunfo.

Martina tinha se tornado Executiva.

Meia charada

Naquela noite, precisamente às 10h01, P.G. Pedalian bateu na porta dos meninos. Bateu primeiro com os pés, sem querer, e depois com os nós dos dedos. Como não obteve resposta, ele abriu a porta e olhou lá dentro. No quarto pouco iluminado, viu os meninos deitados no beliche, de pijama. Alguma coisa chamou a atenção dele, e ele olhou para cima. Havia apenas sombras no teto.
— P.G.? É você? — Reynie perguntou com voz sonolenta.
— Desculpem, meninos — P.G. disse e acendeu a luz. — Não achei que vocês dormissem tão cedo... as luzes acabaram de se apagar. O Sr. Curtain quer falar com vocês. Levantem-se, os dois, e vistam-se. Sabe, podia jurar que vi uma das placas do teto se mover.
— Deve ter sido só uma sombra — Reynie sugeriu, remexendo nas calças e nos sapatos.
— Ou um rato — disse Sticky, com voz rachada. A boca dele tinha ficado muito seca.
P.G. coçou a cabeça.
— Um rato, hein? Deve ser. Muitos alunos têm reclamado de ratos no teto ultimamente. Suponho que nós vamos precisar colocar algumas ratoeiras.
Enquanto Reynie fazia uma anotação mental para lembrar Kate de ficar de olho em ratoeiras, P.G. os apressou para fora do quarto.
Os dois meninos estavam em alto estado de alerta. Obviamente, Martina tinha convencido o Sr. Curtain de que ela não tinha trapaceado, se não, de que outro jeito poderia ter se tornado Executiva? Assim, o Sr. Curtain devia saber que Sticky tinha mentido, e sem dúvida Reynie tinha sido implicado como cúmplice. E as coisas deviam ser assim mesmo, Reynie pensou, com muita tristeza. Foi o plano dele que envolveu Sticky nesta confusão... duas vezes.

Na entrada do Prédio de Controle da Academia, P.G. parou. Com expressão de compaixão, ele se ajoelhou e colocou uma mão em um ombro de cada um deles.

— Imagino que estejam curiosos para saber sobre o que o Sr. Curtain quer falar com vocês.

— Estamos sim! — os meninos exclamaram juntos, e o coração de Reynie deu um salto. Se ele tivesse um momento para se *preparar*, talvez pudesse pensar em algo a dizer, algo que...

— Eu gostaria de saber — disse P.G., sacudindo a cabeça. — Espero que não seja nada ruim.

Sessenta segundos depois, os meninos estavam sozinhos com o Sr. Curtain no escritório dele. Tentando respirar com regularidade (e não conseguindo), eles esperaram que ele falasse primeiro. O Sr. Curtain tinha colocado o diário na mesa e saído de trás dela. Mas, em vez de disparar de um lado para o outro como costumava fazer, ele avançava bem devagar na direção deles, centímetro a centímetro, contemplando os meninos de um jeito que lhes passava a impressão de ser um predador (uma aranha caranguejeira lhes veio à mente) em busca do momento exato para dar o bote na presa. Eles precisaram segurar o impulso de recuar.

— Sem dúvida — disse o Sr. Curtain, ao se aproximar — vocês devem estar querendo saber por que Martina Crowe passou a ser Executiva. Afinal de contas, de acordo com você, George, ela era uma encrenqueira e trapaceira. Estou certo?

Sticky colocou a mão nos óculos, recompôs-se e enfiou as mãos nos bolsos para que ficassem quietas.

— Sim, senhor.

— É verdade, Sr. Curtain — disse Reynie. — Nós estávamos *mesmo* querendo saber isso.

— É. Eu sei. E, agora, vou lhes dizer por quê. Você se lembra o que me disse outro dia, Reynard, quando falamos sobre a senhorita Contraire? Você disse que a melhor maneira de lidar com as pessoas em quem não se confia é mantendo-las próximas. Eu concordei com você na ocasião, e concordo com você agora. Claro que, se Martina Crowe não fosse uma candidata tão excelente para ser Executiva, eu a teria mandado embora no mesmo instante. Mas ela sempre foi útil e, como eu disse a George, a trapaça em si não me incomoda, desde que eu compreenda a situação. De toda forma, a situação foi corrigida. A Srta. Crowe e eu tivemos uma breve conversa sobre o assunto (ela negou a trapaça, devo dizer), e acabou sendo promovida. Tudo está acertado. Tudo, quero dizer, menos a situação de *vocês* — prosseguiu o Sr. Curtain. — E foi por isso que mandei chamá-los.

— A nossa... situação? — disse Reynie. Ele estava escutando Sticky engolir em seco.

— De fato — disse o Sr. Curtain. — Porque, a partir deste momento, vocês dois são Mensageiros!

Os meninos ficaram atordoados. Eles estavam com medo de alguma coisa horrível estar a espera deles... em vez disso, a missão tinha dado um salto adiante! Mensageiros, finalmente! Seus rostos se abriram em sorrisos enormes.

— Ah, obrigado! — exclamou Sticky, torcendo para parecer mais agradecido do que aliviado.

— Nós não vamos decepcioná-lo — disse Reynie.

— Espero mesmo que não — disse o Sr. Curtain. — Tenho duas vagas para preencher com novos Mensageiros e, por uma questão de urgência, estou promovendo vocês dois antes do dia planejado. Aqui estão os uniformes.

O Sr. Curtain retornou à mesa e pegou duas túnicas brancas, duas faixas azul-claro e duas calças listradas.

— Usem isto com orgulho. E então... quem sabe? Um dia vocês podem trocar estas calças listradas pelas de cor sólida, exatamente como Martina Crowe fez hoje!

Quando P.G. finalmente foi embora, depois de dar tapinhas nas costas dos dois em um parabéns dolorido e se afastar com seus passos esquisitos pelo corredor, Reynie e Sticky trocaram olhares de alívio e fecharam a porta do quarto atrás de si. Quando a porta se fechou, a silhueta de Kate Tempotodo esmagada contra a parede se revelou. Ela acendeu a lanterna e cochichou, em tom exasperado:

— Vocês nem bateram!

— Mas é o nosso quarto! — respondeu Sticky.

— Fico surpreso por você não ter nos ouvido no corredor — disse Reynie. — P.G. deu tapas nas nossas costas tão fortes que os meus dentes até bateram.

— Para dizer a verdade — disse Kate, tímida —, eu estava dormindo até ouvir a maçaneta girar. Só tive tempo de pular para cá e me esconder. — Ela fez um sinal para o beliche de baixo, em que as cobertas e travesseiros de Sticky estavam todos bagunçados. — E primeiro tive que jogar as cobertas em cima de Constance. Vocês demoraram tanto que ela caiu no sono na cama de Sticky. Era para eu ficar de vigia, mas acho que peguei no sono.

— Bela vigia — disse uma voz sonolenta de debaixo das cobertas.

— Mas, bem — disse Sticky. — Estamos felizes por vocês estarem aqui. Temos novidades.

Ele e Reynie exibiram os uniformes.

— Mensageiros! — exclamou Kate. — Não acredito! E nós preocupadas que vocês tivessem se metido em uma enorme encrenca!

Constance se sentou ereta, esfregou os olhos e se esforçou para enxergar os uniformes.

— Ah, sim — disse Reynie. — Tão preocupadas que caíram no sono.

Kate lançou um olhar de desaprovação para ele.

— Nós *estávamos* preocupadas — insistiu. — E tenho certeza de que o Sr. Benedict também está. Nós dissemos a ele que vocês tinham sido chamados para falar com o Sr. Curtain. Precisamos dar a boa notícia para ele agora mesmo.

— Vocês enviaram um relatório? — perguntou Sticky, surpreso.

— Demorou um tempão — disse Constance, espreguiçando-se. — O código Morse está meio enferrujado.

Enferrujado não era bem a palavra certa para o código Morse de Constance, mas os meninos resistiram ao comentário. Os dois estavam felizes de saber que um relatório tinha sido enviado. Eles não tinham conseguido enviar nada na noite anterior, quando uma equipe de Ajudantes estava trabalhando no pátio, consertando rachaduras e substituindo pedras quebradas.

Sticky subiu na televisão, assegurou-se de que o terreno estava limpo e começou a transmitir a mensagem.

— Nossos "privilégios especiais" começam amanhã — Reynie disse às meninas. — Foi só o que ele nos disse.

— Estão nervosos? — perguntou Kate.

— O que você acha? — respondeu Reynie. — Me sinto como se eu tivesse engolido uma colmeia.

— Lá vem a resposta — disse Sticky da janela. — *Contente... orgulhoso... agora atenção.*

— Parece que ele quer nos dizer alguma coisa importante — disse Reynie.

Ele se aproximou da janela e ficou observando com Sticky. Como previsto, a luz no mato continuou piscando sua mensagem codificada:

> Com olhos abertos agora vocês podem encontrar
> Um lugar em que precisam sair para entrar.
> Onde um...

— Onde um o quê? — disse Sticky quando a mensagem foi interrompida sem ser concluída. — Por que eles pararam?

Reynie resmungou.

— É o Sr. Curtain — disse ele, apontando. — Ele está saindo para o pátio.

— *Agora*? — Sticky disse por entre os dentes, observando a silhueta familiar entrando no seu campo de visão lá embaixo. — No meio da mensagem? Ele não podia ter esperado mais vinte segundos?

— Pelo menos temos um começo — disse Reynie.

Mas o começo era tudo que eles tinham porque, mesmo depois de uma longa discussão, as crianças continuaram sem entender nada. A última linha inacabada não dava nenhuma pista, e a primeira parecia inútil, pois dizer a eles que precisavam ficar com os olhos abertos não era algo que precisasse ser dito. E isso os deixava apenas com a linha do meio, o que causou a maior confusão na cabeça deles. Como é que eles poderiam entrar em um lugar saindo dele?

— Vamos ter que tentar de novo amanhã — Kate finalmente disse, segurando um bocejo. — Não consigo mais pensar direito hoje à noite. Pelo menos vocês se tornaram Mensageiros. Este é um avanço animador.

Os outros concordaram, a reunião foi encerrada e em poucos minutos as meninas já tinham desaparecido pelo teto e os meninos tinham ido para a cama. Reynie tinha acabado de começar a compor sua carta mental para a Srta. Perumal quando Sticky cochichou na escuridão:

— Reynie, você está acordado?

— Completamente acordado — respondeu Reynie.

— Eu queria te perguntar... por acaso este "avanço animador" deixa você morto de medo, como acontece comigo?

Reynie deu risada.

— Talvez seja o pior avanço animador pelo qual eu já passei na vida.

Na cama de baixo, Sticky também deu risada. O riso serviu para relaxar os dois um tiquinho... e foi o que bastou. Em instantes, a exaustão tomou conta deles e os dois caíram no sono.

O Sussurrador

Quando a batida soou na porta, Reynie estava no meio de um sonho horrível. Ele tinha escrito suas cartas para a Srta. Perumal, e Jackson, depois de encontrar as cartas na escrivaninha dele, batia em cima delas com o punho fechado. *Bang! Bang! Bang!*

"Nós pegamos você!", ele exclamava com uma risada maldosa. "Não se preocupe, você não vai ser castigado! Vai para a Sala de Espera... quanta *diversão* vai ter lá! E quando você desaparecer embaixo da lama fedida para sempre, vamos pegar a sua adorada Srta. Perumal também!"

— Não!

— Como assim, "não"? — disse Jackson. — Não era isso que você queria?

Esta foi uma resposta inesperada, e Reynie, assustado, abriu os olhos. Jackson estava parado à porta, olhando para Reynie com uma expressão de muita impaciência.

— Desculpe — disse Reynie, despertando totalmente. — Eu estava sonhando. O que você disse?

— Eu disse para você andar logo e vestir a sua túnica. Devo levá-lo até o Sr. Curtain imediatamente. Hoje é o seu grande dia! Privilégios especiais, Reynard! Agora acorde o seu amigo magricela careca e ande logo, pode ser? Quero pegar um bolinho no caminho. — Jackson saiu do quarto para esperar.

Quando, depois de muitas sacudidas, Reynie conseguiu acordar Sticky, os dois vestiram o uniforme de Mensageiro.

— É isto — murmurou Reynie. — Precisamos tomar todo o cuidado.

Sticky assentiu.

— Boa sorte.

Os dois trocaram um aperto de mão decidido.

— Já estava na hora — Jackson resmungou quando eles saíram. — Agora, sigam-me.

Ele saiu em passos rápidos na direção da cantina. Ainda nem tinha amanhecido, e não havia ninguém por ali a não ser alguns Ajudantes silenciosos limpando chãos, varrendo caminhos ou subindo em escadas para tirar o mofo do teto. Na cantina, os Ajudantes também já estavam empenhados no serviço. Jackson se serviu de um bolinho de *blueberry* recém-saído do forno e um copo de leite gelado.

— É melhor mastigarem alguma coisa rápido — ele disse para os meninos. — Vocês não vão querer entrar no Sussurrador de estômago vazio. É muito exaustivo. Vão precisar de toda a energia possível.

Com isso, a primeira menção direta ao Sussurrador, os braços dos meninos ficaram arrepiados. O estômago deles também se revirou; mas eles, obedientes, pegaram bolinhos e leite e, exatamente como Jackson tinha dito, engoliram tudo. Sticky, que já estava perdendo a coragem, não pôde deixar de tentar enrolar.

— E as aulas?

— *Para* o que você acha que as aulas servem, George? Não sei como é que você conseguiu se tornar Mensageiro sendo tão devagar. Você vai ter tempo de sobra para aulas depois da sua sessão. O Sussurrador é a coisa mais importante, meninos. É a razão por que nós todos estamos aqui.

Depois de um período de tanto mistério, era de fato muito estranho (aliás, era arrepiante) ver alguém falando com eles com tanta sinceridade e confiança. Eles eram mesmo Mensageiros, finalmente! Reynie quase precisou lembrar a si mesmo que esta nova posição não era uma honra a ser valorizada.

— Tudo bem, então, comam de uma vez e me sigam — disse Jackson, virando-se sobre os calcanhares. Os meninos engoliram o leite e saíram apressados atrás dele. No pátio, sob a luz cinzenta do amanhecer, Jackson ordenou que ficassem imóveis. — Se algum dia vocês se tornarem Executivos — disse, amarrando uma venda por cima dos olhos deles — então vocês vão poder aprender o caminho para a Galeria do Sussurro. Até lá, é só com venda e sem falar nada. Entenderam? Agora, comecem a girar. — Ele os pegou pelos ombros e os rodou até ficarem tão tontos que tropeçaram e trombaram um no outro. Jackson se permitiu um momento para dar risada. Então ele os pegou pelos cotovelos e seguiu em frente.

Foram conduzidos através do pátio, por um caminho, e finalmente por cima de um trecho de grama. Depois veio um barulho que soava como se algo tivesse sendo arrastado e socado (parecia que Jackson estava chutando alguma coisa com a bota para tirar da frente) e os meninos entraram em algum lugar. Eles desceram por uma passagem curta e depois subiram degraus serpenteantes. E depois, mais degraus serpenteantes. Degraus após degraus após degraus. Eles deviam estar subindo para o topo da torre da bandeira, Reynie pensou. Nenhum outro lugar na ilha podia ter tantos degraus.

Com os músculos das pernas queimando e o peito arfando, os meninos finalmente chegaram ao topo. Jackson lhes deu mais uns bons giros (talvez só por diversão) e tirou as vendas. Eles estavam em uma passagem de pedra estreita e bem iluminada. Na frente deles, uma enorme porta de metal se avultava.

Jackson apertou o botão de um interfone na parede.

— Os novos Mensageiros chegaram, senhor.

A porta pesada deslizou e abriu.

— O que vocês estão esperando? — disse Jackson. Ele fez um gesto impaciente, resmungando alguma coisa sobre garotos lerdos que não sabem entender uma dica, e os meninos entraram pela porta aberta. A porta deslizou e fechou atrás deles.

— Bem-vindos à Galeria do Sussurro! — disse o Sr. Curtain, movendo a cadeira de rodas para longe da escrivaninha em que ele estava trabalhando. Ele fez um sinal com o indicador para que eles se aproximassem. — Entrem, meninos, e deem uma olhada por aí!

A Galeria do Sussurro, apesar de ser bem grande, só tinha uma mesa, duas almofadas em um canto e, no meio da sala, uma engenhoca estranha que se parecia com um secador de cabelo de salão de beleza antiquado. Então aquilo era o Sussurrador: uma poltrona de metal bem grande com um capacete azul preso ao espaldar, e outro capacete (este vermelho) que era vazado na parte de trás. Parecia surpreendentemente simples (não tinha nenhuma luz, nem tela de computador, nem nada que zunisse) e, de fato, considerando sua serventia, a sala toda era bem simples. Paredes de pedra lisas e uniformes, ausência de mobília ou decoração e uma única janela.

Kate tinha razão, Reynie pensou. Tem *mesmo* alguma coisa importante atrás da janela mais alta.

— Se vocês estiverem se perguntando por que a Galeria do Sussurro é tão austera — disse o Sr. Curtain —, a resposta é: por segurança. Aqui não há nenhum objeto de metal pesado nem coisas pontudas espalhadas, nada que possa prejudicar o meu Sussurrador, nada que possa ser usado como arma. O sistema de computador e a fonte de energia do Sussurrador estão bem protegidos por mais de meio metro de metal e pedra. As paredes também são de pedra sólida. A porta pela qual vocês entraram é a única, e eu sou o único capaz de abri-la. Controle, meninos! Controle é o segredo. A Galeria do Sussurro é completamente controlada. Digo tudo isto para mostrar a vocês a importância do nosso projeto — prosseguiu o Sr. Curtain. Ele fez um gesto para que eles se sentassem nas almofadas. — Por que outra razão haveria necessidade de tanta segurança? É uma grande honra se tornar Mensageiro, e espero que vocês não a desperdicem.

— Não, senhor — os meninos disseram juntos.

— Aqui, finalmente, está o privilégio especial de vocês — disse o Sr. Curtain. — Apenas os Mensageiros têm permissão para me ajudar com o meu projeto, e vocês podem ter certeza de que é um projeto *maravilhoso*. Bom, tenho certeza de que vocês estão querendo saber o que é o Sussurrador... estou certo?

Os meninos assentiram.

— Claro que estou. Minha máquina não pode causar outra reação além de curiosidade. Parece simples, não é mesmo? Apenas uma cadeira com um capacete? Não se enganem! O Sussurrador é uma invenção miraculosa, *minha* invenção miraculosa, e é tão sofisticada que nem dá para imaginar. Vocês já ouviram falar de uma máquina que transmite pensamentos? Claro que não! Vocês chegariam a imaginar que isto é possível? Nunca! E, no entanto, *é* possível. O meu Sussurrador faz com que seja possível.

O Sr. Curtain acenou elegantemente na direção da engenhoca atrás de si, como se fosse uma garota bonita apresentando prêmios em um programa de televisão.

— Ele foi desenvolvido tendo o cérebro humano como modelo... o *meu* cérebro humano, na verdade, que, como vocês já devem ter desconfiado, é bastante excelente. E é o meu cérebro que o controla! Não há necessidade de teclados nem de telas de computador, de alavancas ou de botões, de campainhas ou de apitos. O Sussurrador *escuta* o que eu penso. Porque, além de ser capaz de transmitir pensamentos, ele também, em certa medida, é capaz de *perceber* pensamentos. E, apesar de no momento seu funcionamento adequado depender de eu estar presente e conectado...

— O senhor está dizendo que precisa ser acoplado à máquina para que ela funcione? — perguntou Sticky.

A cadeira do Sr. Curtain rolou adiante até que as rodas da frente estivessem pressionadas contra a ponta da almofada de Sticky. Os óculos espelhados e o nariz protuberante do Sr. Curtain se aproximaram do rosto de Sticky como uma cobra sondando o ar.

— Você é apenas uma criança, George, por isso não espero muito de você — disse o Sr. Curtain com frieza. — Mas, se quiser ser Mensageiro, precisa saber de uma coisa. Eu não tolero este tipo de interrupção.

— Desculpe — balbuciou Sticky, olhando para baixo.

— Muito bem — disse o Sr. Curtain. — E, sim, eu preciso ser "acoplado" para que funcione... por enquanto. O aparelho está passando por modificações, veja bem. Há anos eu utilizo o Sussurrador como... ferramenta educacional. Mas há coisas maiores por vir. Uma vez que as minhas modificações estejam completas, o Sussurrador vai se transformar em um aparelho de *cura* magnífico, meninos... uma máquina capaz de sanar os males da mente. Não, é a perfeita verdade! Vejo a surpresa no rosto de vocês. Mas eu garanto, a minha invenção está destinada a trazer paz a milhares, talvez até milhões, de almas perturbadas. E vocês, meninos, terão participado disso. Não é emocionante?

Como que para demonstrar toda essa emoção, o Sr. Curtain disparou para trás com sua cadeira de rodas em velocidade estonteante e parou do lado da mesa cantando pneu. (A vida inteira dele deve ser parecida com um passeio de montanha-russa, Reynie pensou.) Um instante depois, ele já tinha disparado mais uma vez para o lado dos meninos com um pacote embrulhado em papel pardo nas mãos.

— O que vocês estão imaginando *agora* — disse o Sr. Curtain — é o papel dos Mensageiros. A resposta é a seguinte: o Sussurrador exige assistência de mentes nada sofisticadas. De mentes *infantis*. Vejam, apesar de a minha máquina ser absurdamente complexa, seu processo mental ainda é fraquíssimo em comparação com o meu. Para que o Sussurrador faça, bem, certas coisas que eu *desejo* que ele faça (não vou perder tempo explicando detalhes que vocês não têm capacidade de compreender), os meus pensamentos precisam passar primeiro por uma mente menos sofisticada. É aí que os meus Mensageiros entram. Mas não há necessidade de se intimidar — prosseguiu o Sr. Curtain. — É uma tarefa muito fácil. Quando se ocupa o assento, o Sussurrador o conduz a pensar certas frases... ele sussurra para você, percebe? E quando você pensa essas frases, os transmissores do Sussurrador fazem o resto. A sua função é a mesma de um filtro: os meus pensamentos, uma vez que passam pela mente de vocês, são processados com mais facilidade. Vocês compreendem o que eu quero dizer com isso?

— Eles são engolidos com mais facilidade — disse Reynie. — Como doce em vez de remédio.

— Precisamente! — disse o Sr. Curtain, parecendo satisfeito. — Mas os pensamentos *vão ser* remédio, não tenha dúvida disso... um dia, em breve, serão remédio para inúmeras mentes. Por enquanto, nosso projeto consiste em dar entrada nos dados. Isto quer dizer que estamos enchendo o banco computadorizado do Sussurrador com as informações necessárias.

Então *esta* era a explicação que o Sr. Curtain dava para os mensageiros dele: "dar entrada nos dados." Eles nem eram informados de que na verdade estavam enviando mensagens... de que eles próprios estavam sussurrando para os outros!

O Sr. Curtain tinha entrelaçado os dedos em cima do pacote que tinha no colo e olhava para os meninos, cheio de expectativa. Com um quê de impaciência, ele disse:

— E agora podem fazer suas perguntas.

Os meninos ficaram com a forte impressão de que se *não* tivessem perguntas, ele ficaria altamente desgostoso.

Sticky, tentando fazer a sua parte, limpou a garganta e disse com voz rachada:

— Para quê... para que serve este pacote?

— Excelente pergunta, George! — exclamou o Sr. Curtain, mostrando que esta era exatamente a pergunta que ele queria que fosse feita. — Este pacote é para fins de demonstração. — Ele ergueu a caixa. — Digam-me, quantas coisas eu tenho na mão?

— Uma? — respondeu Sticky.

O Sr. Curtain olhou para Reynie.

— Esta também é a sua resposta, Reynard? Eu tenho uma coisa na mão?

Deve haver alguma coisa dentro da caixa, pensou Reynie. Mas sentiu que este não era um momento em que o Sr. Curtain queria ser impressionado. Em vez disso, o Sr. Curtain queria surpreender os meninos para "fins de demonstração", de modo que Reynie respondeu:

— Certamente *parece* uma coisa.

— Ha! — exclamou o Sr. Curtain, parecendo de fato muito deleitado.
— E, no entanto, observem. — Ele virou o pacote para cima e, de dentro dele, saíram centenas de pedacinhos de papel. — Um pacote, sim, mas um pacote pode conter muitas coisas, estão vendo? Agora, recolham estes pedaços de papel... eu detesto chão sujo.

Enquanto os meninos se apressavam em recolher os papéis, o Sr. Curtain prosseguiu.

— O que eu faço se quiser transmitir uma quantidade enorme de informação em um espaço curto de tempo, hein? Vocês acham que eu posso passar todos os minutos, todas as horas da minha vida, sentado no meu Sussurrador, fazendo ditado para os meus Mensageiros? Seria difícil! Há trabalho a ser feito, modificações a serem implantadas, uma Academia a ser administrada, planos a serem colocados em prática! Então, como é que eu posso conseguir completar a entrada de todos esses dados? *Empacotando*, meninos. Eu transmito pacotes, e cada pacote contém uma quantidade incrível de informação.

Reynie e Sticky terminaram de limpar e voltaram a se afundar nas almofadas.

— Vou dizer uma coisa para vocês agora — disse o Sr. Curtain. — Uma frase apenas. Mas eu quero que vocês prestem atenção ao que acontece na mente de vocês quando eu a digo. Estão prontos?

Os meninos assentiram.

— Maçãs envenenadas, minhocas envenenadas.

Os meninos ficaram lá piscando, sobressaltados, porque, em um único momento, uma lição inteira (um ciclo de aulas inteiro ouvindo Jillson falar em seu tom monótono, sem parar, sobre o mau governo) tinha despontado na cabeça deles.

O Sr. Curtain estava sorrindo.

— Um pacote, muitos pensamentos. Se vocês dominaram o material, então a frase adequada vai trazê-lo à tona... como as palavras mágicas usadas para tirar um gênio da garrafa. Percebem?

Na verdade, os meninos compreendiam muito mais do que o Sr. Curtain se dava conta. Finalmente, tudo fazia sentido! O Sr. Benedict queria saber como as mensagens ocultas podiam ser tão simples e, no entanto, surtir efeitos tão profundos. Era uma das coisas que ele torcia que os meninos descobrissem. Agora eles sabiam: o Receptor do Sr. Benedict era capaz de detectar as frases do "pacote", mas não a informação que elas *continham*. Ele era capaz de ouvir as palavras mágicas, mas não enxergava o gênio!

— Muito bem — disse o Sr. Curtain, quando viu que os dois meninos tinham entendido. — Vocês já receberam explicações suficientes. E, agora, o momento da verdade. Reynard, sente-se no Sussurrador. George, você pode observar da sua almofada. Se tudo der certo, a sessão deve durar cerca de meia hora. Então, vai ser a sua vez.

Reynie se levantou e se aproximou da máquina. A boca dele ficou seca e amarga quando ele se lembrou do Sr. Curtain dizendo que o Sussurrador era capaz de perceber pensamentos. "Em certa medida", dissera ele... mas *qual*? Quanto o aparelho poderia captar? Será que o Sussurrador o revelaria como espião? Reynie parou e olhou para a cadeira de metal e para o capacete azul, tomado pela indecisão. Será que ele deveria tentar resistir de alguma maneira? Tentar mascarar seus pensamentos? Será que isto era possível? Ele não tinha como saber, e não tinha tempo para refletir.

— Reynard?

— Desculpe, senhor. É só que... eu estava saboreando o momento.

Com as mãos suadas, Reynie se acomodou na cadeira. O Sr. Curtain, enquanto isso, disparou para a parte de trás do Sussurrador e se colocou de costas para Reynie, de modo que o capacete vermelho se encaixava na cabeça dele.

— Ledroptha Curtain! — rosnou ele.

No mesmo instante, o capacete azul abaixou e se encaixou na cabeça de Reynie, contraindo-se para ficar bem apertado em torno de suas têmporas. Ao mesmo tempo, braçadeiras de metal saíram dos apoios de braço da cadeira e fecharam-se sobre seus pulsos.

— Não tema — disse o Sr. Curtain. — As braçadeiras são apenas para manter você firme. Por favor, relaxe.

Reynie respirou fundo e tentou, em vão, parar de tremer. Depois de um momento, ele percebeu que era o *assento* que estava tremendo — o Sussurrador estava pulsando com energia. Ele fechou os olhos.

Muito bem, disse uma voz na cabeça dele. Não era sua própria voz, nem a do Sr. Curtain. Era a voz do Sussurrador. Não era ríspida, nem simpática. Impossível de descrever, simplesmente estava lá. *Muito bem*, ela repetiu. *Qual é o seu nome?*

Reynie ainda não sabia se devia resistir um pouco. Quanto o Sussurrador seria capaz de detectar? Se ele cedesse um centímetro, será que isto se transformaria em um quilômetro? Ele estava tentando decidir como proceder quando o Sussurrador disse em sua mente: *Bem-vindo, Reynard Muldoon.*

Mas ele não tinha respondido! Então abriu os olhos, surpreso, e viu Sticky em sua almofada, observando-o com intensa preocupação. Reynie tentou se concentrar. Era óbvio: isto não era a mesma coisa que falar. Ele não tinha *percebido* que tinha pensado seu nome, mas uma vez que alguém lhe pede para que pense no seu nome, não dá para *não* pensar nele, por mais que você se esforce. Assim como a voz do Sussurrador, a resposta simplesmente estava lá.

Reynard Muldoon, qual é o seu maior medo?

Aranhas, mentiu Reynie, tentando retomar um pouco do controle. Aranhas deixavam Reynie nervoso, mas ele não tinha medo delas. Certamente não era a coisa da qual ele mais tinha medo. E isto ele não queria que o Sussurrador soubesse.

Mas em reação à resposta involuntária de Reynie, o Sussurrador disse: *Não se preocupe, você não está sozinho.*

Na mesma hora, Reynie foi dominado por uma sensação de bem-estar. Ele se sentia tão bem, tão em paz, que mal conseguia ordenar as ideias. Então era por *isto* que os outros Mensageiros pareciam tão felizes, por isto que eles gostavam tanto de fazer as sessões! Quando você fazia o que ele queria, o Sussurrador o recompensava com o alívio dos seus medos. Reynie nunca imaginaria que pudesse ter uma sensação tão maravilhosa.

Agora Reynie tinha outro problema. Um problema muito preocupante. Depois de ter sido levado a se sentir de um jeito tão maravilhoso (e com tanta facilidade, de maneira tão inesperada), Reynie percebeu que *queria* se entregar ao Sussurrador. E queria desesperadamente. Aquele era um avanço preocupante e, enquanto ele ainda tinha algum vestígio de determinação em si (antes que ele se perdesse completamente), Reynie decidiu que tentaria descobrir alguma coisa, se possível.

Sr. Curtain, ele pensou. *O senhor pode me ouvir?*

Vamos começar, disse o Sussurrador.

Sr. Curtain, o senhor pode ouvir os meus pensamentos?

Vamos começar.

Parecia que o Sr. Curtain não o escutava. Então talvez o Sussurrador só pudesse procurar certas coisas e fosse incapaz de detectar qualquer outra. Reynie tinha que torcer para que fosse assim.

Vamos começar, o Sussurrador repetiu com um tom de impaciência inconfundível.

Ele não podia mais adiar.

Tudo bem, pensou Reynie, preparando-se. *Certo, estou pronto.*

Quando Reynie voltou a abrir os olhos, Sticky estava em pé muito perto dele, olhando para ele como se talvez estivesse morto. Reynie piscou e se espreguiçou. (Viu alívio nos olhos de Sticky.) Estava cansado, mas de um jeito agradável, como se tivesse se esforçado muito em uma tarefa gostosa. As braçadeiras tinham se retraído para a cadeira, o capacete azul tinha se erguido de sua cabeça e o Sr. Curtain estava em sua mesa, fazendo uma anotação em seu diário e falando baixinho em seu interfone invisível.

— Está tudo bem? — cochichou Sticky. — Você passou duas horas naquela coisa.

— Duas horas! — repetiu Reynie, surpreso. Parecia que tinha sido apenas alguns minutos. Ele se lembrou do primeiro fluxo de palavras que entrou em sua mente, lembrou-se de repeti-las com obediência, da mente relaxando em uma sensação de felicidade maravilhosa. Não havia absolutamente nada a temer, nada com que se preocupar. Aliás, agora que Reynie havia pensado, ele estava meio mal-humorado. Queria retornar àquela sensação. Ele foi acometido por uma pontada de inveja amarga porque Sticky estava a ponto de tomar seu lugar no Sussurrador.

— Dói? — perguntou Sticky. — Está tudo bem com você?

A expressão de preocupação de Sticky fez com que Reynie recobrasse a noção de realidade.

— Não... não, não se preocupe. Apenas relaxe. Acho... acho que estamos seguros por enquanto. Podemos conversar depois.

— Nada de cochichos, meninos! — o Sr. Curtain chamou a atenção deles e se aproximou com sua cadeira. — Não gosto de nenhum segredo que não seja meu.

— Desculpe, senhor — disse Reynie. — Eu só estava dizendo a ele que não precisa se preocupar, que não dói.

O Sr. Curtain deu sua risada guinchada.

— Claro que não dói. Não seria útil se doesse. Para funcionar da maneira adequada, o meu Sussurrador sempre precisou de crianças, e as crianças não gostam nada de dor... descobri isso por experiência própria. Não, não dói, George. É bem o contrário. Ouso dizer que Reynard pode lhe assegurar de que a sessão foi perfeitamente maravilhosa. E fora do comum, devo completar... duas horas foi muito, muito mais do que eu esperava. Como eu disse antes, Reynard, a sua mente é forte. Novos Mensageiros raramente conseguem completar meia hora antes que sua concentração se desfaça e eles entrem em torpor. Até meus Mensageiros mais experientes nunca duram mais do que uma hora.

O próprio Sr. Curtain parecia cansado. Suor brilhava em sua testa, e o nariz encaroçado estava salpicado de vermelho. Cansado porém feliz, como Reynie.

— Estou muito satisfeito, Reynard. Muito satisfeito, de fato. Acredito que agora vamos ter mais sobre o que conversar. E se a sessão de George for só metade do que foi a sua, nossa conversa também o incluirá. Você não apreciaria este fato, George? Claro que sim. Nesse meio tempo, pedi que trouxessem um pouco de suco. O uso do Sussurrador exige frequente reposição de líquidos.

Reynie se levantou trêmulo da cadeira. A mente dele ficava retornando às frases que ele tinha sido compelido a pensar: "...*Escove os dentes e mate os germes. Maçãs envenenadas, minhocas envenenadas. Os desaparecidos não desapareceram, eles apenas partiram...*" E com cada frase vinha a lembrança do prazer que ele tinha sentido por pensar nelas. Ele queria se sentar na cadeira de novo, dar início a mais uma sessão imediatamente...

Reynie sacudiu a cabeça. Não dava para acreditar como a influência do Sussurrador sobre ele era forte. E também no quanto tinha *tirado* dele... ele se sentia tão fraco que cambaleou até uma almofada e desabou em cima dela. Sticky o seguiu e ficou ali o rodeando, querendo ajudar de alguma maneira, sem saber o que fazer.

O Sr. Curtain, enquanto isso, tinha apertado um botão em sua cadeira e a porta de metal da Galeria do Sussurro estava deslizando para se abrir. A Executiva Jillson entrou com uma jarra de plástico e copos de papel.

— Mais alguma coisa, senhor? — Jillson olhou para os meninos com aprovação relutante. Ela tinha um tipo de estima por Mensageiros que não tinha por outros alunos.

— Isto é tudo, Jillson — respondeu o Sr. Curtain.

Jillson saiu e o Sr. Curtain serviu o suco. Jarra de plástico e copos de papel. Nada de vidro. O Sr. Curtain era realmente cuidadoso. Mas mesmo que eles tivessem uma garrafa de vidro pesada, algo duro para derrubá-lo, e daí? O circuito computadorizado do Sussurrador estava escondido em segurança embaixo do piso de pedra, a cadeira e os capacetes eram feitos de metal resistente. Como é que eles poderiam fazer alguma coisa contra o aparelho?

— Está pronto, George? — perguntou o Sr. Curtain. Era mais uma ordem do que uma pergunta. Sticky engoliu em seco e ocupou seu lugar na máquina. Mais uma vez, o Sr. Curtain encaixou o capacete vermelho na cabeça e rosnou: — Ledroptha Curtain!

O capacete azul baixou, as braçadeiras apareceram, e Sticky fechou os olhos bem apertado. As mãos dele fizeram força inconsciente contra as braçadeiras, tentando alcançar os óculos. Ele estava obviamente com medo.

Reynie observava da almofada. Coitado de Sticky. Em um instante, seu medo iria se dissolver, substituído por algo maravilhoso, que era bem mais preocupante do que o medo... Afinal, como é que eles seriam capazes de trabalhar para derrotar o Sr. Curtain se considerassem a invenção dele irresistível? Mesmo agora, livre do aperto metálico do Sussurrador, Reynie se pegou saudoso daquela sensação perfeita de segurança, de não estar sozinho...

Os pensamentos dele foram interrompidos pela voz nervosa de Sticky exclamando:

— Sticky Washington!

Uma pausa.

Então, mais tranquilamente:

— Certo, *George* Washington.

O Sussurrador tinha perguntado qual era o nome dele e Sticky, sem perceber, tinha respondido em voz alta. Parecia que o aparelho preferia o nome verdadeiro de Sticky, não o apelido.

Reynie observou o amigo agarrar os braços da cadeira com ansiedade. Ele desejou poder ajudá-lo, mas não havia nada a fazer. Em seguida, o Sussurrador perguntaria qual era seu maior medo, e o pobre Sticky não teria como esconder. Ele teria que enfrentar o pior e, de fato, foi com voz claramente trêmula que Sticky deu sua resposta à pergunta silenciosa do Sussurrador.

— Ninguém me querer — disse Sticky. — Absolutamente ninguém me querer.

Abre-te, Sésamo

Na hora do almoço, Kate estava jogando uvas para cima (tão alto que quase batiam no teto da cantina) e pegando com a boca, onde caíam com um barulho satisfatório de *plock*! Ela fazia isso sem pensar, como se fosse um antigo hábito de sempre jogar uvas para cima na hora de comer. E assim, apesar de parecer distraída, ela na verdade estava escutando com muita atenção enquanto os meninos narravam a experiência na Galeria do Sussurro. Isso se comprovou quando Reynie disse que a Academia iria fechar, e Kate (olhando para baixo, descrente) recebeu um *tunk*! (na testa) em vez de um *plock*!

— É verdade — disse Sticky. — O Sr. Curtain prevê um "chamado a uma obrigação maior" no futuro próximo. Ele nos avisou para não falar para ninguém. Já disse que uma palavra sobre o Sussurrador vai fazer com que a nossa posição de Mensageiros seja revogada... e pode acreditar, nenhum Mensageiro vai querer arriscar. Suponho que, se ele soubesse que nós estávamos contando *isto* para vocês...

— Ele jogaria vocês da torre — disse Kate, tirando meleca de uva da testa.

— Ele nos disse tudo isso — disse Reynie — porque está pensando em nos manter por aqui depois da mudança, a Melhoria, como ele chama, para sermos treinados como Executivos. Ele disse que nós podemos usar o Sussurrador uma vez por semana como recompensa pelo nosso serviço.

— É mesmo tão maravilhoso assim? — perguntou Constance. — Ficar lá sentado em uma cadeira idiota sem fazer nada?

Reynie e Sticky se entreolharam e rapidamente desviaram o olhar. Nenhum deles queria admitir o quanto tinham ficado seduzidos pelo Sussurrador. Aliás, Reynie tinha se esforçado para não parecer animado (até afetuoso) quando descreveu a experiência para as meninas. Será que ele queria mesmo dizer em voz alta que a máquina do Sr. Curtain tinha feito com que ele se sentisse.... bem... *feliz*?

Em vez disso, Reynie mudou de assunto.

— É exaustivo, isto é o que é. E é por isso que o Sr. Curtain precisa de tantos Mensageiros. Ele os alterna para manter as mentes frescas. Com o número de Mensageiros que existe a nossa vez só será de novo daqui a mais ou menos uma semana, partindo do princípio... ah, minha nossa, lá vem mais uma!

As crianças se encolheram e cobriram a cabeça. Mas Constance parecia não aborrecida mas também perplexa... como se esta fosse a primeira transmissão de mensagem oculta dela, e não a trigésima.

— Constance? — disse Reynie. — Está tudo...

— Fique quieto — sibilou Kate. — Lá vem um faixa.

— Olá George, olá Reynard — disse o Mensageiro, ignorando as meninas. Era um garoto corpulento que usava um aparelho nos dentes com tantos elásticos que a boca dele parecia um ninho de gatos. — Em nome dos outros Mensageiros, quero dar os parabéns a vocês, e convidá-los para se juntar a nós nas mesas dos Mensageiros para as refeições. Sabe como é, para fazer bagunça com os Mensageiros, haha.

— Haha — respondeu Reynie, com o máximo de educação possível. Não seria exatamente útil para a missão deles ofender os outros Mensageiros, mas ele também não queria se separar de Kate e de Constance. Ele deu uma olhada para Sticky, que estava com uma expressão curiosa, de expectativa, no rosto, como se realmente estivesse pensando em se juntar aos Mensageiros. O que ele estava pensando?

— Muito obrigado — respondeu Reynie rápido. — Mas vocês têm alguma restrição a vírus estomacais? Acho que ainda vai demorar um ou dois dias para eu e Sticky nos recuperarmos do nosso.

— Vírus estomacal? — disse o menino.

— Vírus...? Ah, sim — disse Sticky, quando entendeu. — Nós passamos a maior parte da noite de ontem vomitando. E foi ruim demais... eu me senti como se estivesse sendo virado do avesso. Mas Reynie é cauteloso demais. Provavelmente não são contagiosos. Devíamos ir mesmo sentar com vocês. — Ele pegou a bandeja e fez menção de se levantar.

— Hm, não... acho que Reynard provavelmente tem razão — disse o menino, recuando. Ele cobriu a boca e falou de trás da mão: — Todo cuidado é pouco com essas coisas. Por que vocês não esperam alguns dias e, quando se sentirem absolutamente bem, quero dizer, cem por cento, daí vocês vêm se sentar com a gente?

— Isso é mesmo muito simpático da sua parte — disse Reynie quando o Mensageiro se afastou, apressado.

— Você pensou rápido — disse Kate. — E você também, Sticky... foi bem ousado. Mas o que aconteceu com o Sticky Washington que eu conheço? Sabe como é, aquele que é acanhado e tímido?

— Dê um tempo — disse Sticky, baixando a cabeça.

— Ah, aí está ele!

Sticky tentou sorrir, mas, na verdade, estava mesmo muito incomodado. Se Reynie não tivesse dito nada naquela hora, ele não tinha muita certeza do que teria feito. Ele na verdade *quis* se juntar aos Mensageiros! Será que era só isso que bastava para dobrá-lo? Um convite? Será que ele desejava tanto que as pessoas o quisessem que ele faria, bom, *qualquer coisa*? Era como se o Sussurrador tivesse aberto uma porta que agora Sticky não conseguia mais fechar. Ele estava tão envergonhado que mal conseguia erguer os olhos.

Reynie, por sua vez, sentia-se profundamente perturbado. Quanto mais ele pensava a respeito de sua reação ao Sussurrador, mais convencido ele ficava de que ter se tornado Mensageiro tinha sido um mau avanço, um golpe na missão deles, e não uma bênção, porque ele era fraco demais para lidar com aquilo. Ele precisava dar cabo da missão e sair da ilha antes que fosse novamente sua vez de usar o Sussurrador. Sua sessão seguinte provavelmente ainda demoraria vários dias, e ele já se via olhando o tempo todo para as portas.

Reynie limpou a garganta.

— Acho que nós precisamos...

— Por favor — Constance explodiu, cobrindo as orelhas. — Reynie! Você pode por favor... parar... *de falar*?

Estupefato, Reynie fechou a boca e ficou olhando surpreso para ela.

— Qual é o seu *problema*? — disse Sticky, ríspido.

Constance baixou as mãos e olhou para Reynie com uma mistura de desolação e irritação.

— Desculpe por isso — disse ela, seca. — É que você está falando este tempo todo, e realmente está cansando. Um Reynie só talvez. Mas dois é demais.

— Falando? — repetiu Reynie. — Dois é demais?

— Você sabe — disse Constance, dando tapinhas na cabeça. — Você está *falando*. A transmissão... é você falando.

Os outros se entreolharam, surpresos.

Reynie estava passado.

— Você tem... tem certeza, Constance? Quero dizer, eu... eu estou bem aqui!

Constance bateu com força do lado da cabeça, como se estivesse tentando tirar água do ouvido.

— Parece que é você em estéreo.

— Uau — disse Kate, impressionada. — Isso deve ser mesmo muito esquisito para vocês dois.

— Sabe o que isso significa? — disse Sticky. — O Sr. Curtain grava as sessões do Sussurrador! Ele é capaz de gravar pensamentos!

— Mas, se ele pode fazer isso — disse Kate —, então por que precisa de Mensageiros novos o tempo todo? Por que ele simplesmente não reproduz as gravações?

— Acho que eu sei — disse Reynie, finalmente recuperando-se de sua estupefação. — Ele não foi sempre capaz de fazer isso. Lembram-se das "modificações" sobre as quais ele escreveu no diário? Ele falou disso hoje de manhã, também, ele disse que o Sussurrador estava "passando por modificações".

— Isso explica por que ele não vai mais precisar de Mensageiros depois da Melhoria — disse Sticky. — Quando ele terminar de gravar todas as mensagens, não vai mais ter função para os Mensageiros.

— E ele vai ser capaz de transmitir suas gravações 24 horas por dia — disse Constance. Ela soltou um suspiro muito triste e fechou os olhos. — Mas que belezura.

Mas não era só isso, Reynie pensou. Ele tinha uma forte desconfiança de que, assim que o Sr. Curtain gravasse suas mensagens, ele as transmitiria com força total. Tudo isso seria parte da Melhoria. Mas, para o bem de Constance, Reynie resolveu não fazer este comentário em voz alta. Ela já estava assustada, sem dúvida. Sentada ali, com os olhos bem fechados, pensando ansiosa no que ainda viria pela frente...

Reynie sentiu uma coceirinha no fundo da mente. Fazia pouco tempo que ele tinha se sentido da mesma maneira. Mas os olhos dele não estavam exatamente fechados...

— O tempo está quase acabando, não está? — Sticky ia dizendo. — Nunca achei que nós ainda estaríamos na ilha quando as coisas ruins todas acontecessem. Claro que eu esperava que elas nunca *fossem* acontecer.

— Eu gostaria de poder fazer alguma coisa! — disse Kate. — Se nós pelo menos conseguíssemos descobrir o que o Sr. Benedict... — Ela fez uma pausa. — Reynie, por que você está olhando para Constance desse jeito?

Constance abriu um olho e viu que Reynie a estava encarando.

— O Sr. Benedict disse com olhos abertos *agora* — Reynie balbuciou, quase para si mesmo. — E isso significa *antes* de estarem fechados... ou vendados! — De maneira abrupta, ele se levantou. — Rápido, vocês todos, ainda temos tempo antes da aula.

Kate se levantou de um salto. Os olhos azuis dela brilharam de animação.

— Onde nós vamos?

— Encontrar um lugar onde é preciso sair para entrar.

Momentos depois, a Misteriosa Sociedade Benedict estava no pátio, no lugar exato onde os meninos tinham estado naquela manhã, quando Jackson os vendou. Alguns alunos circulavam pelo jardim de pedras, mas não havia nenhum Executivo à vista.

— Este é o local, não é? — perguntou Reynie.

— Tenho bastante certeza de que é — respondeu Sticky, mas ele ainda não sabia muito bem o que Reynie queria com aquilo. A pressa de Reynie tinha sido grande demais para explicar.

— E quantos passos nós demos antes de entrar em um lugar fechado? Sticky disse a ele, e Reynie olhou para Kate.

— A que porta isso nos levaria?

Kate pediu a Sticky que desse alguns passos enquanto ela observava. Então, um por um, ela examinou os prédios da Academia. Finalmente, sacudiu a cabeça.

— Com base no comprimento dos seus passos, essa quantidade não os levaria até nenhuma porta de qualquer prédio em toda a Academia, nem pela frente, nem por trás.

— Ah — disse Sticky, certo de que tinha decepcionado Reynie de algum modo. — Sinto muito. Eu estava tão nervoso, sabe? Acho que não lembro direito.

— Acho que não — disse Reynie. Longe de parecer decepcionado, ele estava ficando cada vez mais animado. — Nós saímos do pátio, lembra? Percorremos um caminho... e depois andamos em cima de *grama*.

— Grama? — disse Sticky. — Ei, tem razão! Eu estava tão ansioso que nem pensei nisso. E sabe o quê? Foi a mesma coisa quando Jillson me levou para a Sala de Espera.

Reynie assentiu.

— Quando o Sr. Benedict disse que precisamos sair para entrar, ele quis dizer que nós precisamos sair dos *prédios* para entrar em algum *outro* lugar... um lugar onde não dá para chegar de dentro.

O rosto de Kate se abriu em um sorriso.

— São as armadilhas, não são? O número de passos que você deu os levaria quase exatamente até a que fica atrás do Prédio de Controle da Academia.

— Mas por que nós iríamos querer entrar nas armadilhas? — perguntou Constance, duvidosa.

— Não nas armadilhas em si — respondeu Reynie. — Lembrem-se de como nós achamos que os pedregulhos eram para ajudar a escondê-las? Acho que é o oposto. As armadilhas existem para nos manter afastados dos *pedregulhos*... porque os pedregulhos escondem entradas secretas!

— Entradas secretas — disse Constance, esforçando-se muito para não parecer impressionada. — Como foi que você pensou nisto?

— Na verdade, eu já devia ter pensado nisto antes — disse Reynie. — Sticky já tinha me dito que Jillson o levou para fora e o vendou. Obviamente, os Executivos queriam manter alguma coisa escondida... alguma coisa que não era a Sala de Espera, quero dizer, porque nenhuma pessoa sã ia querer encontrar *aquele* lugar. Aposto o que vocês quiserem que a linha seguinte da mensagem do Sr. Benedict ia ser algo do tipo "Onde um de vocês já foi visitar".

Sticky ficou sem entender nada.

— Mas como é que o Sr. Benedict podia saber?

— Eles estão observando a Academia com os telescópios, está lembrado? E o pátio fica bem à vista do continente. Eles devem ter visto quando Jillson vendou você e o levou para trás do Prédio de Controle da Academia. Foi assim que o Sr. Benedict soube.

— Então você está dizendo que uma coisa *boa* saiu daquilo? — perguntou Sticky, com os olhos de repente brilhando de lágrimas. — Eu não fui para a Sala de Espera por nada?

— Você não vai começar a chorar na nossa frente, vai? — perguntou Constance, grosseira.

— Não vou mais — Sticky resmungou, tirou os óculos e esfregou os olhos. — Acho que você já me fez parar.

— Mas, bom — disse Reynie. — A passagem que leva para a Sala de Espera e para a Galeria do Sussurro talvez também leve para algum outro lugar. Algum lugar importante. Nós precisamos entrar lá e descobrir.

— Então qual é o próximo passo? — perguntou Kate. — Vamos dar uma olhada nas proximidades dos pedregulhos atrás do prédio? Ainda temos alguns minutos antes da aula.

Reynie refletiu.

— Acho que seria mais seguro dar uma olhada nos que ficam atrás do Dormitório. Tem muita atividade por ali.

— Sim, mais seguro — disse Sticky.

Kate pulava na ponta dos pés.

— Então o que nós estamos esperando?

— O momento certo — respondeu Reynie.

Como sempre, Reynie tinha um "momento certo" específico em mente: o momento em que as aulas do dia tivessem acabado, quando todos os Recrutadores e a maior parte dos Executivos estariam no ginásio, marcando os passos da dança lúgubre deles. Assim haveria muito menos chance de esbarrar em alguém nas passagens secretas, ele observou. Mas eles só teriam alguns minutos. Precisariam se apressar.

Por sorte, pressa era algo em que Kate era excelente. Quando os outros chegaram à metade da colina que levava ao pedaço de caminho mais próximo do canteiro de hera-drapeada, Kate já estava no topo, muito acima deles. Ela deu uma conferida rápida para se assegurar de que ninguém estava vindo pelo outro lado da colina; examinou rapidamente o pátio para ver se alguém estava olhando naquela direção e então fez o sinal de "terreno limpo" e os outros correram para se esconder atrás dos pedregulhos. Um minuto depois, ela se juntou a eles.

— Nós descobrimos a entrada — Sticky disse a ela, apontando para um contorno que mal dava para distinguir na pedra. — A questão é como abrir. Já tentamos empurrar, fazer deslizar para o lado e bater. Nada adiantou.

— Abre-te, Sésamo! — Constance gritou, e então fez cara feia para os pedregulhos imóveis, como se os odiasse.

Naquele momento, Reynie não estava gostando muito deles também. Ele não tinha pensado que talvez fosse ser difícil *entrar* nas passagens secretas depois de achá-las. Agora, lá estavam eles, sem saber o que fazer, enquanto segundos preciosos se passavam.

Kate deu uma olhada ao redor para se assegurar de que ninguém os estava vendo, mas o Sr. Curtain tinha posicionado a entrada com muito cuidado. A parte de trás das pedras não podia ser vista de nenhum lugar lá embaixo: de nenhuma janela ou porta da Academia. O mesmo era verdade para os pedregulhos atrás do Prédio de Controle da Academia. Se os alunos ficassem sempre nos caminhos e nas trilhas, como deveriam ficar, eles nunca veriam um Executivo usar uma entrada secreta.

Reynie, enquanto isso, estava procurando alguma alavanca ou maçaneta oculta: qualquer coisa que pudesse abrir a porta. Sem achar nada, ele resmungou:

— Fala *sério*! Não temos tempo para isto! — Ele deu um chute de frustração na porta.

Para a surpresa de todos, a porta imediatamente se abriu para cima, revelando uma entrada em forma de arco.

— A gente tem que chutar? — exclamou Sticky, incrédulo.

Reynie assentiu, finalmente compreendendo.

— O Sr. Curtain gosta de investir contra as portas — disse ele. — Vocês já notaram?

As crianças entraram apressadas pelo arco e foram dar em um vestíbulo pequeno e vazio. A parede se fechou atrás deles e uma luz se acendeu imediatamente no teto. Era tão clara que eles quase precisaram apertar os olhos. Na frente deles, uma passagem igualmente iluminada fazia uma curva em uma descida íngreme. Reynie tinha pensado em deixar Constance perto da entrada como vigia, mas percebeu que uma sentinela seria inútil. Depois que a passagem se afastava em curva do vestíbulo, descia por uma boa distância, sem a interrupção de outras portas ou passagens. Se alguém entrasse pelo vestíbulo, não haveria lugar para um vigia se esconder. As crianças não tinham escolha além de permanecerem juntas e torcer pelo melhor.

Rapidamente e sem fazer barulho, desceram pela passagem. Constance ia de cavalinho, Kate e Reynie caminhavam na ponta dos pés, e Sticky, que não era bom em caminhar na ponta dos pés (ele erguia os joelhos demais, de modo que se parecia e fazia tanto barulho quanto um cavalo em trote), carregava os sapatos na mão e andava de meias, em silêncio. Com aquela luz forte, sem nenhum canto onde se enfiar, eles se sentiam bastante vulneráveis.

Perto do fim da descida, foram dar em outra passagem que ramificava para a direita e que era uma descida íngreme. Mas eles nem precisaram examiná-la; na hora já viram para onde levava. Um cheiro especialmente fétido tomava o ar, e a passagem descia para uma porta negra solitária com um cadeado de ferro. Perto da porta, o chão de pedra estava escorregadio de lama preta e, de trás dela vinha um zunido agudo, pontuado com pequenos estalos e arranhões. Reynie se virou. Sticky estava alguns passos atrás dele, tremendo e de olhos fechados.

— Vamos seguir em frente — Reynie apressou-se em dizer. Ele e Kate pegaram Sticky pelos braços bem quando seus joelhos pareciam a ponto de ceder. Ele se apoiou neles, agradecido, enquanto seguiam em frente apressados.

Mais uma dúzia de passos e as crianças tinham chegado a outra passagem que se ramificava para a esquerda. Esta levava a uma porta de metal simples.

Retomando a compostura, Sticky parou de se apoiar em Kate e Reynie e endireitou os ombros. Seja lá o que a porta escondesse, ele queria enfrentar a coisa com bravura... ou pelo menos com mais bravura do que tinha demonstrado perante a Sala de Espera. E, assim, enquanto Kate e Constance olhavam para Reynie com olhar questionador (ele parecia hesitar em ter sido o escolhido para abri-la), Sticky aproveitou a oportunidade para seguir em frente e chutá-la com força. Isso produziu um som muito parecido com o de um martelo batendo em cima de um dedo (uma espécie de *donk* surdo) e Sticky caiu no chão, segurando o pé.

Reynie apontou para um teclado numérico ao lado da porta.

— Não é igual às portas externas — cochichou ele. — Está trancada.

Sticky fez uma careta e voltou a calçar os sapatos. Não adiantou nada retomar a compostura.

— O que é aquilo? — disse Kate, apontando para um pedaço de papel preso à parede, em cima da porta. — Parece um bilhete. Pronto, Constance, deixe-me levantar você.

Em um instante, Constance estava com o bilhete na mão. Em letra cursiva, com caligrafia desajeitada, mas legível, estava escrito: *Perdeu o código e levou um BOLO? Vire do outro LADO para saber qual é!*

Na parte inferior do papel, uma flecha apontava para baixo.

As crianças prenderam a respiração. Será que era tão simples assim? Será que eles tinham mesmo tanta sorte? Ansioso, Reynie virou o papel do outro lado. Na parte de trás havia outro recado, este com caligrafia diferente: *Atenção, todos os Executivos: Vocês não podem deixar bilhetes assim. P.G., é melhor isto não estar mais aqui hoje à noite. Pare de tentar ser espertinho — Jackson.*

— Eu sabia que era bom demais para ser verdade — disse Constance.

— Não entendo — disse Sticky. — Por que P.G. diria "vire do outro lado para o código", se ele não ia escrever o código na parte de trás?

— É P.G., está lembrado? — disse Kate. — Talvez ele tenha esquecido de escrever. A minha pergunta é por que o próprio Jackson simplesmente não levou o bilhete embora?

— E perder uma oportunidade de dar bronca em P.G. na frente dos outros Executivos? — disse Constance.

— Boa observação — concordou Kate.

Reynie estava examinando o bilhete.

— Tem alguma coisa...

Os outros olharam para ele, cheios de expectativa. Ele coçou o queixo.

— Bom... por que Jackson disse para ele não tentar ser espertinho?

— Porque Jackson sabe que é inútil para P.G. tentar? — disse Constance.

— Mas ele *de fato* tentou... é isso que Jackson está dizendo. Então, a questão é: O que P.G. fez para se achar tão esperto? Certamente não foi deixar o bilhete assim tão no alto. Talvez fosse difícil de alcançar, mas não tão difícil de ver.

Kate leu o bilhete de novo.

— Ah, por que ele escreveu em letra maiúscula BOLO e LADO? Não foi só para dar ênfase, foi?

— Acho que é para chamar atenção para estas palavras — disse Reynie. — Tem alguma coisa especial nelas... — A voz dele foi sumindo enquanto refletia.

— Bom, as duas palavras têm quatro letras — Sticky ofereceu, na esperança de que isso fosse algo útil a se observar.

— Talvez o código tenha sido escrito em tinta invisível — sugeriu Constance.

— Com tinta invisível, ele poderia simplesmente ter escrito o código na frente — disse Reynie. — De que adiantaria virar o bilhete do outro lado?

— Você acha que tudo que P.G. faz tem motivo? — disse Sticky.

De repente, Reynie segurou uma risada.

— Esperem um minuto! Já sei! Virar o bilhete do outro lado *é* a questão. P.G., seu safadinho!

— Hum, Reynie? — disse Kate. — Nós já viramos, está lembrado? Não tem nada lá.

— Nós para viramos a parte de trás do papel — disse Reynie. — P.G. não quis dizer isso. Ele falou para virar o bilhete *de cabeça para baixo*.

— Continuo sem entender — disse Sticky.

— Pense assim. E se o bilhete dissesse: "BOLO é o código novo?" A resposta é: "É sim, mas tem que virar do outro LADO"!

Reynie virou o bilhete de ponta-cabeça e apontou para a palavra BOLO. As letras agora tinham se transformado em números: 0708.

— Ei, isso é *mesmo* esperto — disse Sticky. — Para P.G., quero dizer.

— Nós tivemos a maior sorte de ele não ser esperto o suficiente para lembrar o código sem deixar bilhetes — disse Reynie.

O bilhete foi devolvido para o seu lugar e as crianças se prepararam. Agora que eles tinham feito um momento de pausa, sua mente tinha se enchido de perguntas: o que encontrariam atrás daquela porta? E se fosse algo apavorante? Mas, e se ali estivesse exatamente aquilo de que o Sr. Benedict precisava? Ou, e se (isto de repente ocorrera a Reynie) o bilhete de P.G. tivesse sido deixado ali *de propósito*, para enganar crianças bisbilhoteiras como eles?

Reynie viu uma nuvem de preocupação cruzar o rosto de Kate. Será que a mesma coisa tinha ocorrido a ela também? O Sr. Curtain desconfiava de que houvesse outro espião na ilha... era por isso que ele tinha trocado o código das fechaduras, afinal de contas. Então, e se...

— Precisamos pensar a respeito disto — cochichou Reynie.

Mas Kate já estava se dirigindo para o teclado numérico.

— Não há tempo para pensar. Ele está vindo.

— E-ele — repetiu Sticky.

Foi *aí* que a expressão de Kate mudou. Ela tinha ouvido alguma coisa, e agora Reynie e os outros também escutavam... na passagem principal, a cada segundo mais alto, um zumbido elétrico, uma troca de marchas...

Era o Sr. Curtain.

Eles não tinham escolha além de atravessar a porta, mesmo que Reynie não tivesse resposta para sua última pergunta: e se fosse uma armadilha?

O treino leva à perfeição

A porta deslizou e abriu. As crianças dispararam para dentro. Viram-se em uma sala quente e bem iluminada que tinha um forte cheiro de papel de impressão e de tinta. Parecia ser algum tipo de gráfica. Duas mesas cobertas de material impresso se estendiam pelo meio da sala, e no canto mais distante, uma impressora muito grande cuspia página após página. Havia uma televisão próxima à impressora (a tela brilhava, mas a TV estava sem volume) e, em cima dela, havia um copo de suco. A sala parecia estar sendo desmontada: duas mesas compridas estavam dobradas e apoiadas na vertical contra uma parede; vários caixotes vazios estavam empilhados uns sobre os outros. Aquele era obviamente um lugar movimentado, vazio apenas temporariamente.

O Sr. Curtain entrou na sala apenas vinte segundos depois, carregando uma pilha alta de jornais no colo. *Vazia* foi como a sala pareceu para ele também. Cantarolando uma melodia alegre, o Sr. Curtain disparou até a impressora e começou a separar as folhas impressas.

Enquanto isso, todos os integrantes da Misteriosa Sociedade Benedict, apertados dentro de um caixote vazio como se fossem um monte de bonecos velhos, olhavam através dos espaços entre as tábuas de madeira do caixote; Reynie, devido ao ângulo infeliz do pescoço e do peso de Constance por cima dele, só conseguia ver um pedaço do chão. A visão do teto de Constance era um pouco melhor. Sticky, no entanto, estava em posição perfeita para enxergar a evidência do fato desafortunado que acabara de acontecer; ele beliscou a canela de Kate para chamar a atenção dela, então começou a piscar e revirar os olhos repetidamente, para tentar explicar a ela o que estava acontecendo. Os olhos dele, arregalados e enormes, pareciam a Kate mais ansiosos e cheios de pânico do que o normal. Aquilo era compreensível, ela pensou. Tendo em vista as dificuldades deles. Mas não havia alguma coisa faltando? Alguma coisa em relação aos olhos dele? E será que ele estava tentando mostrar alguma coisa para ela? Kate virou os próprios olhos para ver para o que Sticky estava olhando.

Ali, em plena vista, fora do caixote, no chão, estavam os óculos dele.

Deviam ter caído quando Kate o jogou dentro do caixote. Ela não os tinha visto cair (estava ocupada demais jogando Constance em cima do ombro, mergulhando atrás dos meninos e colocando a tampa do caixote por cima deles). Mas agora ela os enxergava muito bem. E, se o Sr. Curtain não estivesse absorto em seus jornais quando entrou, *ele* também os teria visto. Mas, no momento em que ele terminasse sua tarefa na impressora e se virasse...

Kate sabia que os óculos estavam fora de seu alcance. Ela precisaria consultar seu balde. Mas isso se comprovou um pouco difícil: não dava para mexer um dos braços de jeito nenhum; o outro, ela teve que colocar ao redor do pescoço de Constance enquanto pressionava o cotovelo contra o nariz de Sticky; e teve que virar o pulso para trás, em um ângulo nada natural, que doía pra caramba. Foi um pouco difícil, sim, mas Kate conseguiu e, com um puxão forte (que fez os olhos de Sticky se encherem de lágrimas), ela conseguiu pegar seu ímã em forma de ferradura.

Os óculos tinham aro de metal. Kate só torceu para que fosse o tipo certo de metal.

O Sr. Curtain tinha aumentado o volume da televisão. Um âncora de noticiário falava alguma coisa a respeito da Emergência. O Sr. Curtain deu risadinhas (risadinhas mesmo), como se estivesse assistindo a um programa de comédia. Deu um gole no suco e voltou ao trabalho, cantarolando mais uma vez.

De seu ângulo desajeitado dentro do caixote, Kate viu que as rodas do Sr. Curtain estavam apontadas na direção da impressora. Agora era a hora. Ela enfiou o braço entre duas tábuas do caixote e o esticou o máximo possível. O ímã ainda estava a alguns centímetros dos óculos. Segurando com o máximo de força possível entre dois dedos, Kate esticou só mais um pouquinho. Os óculos se mexeram. Então tremeram. Então deslizaram para grudar no ímã com um clique.

O cantarolar do Sr. Curtain parou.

— Ei? Quem está aí?

Com um rangido alto, a cadeira se virou para o caixote onde, uma fração de segundo antes, Kate tinha recolhido o braço com os óculos. Houve uma longa pausa, dedos batucando em uma superfície rígida e, finalmente, um resmungo. As rodas se viraram para o outro lado. Alguns minutos depois, o Sr. Curtain tinha saído da sala.

As crianças se desamassaram e saíram do caixote, esticando os membros doloridos e esfregando os arranhões.

Reynie olhou rápido ao redor.

— Ele levou o suco, então talvez não volte. Constance, você pode ficar de vigia? Você sabe o código... se ouvir alguém chegando, corra para nos avisar.

Ele fez com que ela saísse pela porta antes que tivesse tempo de pensar e reclamar.

Sticky já estava examinando uma pilha de impressos novos.

— São comunicados à imprensa do governo.

— O que é um comunicado à imprensa? — perguntou Kate, olhando por cima do ombro dele.

— Uma espécie de informativo enviado à imprensa, para ser publicado — respondeu Sticky. Ele coçou a cabeça. — Que estranho, estes são todos datados do *futuro*. Um é da semana que vem, o outro da semana seguinte e assim por diante, durante meses... até mesmo anos!

— São informativos à imprensa *planejados* — disse Reynie, aproximando-se para folhear a pilha. — Artigos que o Sr. Curtain pretende mandar publicar nos jornais. E todos eles têm algo a ver com *ele*. Olhe para a manchete deste aqui, da semana que vem: "ESTIMADO CIENTISTA E EDUCADOR INDICADO PARA CARGO IMPORTANTE."

Sticky gemeu e tirou os óculos.

— Você pode ler em voz alta, Reynie? Acho que preciso limpar as lentes.

Assim, Reynie leu em voz alta:

> **LEDROPTHA CURTAIN, recentemente nomeado como Ministro Especial Sobre Todas as Regiões Existentes (M.E.S.T.R.E), DISSE O SEGUINTE A RESPEITO DE SEU NOVO PAPEL: "Os governos do mundo estabeleceram a minha posição como a de conselheiro**

e coordenador nesta época de crise. Por ser da iniciativa privada, eu aceitei a honra com relutância, por acreditar que é minha obrigação."

— Isto é um acinte! — disse Kate. — Esta posição não existe!

— Parece que vai existir. Diz aqui que os governos finalmente se reorganizaram em resposta à Emergência.

Sticky soltou:

— Mas a Emergência é inventada... é uma coisa que o Sr. Curtain criou! Não posso acreditar em uma única...

— É isto! — exclamou Reynie, olhando intensamente para o papel. Ele sentiu uma onda de alívio, rapidamente substituída por alarme... como se eles finalmente tivessem conseguido decifrar os hieróglifos, só para descobrir que tinham traduzido uma maldição.

— O que foi, Reynie? — perguntou Kate.

— A Emergência é o primeiro passo — disse Reynie, batendo com o dedo no papel. — O Sr. Curtain acredita que o medo é o elemento mais importante da personalidade humana, estão lembrados? É por isso que o Sussurrador atrai tanto os Mensageiros... ele alivia os medos deles, e o Sr. Curtain usa isso para motivá-los. Então, o que aconteceria se ele *criasse* um medo, um medo que todas as pessoas tivessem em comum, um medo que todo o público compartilhasse?

— O medo de que tudo está fora de controle e que não há mais esperança... — disse Kate.

— Exatamente! Então, seu próximo passo seria *amenizar* esse medo simplesmente com a mensagem certa. Todos os Mensageiros têm uma paixão pelo Sussurrador, certo? Bom, o Sr. Curtain pretende fazer com que todas as pessoas do mundo se sintam do mesmo jeito que os Mensageiros!

— Todo mundo vai adorar o Sussurrador? — perguntou Sticky.

— Não — respondeu Reynie. — Todo mundo vai adorar *o Sr. Curtain*.

Reynie estava juntando as informações todas agora.

— Então, aquelas anotações no diário... os lugares em que ele parecia estar falando consigo mesmo... "Confie em Ledroptha Curtain" e tudo o mais. Eram esboços!

— Ele está trabalhando em uma nova mensagem — disse Sticky, quando finalmente entendeu.

Kate só pôde dar risada.

— Você está dizendo que "Ledroptha Curtain Acaba Com a Dor" era uma ideia de mensagem oculta? Que coisa ridícula!

Reynie entregou outro informativo à imprensa a Kate.

— Olhe este aqui: "CURTAIN É O MELHOR HOMEM PARA LIDAR COM A PREOCUPANTE EPIDEMIA DE AMNÉSIA."

— Epidemia de *amnésia*? — disse Sticky.

Kate tinha ido até a mesa para examinar uma pilha de panfletos e sacudia a cabeça, desgostosa.

— E aqui está como ele pretende fazer tudo isto.

Ela entregou um panfleto para cada um dos amigos. Relutante, Sticky voltou a vestir os óculos e, em silêncio sombrio, eles leram o panfleto. Era um informativo oficial de alguma coisa chamada Administração da Saúde Pública:

O que é Amnésia — Desestimulante Ou Repentina (A-DOR)? A-DOR é uma doença extremamente contagiosa que causa a perda de memória total em quem a contrai.

O que está sendo feito a respeito disto? Apesar de a origem e a cura desta doença ainda não terem sido descobertas, estão sendo investigadas por um grupo de especialistas liderados por ninguém menos que Ledroptha Curtain, o renomado cientista que é também nosso recém-empossado Ministro Especial Sobre Todas as Regiões Existentes. Casos d'A-DOR são tratados gratuitamente no Santuário da Amnésia na ilha Nomansan, em instalações moderníssimas onde os pacientes vivem com conforto, sob quarentena rígida, enquanto se busca a cura de sua doença.

Eu posso pegar A-DOR? E os meus vizinhos? Um dos primeiros sintomas comuns para A-DOR é a crença de que há vozes de criança na cabeça de uma pessoa. O início deste sintoma é bem repentino e, uma vez que se inicia, persiste sem interrupção até que a amnésia se instale.

Reynie passou para a página seguinte, que mostrava a imagem de dois Recrutadores sorridentes. Eles estavam com a mão no ombro de Jackson, o Executivo, que fazia de tudo para parecer triste e feliz ao mesmo tempo. A legenda da foto dizia: "Já está se sentindo melhor! Com a melhora d'A-DOR, um paciente brinca com nossos simpáticos médicos."

Sticky tinha acabado de ler o panfleto e se apressara até a outra mesa.

— Tem mais aqui, impressos em dúzias de línguas!

— Não dá para acreditar! — disse Kate. — Não faz sentido.

Para Reynie, tudo fazia sentido *demais*. A última peça do quebra-cabeça tinha se encaixado.

— Esta coisa toda — disse, seco —, os Ajudantes, os Recrutadores, os Mensageiros... a Academia inteira, é só uma grande experiência para garantir que o plano dele tem condições de funcionar. O Sr. Curtain estava *treinando*. A Academia vai se transformar no Santuário da Amnésia... ele precisa de um lugar para colocar todas as pessoas que resistirem a ele.

— Pessoas como nós — disse Kate.

— Pessoas *incluindo* nós — completou Sticky.

Conhece o teu inimigo

— Continuo dizendo que não faz sentido — disse Kate. — Não pode acontecer *de verdade*, pode? Ele pretende fazer varredura cerebral em todo mundo que resistir a ele? Não precisa colocar as pessoas no Sussurrador para fazer isto? E as pessoas dos outros países?

Sticky mostrou um punhado de panfletos.

— Ele tem Santuários no mundo todo. Os mapas na parte de trás mostram a localização.

Kate soltou um resmungo, então franziu a testa, curiosa. Ela acabara de reparar na ponta de um batente de porta atrás das mesas dobráveis encostadas na parede.

— Mas *realmente* é difícil compreender como ele vai fazer isso — disse Reynie. — Sticky, está lembrado de quando ele nos disse que o Sussurrador ia ser um "aparelho de cura" que traria paz a milhares de mentes perturbadas?

— Até a milhões — disse Sticky, com um calafrio. — Lembro, sim.

Kate tinha se esgueirado para trás das mesas e achado um teclado numérico perto da porta escondida.

— Mas como isso seria possível? Fazer tanta gente passar por varredura cerebral ao mesmo tempo? Esta é uma operação muito grande... demoraria séculos para se preparar para ela. — Reynie sentiu uma onda de otimismo repentina. — Talvez nós tenhamos dado sorte! Talvez ainda dê tempo. Se conseguirmos descobrir como...

— Meninos? — Kate esticou a cabeça de trás das mesas. — Tem uma porta aqui atrás. Vocês precisam ver o que tem do outro lado. — Ela estava falando com uma voz estranha, estrangulada, como se tivesse acabado de ver um cadáver.

Os olhos de Sticky se arregalaram. Ele sacudiu a cabeça.

— Não *quero* olhar. Reynie, você olha e depois me conta.

Mas Reynie pegou Sticky pelo braço e juntos foram ver o que tinha do outro lado da porta.

— Ah — disse Reynie.

— Ah *não* — disse Sticky.

— Isso é o que eu estou pensando que é? — perguntou Kate. — Parecem secadores de cabelo de antigamente.

— Acho que é sim — respondeu Reynie.

As máquinas se estendiam em longas fileiras, uma após a outra após a outra, em um depósito subterrâneo. Uma placa escrita em letras elegantes, pendurada no teto, dizia: BEM-VINDO AO TERMINAL DA MEMÓRIA. Ao longo de uma parede, centenas de caixotes estavam empilhados. Reynie se abaixou para examinar o mais próximo. Estava cheio de papéis e marcado com um endereço na China. O caixote seguinte tinha o mesmo endereço, mas estava cheio de peças de maquinário, incluindo, ele reparou, um capacete azul e outro vermelho.

— Vai acontecer *mesmo* — disse Kate. — Não acredito.

— Então, o que tem nos caixotes? — perguntou Constance.

Eles se viraram e viram Constance parada à porta, atrás deles.

— O que aconteceu com a sua vigilância? — Sticky exclamou.

— Vocês demoraram demais!

Os olhos de Sticky saltaram, mas Reynie o interrompeu antes que os dois começassem a discutir.

— Ela tem razão, nós demoramos muito *mesmo*. Precisamos sair daqui antes que seja tarde demais.

E, no entanto, enquanto eles se apressavam para fora do Terminal da Memória e subiam a longa passagem secreta, Reynie não conseguia parar de pensar: "Mas já *é* tarde demais! Tarde demais, demais mesmo!"

A noite estava chuvosa; o pátio, deserto. A luz no bosque distante tinha parado de piscar e Sticky deu as costas para a janela.

— Eles querem que a gente espere a resposta. Acho que é muita coisa para eles absorverem.

Era muito para qualquer um absorver.

Nenhuma das crianças falou. Só ficaram esperando.

Uma hora interminável se passou. Constance caiu no sono sentada de pernas cruzadas, e Kate pediu a Reynie repetidas vezes que brincasse com ela de batalha de polegar para passar o tempo. Reynie não quis. Até batalha de polegar parecia exigir além de suas capacidades no momento. Tudo aconteceu. Ele estava torcendo para que o Sr. Benedict encontrasse uma maneira de salvá-los (de salvar todo mundo) sem que isso exigisse muito mais esforço dele próprio, mas não tinha muita esperança. Reynie não achava que fosse capaz de fazer mais nada, não depois do Sussurrador. Ele estava preocupado, profundamente preocupado, que o Sussurrador tivesse lhe revelado quem ele era na verdade.

Na janela, Sticky de repente aprumou o corpo.

— Lá vem a mensagem! — Ele ajustou os óculos e ficou olhando fixo e com muita atenção para o continente. — *Conhece... o teu... inimigo.* — Depois de um minuto, Sticky desceu. — É isso: conhece o teu inimigo.

Kate olhou para Reynie, cheia de esperança:

— Imagino que você não saiba o que ele quer dizer, sabe? Assim de cara?

Reynie sacudiu a cabeça.

— Não faço ideia.

Kate suspirou.

— Então acho que vamos ter que acordar Constance. Foi muito agradável passar alguns minutos sem ninguém reclamando e resmungando.

As crianças acordaram Constance (que alegou que não estava dormindo) e começaram a pensar juntas. O que aquilo poderia significar? Eles já não sabiam que o Sr. Curtain era o inimigo deles?

— Por que eles falaram desse jeito? — resmungou Constance. — Parece uma idiotice.

— É um antigo ditado — disse Reynie. — É assim que as pessoas falam.

— Depende da tradução — disse Sticky. — Originalmente, aparece em um livro chamado *A arte da guerra*, de Sun Tzu. Está no fim do terceiro capítulo.

Os outros ficaram olhando para ele.

— Bom, é um fato — disse Sticky.

— Acho que precisamos de mais elementos — disse Kate. — Estamos cheios de pressa e não fazemos ideia do que eles estão falando. Vamos pedir outra dica.

Os outros concordaram (só perguntar não iria doer), de modo que Sticky retornou à janela e enviou uma pergunta na sequência: *Qual* inimigo? Mas não obteve resposta para isto. Sticky repetiu a mensagem e mais uma vez não obteve resposta. Ele estava a ponto de tentar pela terceira vez quando Reynie o deteve.

— Tem que haver uma razão pela qual eles não estão respondendo — disse Reynie. — Tem certeza de que o terreno está limpo?

Sticky se encolheu todo.

— Eu não tinha pensado nisso. — Deu uma olhada para fora da janela. — O pátio está vazio... O jardim de pedras também... a praia e a ponte são mais difíceis de ver, mas, até onde eu enxergo, está tudo deserto.

— Deixe-me ver — disse Kate, subiu até o lado dele e movimentou os olhos da esquerda para a direita. — Sticky tem razão, parece estar tudo livre. — Ela pegou sua luneta de espionagem e examinou a paisagem mais uma vez. — Não, não tem ninguém aí fora... ah, não!

Kate pulou para longe da janela e Sticky, assustado, saltou para trás. Ele caiu em cima de Reynie e Constance (que, por sorte, tinham protegido a cabeça, à espera de qualquer coisa que pudesse atacar o quarto).

— Desculpe! — sussurrou Kate, acanhada. — Está tudo bem. Achei que ele estava olhando direto para mim. Mas ele está longe demais para isso, é claro. A luneta de espionagem faz parecer que está mais perto.

Assustados, os outros se recompuseram.

Kate estava olhando pela janela de novo.

— Mas ele realmente está olhando nesta direção. Ah, faz com que eu fique toda arrepiada. Será que não está olhando para a nossa janela? Preciso me lembrar de que está escuro aqui. Ele não ia conseguir me ver.

— De quem você está falando, Kate? — perguntou Reynie, nervoso.

— De um Recrutador. Ele está em pé ali na beirada da ponte. — Ela baixou a luneta de espionagem e apertou os olhos. — Não é para menos que Sticky não o viu. Sem a luneta de espionagem, só parece uma sombra entre os pilares da ponte.

— Talvez a mensagem tenha sido um aviso — disse Constance. — Para nos informar que o inimigo estava ali fora, observando.

— Isso não faz sentido, Constance! — disse Sticky, impaciente. — Se tivessem visto que ele estava ali, não iam ter mandado mensagem nenhuma.

— *Você* não faz sentido — explodiu Constance. — Eles não deviam ter mandado *você* para cá.

— Como assim? Não sei quem você pensa que é...

— Calma aí, vocês dois — disse Reynie. — Uma transmissão de mensagem acabou de começar, vocês não perceberam? Está deixando a gente de mau humor.

Era verdade. Apesar de as mensagens continuarem tão desagradáveis como sempre (e serem transmitidas com mais frequência agora que o Sr. Curtain tinha algumas sessões gravadas), as crianças estavam se acostumando com elas. Às vezes, não percebiam imediatamente a razão de seus ataques de mau humor.

Sticky respirou fundo.

— Ele tem razão. Desculpe.

— Tudo bem — disse Constance, mas todo mundo reparou que ela própria não pediu desculpa.

Kate ainda olhava para o Recrutador. Exasperada, disse:

— Por que esse homem não *vai embora*? Ele não sabe que nós temos uma mensagem secreta para receber?

— Talvez saiba — disse Reynie, receoso. — E esteja esperando para ver qual é.

Sticky esfregou a cabeça, agitado.

— Você acha mesmo? Você acha que nós fomos descobertos? Que agora eles estão *nos* espionando?

— Não sei, mas alguma coisa me parece extremamente suspeita no fato de haver um homem ali no meio das sombras, sozinho. Os Recrutadores *nunca* estão sozinhos... estão sempre em duplas. E ele obviamente não quer ser visto. Aliás, deste ângulo, praticamente só nós poderíamos vê-lo... Esperem um minuto.

— Você acha que ele *quer* que a gente o veja, não é mesmo? — perguntou Kate, erguendo a luneta de espionagem de novo. — Ele está mesmo olhando para cá! Só está lá parado, sem se mexer. E tem uma coisa estranha que eu não tinha notado antes... o cabelo dele está molhado, mas as roupas estão secas. O que você acha que ele está aprontando?

Reynie achou que sabia.

— Ele não se parece com ninguém que você conhece, Kate?

— Se ele se parece...? É claro! Não acredito que eu não percebi! — Ela bateu na testa com os nós dos dedos. — É Travez!

— Travez está *aqui*!? — Sticky exclamou, incapaz de segurar a animação. Reynie sorriu.

— Foi isso que eles quiseram dizer com "Conhece o teu inimigo". E é por isso que não responderam à nossa segunda mensagem... tinham que ter certeza que nós iríamos procurar por ele. Sticky, vamos enviar uma mensagem dizendo: "Inimigo conhecido."

Sticky enviou a mensagem.

Logo que ele terminou, a luz no bosque começou a transmitir uma mensagem com extrema rapidez. *Vão logo. Apressem-se.*

As crianças levantaram-se de um salto, com o coração disparado. Mas que diabo? Será que tinham sido descobertos? Os meninos vestiram os sapatos, Kate recolheu a corda do teto e Constance subiu nas costas dela. Sticky deu uma última olhada pela janela...

— Continua piscando, mandando a gente se apressar!

E as crianças saíram voando do quarto, pelo corredor escuro, para o meio da noite.

Eles tinham olhado através da janela durante a noite vezes suficientes para saber onde ficavam as sombras mais escuras, e foi pelas sombras mais escuras que eles se deslocaram. Evitando o pátio, onde eles estariam horrivelmente expostos, eles dispararam rápidos como gatos ao longo do sopé da colina perto do dormitório, correram por um trecho de xisto esfarelante e, de lá, direto para perto da água. Com uma escorregadela final por uma inclinação rochosa, eles chegaram à praia da ilha. Se ficassem abaixados, não ia ser fácil vê-los; a inclinação os protegeria da visão de quem estivesse na Academia. Então, abaixadas, e pisando com cuidado na praia cheia de pedras, as crianças traçaram seu caminho na direção da ponte.

Tinha parado de chover, mas a noite continuava fria e cheia de vento. Antes de as crianças percorrerem a metade da distância até a ponte, o vento começou a levar um cheiro forte e picante até o nariz delas. O odor de uma colônia familiar. Elas pararam e olharam ao redor, sem enxergar nada. Então, uma sombra se destacou da inclinação de pedra e assumiu o formato geral (se não a aparência exata) de Travez. Ele certamente cheirava como um Recrutador, Reynie pensou, mas, por alguma razão, não se parecia nada com um deles. Estava usando um terno elegante; tinha relógios nos dois pulsos; e o cabelo dele, apesar de estar bem molhado como Kate tinha dito, estava penteado com perfeição. Então, o que era?

Era o sorriso, Reynie percebeu; ou melhor, a ausência dele. Ele nunca tinha chegado perto de um Recrutador que não estivesse sorrindo, e certamente nunca tinha visto nenhum com aquela tristeza inconsolável.

— Sinto muito por não ter ido buscá-los pessoalmente — disse Travez. — Mas este foi o procedimento mais seguro. Um Recrutador na praia sozinho pode ou não chamar atenção, mas um Recrutador no dormitório dos alunos certamente chamaria.

— O que está acontecendo, Travez? — perguntou Kate.

— Tenho que levar vocês embora — disse Travez.

As crianças ficaram estupefatas.

— Embora? — repetiu Reynie. — Está dizendo que vai nos tirar da ilha?

Travez mostrou quatro capas pretas (ninguém viu de onde ele as tirou) e estendeu para eles.

— Vistam isto e fechem bem. Vão ajudar a esconder vocês. Se tivermos algum problema, não saiam de perto de mim e não se preocupem. Morrerei antes de permitir que façam mal a vocês.

— Não nos preocupar? — disse Sticky. — Não nos *preocupar*? Você está falando de morrer e a gente não deve se preocupar? O que está acontecendo, Travez?

— Há pouco tempo para explicação, Sticky. Eu consigo levar vocês para o continente, mas precisamos ir até o outro lado da ilha, e o caminho é demorado.

— Mas *por que* nós vamos embora? — perguntou Kate.

— A missão de vocês está completa.

Reynie sentiu uma pressão enorme sair de cima de seus ombros. Completa! Isso significava que ele não seria mais posto à prova! Sem mais preocupações em decepcionar todo mundo. Ele poderia sair da ilha sem nunca mais encarar o Sussurrador outra vez. Sim, estava na hora de ir embora: só de pensar no Sussurrador, ele já se enchia de saudade, até dava vontade de ficar...

— Completa? — disse Kate. Ela parecia desconfiada. — Isso significa que agora o Sr. Benedict tem um plano? Ele acha que é capaz de deter o Sr. Curtain?

— Você não precisa se preocupar com isso, Kate — disse Travez. — Por favor, vistam as capas.

Kate jogou a capa no chão.

— Você não respondeu à minha pergunta. O Sr. Benedict acha que pode deter o Sr. Curtain ou não?

Travez franziu a testa.

— Isto já não é mais da sua *conta*, Kate. A Melhoria está próxima demais. O Sr. Benedict quer que vocês saiam daqui e sejam levados para um lugar onde possam ficar em segurança.

— Eu não vou me mexer até obter uma resposta — Kate disse com firmeza. — O Sr. Benedict vai ser capaz de deter a Melhoria ou não? Pode contar a verdade!

As outras crianças seguravam a capa na mão e olhavam de Kate para Travez e de Travez para Kate sem parar.

Travez desviou o olhar para a água. Ele parecia extremamente relutante em responder. Finalmente, suspirou.

— Não, crianças. Não temos como deter a Melhoria. Vocês vão ter que se esconder... nós todos vamos ter que fazer isto. Vamos precisar ficar em movimento constante, sempre a frente dos Recrutadores... mas o Sr. Benedict acredita que pode mantê-los em segurança, e vocês têm a minha palavra de que vou fazer tudo que puder para protegê-los. Por favor, tentem não se preocupar. O Sr. Benedict nunca vai desistir. Isto eu posso garantir. Ele vai trabalhar sem descanso e, talvez, com o tempo, ele possa encontrar uma maneira de combater as mensagens do Sr. Curtain... de limpar a mente de todos nós.

Kate não quis nem saber.

— Mas e Constance? — ela perguntou, com insistência. — O que vai acontecer com *ela* quando o Sr. Curtain aumentar o sinal ao máximo? Ela já está ouvindo vozes, sabia?

Travez olhou com tristeza para Constance.

— Não sei, menina. Ninguém sabe. Sinto muito... vocês vão estar em perigo, independentemente do lugar para *onde* forem.

Com isso, Constance se sentou em uma pedra e cobriu o rosto. Ela parecia ainda menor agora... tão pequena que a brisa do porto seria capaz de levantá-la como um pedaço de papel e levá-la embora, carregá-la para o nada.

Foi aí que Reynie percebeu que não podia ir embora.

Ele não devia ter precisado de Kate para dizer isso a ele, pensou. O desejo que tinha de salvar a si próprio tinha impedido que ele percebesse, no começo, mas agora ele finalmente tinha visto tudo. Ele sentia em seus ossos, e era terrível, mas era o que era: Eles não podiam ir embora. Não só por causa de Constance, mas pelo Sr. Bloomburg, e por Travez, e pelos Ajudantes, e pelas próximas pessoas em quem o Sr. Curtain pretendia fazer varredura cerebral, isso sem falar na querida Srta. Perumal. O Sr. Benedict nunca exigiria aquilo dele, mas era algo que ele precisava exigir de si mesmo.

— Travez, por favor, diga ao Sr. Benedict que nós agradecemos — disse Reynie. — Mas eu vou ficar.

Kate jogou os braços ao redor dele.

— Ah, eu estava torcendo para você dizer isto, Reynie! Porque eu também vou ficar. Nós *precisamos* ficar, não é mesmo?

Sticky parecia pronto para chorar.

— Vocês vão ficar? Mas... mas... — Ele se virou e olhou saudoso na direção do continente. Ele sabia que eles diriam isto. E sabia que estavam certos.

— Sticky? — disse Kate.

— Suponho que não tenhamos muita escolha — respondeu Sticky. — Nós não temos muita *esperança* também. Mas somos a única coisa que o Sr. Benedict tem.

Travez tentou outra vez, e mais uma, mas quanto mais ele pressionava as crianças, mais determinadas elas ficavam. Finalmente, ele desistiu.

— Neste caso, tenho um recado do Sr. Benedict para vocês.

— Um recado? — disse Constance. — Por que não disse antes?

— O Sr. Benedict tinha a sensação de que vocês iam preferir ficar. "Este é exatamente o tipo de crianças que elas são", segundo ele. Mas esperava que vocês fossem desencorajados desta decisão e pudessem ir para um lugar seguro. Mas se vocês recusassem com teimosia, *só* então eu deveria transmitir o recado para vocês.

— Então, o que é? — perguntou Kate.

— Ele disse para lembrá-los de que cada um de vocês é essencial para o sucesso da equipe... que agora, mais do que nunca, vocês precisam confiar uns nos outros para tudo. — Travez pegou as capas das crianças. — Além do mais — disse, enfiando as capas nas pernas da calça do terno —, vocês também têm que confiar em mim. Seja lá o que venha a se passar, estou aqui para ajudar. Vou ficar na ilha. Quando chegar a hora, este é o lugar para fazer contato comigo.

— Como é que nós vamos fazer isto? — perguntou Reynie.

Travez apontou para o caminho por onde eles tinham vindo.

— Não muito longe daqui, tem um cano de esgoto antigo que deságua no canal. É um bom ponto de referência. Para deixar um recado, escondam um papel em um lugar seco a vinte passos de distância do cano, e coloquem pedras empilhadas em cima. Vou conferir o lugar com frequência e, enquanto isso, vou ficar o máximo possível de olho em vocês.

Com isso, Travez se virou para partir.

— Espere um minuto — disse Kate. — Você não vai nos desejar sorte?

— Sorte? — disse Travez, sem nem se virar. — Eu desejo a vocês sorte desde o momento em que os conheci. O que eu desejo para vocês agora é um milagre.

Ele desapareceu na escuridão. As crianças ficaram olhando para o lugar em que ele sumiu.

— Ele acha que nós precisamos de um milagre — disse Sticky em tom desanimado.

— Bom, o otimismo nunca foi uma característica forte dele — respondeu Kate. — Ou você ainda não tinha reparado?

Uma lição de xadrez

Reynie acordou antes do amanhecer, tremendo e coberto de suor. Pela segunda noite seguida, tinha sonhado uma coisa horrível. Dessa vez, enquanto seus amigos gritavam por socorro de algum lugar distante (tão distante que pareciam mosquitos choramingando), Reynie ficava lá sentado no Sussurrador, incrivelmente feliz e contente, sorrindo de triunfo. Por que triunfo? Ele tentou se lembrar. Ele estava sorrindo porque... Reynie estremeceu ao recordar: ele tinha decidido se juntar ao Sr. Curtain.

Reynie esfregou as têmporas. Foi só um sonho, disse a si mesmo, apesar de a realidade não ser muito melhor.

A realidade também não melhorou com o passar do dia: aulas, refeições, hora de estudo... tudo se passou como um borrão desagradável enquanto Reynie se esforçava para bolar um plano. Pela primeira vez desde que ele tinha colocado os pés na ilha Nomansan, estava apavorado com a reunião da Misteriosa Sociedade Benedict naquela noite. Ele não fazia ideia do que fazer. Os outros o consideravam líder, e ele só podia encará-los como o fracasso que era. Quando as luzes finalmente se apagaram e as meninas se juntaram a eles, Reynie já estava apavorado, mesmo antes de Kate fazer ver a pergunta dela.

— Certo, Reynie, qual é o plano?

Reynie sacudiu a cabeça.

— Eu... não tenho plano nenhum. Desculpem. Eu tentei, mas meu cérebro só fica dando voltas e mais voltas. A única coisa em que consigo pensar é que precisamos fazer o Sussurrador parar de funcionar, mas...

— Este é um plano *ótimo*! — disse Kate, toda animada. — Como fazemos isto?

— É o que eu estou dizendo — respondeu Reynie e deu de ombros. — Não sei como podemos fazer isto. Os computadores ficam embaixo da Galeria do Sussurro, enfiados sob mais de meio metro de metal e pedra. Não tem jeito...

— O Sr. Curtain disse isso para você — observou Kate. — Tem certeza de que é verdade? Você estava vendado, lembra? Como sabe que os computadores não estão expostos em algum lugar, e você simplesmente não viu?

Reynie ficou surpreso por esta possibilidade não ter lhe ocorrido.

— É uma boa pergunta. — Ele refletiu por um instante. — Mas, não. Ele deu tanta ênfase à segurança, que a minha tendência é pensar que ele está dizendo a verdade. Você não acha, Sticky?

— Acho que sim — respondeu Sticky.

— Mas o Sr. Curtain precisa chegar até aqueles computadores de *algum* jeito — insistiu Kate. — Para poder trabalhar neles e modificá-los e tudo o mais. Vocês não acham?

Reynie passou de surpreso para muito envergonhado. Por acaso *ele* não devia ter pensado naquilo?

— Você... você tem razão, Kate. Ele deve ter algum jeito de chegar até eles. E isso significa que talvez *nós* também possamos chegar até eles. Afinal de contas, agora nós sabemos os códigos das portas!

— Dar uma olhada não pode fazer mal — disse Kate, levantando-se. — E, quanto antes, melhor. Eu vou sozinha... se for pega, vocês três ainda podem arrumar um jeito de fazer alguma coisa. Agora, só me diga como chegar lá. Eu sei que preciso passar pela entrada secreta atrás do Prédio de Controle da Academia, mas e depois, Sticky?

Sticky sentiu uma vontade tremenda de inventar uma mentira... para proteger o Sussurrador. Inacreditável, ele pensou. Tentou de novo, mas outra vez sentiu a mesma vontade. Ele só conseguiu contar a verdade a Kate depois de cerrar bem os punhos e de apertar bem os dentes.

— Tem que descer por uma passagem curta e depois subir os degraus da torre.

— Mas nós precisamos ir com você — disse Reynie. — É perigoso demais para você ir sozinha.

Kate dispensou a opinião.

— Vai ficar tudo bem. De todo modo, esta é uma operação para uma garota só.

Você não deve deixar que ela vá sozinha, pensou Reynie. Ela precisa de ajuda. Mas quando ele abriu a boca para argumentar, percebeu que nada saía dela. Parecia que uma névoa tinha encoberto sua mente e, além do mais, ele se sentia completamente exausto. Ele estava cansado, muito cansado, de sempre tentar fazer a coisa certa.

Kate colocou a lanterna em cima da televisão.

— Vocês vão precisar disto, caso eu seja pega.

— Se você for pega... — Constance começou.

— Não se preocupe, eu não vou entregar os meus amigos — Kate explodiu. — Caramba, Constance, é a última coisa que eu faria!

Em um tom ressentido, Constance disse:

— Eu *ia* dizer que, se você for pega, não precisa se preocupar. Nós vamos encontrar um jeito de salvar você.

Todos ficaram comovidos com isso, principalmente Constance, que era quem tinha falado, e Kate deu tapinhas no ombro dela.

— Desculpe, Connie. Às vezes eu esqueço que você não é *sempre* mal-humorada. Agora, deixe-me levar você de volta para o quarto. Reynie, Sticky... depois eu conto o que descobri. Desejem-me sorte!

Eles fizeram isso e momentos depois as meninas já tinham ido embora.

Sem mal trocar uma palavra entre eles, sem mal se olhar, os meninos foram para a cama. Eles costumavam conversar um minuto ou dois antes de cair no sono, mas agora os dois estavam com medo de se traírem e deixar transparecer o quanto o Sussurrador os estava afetando.

Traição, pensou Reynie. Era uma palavra feia, uma ideia terrível. Mas, como costuma acontecer com ideias terríveis, ele não conseguia parar de pensar nela. Por que ele não tinha discutido com Kate? Ele devia ter insistido para acompanhá-la. Por que não tinha feito isso? Será que as transmissões estavam deixando sua mente anuviada? Ou será que havia uma parte dele que não *queria* deter o Sr. Curtain?

Reynie pressionou os olhos com os dedos. Na cabeça, começou a compor sua carta.

Srta. Perumal,

Algum dia você pensou que eu seria capaz de escolher uma mentira em nome da minha própria felicidade? A versão de felicidade do Sussurrador é uma ilusão... ele não leva embora os medos da gente, só mente para nós a respeito deles, faz com que a gente acredite temporariamente que eles não existem. E eu sei *que é mentira, mas que mentira poderosa! Talvez eu não seja quem sempre pensei ser. Talvez eu seja o tipo de pessoa que faz* qualquer coisa *para ouvir aquilo em que deseja acreditar...*

Reynie estava desmoronando, à beira do desespero. O Sr. Benedict esperava que ele fosse um líder para os amigos, que fosse inteligente o bastante para traçar um plano, que fosse corajoso. Mas ele não era nenhum tipo de líder, disso sabia agora, certamente não era corajoso, e o Sr. Benedict de fato parecia muito distante. Mais e mais, o Sr. Curtain parecia ser o homem real, e o Sr. Benedict, uma lembrança onírica. E a Srta. Perumal, a única pessoa que sempre o tratava com doçura, tinha se transformado em leitora imaginária das cartas imaginárias que ele escrevia.

O que aconteceu com você?, ele pensou. Nunca tinha achado que fazer a coisa certa fosse ser tão difícil. Mas era. Difícil demais para *ele*, pelo menos. Era a pessoa errada para esta tarefa, a pessoa errada no lugar errado.

Reynie fechou os olhos bem apertados, tentando não chorar. Mas aquilo só fazia com que ele enxergasse o Sussurrador com mais clareza. Como ele podia resistir ao Sussurrador se era a única coisa que lhe oferecia alívio? Ele precisava de ajuda... de algum incentivo, de alguma orientação, de alguma coisa para impulsionar sua resolução. Os outros todos o usavam de exemplo. Quem *ele* deveria usar de exemplo?

Tinha que ser o Sr. Benedict, Reynie pensou. Se o Sr. Benedict não pudesse ajudá-lo, então não havia o que fazer.

Reynie desceu do beliche e foi até a janela. Olhou para a noite escura. Kate estava em algum lugar por ali arriscando o pescoço; Sticky murmurava dormindo, tendo sonhos perturbadores. E os sonhos de Constance não podiam ser menos perturbados... afinal, tinha mais com que se preocupar do que qualquer um deles.

Reynie enviaria uma mensagem, uma mensagem apenas. Ele nunca tinha sido supersticioso, mas resolveu que, se não recebesse resposta para ajudá-lo, desistiria. Simplesmente desistiria e tomaria o caminho mais fácil. Ele não precisaria tentar ser algum tipo de herói, não precisaria fracassar... e, logo, seria tarde demais para fazer diferença. Não haveria nada que ele pudesse fazer, não adiantaria nem tentar. Estaria tudo fora de suas mãos.

Só esse pensamento era tão atraente que Reynie quase não enviou a mensagem. Mas então ele apertou os lábios em sinal de determinação e fez os sinais das palavras antes que mudasse de ideia: *Sussurrador poderoso demais. Por favor, conselho. RM*

Reynie ficou esperando à janela, com o coração batendo forte. Ele sentiu que seu futuro todo, de fato, a pessoa toda que ele era, dependia dos próximos instantes. *Enviem alguma coisa*, pensou. *Por favor, enviem... qualquer coisa.*

Ele esperou. Os minutos se arrastavam. Por que precisavam demorar tanto? Talvez não tivessem nada a lhe oferecer. Talvez estivessem se esforçando para encontrar algo a dizer que não fosse "boa sorte". Ou talvez ninguém estivesse de prontidão... talvez os Recrutadores os tivessem encontrado. Reynie não podia saber o motivo, mas o motivo pouco importava. O que importava era que a noite estava vazia.

— Não dá para acreditar que vai acabar assim — pensou Reynie, com uma mistura estranha de desespero e alívio.

Mas era verdade. Estava tudo acabado.

Ele estava saindo da janela quando viu um brilho distante, uma luz trêmula entre as árvores do litoral do continente. Alguém, finalmente, estava enviando a resposta. Reynie sentiu seu coração batendo nos ouvidos. Ele segurou a respiração até a mensagem estar completa.

Lembre-se do cavalo branco.

Reynie soltou a respiração. Foi uma expiração longa e lenta. Ele não precisou se esforçar muito para entender o que o Sr. Benedict queria dizer com aquilo. Apesar de parecer que tinha acontecido muito tempo antes, ele se lembrava bem da conversa deles sobre o problema do xadrez. O cavalo branco tinha feito um movimento, mudado de ideia e começado de novo.

— Você consideraria esta uma boa jogada? — tinha perguntado o Sr. Benedict.

— Não, senhor — respondera Reynie.

— Então, por que você acha que ele pode ter feito isso?

E Reynie dissera o seguinte:

— Talvez ele tenha mudado de ideia.

Reynie ficou olhando para fora da janela durante muito tempo. Então largou a lanterna e voltou para a cama. O batimento do coração tinha se regularizado, os ombros relaxaram. Na sua mente, pegou a carta que tinha acabado de escrever para a Srta. Perumal, amassou e jogou fora.

Ele escreveria outra.

O rato no cano de esgoto

Enquanto Reynie compunha uma carta mais otimista para sua antiga tutora (de fato, exatamente enquanto ele escrevia na mente as palavras: "e agora as nossas esperanças *realmente* dependem de Kate"), Kate ia se sentindo cada vez menos otimista, por sua vez.

O problema não havia sido encontrar a sala secreta dos computadores do Sr. Curtain. O problema era não ser pega.

No começo, tudo tinha ido muito bem. Kate tinha avançado pelas sombras atrás do dormitório e em pouco tempo já tinha chegado aos pedregulhos atrás do Prédio de Controle da Academia. Chutou a entrada secreta para abrir e disparou para dentro do saguão. Foi aí que os problemas dela começaram. No teto não tinha espaço para se esgueirar, e as entradas de ar eram muito pequenas para acomodá-la. Ela não teve escolha além de se deslocar sem proteção. E não tinha proteção *nenhuma* na passagem, como uma olhada rápida no saguão comprovou... era aberta e clara como o dia. Isso sem contar que não era exatamente uma "passagem curta", de jeito nenhum. Ladeada de portas, ela se estendia ao longe, onde finalmente fazia uma curva. Por que Sticky tinha dito que era curta?

Então Kate se lembrou de que os meninos estavam vendados. Eles deviam ter *pensado* que era curta, porque só tinham avançado um pouco antes de Jackson fazer com que entrassem por uma porta que levava aos degraus da torre. Qualquer uma dessas portas próximas podia levar à escada, então. Será que ela devia experimentar todas?

Como uma resposta, mais ou menos na metade da passagem uma porta deslizou e abriu, e Jackson apareceu na passagem. Kate recuou para o saguão e ficou escutando. Nenhum passo. Ela deu mais uma espiada. Jackson estava escorado na parede ao lado da porta, mastigando uma bala de alcaçuz com ar distraído. Ele parecia relaxado e acomodado, como se tivesse a intenção de ficar lá por algum tempo. Kate sorriu. Ela pensou que era bem provável que ele estivesse vigiando os degraus da torre. Agora, só precisava passar por ele.

Kate saiu do campo de visão dele, tirou o estilingue do balde, ajeitou uma bolinha de gude no elástico e deu mais uma olhada. Esperou um minuto comprido, depois mais outros. Finalmente, a oportunidade chegou: Jackson olhou para baixo para ajeitar a faixa, resmungando alguma coisa para si mesmo. Era agora ou nunca. Kate lançou a bolinha pela passagem.

Ela passou por cima da cabeça de Jackson e acertou o piso lá longe, produzindo um clique satisfatório. Ricocheteou na parede mais distante e escorregou pela curva. Jackson cuspiu a bala de alcaçuz e rosnou:

— Quem está aí?

Sem esperar resposta, ele saiu correndo pela passagem e fez a curva, e Kate disparou para a porta que ele estava vigiando. Ao lado dela havia um teclado numérico. Ela não tinha contado com isso, mas se o Sr. Curtain não tivesse trocado os códigos de novo... Seus dedos voaram por cima dos números.

A porta se abriu e Kate pulou para dentro. Foi só aí que ela percebeu que estava em um elevador... um elevador, claro! De que outra maneira o Sr. Curtain poderia subir até a Galeria do Sussurro com aquela cadeira de rodas? Ele não devia permitir que os Mensageiros o usassem... gostava de ter segredos, não é mesmo? Provavelmente se deleitava com a ideia das crianças se esforçando para subir todos aqueles degraus também. Quando a porta se fechou, Kate enxergou os degraus da torre através de uma porta aberta do outro lado da passagem. Jackson estava de vigia nas *duas* entradas.

Havia poucos botões dentro do elevador. Não tinham identificação, mas não era difícil adivinhar que o botão de cima seria para a entrada na frente da Galeria do Sussurro, e o outro, embaixo deste... certamente seria a sala dos computadores. Kate olhou demoradamente para o botão... mas é claro que ela não podia apertá-lo. Ela não poderia usar o elevador. Jackson com certeza ouviria. Ele provavelmente já devia estar voltando pela passagem.

Então, Kate improvisou. Ela esvaziou o balde, virou-o de cabeça para baixo, ficou na ponta dos pés em cima dele e desparafusou o painel de manutenção acima dela. Nunca tinha trabalhado com tanta rapidez na vida. Logo já tinha amarrado a corda, juntado todas as suas coisas dentro do balde e desaparecido para dentro do poço do elevador pelo painel.

Logo que Kate recolocou o painel abaixo de si, a porta abriu. Kate ficou totalmente imóvel. Ela ouviu Jackson resmungar. A porta se fechou de novo.

Kate acendeu a pequena lanterna. Os cabos do elevador se estendiam até muito alto acima dela e desapareciam no pretume. Ela tirou os sapatos e as meias, colocou as meias nas mãos para protegê-las e voltou a calçar os sapatos. Com a lanterna-caneta presa entre os dentes, ela começou a subir, sem perder tempo. Tinha uma subida muito comprida e difícil pela frente.

O trajeto tinha sido muito longo e muito árduo e, no fim, nada mais do que decepcionante. Apesar das meias, o cabo machucou suas mãos; a subida foi exaustiva; e quando Kate finalmente chegou a um par de portas perto do topo, descobriu que era impossível abri-las ou espiar por alguma fresta. Acima delas havia mais um par de portas (que devia abrir para a passagem que dava na Galeria do Sussurro), e que se comprovou igualmente imóvel. Então ela se esgueirou pela roldana e pelo motor na parte de cima do poço do elevador (se a cabine tivesse começado a se movimentar naquele instante, ela teria morrido) e descobriu que um buraco de ventilação que tinha visto era soldado. E, de todo modo, a abertura era pequena demais para ela conseguir passar. De qualquer modo ela conseguiu dar uma espiada pela grade, mas apenas para fazer uma anotação mental desestimulante:

No saguão: dois Recrutadores muito grandes e com aparência perigosa, ambos usando relógios de choque. Atrás deles: porta de metal grossa. Três trancas manuais além do teclado eletrônico, uma das fechaduras com combinação. Dutos de ventilação: pequenos demais para Constance caber neles, mesmo que fosse engraxada. Teto: inacessível. Janelas: nenhuma.

Nenhuma janela, Kate pensou, e nenhuma esperança de entrada. Ela não conseguiria chegar nem ao aposento da *frente* da sala dos computadores, o que dizer da própria sala em si... Foi difícil segurar um suspiro. Ela tinha tido visões grandiosas a respeito de sabotar o Sussurrador, de destruir seus computadores sozinha. Arrancando cabos, esmagando componentes, roubando aparelhinhos estranhos que não pudessem ser substituídos. Além de ela ser considerada heroína, também provaria de uma vez por todas que era capaz de fazer tudo sozinha... que ela não precisava da ajuda de ninguém. Mas agora ela percebia que não poderia fazer isso. Não desta vez.

Kate se retesou. Em sua decepção, tinha permitido que sua mente se distraísse, e só agora tinha se dado conta de que um dos Recrutadores estava olhando na direção dela, para a escuridão.

— Sr. Craig — disse o Recrutador para o parceiro —, está vendo alguma coisa estranha atrás daquela grade de ventilação ali?

O Sr. Craig tirou uma lanterna do bolso. Nada atrás da grade.

— Deve ser um rato.

— Um rato que *fala*?

— Isso não está vindo da ventilação, seu burro. Isso é porque os Executivos estão subindo a escada. Vão trazer um novo para conhecer o lugar hoje à noite, está lembrado?

Kate, que tinha recuado bem a tempo, também escutou as vozes. Estavam exatamente do outro lado da parede.

— ...parte do seu treinamento — P.G. ia dizendo, com a voz cada vez mais alta. — Depois que eu mostrar como as coisas funcionam aqui, você vai fazer uma reunião com o Sr. Curtain para que ele possa explicar algumas coisas para você.

— É, você já disse *isso* — respondeu uma voz teimosa. Martina Crowe. — Mas por que *você* vai à reunião? Você já é Executivo faz quase um ano.

— Bom, provavelmente você não reparou — disse P.G. —, mas eu demoro um pouco para pegar as coisas. O Sr. Curtain às vezes me obriga a assistir aos treinamentos, para refrescar a minha memória em relação a algumas coisas.

Kate ouviu uma gargalhada de desdém, e então a voz de Jackson, dizendo:

— Esperem aí, vocês dois.

Ela se inclinou para frente e olhou através da grade de novo, mas não conseguiu enxergá-lo. A entrada da escada da torre ficava fora de seu campo de visão.

— Sr. Craig — ela ouviu Jackson dizer ao Recrutador. — Está tudo bem por aqui? Nada fora do comum nesta noite?

— Estou dizendo, Jackson, deve ter sido um rato — disse a voz de P.G.

— Nós também temos ratos — respondeu o Sr. Craig. — Fora isso, está tudo bem.

— Jackson leva sua função de vigia muito a sério — disse P.G., com ar de quem sabe o que está dizendo.

— Ei, foi o Sr. Curtain que pediu para reforçar a segurança — Jackson se irritou. — Você tem algum problema com o Sr. Curtain, P.G.?

— Claro que não! Eu só estava dizendo....

Kate não ouviu o resto. Ela já estava descendo pelo poço do elevador mais uma vez. Ela precisava chegar lá embaixo antes de Jackson para conseguir se esgueirar para fora. E daí? Que negócio era aquele de reunião com o Sr. Curtain? Talvez a noite não precisasse ser um desperdício *completo*. O problema seria encontrar um jeito de escutar o que acontecia na sala dele. Era arriscado demais entrar no Prédio de Controle da Academia. Mas talvez ela pudesse encontrar outro jeito.

— E, perceba, Martina — disse o Sr. Curtain, rolando de trás da escrivaninha —, depois da Melhoria, as pessoas vão ficar muito mais felizes.

— Mas nem todas — disse P.G. — Não é mesmo, Sr. Curtain?

— Tem bastante razão, P.G. Infelizmente, há *algumas* pessoas cuja natureza as leva a se sentirem tristes quando todas as outras estão felizes.

Martina estava sorrindo.

— Posso concluir — disse ela, em tom acanhado — que estas pobres almas, além de serem infelizes, o que certamente já é bem trágico, também poderiam causar problemas? Estou correta em achar que a varredura cerebral, além de ajudá-las a se sentir melhor, também vai fazer com que sejam mais *administráveis*?

— Você compreende perfeitamente — respondeu o Sr. Curtain, com um olhar de aprovação. — E, P.G., acredito que esta explicação também deva satisfazer a *você*.

Se a explicação não tivesse servido para satisfazer P.G., pelo menos tinha criado nele a sensação de que *devia* se sentir satisfeito, de modo que ele deu risada e respondeu:

— Entendo, sim. Claro.

Martina se inclinou para a frente na cadeira.

— Mas uma coisa que eu ainda não entendi muito bem é como a varredura cerebral funciona. Ela não apaga as memórias de verdade?

— De jeito nenhum — respondeu o Sr. Curtain. — Qualquer pessoa que conhece um pouco da mente humana compreende que ela nunca esquece qualquer coisa verdadeiramente. Apagar memórias de modo completo é impossível. O que *é* possível, no entanto, é esconder as memórias de quem as possui. Para usar a minha comparação preferida, nós varremos as antigas memórias para baixo de um tapete mental (daí vem a expressão "varredura cerebral") e lá elas ficam escondidas, sem que ninguém se dê conta.

— E todo mundo fica mais feliz — disse P.G.

— É, P.G. — disse o Sr. Curtain, olhando para Martina como quem está com vontade de dizer mais alguma coisa. Ela tinha acabado de se tornar Executiva, mas já compreendia muito mais do que P.G. jamais compreenderia. — Sim, meu amigo. Todo mundo fica mais feliz.

— Não é fantástico? — disse P.G. a Martina. — Eu fico todo arrepiado cada vez que aprendo isto.

— É mais ou menos a mesma coisa com os medos, sabe — disse o Sr. Curtain. — P.G., você acha que entendeu agora? Gostaria de explicar a Martina como o Sussurrador lida com os medos?

— Ah, sim, claro que eu gostaria — respondeu P.G. e ficou vermelho. — Quero dizer, eu *gostaria*, mas, hum...

— Mas você esqueceu? — O Sr. Curtain perdeu a paciência, lançando um meio sorriso para Martina. (Parecia que ele tinha prazer em ficar caçoando de P.G., e isso sem dúvida explicava por que o Sr. Curtain não o tinha expulsado da ilha anos atrás.)

— Se esqueci? Ah, não! — exclamou P.G., desolado. — Não, eu não diria que esqueci... o senhor sabe, nada é *realmente* esquecido, foi o senhor mesmo quem disse, ha ha... — Ele tossiu. — É só que, hum, o estilo do senhor é muito mais elegante do que o meu.

— Ouso dizer que é verdade. Talvez você também ache que é mais *eloquente* do que o seu. Muito bem, P.G., agora eu vou explicar, e você pode ficar aí concordando, como sempre.

P.G. concordou com um aceno de cabeça.

O Sr. Curtain se voltou para Martina.

— Você está lembrada de como os medos parecem desaparecer quando está sentada no Sussurrador, não é mesmo?

A expressão de Martina se aguçou com um ar faminto.

— Absolutamente — disse, quase sem fôlego.

P.G. concordou.

— Claro que sim. Mais uma vez, a magia está nas mensagens. O meu Sussurrador recompensa a sua cooperação por meio do envio de mensagens poderosíssimas que *negam* os seus medos. Um procedimento simples. Os medos estão logo abaixo da superfície e são fáceis de detectar.

P.G. concordou.

— Então é só uma ilusão maravilhosa! — disse Martina. — Isso explica por que os medos voltam depois. Eu sempre fiquei pensando sobre isso... quando a gente está no Sussurrador, parece que eles foram embora para sempre.

O Sr. Curtain deu risada.

— Infelizmente, não foram. A única maneira de os medos *realmente* desaparecerem é por meio do *confronto*. Mas quem no mundo vai querer confrontar seus próprios medos?

— Eu é que não! — respondeu Martina.

P.G., que já tinha começado a concordar, viu o que estava fazendo e sacudiu a cabeça.

— Ninguém quer — disse o Sr. Curtain. — E agora estamos a ponto de oferecer o mesmo contentamento em escala muito mais grandiosa. Depois da Melhoria. Perceba, o maior medo de todos será afogado por uma mensagem bem parecida com a que vocês recebem no Sussurrador. Vai ser uma coisa grandiosa!

— Mal posso esperar! — exclamou P.G., incapaz de se conter. — E de pensar que tanta gente vai ficar tão feliz!

O Sr. Curtain deu uma risadinha.

— Você não vai ter que esperar muito, P.G. As minhas modificações foram muito mais rápidas do que eu esperava. Agora acredito que a Melhoria vá começar depois de amanhã... quem sabe até antes.

— Depois de amanhã! — exclamou Martina. — Eu não fazia ideia!

— Sim, você tem muita sorte — disse o Sr. Curtain. — Você foi a última Executiva promovida antes da Melhoria. Esta é uma tradição de muito orgulho, Martina. Várias gerações de Executivos vieram antes de você, sendo que muitos deles foram despachados para os quatro cantos do mundo para preparar a Melhoria. Aliás, muitos se transformaram em importantes representantes de governos.

— O que *eu* vou fazer? — perguntou Martina com os olhos brilhando de ansiedade.

— Você vai começar ajudando os Varredores — respondeu o Sr. Curtain. — Você já esteve no Terminal da Memória, não? P.G. mostrou os Varredores para você?

— Nós acabamos de vir de lá. São iguaizinhos ao Sussurrador.

— É verdade, mas têm bem menos força — disse o Sr. Curtain. — E são bem menos sofisticados. O Sussurrador, Martina, é uma máquina sensível, de equilíbrio delicado, que requer a minha orientação mental rigorosa para que funcione adequadamente. Só o meu Sussurrador é capaz de fazer acontecer a Melhoria.

Aqui o Sr. Curtain fez uma pausa e seu rosto adquiriu um ar sonhador, cheio de orgulho.

— Então os Varredores apenas enterram as memórias — disse Martina. — Nada demais.

— Correto — respondeu o Sr. Curtain. — São ferramentas muito mais simples do que o Sussurrador, só um pouco mais sofisticadas do que vassouras de metal. Senão, meus Executivos seriam incapazes de operá-los.

Desta vez, foi Martina que assentiu e P.G. não concordou. Aliás, P.G. agora estava com uma expressão bem séria, o que era incomum nele.

— Hum, senhor? — disse P.G., todo tímido, erguendo a mão. — Uma coisa acaba de me ocorrer.

O Sr. Curtain ergueu as sobrancelhas.

— Isto é notável, P.G. O que foi?

— Nós não deveríamos pedir permissão às pessoas? Quero dizer, se vamos colocar coisas na cabeça delas, será que não devíamos pedir licença primeiro?

O queixo de Martina caiu de descrença, mas o Sr. Curtain já estava bem acostumado com os mecanismos do funcionamento da mente de P.G. Aliás, P.G. já tinha feito aquela pergunta, mais de uma vez, mas tinha esquecido. Mais descontraído do que impaciente, o Sr. Curtain respondeu:

— Se pedirmos licença, P.G., daí não *funciona*. Você quer que as pessoas sejam felizes ou não?

— Ah, quero sim.

— Então a resposta é não, não devemos pedir permissão. Compreende? Aliviado, P.G. assentiu.

— Então, Martina — concluiu o Sr. Curtain —, agora você já pode esperar a Melhoria com prazer. Como eu disse, depois de amanhã nós... — A atenção do Sr. Curtain se voltou para a tampa do ralo do chão da sala dele. — Que estranho. Achei que tinha escutado alguma coisa no ralo.

— Talvez seja um rato — P.G. arriscou.

— Aliás, para que serve o ralo? — perguntou Martina.

— Você quer dizer a ela, P.G.? — disse o Sr. Curtain, sem tirar os olhos da grade do tamanho de um pires. — Desconfio que seja uma coisa de que você *de fato* se lembra, já que os detalhes horripilantes são os mais memoráveis.

— Ah, sim, senhor! — respondeu P.G., ansioso para provar seu conhecimento. Ele limpou a garganta com ar de importância. — Veja, Martina, no começo, quando a Academia estava sendo construída e uma colônia de trabalhadores vivia na ilha, esta sala era usada como matadouro. Havia sempre muito sangue, é claro, litros e litros, e os açougueiros o escoavam por aquele ralo. O ralo se conecta a um cano de esgoto, que leva tudo para o porto. Dizem que tubarões costumavam se juntar nas águas ali, atraídos pelo cheiro de sangue, e os trabalhadores jogavam ratos para eles comerem...

Foi aqui que o rosto de P.G. se iluminou. Ele de repente se lembrou de uma *outra* coisa, e era raro ele se lembrar de duas coisas diferentes em um espaço tão curto de tempo.

— Sabe o quê, Sr. Curtain? Jackson ouviu um rato também, não faz nem meia hora. Estamos tendo muito problema com eles ultimamente.

— O problema, na verdade — disse o Sr. Curtain —, é que nós escutamos esses ratos e nunca os vemos.

Ele rolou até a mesa e pegou um bule de água quente que P.G. tinha trazido para seu chá.

— Talvez os nossos ratos tenham ficado mais espertos para se esconder. No entanto, ocorre-me que, apesar de o cano do ralo ser do tamanho de um rato, o cano do esgoto é do tamanho de uma pessoa, e seria um esconderijo perfeito para algum bisbilhoteiro ousado que conseguisse achar a entrada.

Antes mesmo de terminar de falar, ele disparou para o outro lado da sala e despejou o conteúdo fumegante do bule no ralo.

Ficou esperando, escutando com muita atenção, mas nenhum som chegou até ele, tirando o gorgolejar da água quente indo embora.

— Hum. Talvez fosse um rato no final das contas, ou o eco do tráfego no porto. Canos produzem efeitos acústicos estranhos. — Por um instante, ele ficou olhando para o bule vazio que segurava, um pouco perdido em seus pensamentos, e então disse: — Mas eu quero tomar o meu chá. P.G., vá correndo até a cantina e traga outro bule de água. E algumas bolachinhas também. Espere, é melhor eu escrever para você.

O bilhete que o Sr. Curtain entregou a P.G. não tinha nada a ver com chá ou bolachinhas. Dizia o seguinte: *Vá agora mesmo até a abertura do cano do esgoto na praia sul. Leve Jackson com você. Se não encontrar ninguém, examine a areia próxima à entrada em busca de pegadas. Ande logo!*

P.G. leu o bilhete, leu de novo, ergueu os olhos para expressar sua confusão e viu o Sr. Curtain com o indicador sobre os lábios. Quando a compreensão baixou sobre ele, ele saiu da sala tropeçando de tanta pressa.

O ouvido de Kate estava grudado no cano quando ela ouviu o barulho da água... mal teve tempo de puxar a cabeça para trás quando a água quente escorreu. Ainda assim, um pouco espirrou no pescoço dela, e tudo o que Kate conseguiu fazer para segurar-se foi engolir em seco. Então ela ouviu o Sr. Curtain mandar P.G. sair e, desconfiada de uma armadilha, efetuou uma retirada rápida na direção do cano de esgoto na praia.

Quando saiu para o ar noturno, Kate avistou duas silhuetas (P.G. e Jackson, apesar de ela não ser capaz de distinguir isso no escuro) dispararem de trás do Prédio de Controle da Academia e correrem pelo pátio até a praia. Em instantes, estariam em cima dela. Não havia nenhum lugar para ir além da água. Kate mergulhou e foi bem para o fundo. A água estava gelada... fria demais para tubarões, ela torceu, tendo em vista o que P.G. tinha acabado de dizer para o Sr. Curtain logo antes de ele jogar a água no ralo, e que tinha ficado na cabeça dela. Aquele negócio de matadouro tinha acontecido muito tempo antes; certamente a esta altura os tubarões já teriam perdido o hábito de se reunir ali. Ela esperava que sim. Mas, bom, não poderia voltar para a praia, então teria que ficar na água.

Felizmente, Kate era ótima nadadora. Ela se dirigiu para o canal e ficou embaixo da superfície o máximo de tempo possível, saía de vez em quando para tomar fôlego e afundava de novo. Quando ela finalmente emergiu e olhou para trás, já tinha criado uma boa distância entre si e a praia e, para seu alívio, viu que não estava sendo seguida. Talvez não a tivessem visto. Que bom. Ela só precisaria nadar pelas praias da ilha até encontrar um lugar seguro e discreto para poder voltar.

Kate se virou, olhou adiante, para a água, e engoliu em seco.

Ela tinha visto a última coisa que queria ver. Uma coisa triangular e preta vindo na direção dela através da água escura. O medo percorreu seu corpo como um choque elétrico. Ela se preparou para os dentes brutais e afiados e, naquela fração de segundo em que esperava, conseguiu imaginar se seria a mordida do tubarão que a mataria ou se, em vez disso, ela seria arrastada para o fundo e afogada na escuridão sangrenta.

No momento seguinte, ela viu que a barbatana de tubarão era só uma pedra.

O medo foi embora, mas os efeitos do pânico permaneceram, aguçando os sentidos de Kate. Com o coração pulsando como bumbos em seus ouvidos, ela olhou ao redor. Pedras pontudas apareciam na água por todos os lados. Entre o escuro da noite e o movimento de milhares de marolas, a maior parte delas parecia estar se mexendo. Algumas poucas se pareciam com barbatanas de tubarão. Talvez algumas de fato fossem.

— Caramba — disse ela, porque não tinha escolha além de nadar entre elas. Teria que tomar cuidado para não se cortar toda nas pontas afiadas. E teria que torcer para que nenhuma fosse de fato um tubarão.

Sacrifícios, escapando por pouco e algo parecido com um plano

Quando se arrastou para o quarto de Reynie e Sticky, meia hora depois, Kate estava com o humor melhor. E isso quer dizer que ela estava decepcionada com sua missão, morrendo de frio, encharcada até os ossos e sentindo muita dor física. Mas pelo menos não tinha sido engolida por um tubarão. Ao ouvir o barulho de sapatos molhados e um barulhinho estranho e rápido, os meninos acordaram e viram Kate abraçada no aquecedor deles, com os dentes batendo enlouquecidamente e as roupas pingando água.

— Kate! — exclamaram, mal conseguindo conter a voz. — O que aconteceu? Está tudo bem?

— B-b-b-em — ela gaguejou, incapaz de prosseguir naquele momento. Reynie jogou o cobertor dele por cima dos ombros dela e, quando ela finalmente se esquentou, contou tudo a eles. (Mas omitiu a parte em que tinha imaginado ver um tubarão. Não serviria de nada entrar nesse assunto.)

— Por sorte, eu estava com o meu balde bem preso no cinto — disse ela —, se não, eu o teria perdido com toda a certeza. Mesmo assim, perdi algumas coisas, e a minha lanterna-caneta ficou cheia de água. E os meus dedos estavam entorpecidos demais para segurar qualquer coisa, então eu não consegui subir no teto. Tive que me esgueirar pelo corredor. Mal posso acreditar que não esbarrei em Jillson ou alguém assim.

— Eu não acredito que você conseguiu espionar através daquele ralo — disse Sticky. — Como você teve essa ideia?

— Foi uma suposição de sorte — disse Kate. — Reynie comentou sobre o ralo no chão quando ele nos falou sobre a sala do Sr. Curtain. Então, ontem à noite, Travez falou sobre o cano de esgoto para nós. Ralos e canos... eu somei dois e dois e torci para estar certa.

Reynie estivera procurando uma toalha extra. Ele a entregou a Kate.

— Então não existe absolutamente jeito nenhum de a gente entrar naquela sala de computadores?

Kate sacudiu a cabeça, com relutância. Ela detestava ter que reconhecer aquilo.

— Tudo bem — disse ele. — Bom trabalho, Kate.

— Bom trabalho? Mas eu não consegui nada!

— Está brincando? Agora que nós sabemos que não vamos ter como entrar na sala de computadores, não vamos perder tempo tentando. E nós não temos tempo a perder... depois de amanhã, não teremos mais nenhuma chance. Agora nós sabemos disto, graças a você. São informações fundamentais.

Kate deu de ombros, desanimada, mas, no fundo, estava contente. Ela abriu e fechou as mãos. A sensibilidade parecia estar voltando a seus dedos.

Reynie estava concentrado. Não havia transmissão de mensagem no momento; o sistema de tempestade em seu cérebro tinha ido embora.

— E o que foi que ele disse, Kate? Sobre o Sussurrador dele ser uma máquina sensível?

— Sensível e de equilíbrio delicado — disse Sticky. — E requer a orientação mental rigorosa dele para que funcione adequadamente.

— *Acho* que foi isso que ele disse — admitiu Kate. — Eu me esforcei muito para lembrar exatamente o que ele tinha dito, mas não tenho a memória tão boa quanto a de vocês.

— Tudo bem, é melhor relatarmos tudo isto ao Sr. Benedict agora mesmo — disse Sticky e subiu na televisão. No mesmo instante, resmungou. — Jackson está no pátio com P.G.... está dando a maior bronca em P.G. por causa de alguma coisa.

— Sticky e eu esperamos até eles saírem — disse Reynie. — Kate, você precisa vestir roupas secas e ir para cama. Não adianta nada nós três ficarmos...

Foi bem aí que mais uma transmissão começou. Todos fizeram careta. Reynie sentiu o sistema de tempestade se instalar dentro dele mais uma vez.

— Caramba, espero que esta aqui não me deixe acordada — disse Kate, com um suspiro. — Vou colocar estas roupas em cima do meu aquecedor e *tentar* dormir, de qualquer modo. Só temos um dia para tentar salvar o mundo. Precisamos de todo o descanso possível!

E ela dormiu mesmo: Kate estava tão cansada das provações da noite que dormiu até o anúncio da hora de despertar e se atrasou para o café da manhã. Constance não ajudou em nada, também. Quando Kate voltou no meio da noite, acordou Constance para contar o que tinha acontecido, e depois ela ficou ainda mais sonolenta do que o normal. Então, as duas meninas roncavam alto quando Jillson bateu com força na porta delas. Kate sonhou que estava de volta ao circo, sendo lançada de um canhão.

— Levantem! — berrou Jillson, batendo de novo com tanta força que a vidraça da janela das meninas tremeu na moldura. — Os Ajudantes vão parar de servir o café em quinze minutos, meninas.

Kate acordou assustada, pulou para fora da cama, vestiu qualquer roupa e pegou os sapatos do aquecedor. Infelizmente, não tinham secado muito. Então ela sacudiu Constance até acordar — ou pelo menos até ficar em um estupor sonolento.

— Vamos lá, Connie! Nós precisamos nos mexer!

Constance estalou os lábios, piscou algumas vezes e disse:

— Não me chame de Con...

— Tudo bem, tudo bem. Desculpe.

Depois de muito apressá-la e bajulá-la, Kate conseguiu fazer Constance se mexer, então entrou na cantina com passos rápidos, com a menina menor em cima dos ombros. Ela avistou os meninos na mesa de sempre e foi com os pés encharcados até eles. Por alguma razão, os olhos de Reynie se arregalaram quando Kate se aproximou e, logo que ela se sentou ao lado dele, ele disse, bem alto:

— Você chegou! Deixe-me servir um pouco de suco, Kate!

Desajeitado, de maneira bem fora do comum, ele pegou a jarra, deixou escorregar e derramou um monte de suco bem nos pés de Kate. Em uma mesa próxima, um grupo de Mensageiros caiu na gargalhada.

— Caramba, Reynie — disse Kate. — Eu posso me servir sozinha de suco, certo?

Com a voz bem baixa, Reynie se apressou em dizer:

— Ouça, Kate. Houve um boato circulando a manhã inteira. Já sabem que alguém esteve no cano de esgoto e fugiu nadando... os seus sapatos encharcados entregam você logo de cara. Todo mundo me viu derramar o suco, então agora você tem outra razão para estar com os pés molhados além da água do porto.

— Droga — disse Kate. — Valeu, amigo. E pode tirar este sorriso do rosto, Constance. Não precisa ficar sempre tão satisfeita assim, sabia?

Enquanto as meninas engoliam o café da manhã, Reynie e Sticky as atualizaram: depois que Kate saiu do quarto deles, finalmente tiveram oportunidade de enviar um relatório para o Sr. Benedict, mas, para sua enorme decepção, o Sr. Benedict não tinha conseguido responder. Jackson e P.G. tinham voltado ao pátio, dessa vez com o Sr. Curtain que, assim como Jackson, estava obviamente furioso com P.G. por causa de alguma coisa e ficava sacudindo o dedo na frente do rosto do garoto.

— Nós queríamos mesmo saber por que P.G. estava tão encrencado — disse Sticky —, e hoje de manhã nós descobrimos. Todo mundo está sabendo: Jackson e P.G. não conseguiram pegar o espião, mas acharam pegadas na areia na entrada do cano de esgoto, e as pegadas iam para a água.

— O quê? — disse Kate, paralisada com uma garfada de ovos mexidos a meio caminho da boca. — Ah, não! Eu tinha intenção de apagar as pegadas, mas daí não deu tempo. — Ela ficou toda vermelha, envergonhada, e largou o garfo. — Desculpe, pessoal. Vão combinar os meus sapatos às pegadas, vocês sabem que sim. E então... Por que vocês estão sacudindo a cabeça?

— Porque você não tem nada com que se preocupar — disse Reynie.

Sticky abriu um sorriso.

— P.G. cuidou do problema para nós. Aqueles pés enormes dele foram úteis, pelo menos desta vez. Ele encontrou as pegadas, sim, e as seguiu até a praia, mas, com isso, as próprias pegadas dele destruíram as suas! Destruíram completamente! É por isso que o Sr. Curtain está furioso.

— Rá! — disse Kate, profundamente aliviada. — Um viva para o bom e velho P.G.!

— Mas nós ainda estamos ameaçados — disse Reynie. — O Sr. Curtain vai ficar de olho em todo mundo com muita... ah, mas você não achou estes bolinhos esplêndidos, Sticky? Eles ficam ótimos com leite gelado, principalmente os de groselha.

Sticky não ficou confuso com a mudança de assunto. Ele também tinha visto Jackson e Martina se aproximarem da mesa. Estava respondendo animado que preferia os pãezinhos de canela quando Jackson se aproximou e disse em tom de desdém:

— George, desculpe-me por interromper esta conversa *tão* interessante sobre seus pratos favoritos no café da manhã, mas Martina e eu vamos fazer uma inspeção. Vocês devem ter ouvido falar do espião, sem dúvida, não?

— Ouvimos sim — respondeu Reynie. — E mal podemos acreditar. Por que diabos alguém iria querer espionar a Academia?

Jackson bateu com os nós dos dedos na cabeça de Reynie, e doeu.

— Se você usasse o cérebro, Muldoon, poderia compreender algumas coisas sozinho. O espião obviamente pretende roubar a tecnologia secreta do Sr. Curtain e então vender para alguém que vá usar com motivos do mal.

— Isso seria horrível — disse Kate.

Reynie estava esfregando a cabeça.

— Mas, bom, sim, nós ouvimos falar do espião.

— E, no entanto, uma coisa que vocês provavelmente *não* ouviram falar é disto aqui.

Jackson enfiou a mão no bolso e pegou uma bolinha de gude. A bolinha de gude de Kate.

— O espião é uma bolinha de gude? — perguntou Reynie.

— Rá, rá, garotinho. Rá, rá. Não, esta bolinha de gude por acaso foi encontrada ontem à noite em um lugar, em um lugar... vamos colocar assim... em um lugar onde não deveria *estar*.

— Parece uma maneira bastante razoável de colocar — disse Reynie.

Martina se inclinou para frente e olhou dentro do balde de Kate.

— Então, Jackson e eu estamos procurando o dono da bolinha de gude. Não quero dedurar ninguém — disse, toda melosa —, mas me pareceu que o balde de Kate seria um bom lugar para olhar. Ela tem tanta coisa aí dentro, sabe como é.

Reynie e Sticky tentaram parecer despreocupados, mas a mente deles estava um turbilhão. Kate tinha comentado que tinha perdido algumas coisas na água na noite anterior, mas não tinha falado nada sobre as bolinhas de gude e o estilingue.

— Você se importa se nós dermos uma olhada? — perguntou Martina e já foi esticando a mão.

— De jeito nenhum — respondeu Kate.

Antes que Martina pudesse encostar a mão em qualquer coisa, ela despejou todo o conteúdo do balde na mesa: um ímã, um canivete suíço, um carretel de linha, um caleidoscópio e uma corda (que estava úmida, mas não dava para perceber só olhando). Nenhuma bolinha de gude. Nada de estilingue.

— Ah — disse Martina, com expressão de decepção profunda.

— Certo, então — disse Jackson. — Só estávamos conferindo. Temos outras pessoas com quem falar, então vamos deixar vocês continuarem sua conversa fascinante. Vamos, Martina.

Com um certo esforço, ele conseguiu arrastar Martina, relutante, para longe.

Kate deu uma piscadela.

— Eu posso não saber quando foi a era Cenozoica...

Sticky ficou abobado.

— Kate, nós *vivemos* na era Cenozoica. Claro que começou há 65 milhões de anos, mas...

— O que eu *ia* dizer — continuou Kate, teimosa —, é que talvez eu não saiba quando foi a era Cenozoica, mas eu não nasci ontem.

— De que diabos vocês estão falando? — perguntou Constance.

— Ela só quer dizer que não é burra — respondeu Reynie. — Então você se livrou das bolinhas de gude e do estilingue de propósito, Kate?

— Claro que sim. Imaginei que ele ia achar aquela bolinha de gude, então eu *tive* que me livrar das outras. Mas claro que detestei ter que fazer isto. Ganhei a maior parte delas em um jogo com um domador de leão.

— Pobre Kate — disse Constance. — Perdeu as bolinhas.

Todo mundo menos Kate estava rindo disso quando Martina e Jackson, já na metade da cantina, de repente pareceram mudar de ideia e voltaram até a mesa deles. Uma expressão intimidadora de prazer cruel no rosto de Martina fez toda a risada deles secar e fez com que eles esperassem em silêncio pela explicação.

— Jackson esqueceu de mencionar mais uma coisa — disse Martina. — Ele por acaso tinha acabado de cuspir uma bala de alcaçuz ontem à noite, no mesmo lugar que encontrou a bola de gude. Mas, quando foi procurar depois, tinha sumido.

Reynie sentiu Kate se retesar a seu lado. Eles estavam encrencados.

— Uma coisa engraçada a respeito das balas de alcaçuz — disse Jackson — é que são bem o tipo de coisa que gruda na sola do sapato da gente sem que se perceba.

— Já entendi, já entendi — disse Kate, contorcendo-se na cadeira. — Então agora vocês querem ver a sola dos meus sapatos.

— Se você puder fazer a gentileza — disse Martina, com um sorriso maldoso. Ela notou que Kate estava se contorcendo e se deliciou por achar que a tinha assustado.

— Bom, desculpe por estarem molhados, mas Reynie acabou de derrubar suco em cima deles — disse Kate.

— Ah, sim, nós vimos — disse Jackson. Ele soltou uma gargalhada rouca que parecia o gemido de um carneiro.

Enquanto Jackson se deleitava às custas de Kate, ela colocou uma coisa melada, cheia de areia e fria na mão de Reynie embaixo da mesa. Ela não estava se contorcendo de nervoso... estava torcendo a perna para alcançar a bala. Então, quando ergueu os sapatos encharcados para os Executivos olharem, Reynie esticou a mão por baixo da mesa e colocou o pedaço de bala de alcaçuz na mão de Sticky. Quanto mais longe de Kate, melhor, pensou. Sticky teve a mesma ideia e passou a bala imediatamente para Constance.

Constance, infelizmente, não entendeu o que era.

Horrorizados, os meninos ficaram olhando quando ela colocou a meleca doce lodosa, suja e meio mastigada em cima da mesa para examiná-la. Os olhos de Reynie passaram para os Executivos que, por terem se decepcionado com os sapatos de Kate, agora estavam pedindo a ela que mostrasse as mãos vazias e depois procuraram alguma coisa grudenta embaixo da mesa. Ele olhou de novo para Constance e viu que ela percebeu o que era aquilo e seus olhos se arregalaram de medo. E então, um instante antes de Martina virar os olhos na direção dela e ver aquilo, Constance enfiou a bala na boca, mastigou e engoliu.

— Eca, essa foi a coisa mais nojenta que eu já vi — disse Sticky depois, quando a crise tinha passado e os Executivos estavam achacando outras crianças. As bochechas de Constance, que geralmente eram rosado-avermelhadas, tinham ficado com um leve tom esverdeado.

— Nojento sim, mas também heroico — disse Reynie.

— Nós todos precisamos fazer sacrifícios — balbuciou Constance, tristonha.

— O que precisamos é tomar uma decisão — disse Kate. — Precisamos de um plano, e rápido. Alguém tem alguma ideia? As minhas todas acabaram.

Constance só grunhiu e enfiou a cabeça nas mãos.

— Eu tenho uma coisa a dizer — Reynie falou, e então hesitou. A intenção dele era dizer que não poderia encarar o Sussurrador de novo... que só de pensar nisso sua mente se transformava em geleia, então, como ficaria se ele de fato *experimentasse* o Sussurrador de novo? Será que ele com certeza não desistiria de tudo? Era isso que Reynie pretendia dizer. Mas, não, ele viu que não ia conseguir. Ficou com vergonha demais.

Constance resmungou de novo sem erguer os olhos.

— Reynie, você é o rei de falar que tem alguma coisa a dizer e depois não diz nada. Já percebeu isso?

— Desculpe — disse Reynie. — Eu... eu esqueci.

Ele não era o único na mesa com pensamentos confusos. Sticky se sentia da mesma maneira que Reynie, e Kate ainda queria ter conseguido sabotar aqueles computadores, para solucionar o dilema por conta própria. (E, como não tinha conseguido fazer isso, ela estava tentando fingir para si mesma que não estava frustrada.) Constance, enquanto isso, estava tentando não contemplar o que poderia acontecer com ela quando o Sr. Curtain começasse a transmitir as mensagens na potência máxima. Assim, todas as crianças estavam tentando *não* pensar em coisas em vez de *tentar* pensar em coisas, e *tentar não* fazer alguma coisa geralmente é menos produtivo do que *tentar* fazer, e eles não estavam conseguindo apresentar nenhuma resposta.

Entre suas voltas e mais voltas mortais a respeito de não encarar o Sussurrador, no entanto, Reynie tropeçou em alguma coisa que (vista de longe, sem ser encarada de frente) poderia se assemelhar a um plano. Cem vezes, ele tinha pensado consigo mesmo: "Não vou conseguir encarar o Sussurrador outra vez." Mas, desta vez, ele juntara a palavra "sozinho". E foi assim que ele tropeçou na coisa que se assemelhava a um plano.

— Certo, pessoal, acho que eu tenho um plano *sim*. O Sr. Benedict não disse que nós precisávamos confiar uns nos outros para tudo? Que cada um de nós é essencial para o sucesso da equipe? Nós precisamos levar em conta que dependemos uns dos outros.

— Esse é o plano? — disse Constance. — Dar abraços uns nos outros? Reynie a ignorou.

— Eu estava pensando que, se talvez a gente encarasse o Sr. Curtain e o Sussurrador dele *juntos*, nós poderíamos descobrir o que fazer.

— Você está falando de todos nós irmos à Galeria do Sussurro ao mesmo tempo? — disse Constance, cheia de dúvidas. — Com o Sr. Curtain lá dentro? O que nós poderíamos fazer?

— Ainda não sei — confessou Reynie. — Mas também temos Travez, lembrem-se. Se nós entrarmos em contato com ele, ele virá nos ajudar.

— Eu acho que vale a pena tentar — disse Kate. — O tempo está acabando. Como é que nós vamos conseguir? Será que Constance e eu devemos entrar escondidas quando vocês dois estiverem tendo as suas sessões?

Reynie refletiu sobre a questão.

— A porta é controlada por um botão na cadeira do Sr. Curtain, então não dá para vocês entrarem. Mas Sticky e eu poderíamos apertar o botão para deixar vocês entrarem.

— Tem pelo menos um problema com isso — disse Sticky. — Nós só vamos ter outra sessão no Sussurrador daqui a alguns dias, está lembrado? Até lá, já vai ser tarde demais!

Kate tentou pensar.

— O que seria bom... Seria bom se o Sr. Curtain ganhasse o Prêmio Nobel da Paz!

Sticky cuspiu um jato de leite com chocolate.

— Você ficou malu... ah, oi. P.G.! O que veio fazer aqui na nossa mesa? P.G. Pedalian olhou para eles, melancólico.

— Olá, garotos. Suponho que já estejam sabendo que eu estraguei toda a investigação da espionagem, porque apaguei as pegadas e tudo o mais.

— Você não deve se sentir mal — disse Reynie. — Duvido que alguém pudesse ter feito um serviço melhor.

— É muito simpático da sua parte dizer isso — disse P.G., com um suspiro. Então ele respirou fundo, só para poder suspirar de novo. — Mas chega de falar de mim, eu sou de dar dó. Vim aqui saber de *vocês*. Constance, você está passando bem? Está parecendo um tanto, bom... verde.

— Acho que passei uma virose de estômago a ela — interrompeu Reynie. — Sticky e eu acabamos de nos recuperar disso.

P.G. pareceu se solidarizar.

— Ah, é, os outros Mensageiros me contaram que vocês estavam com esse problema. É bem chato, não é? Como é que você *está* se sentindo, Constance?

— Como se eu tivesse comido alguma coisa repulsiva — respondeu Constance. — Acho que é o que eu ganho por andar com Sticky e Reynie.

— Ora, ora — observou P.G. — Não há nada melhor para você do que ficar na companhia de Mensageiros. É uma boa influência e tudo o mais. Quero dizer, tirando o vírus de estômago. Vamos só torcer para que muitas outras pessoas não fiquem doentes. Seria uma pena se as aulas tivessem que ser canceladas. É tanta coisa boa para revisar...

Todos eles concordaram sinceramente com P.G., agradeceram por ele ter parado para falar com eles e ficaram assentindo enquanto ele fazia um discurso monótono sem fim a respeito do espião que tinha fugido e várias outras coisas, até que finalmente a mandíbula dele cansou, a cabeça dele esvaziou e ele foi embora.

— O que a gente precisa — disse Kate, como se nem tivessem sido interrompidos — é que a vez de vocês, meninos, seja logo. Não tem nenhuma chance de serem chamados amanhã?

— Acho que não — respondeu Reynie. — A menos que algum Mensageiro de repente caia doente.

— Pena que nós não podemos fazer com que eles todos fiquem com dor de barriga *de verdade* — disse Constance.

Os ouvidos de Sticky se aguçaram.

— Quem disse que não podemos? — indagou ele.

Más notícias e más notícias

O plano das crianças era ousado, mal formatado e provavelmente ia falhar, e todas elas sabiam disto. Também sabiam que precisavam agir agora ou nunca.

— Amanhã, então — disse Sticky, moendo com pressa a raiz de uma planta entre duas pedras. Quando ele terminou, Constance colocou o pó em um saquinho e entregou outra raiz para ele.

— É, amanhã — disse Kate, que estava de vigia no alto da colina, alguns metros acima no caminho. — E vamos torcer para que não seja tarde demais.

— Eu não ia querer que fosse antes — disse Constance. — Eu não estou exatamente ansiosa para que amanhã chegue. — Ela contemplou alguns grãos de raiz esmagada colados na ponta dos dedos dela e resistiu (pela vigésima vez) à tentação de ver que gosto tinham. Sticky tinha avisado a ela que a raiz-borbulhante selvagem ("ou *Euphorbia upchucuanhae*, como é mais amplamente conhecida") era um emético poderoso. Constance nunca tinha ouvido a palavra "emético", mas pelo menos desta vez ela não pediu explicação. Estava bem claro, pelo plano deles (e pelo sorriso travesso de Sticky) que até amanhã todos os alunos da Academia estariam vomitando o jantar.

Mas esse jantar ainda tinha que ser comido. Estavam no fim do horário de aulas, ainda não era a hora da refeição, e os integrantes irrequietos da Misteriosa Sociedade Benedict eram as únicas crianças ao ar livre, no frio. Os outros alunos ou estavam no quarto estudando ou assistindo à televisão. Mas no momento em que a classe foi dispensada, Sticky conduziu os amigos até aquele lugar, um pouco para cima na colina que ficava atrás do ginásio. Tinha sido ali, no dia que encontraram o Sr. Bloomburg, que Sticky tinha visto alguns pés de raiz-borbulhante selvagem (junto com várias outras plantas cujos nomes em latim ele recitou e os outros prontamente esqueceram).

— Isto já deve bastar — disse Sticky, moendo o último pedaço de raiz. Ele bateu as mãos em gestos vigorosos para tirar o pó. Então, pensando no que aconteceria se encostasse nos lábios sem prestar atenção (e depois *lambesse* os lábios sem prestar atenção), bateu de novo. — Na verdade, estou começando a me sentir culpado por causa disto. Dá para acreditar?

— Talvez signifique que você ainda tem consciência — disse Reynie.

Kate deu uma gargalhada.

— Ou talvez signifique que você está simpatizando demais com o inimigo. Pessoalmente, eu não me sinto nem um pouquinho culpada por mandar um monte de gente arrogante para uma visita de emergência ao banheiro.

Sticky limpou as mãos na calça.

— Não deixe que os seus sentimentos tornem você muito ambiciosa em relação a isto, Kate. Se exagerar na dose, pode prejudicar alguém.

— E não são só os Mensageiros que vão receber a dose — Reynie lembrou a ela. — Isso pareceria suspeito demais. Tem que ser todo mundo.

Kate revirou os olhos.

— Quem precisa de pais quando vocês dois estão por perto? Não se preocupem, eu não vou matar ninguém. E prometo não ficar nem um pouco contente se Martina ficar verde.

Culpados ou não, todos sorriram com essa ideia.

— Então vamos repassar o plano — disse Constance. — Os outros Mensageiros vão passar mal e não vão poder fazer as sessões deles com o Sussurrador, daí vocês, meninos, vão ter sua vez mais cedo. Quando vocês forem chamados para a sessão, Kate e eu vamos entrar lá sem ninguém ver, de algum jeito, e esperar do lado de fora da porta da Galeria do Sussurro. Agora, como exatamente nós devemos fazer isto? E se estivermos em aula?

— Nós ainda não planejamos esta parte — reconheceu Reynie.

— Certo — disse Constance. — E depois, um de vocês vai apertar o botão que abre a porta, apesar de o botão ficar na *cadeira de rodas* do Sr. Curtain. Como é que vocês vão conseguir fazer isto?

— Esta parte nós também não planejamos ainda — balbuciou Sticky.

— Percebo. E então, depois que estes milagres todos acontecerem, Kate e eu vamos correr lá para dentro e nós quatro vamos, de alguma maneira, derrotar o Sr. Curtain, estragar o Sussurrador dele e fugir sem que nada aconteça com a gente... apesar de estarmos em uma ilha e de a ponte ser vigiada por Recrutadores. Vocês fazem alguma ideia de como tudo isso vai acontecer?

— Não — responderam os meninos, desanimados.

Kate deu de ombros.

— Certo — disse Constance. — Eu só queria ter certeza de que tinha entendido o plano.

— Mas, bom, você também não pode excluir Travez — disse Reynie. — Ele vai estar do nosso lado, para nos ajudar.

Constance jogou as mãos para cima.

— Como é que você sabe? Você ainda nem deixou o bilhete para ele!

Reynie esfregou as têmporas.

— Estou indo agora mesmo, Constance. Tudo bem?

— Seja rápido, Reynie — disse Kate. — Eu vou precisar de vocês três para distrair os Ajudantes enquanto enveneno a comida.

— E como é que a gente vai fazer *isto*? — perguntou Constance, dando início a uma ladainha que falava sobre como eles estavam mal preparados, como tinham pouco tempo e como este plano estava dando mais dor de cabeça nela do que as transmissões de mensagens ocultas. — Então vou perguntar *de novo* — concluiu. — Exatamente, *como* é que nós vamos distrair os Ajudantes?

— Simplesmente seja você mesma — respondeu Kate com um suspiro.

Reynie deixou os outros discutindo no topo da colina e se apressou na direção da praia. Ele tinha insistido para que fosse ele a esconder o bilhete. Kate adoraria se esgueirar pelo cano de esgoto mais uma vez, mas esta não era uma operação clandestina. Tinha que ser feita à luz do dia. Reynie pegou um caminho que dificultava ser avistado do terreno da Academia, mas se ele *fosse* visto, já tinha inventado uma boa explicação.

Em um bolso, Reynie carregava um bilhete para Travez que explicava o plano deles. No outro bolso, carregava um esboço da ponte da ilha, em que Reynie passou a maior parte de dois períodos de aula fazendo, de memória. Ele desenhava bem e ficara modestamente satisfeito com o resultado, até Kate dar uma olhada nele, depois da aula.

— Não está bom? — perguntou ele quando viu a testa dela se franzir.

— Está certo — disse Kate, meio incerta. — Mas a perspectiva está um pouco estranha. Está vendo, se você seguir esta linha aqui... e escurecer aquelas sombras ali... — Em dois minutos, ela tinha feito um desenho bem melhor do que o dele.

Reynie ficou mal-humorado.

— Vou levar o seu — disse, enfezado. — Não vou deixar que o seu trabalho tenha sido feito à toa.

Em cima do esboço, ele escreveu, em letra de forma, o título: *Sua paisagem preferida*. Se fosse pego, Reynie poderia dizer que tinha ido até a praia para ter uma visão melhor da ponte, para conseguir fazer o melhor desenho possível... sendo que o desenho, é claro, era um presente para o Sr. Curtain.

Ele se apressou pela parte mais baixa do declive, bem nos limites de onde a água batia, e tateou nos bolsos com ansiedade. Os dois pedaços de papel estavam lá. Que bom. *Agora, não pise na água*, ele disse a si mesmo. *Sapatos molhados podem chamar atenção. E assegure-se de que o bilhete não vai ficar aparecendo quando você o deixar lá... cubra-o completamente com as pedras. E não deixe nenhuma pegada. Foi um milagre as pegadas não acabarem com a gente da última vez. Só mesmo o coitado do P.G. para nos poupar desse desastre.*

Reynie encontrou o cano de esgoto e marcou vinte passos a partir dele. Olhou ao redor. Ninguém à vista. Não havia ninguém na ponte, o declive o escondia por trás e, na frente dele, não havia nada além de água... e, do outro lado, ficava o litoral do continente. Ocorreu-lhe que o Sr. Benedict e seu pessoal provavelmente o estavam observando com os telescópios agora. Ele olhou para as árvores do outro lado do canal. Sem dúvida eles o enxergavam. A questão era se *ele* algum dia voltaria a vê-los. Reynie deu um pequeno aceno melancólico (em parte de "oi" e em parte de "tchau") e então se abaixou para esconder o bilhete entre duas pedras grandes.

Confira tudo, Reynie lembrou a si mesmo. Será que ele tinha empilhado as pedras com cuidado? Tinha garantido que o bilhete não podia ser visto? Tinha deixado alguma pegada reveladora na areia? Satisfeito em relação a todos esses aspectos, ele se apressou pelo caminho por onde tinha vindo, ansioso para se distanciar do bilhete. Ao sair da praia e começar a subir o declive, Reynie pensou no que fazer com o desenho. Achou que ninguém o veria, mas resolveu guardá-lo só por precaução. Se alguém o confrontasse a esse respeito depois, ele teria a desculpa no bolso.

Reynie bateu no bolso, mas o desenho não estava lá! Como podia não estar lá? Ele não o tinha colocado no bolso esquerdo? Colocou a mão no outro bolso e sentiu o papel. Ele devia ter feito confusão. Será? Pegou o papel para ter certeza, então ficou olhando para ele, descrente. Era o bilhete! Ele tinha deixado o *desenho* embaixo das pedras!

Agora as coisas estavam complicando. Kate necessitava da ajuda dele, e estava quase na hora do jantar. Mas eles precisavam entrar em contato com Travez de qualquer jeito. *Você consegue*, Reynie disse a si mesmo. *Só precisa correr.*

Reynie correu. Desceu o declive, prestando atenção onde pisava nas pedras, tomando cuidado para não se molhar, e para não deixar pegadas. Logo já estava de volta às duas pedras empilhadas. Deu uma olhada rápida ao redor: praia, ponte, água. Tudo livre. Ele trocou o desenho pelo bilhete (dessa vez, desdobrou o papel para ter certeza), colocou as pedras de volta no lugar, conferiu mais uma vez para ver se não tinha deixado pegadas e correu de volta o mais rápido possível.

Dois minutos depois, Reynie estava sozinho no pátio, respirando com dificuldade. Foi quando viu P.G. Pedalian sair de trás do Prédio de Controle da Academia, mas não tinha como P.G. o ter visto, e não havia mais ninguém à vista. Reynie enxugou a testa. Era muita preocupação por nada. Ele acenou para P.G. e se apressou em seu caminho, porque não queria ficar preso em uma conversa. Não tinha tempo para isto. Os outros estavam esperando.

Acontece que P.G. também estava com pressa. Tinha ficado atormentado com seu erro o dia todo. Como ele podia ter sido tão tolo a ponto de apagar as pegadas do espião? Que burrada mais ridícula! E, o dia todo, ele tinha ficado pensando que talvez, apenas talvez, se ele voltasse lá para examinar tudo com mais atenção... P.G. apressou o ritmo, sentindo-se mais impaciente a cada passo. Ele ficaria sem jantar e passaria aquela hora toda em sua busca. Não seria algo importante se ele *de fato* encontrasse as pegadas do espião, no final das contas? Ou alguma pista? Já tinham examinado a área com bastante cuidado antes, mas nunca se sabe, não é mesmo? Que maravilha seria se ele pudesse se redimir aos olhos do Sr. Curtain!

Assim, com passos cada vez mais largos, P.G. Pedalian se apressou até o outro lado do pátio e desceu o declive, partiu na direção da praia, na direção do cano de esgoto, na direção do lugar em que Reynie, em sua pressa cheia de ansiedade, tinha empilhado as duas pedras com só um pouquinho menos de cuidado do que da primeira vez... na direção do lugar onde a pontinha de um bilhete estava aparecendo, agitando-se com a brisa do porto como uma minúscula bandeira branca de trégua.

Quando chegou a hora do jantar e a cantina mais uma vez se encheu de alunos ruidosos, os integrantes da Misteriosa Sociedade Benedict de repente desenvolveram uma aversão por qualquer coisa salgada ou doce. Encheram a bandeja como sempre, para evitar suspeita, mas evitaram tocar com o garfo em qualquer coisa que não fossem verduras.

— Você não podia ter deixado de fora pelo menos *um* tipo de doce, Kate? — perguntou Constance enquanto contorcia o rosto para engolir uma couve-de-bruxelas. Ela teve muita dificuldade e usou água pura em vez do refrigerante de laranja de sempre para tentar engolir. — Talvez a bebida *também* esteja envenenada.

— É melhor prevenir do que remediar — disse Kate, com a boca cheia de favas. — Mas, bom, eu não tive tempo de ficar escolhendo, sabe?

Por toda a cantina, as crianças comiam seus pratos preferidos até se fartar (alimentos gordurosos, guloseimas e doces) e tomavam leite com chocolate e refrigerante. Reynie, enquanto isso, espetava uma folha de alface sem nada mais com o garfo e pensava: *Até agora, tudo bem*. Apesar do jantar sem graça, apesar da transmissão de mensagem que o incomodava na cabeça, e apesar de seu plano ser tão incerto, ele sentia uma alegria no coração, uma sensação boa que podia ser considerada esperança. Kate tinha espalhado o pó, Reynie tinha entregado o bilhete a Travez, e nenhum dos dois tinha sido pego. Pelo menos *algumas* partes do plano estavam andando como ele esperava.

Realmente era uma sensação boa. Mas não durou muito.

Jillson apareceu na cantina com um sorriso de triunfo estampado no rosto e foi direto para a mesa deles. Sem falar nada, ela se apertou entre Reynie e Kate (os ombros largos dela forçaram os dois a encolher os braços por cima das bandejas, como se fossem louva-a-deus), e pegou um bolinho de creme da bandeja de Kate.

— Oi para vocês, criancinhas.

Kate fez careta, mas só por princípio. No fundo, ela estava deliciada.

— Pode se servir — disse, simpática.

— Obrigada, vou fazer isso — disse Jillson, engolindo o bolinho de creme. — Ouçam, tenho boas e más notícias, e achei que vocês estariam especialmente interessados. Vocês estão sabendo que P.G. colocou a perder todo o negócio de encontrar o espião, certo?

— Acho que ouvi falar alguma coisa — respondeu Reynie, sem apreciar nem um pouco o rumo daquela conversa.

— Bom, adivinhem só! — disse Jillson. — Aconteceu uma coisa! P.G. voltou até o cano de esgoto agorinha mesmo para dar uma última olhada e *achou* uma coisa.

As crianças só conseguiram ficar olhando para ela, apavoradas. Também estavam confusas. Se P.G. tinha encontrado o bilhete, então por que elas já não estavam encrencadas? Será que Jillson estava tentando enganá-las?

— Então, como eu disse, há boas e más notícias — prosseguiu Jillson.

Sentindo-se como se de fato tivessem acabado de receber notícias muito ruins, Reynie teve que se conter para perguntar qual eram as boas notícias.

— A má notícia — disse Jillson — é que o pedaço de papel estranho que P.G. achou foi destruído antes que ele pudesse ler.

— Mas que... horror! — as crianças exclamaram, tentando disfarçar o alívio. Estava muito evidente na cara delas, e elas sabiam disso.

Por sorte, Jillson não reparou. Ela colocou a mão na barriga e fez uma careta. Depois de um momento, soltou um arroto, sorriu com satisfação e prosseguiu.

— Não se preocupem, a boa notícia compensa. O espião foi pego!

As crianças se entreolharam. *Pego?*

Jillson arrotou de novo e xingou:

— Devo ter comido sobremesa demais. Sim, foi pego igual a um rato na ratoeira. Acontece que era um homem disfarçado de Ajudante. Surgiu do nada, tirou o papel da mão de P.G. e tentou fugir. Mas Jackson ouviu P.G. gritando por socorro, e alguns Recrutadores na ponte viram quando aconteceu, de modo que logo cercaram o espião. Ele tentou se desvencilhar, mas não estava à altura do *nosso* pessoal, vou dizer. Ele está em uma sala de aula agora, sob forte vigilância.

Reynie se sentiu como se tivesse levado um chute no estômago. Tinham perdido Travez.

— Por quê... por que você está contando isto para *nós*, Jillson?

— Bom, tenho que reconhecer que fiquei surpresa. Martina tinha me convencido de que *Kate* era a espiã. Ela ficou decepcionada ao saber que não era. Mas eu achei que vocês deviam saber que Kate não está mais sob suspeita. O Ajudante confessou tudo. Parece que opera sozinho. Isso significa que trabalha sem a ajuda de ninguém.

Kate parecia bem enjoada.

— Ele disse quem era?

— Não sabemos o nome dele, mas já esteve na ilha antes... há anos e anos. Quando tiraram o disfarce, o Sr. Curtain e alguns recrutadores o reconheceram na hora. Ah, e ouçam só isto: ele *comeu* o pedaço de papel! Mastigou e engoliu antes que qualquer pessoa pudesse ler. Disse que era de um diário pessoal e que não era da nossa conta. É um homem louco e muito perigoso. Mas não se preocupem, vamos levá-lo para a Sala de Espera daqui a apenas... Ah! Lá vêm eles agora!

As crianças mal conseguiam olhar.

Lá estava Travez. As mãos e os tornozelos estavam algemados, os pés se arrastavam com um som de derrota e os olhos azuis da cor do mar, mais tristes do que nunca, apontavam apenas para o chão a sua frente. Apesar de ele estar com a cabeça abaixada, dava para ver com facilidade os cortes e os ferimentos que tinha no rosto. Ele estava sendo conduzido pela cantina por meia dúzia de Recrutadores e de Executivos (incluindo Martina Crowe, cheia de orgulho), sendo que nenhum deles apresentava qualquer marca de luta. Reynie ficou se perguntando como aquilo era possível. Jillson disse que ele tinha tentado revidar, mas se Travez realmente tivesse resistido, por acaso seus captores não estariam com a aparência de quem acabou de pegar um tigre pelo rabo? Será que ele só tinha fingido a reação? Mas por quê? A menos que...

De repente, Reynie compreendeu. Como P.G. tinha avistado o bilhete, Travez *escolheu* ser capturado. Ele quis ter uma oportunidade de confessar, uma oportunidade de inventar uma história a respeito daquele pedaço de papel. Um *bilhete* serviria para sugerir que alguma outra pessoa o tinha escrito (outro espião na ilha), mas uma página de um *diário* apontava apenas para o próprio Travez. Sim, ele quis convencer o Sr. Curtain de que estava trabalhando sozinho, quis tirar as suspeitas de cima das crianças. Ele tinha se sacrificado por elas.

Quando Travez atravessou a cantina, o recinto todo irrompeu em aplausos para os Executivos e os Recrutadores, e depois em vaias e xingamentos para o espião capturado. O homem triste até não poder mais passou ao lado da mesa deles (bem pertinho das crianças agradecidas e tristonhas que ele tinha salvado), mas em nenhum momento ergueu os olhos ou demonstrou qualquer sinal de que as conhecia.

— Caramba, mas ele parece triste, não é mesmo? — disse Jillson.

Kate começou a falar, mas a voz ficou embargada e suas palavras se tornaram incompreensíveis. Ela estava pensando exatamente a mesma coisa que os amigos. Travez disse que ele preferia morrer antes de permitir que alguém fizesse mal a eles.

A descoberta de Sticky

T. capturado. Vamos encarar Sussurrador amanhã. Orientação.
— Ainda sem resposta — informou Sticky da janela.
Os outros esperavam em um silêncio depressivo. Apesar de o "vírus de estômago" ter se espalhado como um incêndio florestal (os banheiros e o Centro da Melhor Saúde já estavam lotados de alunos), o sucesso do plano não tinha ajudado em nada para melhorar o humor deles. Nem mesmo a visão de Jillson correndo por um corredor com a mão em cima da boca e segurando um saco de papel para o caso de não chegar ao banheiro a tempo... nem isso conseguiu animá-los. O tempo estava passando rápido, e eles tinham sido forçados a abandonar a esperança que, no fundo, estavam alimentando: que, se as coisas todas dessem horrivelmente errado, Travez estaria lá para salvá-los de alguma maneira.
Depois de mais um minuto interminável, Kate disse:
— Estou cansada de esperar. Sugiro deixar o plano para lá e tentar salvar Travez.
Sticky ficou estupefato.
— Mas ele está sendo fortemente vigiado... nós não teríamos chance!
— Nós não temos chance de jeito nenhum não é mesmo? — Kate contrapôs.
— Você não é assim, Kate — disse Reynie, surpreso. — Acho que as transmissões estão afetando você...
Kate franziu a testa.
— Você... você tem razão. Desculpe.

— Esperem, lá vem a resposta — disse Sticky. — Mas que diabo? Será que é isto mesmo?

Ele começou a fazer sinais com a lanterna mais uma vez.

— Caramba, o que você está *fazendo*, George Washington? — Constance quis saber. (Apesar de os outros não acharem que fosse possível, Constance foi ficando ainda mais mal-humorada à medida que a Melhoria se aproximava.) — Mandaram uma mensagem ou não?

— Estou pedindo para repetir.

Mas quando a mensagem foi repetida, Sticky só ficou lá coçando a cabeça.

— É só um antigo ditado: "Rir é o melhor remédio."

— Eles estão fazendo piada? — disse Kate.

— Talvez seja a maneira que eles encontraram para dizer que é para nós nos animarmos, para termos esperança — disse Sticky.

Reynie não concordou.

— Isto está leve demais. Eles não iam achar que a gente iria se sentir assim, não com Travez como prisioneiro. É algum tipo de charada... um conselho importante. Só precisamos descobrir o que significa.

— Pelo menos desta vez, eu gostaria de ter uma resposta direta — resmungou Constance. — É ridículo o fato de eles fazerem as coisas assim... não é certo!

— Eles precisam tomar cuidado, não é mesmo? — disse Sticky. — Se nos dessem uma resposta direta e alguém visse, nós estaríamos em situação ainda pior.

— E você acha que nós poderíamos estar muito pior do que isto? Estou *cansada* de tomar cuidado. E estou cansada dos códigos idiotas deles, e estou cansada de vocês todos me tratarem igual a uma criancinha burra.

— Calma aí, Constance — disse Reynie, com a maior calma possível. — Todos nós estamos frustrados e aborrecidos, e eu sei que você está com medo...

— *Cala* a boca — rosnou Constance. — Estou cansada de você, também! Aliás, quem foi que coroou você rei?

— Por que *você* não cala a boca? — explodiu Reynie.

Com isso (era a primeira vez que Reynie tinha falado de maneira ríspida com ela), Constance se fechou em um silêncio furioso. Os outros, nada satisfeitos, voltaram suas energias para desvendar a charada. Mas Sticky e Kate não eram muito bons em solucionar enigmas, e Reynie estava perdido entre as névoas que tomavam conta de sua mente. (E o Sussurrador, lá no alto de sua torre, continuava piscando como o facho de um farol no meio dessa névoa.)

Depois de meia hora de tentativas inúteis, as crianças não tinham chegado nem perto de uma resposta e Constance abandonou seu silêncio para poder caçoar das tentativas delas. Reynie enfiou a cabeça nas mãos.

— Certo, Constance. Eu desisto. É isto que você quer? Nenhum de nós consegue se concentrar com você assim. Acho melhor nós pararmos por aqui e dormirmos por algumas horas. Talvez um pouco de descanso ajude.

Constance, que de fato estava se sentindo muito desesperada, não conseguiu se controlar.

— Descansar? — desdenhou. — Achei que nós precisávamos dar risada. Não foi isso que aquele idiota do velho Benedict disse? Bom, rá, rá, rá, esta é a coisa mais engraçada que eu já ouvi.

— Você não tem jeito — disse Kate que, para começo de conversa, já estava de péssimo humor e agora tinha perdido toda a paciência. — Reynie tem razão. Vamos voltar para o nosso quarto. — Ela lançou a corda dela para o teto e, enquanto erguia Constance, cochichou: — Nós voltamos antes do amanhecer. Ou pelo menos eu volto. Se ela ainda estiver agindo desta maneira, pode ficar lá apodrecendo no nosso quarto que não estou nem aí.

A abertura no teto se fechou.

Reynie e Sticky se entreolharam. Tudo parecia estar desmoronando, e nenhum deles conseguia esconder a preocupação. Estava escrito de modo bem claro no rosto deles.

— Se você pensar em alguma coisa, qualquer coisa... — disse Reynie.

Sticky assentiu.

— Eu acordo você. E você faz a mesma coisa.

Completamente vestidos e completamente arrasados, os meninos foram cada um para sua cama, repassando a mensagem na cabeça vez após outra. *Rir é o melhor remédio, rir é o melhor remédio...* À meia-noite, nenhum deles tinha conseguido pensar em nada. À uma, Sticky estava choramingando sozinho para tentar dormir. Às duas, Reynie abandonava sua carta mental para a Srta. Perumal, recomeçava e abandonava a nova também... ansioso demais até para pensar em sua ansiedade. A mente dele retornou à mensagem do Sr. Benedict.

— Por que rir? — ele se perguntou pela centésima vez. — Por que remédio? É alguma coisa... alguma coisa que cura uma doença, ou... ou que resolve um problema, talvez, mas que problema?

Mas a resposta continuava desconhecida, e ele estava enlouquecendo. Reynie tomou a decisão de ficar acordado. Não havia mesmo como ele dormir, não antes de compreender a mensagem. Depois de tomar esta decisão, ele suspirou, rolou para o lado para se acomodar... e caiu no sono.

Um pouco antes do amanhecer, Reynie acordou de supetão. A mente dele tinha ficado trabalhando com fúria enquanto ele dormia. Ele desceu do beliche de cima e sacudiu Sticky. Sticky abriu um olho, depois o fechou para abrir o outro, como se no momento estivesse com medo demais para olhar para o mundo com os dois olhos ao mesmo tempo.

— O qu...?

— Sticky, *acorde*.

Desta vez, Sticky piscou com os dois olhos.

— Hum? Que horas são...? — ele fungou e esfregou a cabeça, acordando um pouquinho mais. — Ah, aconteceu alguma coisa?

— Tenho uma ideia a respeito do que o Sr. Benedict quis dizer — disse Reynie, todo animado. — Só não sei dizer ainda se está certo. Acho que talvez esteja meio certo. Deixe-me explicar para você, e daí você me diz o que acha.

Sticky se sentou ereto, agora completamente desperto.

— Sou todo ouvidos.

Mas, assim que Reynie começou, uma batida se fez ouvir na porta deles e P.G. Pedalian, que nem esperou resposta, enfiou a cabeça dentro do quarto deles.

— Como assim? Já estão acordados? Bons meninos! Devem ter adivinhado que todos os outros Mensageiros estão derrubados, e o Sr. Curtain precisa de vocês de novo imediatamente. Ele teve que cancelar metade das sessões noturnas graças a este vírus de estômago. Ainda bem que vocês dois já tiveram e sararam, hein? Dá para imaginar algo pior do que não poder atender quando o Sr. Curtain manda chamar?

O momento tinha chegado cedo demais! Ninguém esperava uma sessão assim de manhã tão cedo. Reynie pegou uma caneta da escrivaninha e rabiscou alguma coisa na palma da mão.

— O que você está fazendo? — perguntou P.G..

— Só estou escrevendo uma coisa que não quero esquecer.

— Eu faço isto de vez em quando — refletiu P.G. — Só que geralmente esqueço que anotei alguma coisa na mão e lavo antes de lembrar. O que você escreveu?

— Lembre-me de dizer para você depois.

— Certo... agora, apressem-se e vistam-se. Não vamos deixar o Sr. Curtain esperando.

Os meninos se vestiram rapidamente e seguiram P.G. para fora do quarto. No corredor, alguns alunos com o rosto pálido e os joelhos moles estavam indo e vindo dos banheiros, e um grupo de Ajudantes silenciosos fazia turno duplo para manter os pisos limpos. P.G., contente por ter recompensado sua gafe anterior, sorria e dava tapinhas nas costas dos alunos descorçoados enquanto ia passando.

— Força aí! Queixo para cima! Olhem para o lado bom... podia ser pior!

O trajeto até a Galeria do Sussurro nem de longe pareceu extenso o suficiente. A coisa de vendar os olhos, de caminhar até a entrada secreta, de subir os degraus incontáveis... tudo isso pareceu se passar em um instante torturante. Então P.G. já estava retirando a venda deles e apertando o botão do interfone.

— Reynard Mulddon e Stic... hum, George Washington estão aqui para a sessão deles, Sr. Curtain!

A voz do Sr. Curtain se fez ouvir através de um alto-falante:

— Eles devem esperar. Enquanto isto, traga-me mais suco.

Em seu tom mais autoritário (que não era assim muito autoritário), P.G. ordenou aos meninos que não saíssem daquele lugar. Depois de eles garantirem a ele que algo assim jamais lhes ocorreria, ele se apressou escada abaixo.

— Vamos fugir! — cochichou Sticky.

— Não, ouça, ainda temos uma chance — disse Reynie. — Você precisa ir primeiro, Sticky, e fazer a sua sessão durar o máximo possível. Se você resistir ao Sussurrador logo no começo, enquanto ainda tem forças, pode ser que consiga estender a sessão...

O queixo de Sticky caiu.

— Resistir a ele? Mas o Sr. Curtain vai desconfiar de alguma coisa! Vai perceber, você sabe que sim. Ele vai me mandar de volta para a Sala de Espera! Ele... — Sticky começou a tremer. — Ele vai colocar o Sussurrador contra *mim*! Vai fazer uma varredura cerebral em mim!

— Estou ciente dos riscos — disse Reynie. — Mas é a nossa única chance.

A expressão horrorizada de Sticky se transformou em raiva.

— Então, por que *você* não vai primeiro? Por que não é você que resiste, já que é tão corajoso?

— Preciso tentar fazer sinal para as meninas — disse Reynie. — Ele agarrou o braço de Sticky. — Nós ainda podemos conseguir, Sticky!

Sticky parecia cheio de dúvidas, até mesmo desconfiado.

— Como é que você vai fazer sinal para as meninas? Como...?

A porta da Galeria do Sussurro deslizou e abriu e Martina Crowe saiu dali com expressão confusa, mas cheia de prazer. Ela estava tão contente que quase nem se deu ao trabalho de fazer cara feia para eles. Quase. Mas então parou e se esforçou.

Reynie retribuiu a careta com seu melhor sorriso falso.

— Você acabou de fazer uma sessão com o Sussurrador? Achei que você agora era Executiva.

— Eu sou tão nova como Executiva que ainda posso fazer o trabalho de Mensageira com muita facilidade — gabar-se Martina. — E isto é definitivamente fácil demais. Nunca vi tantos garotos vomitando na vida.

— Você não ficou doente?

— Só estou com fome, nada mais. Estava tão ocupada capturando o *espião* ontem à noite que perdi o jantar. Este é o preço que se paga por ser Executiva, fazer o trabalho importante. Não que vocês, meninos, pudessem saber alguma coisa a respeito disso. — Com uma expressão de satisfação pessoal e condescendência enorme, Martina seguiu em frente, dizendo por cima do ombro: — Andem logo, meninos. Eu tenho outra tarefa. Vocês também devem notar que eu não preciso usar venda.

No momento em que ela estava longe o bastante para não escutar, Reynie cochichou:

— Você vai ter que confiar em mim desta vez, Sticky. Para que a gente tenha uma chance, você vai ter que ir primeiro. É a nossa única esperança.

O rosto de Sticky era uma máscara de dúvida.

— Meninos, entrem aqui! — chamou o Sr. Curtain.

Reynie tentou fazer um último apelo para o amigo, mas Sticky se virou e entrou na Galeria do Sussurro sem olhar para trás... onde a respiração dele escapou como o ar de um balão. Lá estava ele! O Sussurrador! As pálpebras de Reynie se agitaram. Estar na presença da máquina era como estar na presença de uma banheira cheia de água quente. Ele queria se sentar ali e nunca mais levantar.

Você precisa lutar contra isto, Reynie disse a si mesmo e, com muito esforço, arrancou os olhos da máquina sedutora para olhar para o Sr. Curtain.

O Sr. Curtain parecia cansado, mas ansioso.

— Bem-vindos, meninos. Acredito que estejam totalmente recuperados? Estão com as forças em dia?

— Estamos, sim — os meninos responderam juntos.

— Espero que estejam! Apenas uma quantidade ínfima de Mensageiros se recuperou, e eu os cansei demais. Vocês viram que eu recorri a uma Executiva... é um fato raro, já que crianças mais velhas são bem menos eficientes. Mas a minha programação foi prejudicada e estou tentando recuperar o atraso. Se esta infernal doença de estômago não tivesse surgido, meu projeto já estaria completo!

— Sinto muito por isso senhor — disse Reynie.

— Não faz mal, meu jovem amigo. O problema em breve será retificado, porque eu pretendo terminar exatamente *agora*.

Reynie prendeu a respiração.

— O senhor está dizendo... está dizendo... — gaguejou Sticky.

— Vejo que a honra o fez perder a língua. É isto mesmo, George, vocês dois vão pessoalmente dar conta de finalizar o meu projeto. Se tudo correr bem, quero dizer.

Os meninos forçaram sorrisos fracos.

O Sr. Curtain bateu palmas.

— Pronto, eis a nossa tarefa. Primeiro, vamos fazer uma última sessão dedicada ao material antigo... a última das lições. Depois, teremos uma sessão com material inteiramente *novo*. Material que acabou de sair da impressora! — O Sr. Curtain abanou o seu diário, cheio de triunfo. — Eu acabei de terminar.

Reynie tentou enrolar.

— Nós não precisamos de um tempo para estudar o material, senhor?

— Não, Reynard, neste caso, a simplicidade é essencial. O meu Sussurrador foi feito para acalmar mentes perturbadas, e nada acalma mais a mente do que uma resposta simples a um problema complicado.

— Senhor Curtain, ainda está planejando fechar a Academia? — perguntou Sticky.

Com esta pergunta inesperada, Reynie olhou bravo para Sticky. Será que ele também estava enrolando ou seria o oposto? Será que Sticky já tinha desistido?

O Sr. Curtain soltou uma risadinha.

— Não se preocupe, George, eu não me esqueci de vocês. Os outros alunos serão mandados para casa amanhã... eu escolhi responder a um chamado maior e vou servir ao público em proporção muito mais grandiosa... Mas tenho vocês dois em mente como assistentes, para serem treinados para o cargo de Executivos à medida que forem amadurecendo.

— O senhor... realmente nos quer, então? — perguntou Sticky.

— Mas é claro que sim — disse o Sr. Curtain com um sorriso de incentivo. — Eu posso usar vocês dois! E quanto antes a Melhoria começar, mais cedo vocês também vão dar início a sua nova vida. Querem melhor motivação para apresentar uma boa performance?

O lábio de Sticky tremeu.

— Cheguei com o suco, senhor — a voz de P.G. chamou do alto-falante do interfone.

— Finalmente — resmungou o Sr. Curtain, e seu sorriso desapareceu no mesmo instante, como costuma acontecer com sorrisos falsos. Ele apertou um botão no braço da cadeira de rodas.

Reynie, que estivera observando Sticky em desespero pasmo, reparou no botão que o Sr. Curtain tinha apertado. Se Kate e Constance conseguissem vir, ele poderia abrir a porta. Mas quais eram as chances de isto acontecer? Primeiro, Sticky precisaria conseguir resistir ao convite do Sr. Curtain... e como a atração do Sussurrador era tão forte, como o Sr. Curtain tinha muita chance de atingir seus objetivos, será que Reynie poderia ter alguma esperança?

P.G. trouxe o suco para eles e saiu aos tropeços mais uma vez; o Sr. Curtain deu um gole em seu copo de papel com uma expressão de contemplação ansiosa, e então o momento chegou.

— Muito bem, Reynard, vamos melhorar o seu mundo. Pode ocupar o seu assento no Sussurrador agora.

Reynie olhou com súplica para Sticky, cuja expressão era impossível de ler. O que se passava na cabeça dele?

Acontece que nem o próprio Sticky sabia dizer.

Houve vezes na vida de Sticky em que uma pergunta importante o deixou confuso demais, independentemente de ele conhecer a resposta muito bem; e vezes em que ele tinha fugido dos problemas; e vezes em que ele se deixara paralisar quando a ação era mais necessária. Ele nunca tinha entendido essa sua tendência... só sabia que raramente atendia às expectativas, e por essa razão se apegara tanto a seu apelido. Todos certamente esperariam grandes feitos de qualquer garoto chamado George Washington.

E, no entanto, naqueles últimos dias ele tinha ficado amigo de pessoas que se *importavam* com ele, muito mais do que se *esperava* dele. Com clareza perfeita, se lembrou de Reynie dizendo: "Preciso de você aqui como amigo." O efeito daquelas palavras, e de todas as suas amizades, tinha ficado cada vez mais forte, até que, mesmo no momento mais desesperador, ele sabia que eram verdadeiras (apesar de não saber dizer *por que* não se sentia confuso agora). Havia bravura nele. Ela só precisava ser trazida à tona.

Então, Sticky se colocou na frente de Reynie e disse:

— Será que eu posso ir primeiro, Sr. Curtain? Estive muito ansioso para voltar desde a minha última sessão.

O Sr. Curtain deu aquela mesma risada guinchada.

— Ouso dizer que Reynard se sente da mesma maneira, George. Mas não vamos brigar. Reynard foi primeiro da outra vez. Você pode ir primeiro hoje. Tome seu lugar.

Finalmente Sticky olhou nos olhos de Reynie, agora cheios de gratidão e admiração. Com um gesto rápido assentindo, Sticky se virou e se acomodou no Sussurrador. Imediatamente, o Sr. Curtain disparou com sua cadeira para trás dele, encaixou a cabeça embaixo do capacete vermelho e disse, ríspido:

— Ledroptha Curtain!

As braçadeiras subiram e envolveram os pulsos de Sticky. O capacete azul baixou.

— Sticky Washington — disse Sticky em voz alta e fechou os olhos.

Reynie observou o rosto do amigo ficar tenso com o esforço de resistir. Ele sabia que o Sussurrador queria o nome de batismo de Sticky.

— Sticky Washington — repetiu Sticky.

Fique firme, Reynie pensou e seus olhos dispararam para o rosto do Sr. Curtain, que parecia ao mesmo tempo cansado e preocupado. Será que o Sr. Curtain já tinha pressentido um problema? Ele estava com a testa franzida de concentração, com os olhos fechados.

Quanto tempo será que Sticky *conseguiria* resistir? Ainda mais sabendo que a resistência poderia entregá-lo? E sabendo que a única coisa que ele precisava fazer para aliviar seu pavor era cooperar? Sabendo que estava apenas a minutos de distância daquele alívio maravilhoso? Seria como tentar não coçar a coceira mais intensa que qualquer pessoa jamais sentiu.

Reynie se aproximou da janela em silêncio.

— Sticky... Washington — disse Sticky mais uma vez, com voz bem mais fraca, e Reynie percebeu que não teria muito mais tempo.

Os olhos do Sr. Curtain ainda estavam fechados. Agora era a chance dele. Reynie acenou com a mão de um lado para o outro na janela. Estava escuro lá fora, mas a sala era bem iluminada... a mão dele poderia ser vista do lado de fora. De um lado para o outro ele acenava, de um lado para o outro, de um lado para o outro. *Por favor, por favor, permita que alguém repare em mim*, ele pensou. *Por favor, Rhonda, permita que seja verdade o que você disse. Através do telescópio, parece que estamos a apenas meio metro de distância. Através do telescópio, vocês observam a ilha constantemente. Por favor, permita que seja verdade. E, por favor, permita que seus olhos sejam aguçados.*

Com um aceno final para chamar a atenção, ele colocou a mão contra o vidro para que a mensagem pudesse ser lida, se de fato houvesse alguém lá fora para ler: *Precisamos de K & C aqui! Agora!*

A Grande Máquina do Tempo da Kate

Acontece que K & C ainda estavam na cama. Tinha sido uma noite péssima para Kate. Por mais que ela tentasse, não conseguia esquecer a expressão nos olhos de Travez quando os Executivos e Recrutadores desfilaram com ele pela cantina. Ela dormiu muito mal, acordando o tempo todo, sempre preocupada e arrasada, e nenhuma vez conseguiu ter nem uma mínima ideia a respeito do que fazer.

Agora já estava quase amanhecendo, era hora de levantar, mas parecia que isso nem valia a pena. Para piorar o humor de Kate, se é que era possível, havia um barulho longínquo e irritante de uma campainha, uma buzina distante fazendo ruído. Um alarme de carro no continente, ou alguma criança insuportável brincando com uma buzina. Aquilo já estava se estendendo havia alguns minutos. Buzinadas longas, buzinadas curtas, buzinadas compridas de novo, sem parar. Aquilo era irritante, e irritantemente familiar, como algo de que ela deveria se lembrar, mas não conseguia. Quase como um código, ela pensou. Quase como...

— Código Morse! — disse Kate em voz alta e se sentou na cama.

Uma buzinada longa, uma buzinada curta, uma longa de novo, uma pausa. Aquilo era um *K*. Ela ficou escutando com atenção. Lá vinha mais. Ah, por que ela não tinha estudado seu código Morse? Ela voou até a escrivaninha e anotou o código à medida que era transmitido. Um sinal curto. Uma pausa. Isso era *e*, ela tinha bastante certeza. Longo, curto, longo, curto... um *C. K e C*.

— Alguém pode desligar este alarme idiota? — resmungou Constance ainda dormindo.

— Shh! Não, *não*, fique quieta! Constance, acorde! Estão mandando um sinal para nós!

Mas Constance, perdida em uma névoa de sono, só enfiou a cabeça embaixo do travesseiro.

O código não parava de chegar. Kate se esforçou para decifrá-lo.

— Espero que os meninos estejam recebendo isto — pensou. — Sticky com certeza vai entender.

Depois de uma pausa, a mensagem começou a se repetir, e Kate examinou o que tinha anotado: *k e c pratorre pandeiro agora*. Caramba! Não fazia o menor sentido. "K e C" significava Kate e Constance, óbvio. Mas o que era "pratorre pandeiro"? Será que era outra língua? Mais uma vez, ela torceu para Sticky estar escutando... ele conhecia todas as línguas existentes. Lá vinha a mensagem de novo. Kate prestou bastante atenção, com cuidado para não confundir o curto por longo e vice-versa, assegurando-se de perceber as pausas. Ela entendeu quase a mesma coisa: *k e c pratorre bandeiro agora*. Mas que coisa era aquela? Que negócio era esse de "pratorre"?

— *Para a* torre da *bandeira*! — exclamou ao perceber a confusão. — Caramba, Kate! Os meninos já estão na torre da bandeira! Constance, acorde!

— Fique quieta! — disse uma voz abafada de debaixo do travesseiro.

Kate calçou os sapatos apressada, prendeu o balde no cinto. Há quanto tempo será que eles estavam lá em cima? Como saber em que tipo de perigo eles estavam metidos? E se ela tivesse demorado demais? Teria que...

Kate parou no meio do raciocínio e ficou olhando para o montinho de roupa de cama que era Constance Contraire. Como é que ela ia conseguir fazer o que era preciso com aquela menina que não cooperava em nada? Kate teria de carregá-la, isso se conseguisse tirá-la da cama. E se Constance a atrasasse tanto a ponto de impedir que ela chegasse até os meninos a tempo?

Passou pela cabeça de Kate a ideia de deixá-la para trás. Foi um pensamento agradável... tão agradável que ela quase o colocou em prática. Foi até a porta. Hesitou. Olhou para trás. O plano exigia todos os quatro. Isso era o mais importante, segundo o Sr. Benedict, e era o combinado que tinham feito no dia anterior. Os quatro juntos. Era o plano. De jeito nenhum que *ela* ia ser a pessoa que estragaria tudo. Em um instante, ela estava ao lado da cama, sacudindo Constance como se fosse um chocalho.

— Acorde, Constance! É uma emergência!

Mesmo com os empurrões e os pedidos insistentes, Kate demorou um minuto para conseguir despertar Constance completamente. O sol tinha nascido, a luz estava ficando mais forte a cada segundo, e com isso aumentara o medo de que já fosse tarde demais. Quando Constance compreendeu o que estava acontecendo, Kate já tinha enfiado os sapatos nos pés dela.

— Suba nas minhas costas! — ordenou, ignorando os choramingos de Constance porque os dedos dos pés dela estavam doendo (Kate tinha trocado os pés dos sapatos). Constance subiu (sem parar de resmungar) e Kate disparou para fora do quarto.

No corredor, passaram por vários alunos segurando sacos de papel, arrasados, na fila para usar o banheiro lotado. Havia manchas melequentas aqui e ali pelo chão, que os Ajudantes ainda não tinham limpado, e Kate evitou-as com agilidade, tentando não pensar nelas. Quando uma Executiva com cara de enjoo se aproximou para perguntar o que elas estavam fazendo, Kate exclamou:

— Afaste-se! Ela está prestes a vomitar todas as couves-de-bruxelas!

A Executiva, que já tinha visto mais ocorrências daquilo naquela noite do que gostaria de ter visto durante a vida toda, saiu da frente sem dizer mais nenhuma palavra.

Kate ia correndo cada vez mais rápido, tomando ritmo, o balde batendo no quadril e Constance agarrada com desespero em seus ombros. Passou por Ajudantes exaustos com seus baldes e esfregões, saiu do dormitório e foi direto para a entrada secreta atrás do Prédio de Controle da Academia. Com a ajuda do elevador do Sr. Curtain, Kate achou que elas conseguiriam chegar à porta da Galeria do Sussurro em trinta segundos ou menos.

— Desde que tenhamos sorte — ela pensou alto — e que não haja guardas na entrada.

Ela deu a volta nos pedregulhos, chutou a porta para abrir e irrompeu no saguão da passagem secreta.

Infelizmente, tinha um vigia na entrada. E não era ninguém menos que Martina Crowe.

Kate parou de supetão, tentando pensar no que fazer.

Martina ficou surpresa com a aparição repentina de Kate, quase parecia estar com medo, como se Kate tivesse chegado para bater nela. Mas ela logo retomou sua atitude presunçosa.

— Como foi que *vocês* duas entraram aqui? Agora vocês estão metidas em sérios problemas, sabiam?

Kate mal ouviu o que Martina disse. A mente dela estava a toda a velocidade. Será que ela conseguiria passar por Martina? Sozinha, talvez, mas com Constance nas costas? Martina pediria reforços, e os Recrutadores que vigiam a sala dos computadores viriam correndo. Martina só precisaria conter Kate durante alguns momentos. Não, elas nunca conseguiriam. Teriam que tentar de outra maneira.

— Bom, o que vocês têm a dizer para se defender? — disse Martina em tom presunçoso, avançando ameaçadora na direção delas.

Kate mordeu o lábio, cerrou os punhos e, pelo menos desta vez, não falou nada. Em vez disso, deu meia-volta sobre os calcanhares, colocou Constance mais para cima nas costas e fugiu.

Martina ficou olhando para as meninas, extremamente confusa. Não era coisa de Kate Tempotodo fugir daquele jeito, não era coisa dela de jeito nenhum. E por que elas tinham entrado na passagem secreta, para começo de conversa? Elas estavam com pressa, obviamente correndo para dar conta de alguma coisa urgente. O rosto dela se fechou enquanto considerava as possibilidades.

Foi bem aí que Jillson apareceu na curva do corredor. Ela tinha passado uma noite péssima no banheiro, fazendo barulhos como um leão-marinho, mas agora que estava se sentindo melhor, chegou para aliviar Martina de sua função de vigia.

— Jackson disse que era para eu ficar no seu lugar. Se o Sr. Curtain não terminar o trabalho com Reynard e George, talvez você precise fazer outra sessão daqui a algumas horas. Descanse um pouco.

Martina não estava escutando. A mente dela estava um turbilhão com especulações a respeito de Kate. Aquela xereta impertinente devia saber que este era o caminho da Galeria do Sussurro, ela pensou. Senão, o que as meninas estariam fazendo ali? E por que estavam com tanta pressa? E... e o que era aquele barulho distante e infernal de *buzina*? Martina estava achando difícil se concentrar.

— Jillson, você passou por Kate Tempotodo no saguão agora mesmo?

— E aquela bebezinha Constance? Pode apostar que sim. Mandei as duas de volta para o quarto na mesma hora. Algumas crianças nunca aprendem. Aquelas duas vão ganhar uma varredura cerebral, não há dúvida.

— Elas não vão voltar para o quarto — disse Martina. — Está acontecendo alguma coisa.

Jillson franziu a testa.

— É mesmo? Você acha que tem alguma coisa a ver com esse som de buzina enlouquecedor? O que *é* aquilo, aliás?

— Então você também notou. Não sei. Quase parece... não, *com certeza* parece um código. Sim, é um código! Código *Morse*. Jillson, você por acaso não conhece código Morse?

— Por que diabos eu conheceria? Ninguém mais usa código Morse. Mas, sabe como é, o Sr. Curtain tem todo tipo de livros sobre códigos no armário do escritório dele. Podemos dar uma olhada. Estou com a chave do armário... privilégio de uma Executiva sênior.

Momentos depois, as duas estavam na sala do Sr. Curtain, debruçadas em cima de uma tabela de código Morse, rabiscando apressadas a transcrição da buzinada distante.

— O que é "pratorre"? — perguntou Jillson, coçando a cabeça.

Martina corrigiu o erro. Ela tinha confundido a separação das palavras. *Pra torre*.

— Eu sabia! Vamos encontrar Jackson. Temos mais duas espiãs para pegar.

As espiãs em questão, naquele exato momento, corriam por um corredor no alojamento dos Ajudantes, onde Kate tinha acabado de entrar em uma sala que servia de depósito e pegara uma escada de um Ajudante assustado. Agora elas avançavam aos tropeços e sem equilíbrio na direção da saída. Kate tropeçava por causa da escada desajeitada. Constance perdia o equilíbrio porque era o método natural de locomoção dela, e porque os pés dela estavam doendo por estar com os sapatos trocados.

— Vamos logo! — Kate a apressou, arfando para tomar fôlego. — Você não consegue correr mais rápido? Sinceramente, não posso carregar você e a escada ao mesmo tempo.

— Então me deixe para trás! Você não quer que eu vá junto mesmo!

— Não temos tempo para isto — resmungou Kate, bateu na porta do fim do corredor para abri-la e ergueu a escada ao sol do início da manhã. Constance foi cambaleando atrás dela, esforçando-se para acompanhar Kate, que dava a volta no prédio das salas de aula e disparava pelo meio do pátio.

A buzina continuava tocando do outro lado do canal, repetindo com insistência sua mensagem urgente.

Bem no momento em que Kate pensava: *Eu preferia que eles parassem agora, alguém com certeza vai perceber*, a buzina de repente parou. Infelizmente, quando isso aconteceu, dois Executivos surgiram de trás dos pedregulhos para olhar com curiosidade na direção do continente. (Um deles era P.G., cujo perfil comprido Kate reconheceu mesmo a distância. A outra, a julgar pelo tamanho da cabeça, era uma Executiva de cabelos compridos, chamada Regina.) Estavam distraídos demais no momento para reparar nas meninas. Ainda assim, aquilo nunca daria certo. Constance se arrastava atrás de Kate. Se os Executivos as vissem, elas com certeza seriam pegas.

— Ouça — arfou Kate enquanto atravessavam o pátio — se os faixas vierem atrás da gente, eu seguro os dois. Você segue em frente. Vá direto para a colina atrás do Prédio de Controle da Academia, até aquele paredão de pedra atrás do riacho. Eu alcanço você lá.

Constance parou.

— Você quer que eu vá até lá? Mas eu não vou conseguir andar tanto! Estou exausta! Meus pés estão me matando!

Kate parou com um escorregão.

— Você não consegue facilitar nada, não é mesmo? Nem mesmo agora, o momento mais importante da sua vida?

Ela largou a escada e colocou a mão dentro do balde para tirar a corda.

— O que você está fazendo? — perguntou Constance. — Achei que nós estivéssemos morrendo de pressa.

— Pense menos e aja mais — disse Kate.

Antes que Constance pudesse pensar em alguma resposta enfezada, Kate já tinha amarrado a escada ao cinto e colocado a menina menor nas costas.

— Eu simplesmente vou ter que arrastar esta coisa idiota. Mas vai fazer o maior barulhão, então, segure-se aí.

Com isso, Kate disparou, mais rápido do que ela mesma consideraria possível, talvez incentivada pelo barulho tremendo de batidas, raspões e arranhões que a escada arrastando atrás dela fazia. Ao longe, Regina começou a berrar e a barulheira chamou a atenção de Kate. Ela deu uma olhada colina acima e viu P.G. tropeçando nos próprios pés, e Regina tropeçando por cima de P.G. enquanto os dois saíam atrás das meninas.

— Abençoados sejam aqueles pés tamanho cinquenta — pensou ela em voz alta. — Agora, quem sabe a gente consiga.

Kate conseguiu chegar à parte de trás do Prédio de Controle do Instituto, passou apressada pelos pedregulhos e pela armadilha de hera-drapeada e começou a subir a colina. Era uma inclinação difícil. Ali não havia caminho, a encosta era íngreme e escorregadia cheia de cascalhos e Kate (diferentemente de seus perseguidores) arrastava uma escada e carregava alguém nas costas. Ainda assim, Kate já estava na metade do caminho quando P.G. e Regina chegaram ao sopé. Ela estava quase se sentindo motivada quando Martina, Jackson e Jillson apareceram em bando de trás do Prédio de Controle do Instituto.

— Bom, *isto* é o maior azar — disse Kate. Ela sorriu e acenou.

— Azar?! — exclamou Constance. — *Azar?!*

— Você não acha? — perguntou Kate, arfando sob toda aquela carga.

Jackson mandou P.G. e Regina saírem correndo para algum lugar (provavelmente para avisar o Sr. Curtain) e começou a subir a colina com Jillson e Martina na cola.

Eles se movimentavam com muita rapidez.

Kate parou de olhar para trás e seguiu em frente com determinação, até que ela e Constance chegaram ao paredão de pedra. De algum lugar mais baixo, ouviram botas escorregando no cascalho. Kate soltou a escada do cinto rapidamente, mas, depois de percorrer um trajeto tão grande colina acima, o nó tinha ficado apertado demais. *Vamos, vamos*, ela pensou, soltando o cinto para soltar a corda. Na pressa, ela deixou o balde cair e, para seu horror, ele escorregou atrás dela e rolou vários metros montanha abaixo.

— Deixe para lá! — exclamou Constance, ao ver a expressão de desolação dela. — Não há tempo!

Constance tinha razão. Elas perderiam a pouca vantagem que tinham. Mas pior ainda seria perder o balde dela. Assim, com as risadas de desdém de Martina já na metade da colina ("Mas que bela serventia este balde vai ter quando nós alcançarmos você!"), ela entregou a corda para Constance e desceu para pegá-lo. Tudo tinha caído para fora, inclusive a preciosa luneta de espionagem, mas Kate estabeleceu um limite: pegou o balde e deixou o resto para trás.

— Vocês perderam a vantagem! — gritou Jackson. — É melhor ficarem esperando a gente aí.

— Eu só queria dar uma chance de disputa para vocês! — gritou Kate de volta. Com a escada no lugar e Constance (espumando de desaprovação) nas costas, ela começou a subir. Agora estava mesmo suando com aquele peso. Quanto mais cansada ficava, mais pesada Constance parecia. Em uma explosão final cheia de determinação, ela escalou os últimos degraus bem quando Jackson alcançou a escada. Ela subiu para o topo do paredão, alto e curvado.

Alguns passos a frente, bem em cima do paredão de pedra, ficava o riacho que Kate tinha avistado no primeiro dia na ilha. Ele escorria por uma garganta rasa e seguia por uma certa distância antes de finalmente correr por cima do paredão e descer a colina. Kate se apressou em sua direção, aos tropeções. Quando ela largou Constance (bem sem cerimônia) ao lado do riacho, Jackson e Jillson já estavam na escada, e Martina estava se preparando para começar a subir.

— De que está adiantando o seu balde agora? — desdenhou Jackson.

— Que bom que você perguntou! — disse Kate e se debruçou por cima do riacho para encher o balde de água. No mesmo instante, ele ficou tão pesado quanto uma bola de boliche. Ela voltou para olhar bem fundo nos olhos azuis gélidos de Jackson (ele só estava a alguns degraus do topo) e deu uma piscadela simpática para ele.

E largou o balde.

Apesar de ter ficado surpreso, Jackson resistiu ao impulso de largar a escada e pegar o balde. Não fez diferença. O balde o acertou em cheio. Caiu bem em cima da cabeça dele e o derrubou para baixo, acertando Jillson no caminho também. Eles pousaram como uma pilha molhada e resmungona aos pés de Martina.

— Uma tonelada de tijolos instantânea — disse Kate, com satisfação. — Basta adicionar água.

Não havia tempo para refletir sobre a cena agradável. Martina tinha sido esperta o bastante para agarrar a escada antes que Kate pudesse erguê-la e tirá-la do alcance deles, e só estava esperando que seus companheiro atordoados voltassem a ficar em pé. Kate colocou Constance em cima do ombro e atravessou o riacho (estava cansada demais para pular por cima dele) e subiu o último trecho de encosta íngreme até a parede da torre.

— Ugh! — exclamou Constance. — Tire o seu ombro da minha barriga, sua...

— Ouça — disse Kate, colocando-a no chão e fazendo um laço apressado na corda. — Eu preciso me concentrar. Então fique quieta, pode ser? Nós precisamos alcançar aquela janela o mais rápido possível.

Enquanto falava, ela lançou o laço no ar e o rodou algumas vezes, de olho no mastro da bandeira que saía da parede da torre acima delas, com a bandeira vermelha da Academia pendurada, agitando-se de leve ao vento.

Cuidado, advertiu Kate a si mesma. *Não deixe que o laço se enrosque com a bandeira.* Era essencial que ela não errasse... não ia dar tempo para tentar de novo.

Kate se concentrou, mirou, rezou, e...

— Você não acha mesmo que vai acertar aquele *mastro*, acha? — Constance soltou bem quando Kate atirou a corda para cima.

A pergunta quase acabou com a concentração de Kate, mas a mira dela foi exata o bastante... com um puxão na corda no momento certo, ela ajustou o trajeto. O laço caiu bem na ponta do mastro. Kate suspirou aliviada.

— Você acha que isto é ficar quieta? — perguntou ela e apertou o laço com um puxão.

— Eu poderia ter feito mais barulho — respondeu Constance.

— Muito obrigada mesmo — disse Kate, já amarrando a corda ao redor da cintura da menina menor. — Agora, não reclame. Eu estou fazendo isto para poder puxar você atrás de mim. Assim, posso escalar mais rápido.

Constance, é claro, começou a reclamar. Mas Kate já tinha terminado de dar o nó e começou a subir pela corda. Ela não desperdiçou tempo olhando para trás. Sabia que, naquele exato momento, Martina estava saltando por cima do riacho. Ela sabia que tinha apenas alguns segundos. E quando finalmente alcançou o mastro da bandeira, equilibrou-se em cima dele e olhou para baixo para ver Martina correndo na direção de Constance ainda longe, ela percebeu que os segundos não estavam a seu favor. Cansada como estava, e com a velocidade que Martina avançava, ela não teria tempo de içar Constance.

Demorou apenas um daqueles segundos para Kate pensar: *Precisamos ser nós quatro, mas Constance não consegue encará-los. Você, por outro lado, consegue. Vai ser difícil, mas você consegue.*

(Parte de Kate acreditava nisto... uma parte muito importante, já que seu senso de invencibilidade era a principal coisa que a sustentara durante toda a sua curta vida solitária. Mas outra parte *não* acreditava nisto... e esta também era uma parte importante, porque a menos que se tivesse consciência desta parte, seria impossível compreender a coisa corajosa que Kate estava a ponto de fazer.)

Com um movimento fluido, Kate tirou o laço da ponta do mastro da bandeira. Segurou a corda com força. *Ah, bom,* ela pensou. *Espero que a pequena reclamona valha o esforço.*

E, com isso, ela pulou.

A corda caiu por cima do mastro como um cabo em cima de uma roldana, e à medida que Kate descia, Constance (muito mais leve do que ela) disparava para longe do alcance de Martina Crowe. A menininha se agarrou desesperada à corda, os olhos esbugalhados, mas Kate não pôde fazer muita coisa para acalmá-la. Quando as duas se cruzaram, uma indo para cima e outra para baixo, as duas para destinos incertos, Kate lhe ofereceu seu sorriso mais despreocupado possível e disse:

— Segure firme, Connie! E não se esqueça de soltar a corda quando chegar lá em cima.

Então ela desceu para os braços dos poderosos Executivos que estavam à sua espera, todos com um sorriso alegre de vingança estampado no rosto.

Opiniões e quedas

—Sr. Curtain! Sr. *Curtain*! — estrilou P.G. pelo interfone.

Para Reynie, a interrupção não poderia ter vindo em melhor momento. Durante o que agora parecia ter sido uma eternidade, ele tinha assistido Sticky se alternando entre a testa franzida de esforço e o sorriso de alívio, com a pele cor de chá assumindo quase o tom clarinho do mel, e o suor escorrendo pelas bochechas como se fossem lágrimas. Mas o franzido da testa finalmente tinha sumido, substituído inteiramente por um sorriso agradável de contentamento. Sticky tinha se esforçado muito, mas, no fim, não conseguiu resistir... tinha parado de tentar.

O Sr. Curtain, no entanto, *não* apreciou a interrupção. Depois de uma noite com um número de sessões pequeno demais, ele finalmente tinha conseguido colocar outro Mensageiro em seu Sussurrador, e ele ainda tinha mostrado uma resistência inesperada. A máquina tinha refugado como se fosse um burro velho, perdendo a linha de raciocínio do Sr. Curtain em alguns momentos chegou até a compreender totalmente errado os seus pensamentos. O normal era que o efeito mental para ele fosse o mesmo de falar ao telefone e ouvir a própria voz no receptor. Mas *esta* sessão tinha sido a mesma coisa que ouvir a si mesmo em um rádio cheio de interferência. Era o menino, tinha de ser, e o Sr. Curtain estava começando a desconfiar que George não era adequado para ser Mensageiro no final das contas (que de fato não dava para confiar nele) quando a sessão melhorou. A mente do garoto ficou mais receptiva, a mensagem truncada do Sussurrador se ajeitou e o Sr. Curtain finalmente tinha dado início a um trabalho verdadeiramente produtivo. Ele estava acabando a sessão quando ocorreu a interrupção.

— Sr. Curtain! Por favor, senhor, é uma emergência!

— Que droga! — disse o Sr. Curtain, furioso, jogando para o lado o capacete vermelho. Atrás dele, as braçadeiras e o capacete azul soltaram Sticky, que se levantou, instável, em estado de confusão e fraqueza. Reynie pulou para frente para segurá-lo.

— O que foi, P.G.? — disse o Sr. Curtain, apertando o botão do interfone na cadeira de rodas dele. — É melhor que seja importante.

— É sim, senhor. Duas alunas estão tentando invadir a torre!

Reynie fechou os olhos; o coração dele se apertou. Os Executivos sabiam o que as meninas estavam aprontando, e P.G. já estava do outro lado da porta. Então estava tudo acabado. Depois de tudo isto, depois de Sticky ter sido tão corajoso, de se esforçar tanto...

— Duas alunas? — o Sr. Curtain ia dizendo. — Quando diz alunas, você está falando de crianças, certo?

— Hum, estou sim, senhor. — Foi a resposta cheia de incerteza de P.G.

— Você está me dizendo que não consegue impedir que duas crianças invadam o prédio?

— Hm, bom, senhor, claro que compreendemos... quero dizer, apreendemos... quero dizer, vamos pegá-las em breve. Eu só achei que deveria alertar o senhor...

— Muito obrigado, P.G. — disse o Sr. Curtain, que não parecia agradecido coisa nenhuma. — Considere-me avisado. E, aliás, a não ser que você se depare com uma emergência *real*, não quero saber de outras interrupções, compreendeu?

— Sim, Sr. Curtain. — Foi a resposta de P.G. — Desculpe, Sr. Curtain.

Sacudindo a cabeça em um gesto de insatisfação, o Sr. Curtain exclamou:

— Crianças! Por acaso eu devo ter medo de crianças desarmadas? Sem dúvida estão mancomunadas com o meu prisioneiro. É improvável que sejam agentes, mas não faz diferença... logo vão se juntar a ele. — Ele ficou em silêncio, olhando com intensidade para Sticky, como se estivesse avaliando a melhor maneira de cortá-lo e cozinhá-lo. — George, creio que não fiquei absolutamente satisfeito com o seu desempenho. Não. De fato, fiquei bastante *in*satisfeito. Reynard vai assumir agora. Vamos conversar sobre o assunto mais tarde.

Não havia dúvidas do que o Sr. Curtain queria dizer com "vamos conversar sobre o assunto", mas Sticky estava exausto demais no momento para ficar com medo. Ele apenas sacudiu a cabeça. Tinha feito tudo que podia.

O Sr. Curtain fez um gesto impaciente na direção das almofadas, e Reynie ajudou Sticky a chegar até elas. Sticky desabou. Reynie se virou de encontro ao olhar do Sr. Curtain, e viu o reflexo de seu próprio rosto cheio de incerteza naquelas lentes prateadas.

— A hora chegou, Reynard — disse o Sr. Curtain. — Apesar de a sessão do seu amigo ter sido insatisfatória, nós ainda assim estamos perto... muito, muito perto. — O Sr. Curtain tossiu e enxugou a testa pálida e úmida. Como que para si mesmo, ele balbuciou: — Mas acredito que eu preciso fazer uma pausa para tomar um refresco. Apenas por um instante. Não posso prejudicar o sabor da ocasião, de maneira nenhuma. Um copo de suco, então. Você ouviu, Reynard? Vou tomar um copo de suco. Afinal, são só mais alguns minutos... e então! E *então*! A Melhoria vai começar! Dá para acreditar? Eu mesmo mal posso acreditar! — O rosto do Sr. Curtain, apesar de pálido e fechado, praticamente brilhou de tanto entusiasmo. O sonho dele estava prestes a se tornar realidade.

Reynie deu uma olhada no Sussurrador. Então a olhadela se transformou em olhar fixo e concentrado. Ele não conseguia arrancar os olhos da máquina. E não é que o Sussurrador parecia convidativo? Confortador; quase parecia estar falando com ele... sussurrando para ele, que escutava de onde estava. *Será* que estava sussurrando para ele mesmo? Sussurrando o impensável...?

Não lute por nada, Reynard. Você ainda pode se juntar ao Sr. Curtain, ser importante, ser parte de alguma coisa.

Mas... o Sr. Benedict, Reynie pensou. *Ele... ele precisa que eu...*

O Sr. Benedict! Foi ele que o enganou para que se juntasse a ele, que o incentivou a trapacear em provas, que lhe ofereceu "oportunidades especiais"? Ou foi o Sr. Curtain que disse que a trapaça não o incomoda, que reuniu crianças desafortunadas e pobres só para lhes dar uma vida melhor, que lhe ofereceu a chance de se tornar Executivo? Qual é a diferença entre estes dois homens? Não é muito grande, Reynard. A única diferença é que um deles só pode lhe oferecer sofrimento agora, ao passo que o outro lhe oferece uma maneira de pertencer... uma maneira de aliviar a solidão.

Abalado, Reynie pensou: *Mas... a Srta.... a Srta. Perumal.*

Você pode ajudá-la! Você pode avisá-la, dizer a ela para que se cale em relação às vozes em sua mente. Você terá o ouvido amigo do Sr. Curtain... você pode defender a Srta. Perumal. Pode protegê-la!

Reynie colocou as mãos na cabeça. *Mas será que ela ia querer que eu fizesse isso? A este preço? Não, ela não ia querer. E, no entanto... e, no entanto... é impossível! Não há como fugir!*

O Sr. Curtain tinha terminado o suco e estava observando Reynard encarar o Sussurrador.

— Você estava com saudade dele, percebo — ronronou o Sr. Curtain.
— Bom, chega de sentir falta dele. Pode se acomodar, Reynard. Tome o seu lugar de direito.

A mente de Reynie estava tão enevoada... O Sr. Curtain tinha mesmo dito "seu lugar de direito"? Ou será que aquilo estava na cabeça dele? E quem estava falando com ele antes disso? Não era o Sussurrador? Não, ele percebeu. Infelizmente, não. Não era o Sussurrador, de jeito nenhum. Era o próprio Reynie.

— Reynard! — chamou o Sr. Curtain.

Reynie se dirigiu ao Sussurrador. A sessão seria rápida (alguns minutos, dissera o Sr. Curtain), e então, acabaria. E então... ele engoliu em seco com força. O que aconteceria com Constance? Será que alguma coisa pavorosa aconteceria com ela quando o Sr. Curtain aumentasse a potência? E o que aconteceria com os outros?

Ele olhou para trás, para Sticky em posição de derrota exaustiva. Apesar de seu pavor, frente ao poder irresistível do Sussurrador, Sticky tinha resistido com todas as forças. Ele nunca teria feito aquilo se Reynie não tivesse implorado, e agora o Sr. Curtain estava insatisfeito com ele. Será que Reynie iria mesmo *ajudar* o Sr. Curtain? Seria trair a amizade deles! E Kate... só de pensar o que eles tinham vivido juntos, os riscos que ela tinha corrido...

— Ledroptha Curtain!

As braçadeiras prenderam os pulsos de Reynie. O capacete baixou. Reynie fechou os olhos, mas só enxergou o rosto dos amigos. Ele se lembrou da última pergunta da primeira prova do Sr. Benedict: Você é corajoso? Agora, finalmente, Reynie sabia a resposta. Ele não era corajoso. Ele só esperava que fosse.

Que bom, disse o Sussurrador. *Qual é o seu nome?*

— Vamos acabar logo com isto — Reynie disse a si mesmo.

Bem-vindo, Reynard Muldoon.

— Bem-vindo — repetiu Reynie. Sim. Bem-vindo era uma... uma palavra tão *convidativa*. Fazia com que você se sentisse parte de alguma coisa. Fazia você se sentir como se... como se não estivesse sozinho. Não, ele não estava sozinho, de jeito nenhum. E ainda assim...

Reynard Muldoon, qual é o seu maior medo?

Em pensamento, Reynard viu o rosto dos amigos. Sticky, Kate, Constance: todos olhando para ele com preocupação. Eles tinham passado por tanta coisa juntos! Será que ele ia mesmo traí-los?

— Não é possível ficar mais sozinho do que quando se trai os amigos — Reynie disse a si mesmo.

No mesmo instante, a voz do Sussurrador falou: *Não se preocupe. Você nunca vai trair os seus amigos. Você tem coragem para isto.*

Reynie ficou tão surpreso que quase começou a rir alto. Para seu próprio bem, o Sussurrador era perceptivo demais! No momento mais importante de todos, tinha lhe dado exatamente o incentivo de que ele precisava... o incentivo para ajudá-lo a lutar contra ele!

Vamos começar, disse o Sussurrador.

Reynie foi inundado por uma sensação maravilhosa de bem-estar. Bem-estar *de verdade*... não era ilusão, de jeito nenhum. Ele não trairia seus amigos. Agora sabia disto. Tinha confrontado seu pior medo, e agora ele deixara de existir. Não havia necessidade de o Sussurrador negar o fato... não havia nada a negar.

Vamos começar, repetiu o Sussurrador.

Reynie se preparou, que venha o pior! Ele teria coragem suficiente para resistir, não estaria sozinho.

Vamos começar, o Sussurrador repetiu, com mais insistência.

Ainda não, pensou Reynie.

Vamos começar.

Primeiro, deixe-me limpar meus óculos, pensou.

Vamos começar.

Não sem o meu balde, insistiu Reynie.

Ele ouviu o Sr. Curtain resmungar atrás dele.

Vamos começar, vamos começar, vamos começar.
Regra e escola é para bobo e boiola, Reynie pensou.

E então, como se a tivesse convocado, Reynie ouviu a voz estridente de Constance. Talvez aquela tenha sido a primeira vez que ele ficou feliz de escutá-la.

— Socorro! Abra! Deixe-me entrar!

— Bah! — O Sr. Curtain cuspiu. — Qual é o *problema* desta máquina infernal? E agora, outra interrupção! De onde está vindo esta voz?

— Da janela — respondeu Sticky, que parecia exatamente tão surpreso quanto o Sr. Curtain.

— Da janela? — disse o Sr. Curtain, tirando o capacete vermelho da cabeça com um gesto brusco e olhando na direção da janela. Não dava para ver nada através dela além do céu azul. Ele resmungou e baixou o capacete mais uma vez. — Deixe para lá. Vamos simplesmente ignorar. Vou terminar esta sessão, nem que seja a última coisa....

— Abra! Abra! Abra! — berrava Constance.

— Isto vai ser difícil de ignorar, senhor — disse Reynie, enquanto Constance continuava a se esgoelar.

— Isto é um acinte! Como é que eu vou me concentrar se...? — O rosto do Sr. Curtain se contorceu de frustração. — Muito bem, vou ter que tratar deste assunto. Mas a tranca da janela é alta demais para que eu alcance da minha cadeira. George... — Ele deu uma olhada desconfiada para Sticky, então sacudiu a cabeça. — Não, George, fique onde está. Reynard, vá ver qual é o problema.

As braçadeiras soltaram os pulsos dele, o capacete subiu.

Reynie não precisou de mais incentivo. Em um instante estava do outro lado da sala, mexendo na tranca da janela. Ele abriu as vidraças e olhou para baixo. Sob a janela, a silhueta diminuta de Constance Contraire se agarrava desesperadamente ao mastro da bandeira (a primeira impressão de Reynie foi de que um urso coala estava agarrado a um tronco caído de eucalipto), com o corpo todo tremendo por causa do esforço, os olhos revirados de medo. Ela tinha boa razão para tanto: a menor escorregadela faria com que ela mergulhasse no chão de pedra.

E o chão também não parecia um lugar nada seguro para se estar, já que Kate estava lá, engalfinhada em uma luta furiosa. O coração de Reynie inchou de orgulho e esperança. A situação podia estar feia, mas ainda não tinha chegado ao fim. As meninas ainda não tinham sido capturadas.

— Então? — perguntou o Sr. Curtain ríspido, do outro lado da sala. — O que é?

Sticky observava tudo com um certo ar de esperança renovada.

Reynie continuou com o rosto virado para fora; ele não podia revelar seu sorriso para o Sr. Curtain.

— São aquelas crianças que P.G. mencionou, senhor. Parece que uma delas foi apreendida. A outra está presa ao mastro da bandeira do lado de fora da janela.

O Sr. Curtain parecia não saber se dava risada ou se rosnava.

— Pode puxar o menino para dentro, então. Esta vai ser a nossa última interrupção.

— É uma menina, senhor — corrigiu Reynie. — Sticky, você pode me ajudar?

Sticky, que já tinha recuperado um pouco da força, aproximou-se para segurar as pernas de Reynie enquanto ele se esticava para fora para trazer a menina assustada pela janela.

— Muito bem, muito bem, muito bem, Constance Contraire — disse o Sr. Curtain, com satisfação aparente. — Bem como eu desconfiava. Eu sempre soube que não dava para confiar em você. Aliás, já teria dado um jeito em você há muito tempo, se não fosse...

Ele se sobressaltou de repente e arrancou os óculos do rosto, revelando olhos muito verdes, terrivelmente vermelhos... olhos que de repente tinham pegado fogo de raiva quando o homem percebeu o que estava acontecendo.

— Se não fosse — ele repetiu, então virando aqueles olhos para Reynie — por *você*.

O Sr. Curtain jogou os óculos prateados no chão, como se sem eles pudesse ter enxergado a verdade muito antes. E então, para a grande confusão e pavor das crianças, o homem amedrontador se soltou da cadeira de rodas, levantou-se e ficou em pé com toda sua altura alarmante e atravessou a sala a passos largos para se colocar ao lado deles.

Kate Tempotodo, enquanto isso, lutava pela própria vida. Martina Crowe só estava à espera de uma situação assim, uma oportunidade para acertar as contas e se vingar de humilhações passadas. E agora Jackson e Jillson, que para começo de conversa nunca foram as criaturas mais delicadas do mundo, estavam igualmente determinados a derrubar Kate, depois de serem humilhados (sem mencionar machucados) pelo balde dela. Kate podia ser inteligente e rápida como uma raposa, mas agora era uma raposa cansada, e só uma no meio de vários cães de caça.

Ainda assim, *tinha* conseguido causar um certo dano: além do galo na cabeça de Jackson, o nariz pontudo dele estava inchado e vermelho no lugar em que ela lhe dera um beliscão para que ele a soltasse. O ouvido de Jillson apitava de maneira dolorosa, resultado de um cotovelo bem colocado. E Martina tinha sido afastada com um doloridíssimo arranhão na canela. Os Executivos a rodeavam com mais cautela agora, procurando o momento exato para retomar seu ataque.

Kate se agachou, observando-os com cuidado, com o laço em riste. (Pelo menos desta vez, Constance tinha seguido a orientação de Kate e tinha soltado a corda de si para que os Executivos não pudessem puxá-la para baixo, e a corda agora estava livre.) Os outros davam voltas e voltas, de olho no laço, em busca de algum ponto fraco. Mas foi Kate que avistou uma fraqueza primeiro: Martina tinha dado um passo de mau jeito, estava meio desequilibrada. Kate se deslocou um pouco para o lado (em um movimento como se fosse fugir) e quando Martina avançou para detê-la, Kate pegou o tornozelo dela com o laço e fez com que caísse no chão. Martina se estatelou no chão com um urro de raiva.

Foi um golpe excelente, mas também foi o início do fim. Antes que Kate pudesse soltar a corda, Martina a pegou e puxou com força. Kate perdeu o equilíbrio e Jackson escolheu aquele exato momento para lhe dar uma cabeçada (e, aliás, foi uma cabeçada nada gentil). Parecia que ela tinha sido acertada pelos chifres de um carneiro. Kate saiu rolando, tentando se segurar.

Mas foi Jillson que a pegou.

Os minutos seguintes foram de fato muito difíceis. As orelhas de Kate foram golpeadas, seu cabelo puxado, as bochechas afundadas com os nós dos dedos de Jillson, que mais pareciam pinos. E apesar de ela se contorcer e se debater, de agitar os punhos e dar chutes com os pés, não podia fazer nada para detê-los. Kate tinha dito a si mesma que era capaz de dar conta dos Executivos, mas estava enganando a si mesma, da mesma maneira que vinha se enganando havia tanto tempo. Ela não era capaz de fazer tudo sozinha. Tinha percebido isso agora.

Kate parou de lutar. Por que lutar? Ela agora não tinha mais nenhuma utilidade para os amigos, para si mesma ou para qualquer pessoa. Estava completamente subjugada, impotente e sozinha. A ironia amarga não passou despercebida para Kate: no momento em que ela finalmente reconheceu que precisava de ajuda, não tinha como obtê-la.

Como se estivesse lendo os pensamentos dela, Martina sibilou por entre os dentes:

— *Agora* você se deu conta de como está em desvantagem, não é mesmo, Tempotodo? Não a culpo por desistir.

— Não se engane, Martina — resmungou Kate, através dos lábios ensanguentados. — Só estou tirando um cochilo enquanto você tagarela.

Isso deixou Martina furiosa, e ao mesmo tempo em que Jackson e Jillson redobravam a força com que seguravam os braços e as pernas de Kate, a menina com cabelo preto da cor dos corvos se preparava para desferir seu ataque mais danoso até então. Ela deu um passo atrás para tomar impulso e exclamou:

— Vou chutar você até você chorar por clemência, Tempotodo! Vou fazer você sofrer até que implore para eu parar! Vou bater em você até reconhecer que eu sou a melhor! Vou...

— Você não vai fazer nada disto — disse uma voz desconhecida, seguida por três ruídos de *swit, swit, swit*, com os quais os olhos de Martina ficaram vesgos, Jackson e Jillson suspiraram e todos os três desabaram no chão inconscientes, com dardos cravados nos ombros como se tivessem chegado ali por magia.

No lugar em que antes estava Martina Crowe, agora era Travez que aparecia, com sua pistola tranquilizadora. Coberto da cabeça aos pés por uma lama pegajosa, com o braço em uma tipoia feita com uma túnica de Executivo manchada de sangue, Travez (quem diria!) sorria para Kate com olhos alegres. Era por *isso* que a voz dele pareceu desconhecida... estava animada demais. Ela não a tinha reconhecido, de jeito nenhum.

E no entanto... Sem tirar os olhos dele, Kate se levantou e ficou em pé, desequilibrada. E no entanto... tinha alguma coisa naqueles olhos. Tinha alguma coisa familiar nele, afinal de contas. Alguma coisa...

— Desculpe por ter demorado tanto, Katie-Gata — disse seu pai.

O melhor remédio

— Você — repetiu o Sr. Curtain, avultando-se sobre as crianças e olhando com mais ódio especialmente para Reynie. — Você me traiu! Depois de tudo que eu fiz por você... Eu o recebi na minha Academia, aliviei seus medos com o meu Sussurrador, ofereci um lugar na minha Melhoria... depois de tudo isto, você resolveu me desafiar?

— Acho que o senhor não aceitaria um pedido de desculpas, certo? — ofereceu Sticky. (Foi uma resposta ousada da parte dele, principalmente porque estava tão petrificado com a silhueta avultante do Sr. Curtain que nem conseguiu pegar os óculos, apesar de todos os ossos do seu corpo estarem loucos para limpá-los.)

O Sr. Curtain soltou uma risada apavorante, guinchada e parecida com a de uma coruja, e disse:

— Ah, não, acho que não, George. Mas obrigado por me lembrar de como as crianças são ridículas. São rápidas para nos seguir, e ainda mais rápidas para fugir. Sim, é de dar dó, irritantes como insetos. Mas certamente não são nenhuma ameaça. E de pensar que vocês queriam... aliás, o que vocês queriam *mesmo*? *Me* derrotar? Mas vocês são só crianças!

O Sr. Curtain caiu na gargalhada de novo, em um longo ataque de guinchos convulsivos. Ele se acalmou com um certo esforço e disse:

— Bom, não faz mal. Eu não preciso sujar as mãos agarrando o cangote sujo de vocês. Vou convocar meus Executivos para tirá-los daqui.

O Sr. Curtain se virou para caminhar até a cadeira de rodas. Fez uma pausa, no entanto, ao observar o olhar penetrante de Reynie Muldoon. Os olhos do menino corriam rápidos de um lado para o outro, como se estivessem calculando alguma coisa com muita concentração. Antes que o Sr. Curtain tivesse a chance de perguntar que diabo ele estava fazendo, Reynie disse em voz alta, como se estivesse falando consigo mesmo:

— Certo, então não é o riso.

— O que você está falando aí, Reynard? — exigiu saber o Sr. Curtain.

Reynie parecia nem escutá-lo.

— Com o Sr. Benedict, geralmente a causa é a risada. Mas se com você não é a risada, o que é, então? Tem que ser *alguma coisa*, do contrário, não se prenderia com tanto cuidado àquela cadeira. Tem tanto medo de perder o controle... mas como, exatamente?

As sobrancelhas do Sr. Curtain se ergueram. A cabeça toda dele tremeu como um sino atingido por um martelo.

— Não faço ideia... mas de que diabo você... cobras e... não tenho tempo para as suas infantilidades... — ele cuspiu.

— Sim, você com toda a certeza tem medo de *alguma coisa* — disse Reynie, concentrado, quando seus olhos se acenderam. — A cadeira, as amarras, os óculos espelhados... Tudo isso é para manter seu segredo escondido das crianças. Mas por que tem tanto medo de crianças? Talvez seja por isso que não para de dizer que nós somos inofensivas. Está tentando convencer a si mesmo. Na verdade, morre de medo da gente! Você é igual a um tigre com medo de ratos! Por que outro motivo estaria aí tremendo em cima das botas?

— Não é de *medo*, seu grão de poeira insignificante! — o Sr. Curtain urrou, com o rosto lívido de raiva. — Como ousa! Vou esmagá-los todos como insetos que são!

E com isso, ele se atirou para frente... mas logo desabou como uma pilha de xadrez verde aos pés das crianças, onde prontamente começou a roncar.

A respiração de Reynie se soltou em um sopro de alívio. Então ele assentiu com a cabeça.

— As risadas geralmente colocam o Sr. Benedict para dormir. Com o Sr. Curtain, é a raiva. Rápido, Sticky, vamos amarrá-lo com as nossas faixas.

Sticky soltou a mão de Constance, que ele tinha pegado de maneira inconsciente por causa do medo, e tirou a faixa.

— Então *essa* é a razão para a cadeira e os óculos. Quando ele fica bravo de verdade, ele cai no sono, mas não quer que ninguém saiba!

— Todas as vezes que ele parecia tão furioso e de repente ficava quieto — disse Reynie, amarrando a faixa ao redor dos tornozelos do Sr. Curtain. — Sempre achei que ele estava se preparando para me matar, mas só tinha caído no sono!

— Hum, pessoal? — disse Constance. — Ele acordou.

Os meninos deram um salto para trás. Sim, os olhos do Sr. Curtain estavam abertos e ele olhava enlouquecido a seu redor. Quando caíram sobre o rosto de Reynie, apertaram-se de ódio.

— Ah, está certo — começou a falar, bocejando. — Eu estava a ponto de matar vocês. Mas o que é isto? Faixas? Certamente não acham que meras fitas são capazes de me deter, acham?

Reynie ficou boquiaberto.

— Eu estava achando que sim.

— Então você é ainda mais tolo do que acreditei que fosse — o Sr. Curtain disse e, abrindo os braços e as pernas com força e rapidez, rasgou as faixas ao meio.

— Se nós somos tão tolos assim — Constance gritou antes que ele pudesse se levantar —, então, o que você é? Transformou os meninos em Mensageiros apesar de eles sempre terem tido a intenção de trair você, e nós o enganamos sem parar. Nós até sabemos da sua narcolepsia, apesar de você ter se esforçado tanto para esconder. Se nós somos tolos, então você é o mais tolo de todos, já que nós somos obviamente mais espertos do que você!

Por um instante, o Sr. Curtain tremeu com violência, incapaz até mesmo de formar palavras de tanta fúria. Então seus olhos se fecharam e ele caiu de novo no chão.

— Isto foi divertido — disse Constance.

— Esta foi *por pouco* — falou Sticky. — Mas e agora? Não tem mais nada que possamos usar para amarrá-lo.

— Que tal esta corda? — exclamou uma voz conhecida e, para a surpresa deles, Kate Tempotodo de repente pulou para dentro da janela aberta.

Era uma aparição bem-vinda, mas também terrível. As bochechas dela estavam arranhadas e sangrando; os lábios, inchados; as roupas, rasgadas; e o cabelo espetado para todas as direções; além de tudo isso, estava suja de lama. No entanto, parecia tão alegre como nunca a tinham visto, com os olhos roxos machucados brilhando de alegria e os lábios abertos em um sorriso maravilhoso. Enquanto se ajoelhava para amarrar as mãos e os pés do Sr. Curtain, Kate contou com animação tudo que tinha acontecido.

— Ele é seu pai! — exclamou Sticky. — Não acredito! Então foi por isso que Travez desapareceu há tantos anos... ele foi capturado durante uma missão.

— Mas por que ele desapareceu agora? — Constance quis saber. — Não devia estar aqui?

— Ele disse que ia buscar ajuda. Não deu tempo de pedir detalhes... achei que vocês fossem precisar de mim.

Reynie cutucou o Sr. Curtain desacordado com o pé.

— Ainda bem que você chegou naquela hora. Senão, ele teria passado por cima da gente quando acordasse.

— E agora? — perguntou Constance.

Reynie já estava se dirigindo para o Sussurrador.

— Andei pensando sobre o que o Sr. Curtain disse. Que o Sussurrador é sensível... Como foi mesmo que ele disse exatamente, Sticky?

— Que é uma máquina sensível, de equilíbrio delicado, que requer sua orientação mental rigorosa para que funcione adequadamente.

— Exatamente, e também sabemos que os computadores dele foram baseados no modelo do cérebro do Sr. Curtain. Bom, se é tão sensível e delicado assim, e se é igual a um cérebro, é possível que nós sejamos capazes de confundi-lo. Talvez possamos enganá-lo para ele desligar a si mesmo.

— Este é o seu plano? — perguntou Constance, duvidosa.

— Qualquer máquina pode ser desligada — disse Reynie —, basta saber como se faz isto. Então, vamos descobrir.

Ele colocou o capacete vermelho do Sr. Curtain na própria cabeça. No mesmo instante, ouviu o Sussurrador perguntar seu nome.

— Ledroptha Curtain! — disse, ríspido, do mesmo jeito que tinha ouvido o Sr. Curtain fazer.

Você não é Ledroptha Curtain, foi a resposta.

Reynie respirou fundo. Ele tinha que enganar o Sussurrador, tinha que pensar exatamente como o Sr. Curtain pensaria. Concentrando-se com todas as suas forças, tentou imaginar como era genial e como a vida seria agradável quando ele fosse conhecido como MESTRE Curtain, e como as crianças o incomodavam.

— Eu sou Ledroptha Curtain! — declarou ele mais uma vez.

Houve uma pausa. Será que o Sussurrador estava hesitante? Será que se sentia incerto? *Eu preciso controlá-lo,* pensou Reynie, o que definitivamente o fez lembrar do Sr. Curtain. Concentrado nestas palavras, ele redobrou sua atenção. *Controlar, controlar, controlar.* A pausa se estendeu. Ele achou que tinha escutado um clique, como as engrenagens de uma fechadura. Talvez isto funcione!

Então o Sussurrador disse: *Não, você não é Ledroptha Curtain.*

Uma risada horrível soou do outro lado da sala. Reynie saiu de baixo do capacete vermelho. O Sr. Curtain tinha aberto os olhos. O rosto dele mostrava júbilo evidente.

— Tenho certeza de que você não achou realmente que pudesse enganar o meu Sussurrador. Que ideia tipicamente pueril. Creio que o meu Sussurrador seja à prova de falhas, Reynard. Ou talvez eu deva dizer à prova de crianças... no fundo, é tudo a mesma coisa.

Naquele momento, a voz de P.G. Pedalian surgiu no interfone.

— Sr. Curtain? Espero que isto se qualifique como emergência real. Não quero incomodar. Mas acabei de receber a informação de que alguns Executivos foram derrubados com dardos tranquilizantes, e Kate Tempotodo foi vista entrando pela sua janela. Tem uma escada perto do riacho, mas é curta demais. Será que devemos pedir uma maior e ir atrás dela?

O Sr. Curtain ergueu uma sobrancelha em um gesto presunçoso.

— Reynard, seja um bom menino e diga a P.G. que vocês querem se entregar. Este será o caminho mais eficiente. Vocês em breve serão capturados, independentemente de todo o resto.

— Ainda não terminamos — disse Reynie, com determinação, e foi para o assento do Sussurrador.

A voz de P.G. se fez ouvir ao interfone mais uma vez.

— Sr. Curtain? Como o senhor não respondeu, mandamos buscar a escada mais alta que fomos capazes de encontrar. Vamos em seu auxílio imediatamente!

— Pobre Reynard — disse o Sr. Curtain. — O Sussurrador não vai ativar o capacete *azul* a menos que *eu* esteja usando o *vermelho*. Então, perceba, a sua ideia pode ter sido boa... para uma criança... mas, em última instância, foi infrutífera.

— Ele está tentando nos enganar! — avisou Kate. — Ele quer que nós o coloquemos no Sussurrador!

Reynie tinha se sentado embaixo do capacete azul, para o caso de ele funcionar. Mas, pelo menos a este respeito, o Sr. Curtain tinha dito a verdade: o capacete não abaixava. Ele se levantou e enfiou a cabeça nele. Nada aconteceu.

— Isto é realmente divertido — disse o Sr. Curtain.

Reynie se virou para os amigos.

— Eu tenho que tentar.

— Esplêndido! — exclamou o Sr. Curtain.

Sticky pegou o braço de Reynie.

— Se você estiver sentado no Sussurrador, ele pode fazer uma *varredura cerebral* em você. É assim que ele faz. Você não vai ter a menor chance!

— Talvez não — Reynie disse, sombrio. — Mas se nós não o detivermos agora, ele nunca será detido. Vou fazer tudo que puder para resistir. Se ele fizer uma varredura cerebral em mim, um de vocês vai ter que ficar no meu lugar. Ele já está cansado... quem sabe nós possamos levá-lo à exaustão.

— Mas que coisa comovente — disse o Sr. Curtain. — Está disposto a receber uma varredura cerebral, é isso, Reynard? Bato palmas para o seu sacrifício. Quero dizer, eu bateria, se as minhas mãos não estivessem amarradas com tanta crueldade.

Os outros olharam cheios de incerteza para Reynie, que deu o sorriso mais corajoso que conseguiu e disse:

— Que escolha nós temos?

Sticky e Kate concordaram. Era a única coisa a fazer.

Com os três (Constance tinha se encolhido em um canto, com aparência mais amedrontada, teimosa e arrasada do que nunca) trabalhando juntos e bem rápido, ergueram o Sr. Curtain (que só sorriu, sem oferecer resistência), prenderam-no a sua cadeira de rodas e o colocaram posicionado embaixo do capacete vermelho. Depois de trocar apertos de mão e desejar sorte uns aos outros, ajustaram o capacete por cima da cabeça dele.

— Ledroptha Curtain! — urrou ele, deliciado.

A visão de Reynie pareceu falhar. Será que tinha alguma coisa nos olhos dele? Piscou e olhou de novo.

O Sr. Curtain sorria triunfante para ele.

— Obviamente, Reynard, você não calculava a extensão dos meus aprimoramentos. Não há necessidade de estar *sentado* no meu adorável Sussurrador para experimentar seu efeito mais potente. Nesta sala, vocês todos estão dentro do alcance dele.

Horrorizada, a mente de Reynie retornou a uma anotação no diário do Sr. Curtain, que começava assim: "*A partir de hoje de manhã, as mensagens começaram a ser transmitidas diretamente. Para a minha grande satisfação, o Sussurrador agora é capaz de...*" Eles não tinham visto a última parte, mas agora, tarde demais, Reynie se deu conta de qual devia ser a conclusão. Se o Sr. Curtain pudesse transmitir mensagens diretamente para a mente das pessoas, ele poderia realizar a varredura cerebral da mesma maneira! Só precisava se concentrar nelas!

Mais uma vez, a visão de Reynie pareceu falhar, desta vez por um intervalo um pouco mais longo. Tudo simplesmente desaparecia, como se as luzes tivessem se apagado. Veio de novo... uma onda de vazio completo. O Sr. Curtain também estava fazendo isto com os outros: Sticky estava lá piscando e segurando a cabeça, totalmente atordoado, e Kate dava voltas e mais voltas, como se estivesse correndo atrás de seu agressor invisível.

— O quê... o que está acontecendo!? — exclamou ela. — O que faremos agora?

— Ele está tentando fazer uma varredura cerebral em você! — gritou Reynie. — Lute contra isto! Pense em tudo que você ama e se prenda a isso!

Você precisa *lutar*, Reynie ordenou a si mesmo. Pense na Srta. Perumal. E nos seus livros preferidos. E no Sr. Benedict. E nos seus amigos... Você tem que... se prender...

— Como podem ver — o Sr. Curtain ia dizendo —, a minha máquina é capaz de muito mais do que somente sussurrar. Ela é capaz de *berrar*! E creio que o efeito final seja... como dizer? Bastante ensurdecedor.

Aquilo era *mesmo* parecido com gritos, Reynie pensou, um silêncio gritante aterrador, em que não era possível escutar mais nada. Mais nada... as pálpebras dele estavam caindo agora. Reynie deu beliscões em si mesmo, mas mal parecia sentir. Ele caiu de joelhos. Era impossível lutar. Impossível resistir. O que eles podiam fazer? Reynie não conseguia pensar direito, de jeito nenhum. Não havia nada que pudessem fazer... nada que pudessem fazer... nada que pudessem... nada que... nada que... nada... nada...

— O que é *isto*? — exclamou o Sr. Curtain. Ele deu uma gargalhada de prazer. — Muito bem, muito bem, *muito bem*.

Reynie se esforçou para abrir os olhos. O Sr. Curtain estava radiante como se tivesse recebido um presente maravilhoso e inesperado. Sticky tinha caído de quatro no chão. Kate se apoiava em uma parede, tentando manter-se em pé. E Constance... Onde estava Constance?

O som de braçadeiras de metal se fechando fez com que o olhar de Reynie retornasse ao Sussurrador, no qual (seria possível?) *Constance* tinha acabado de se sentar.

Agora Sticky e Kate também estavam olhando fixo, com o queixo caído. *Constance Contraire?*

O capacete azul já tinha baixado na cabeça da menininha. Os olhos dela estavam fechados, bem apertados, a boca contida e triste. Ela parecia malhumorada e infeliz como nunca.

— Reynie Muldoon! — gritou ela, e o sorriso deliciado do Sr. Curtain se transformou em testa franzida.

As ondas de vazio começaram a ceder.

— Por quê... — disse Kate, sacudindo a cabeça para clarear as ideias. — Por que ela gritou o seu nome?

— O Sussurrador pergunta qual é o nosso nome — respondeu Reynie. — Constance está resistindo a ele.

— Sticky Washington! — gritou Constance, e o Sr. Curtain se contorceu de irritação.

— Esta foi a primeira vez que ela usou o meu apelido — disse Sticky. Ele se acomodou em cima dos joelhos. — Mas por que a varredura cerebral parou?

— O Sr. Curtain deve estar concentrando toda a potência *nela* — disse Reynie, em tom especulativo.

— Mas por que ele precisaria fazer isto?

Reynie se levantou de um salto ao se dar conta da resposta.

— A Grande Máquina do Tempo da Kate! — gritou Constance.

Atrás dela, o Sr. Curtain disse:

— Bah!

— Porque ela está resistindo! — exclamou Reynie. — E *ninguém* é capaz de resistir como Constance!

Por um instante, tanto Constance quanto o Sr. Curtain tremeram violentamente, como se estivessem no meio de um terremoto. O suor escorria igualmente pelo rosto do homem e da menina. E então, em uma voz tão alta que fez os ouvidos de todo mundo doerem, Constance exclamou:

— Eu... não... me... IMPORTO!

A isso se seguiu um encadeamento maluco de negativas:

— Não! Não vou! Não vou, não! Você não pode me obrigar! Hum-hum! Nunca! *Não*!

O Sr. Curtain sibilou por entre os dentes:

— *Curve-se*, criança obstinada!

— NUNCA! — Constance deu um berro estridente.

E, de fato, parecia que ela nunca o faria. O rosto do Sr. Curtain tinha ficado bem roxo, e gotas de suor pingavam da ponta do seu nariz encaroçado como água de uma torneira com vazamento. Foi uma batalha ferrenha. A admiração das crianças se elevou. Aquele era o grande dom de Constance: o dom da independência teimosa, e ela estava exercendo aquilo com todas as suas forças.

Mas, apesar de toda sua resistência valente, a menina era apenas uma criança. Na medida em que os minutos iam se passando, a voz de Constance ia ficando mais rachada e cansada, as bochechas cada vez mais vermelhas, a força a ponto de ceder. Ela não conseguiria aguentar para sempre. De fato, ela parecia pronta para se desmantelar a qualquer momento, como uma boneca quebrada.

— Será que nós não podemos fazer alguma coisa? — perguntou Sticky. — Ela está se matando!

Mas o que eles podiam fazer além de ficar olhando para a pobre menina? Se fosse possível tirá-la dali de algum jeito, algum dos outros poderia substituí-la. Mas Constance estava presa a seu lugar. As crianças observavam, cada vez mais desesperadas, enquanto a criança corajosa ia ficando cada vez mais fraca, a voz cada vez mais baixinha, até que finalmente seus gritos desafiadores não passavam de murmúrios.

E então a voz do Sr. Curtain chegou até eles. Ela também estava fraca, como se a luta tivesse sido tão estafante para o homem quanto tinha sido para a criança. Mas ainda assim era presunçosa:

— Como eu disse a vocês, e como agora podem ver por conta própria, crianças, a minha criação é à prova de falhas. — Ele estalou os lábios e forçou um sorriso fraco. — Em mais alguns momentos, acredito que possam dizer adeus à Srta. Con...

Um som estrondoso o interrompeu. As crianças deram pulos. Será que os Executivos tinham chegado para derrubar a porta? Mas, não, o som estrondoso não tinha vindo da porta. Tinha vindo de trás da *parede*, e rapidamente foi seguido por uma voz abafada:

— Katie? Você está aí, minha filha?

— Cobras e lagartos! — resmungou o Sr. Curtain. — Quem está aí? E como foi que chegou até lá?

— Travez! — Kate gritou quando todos colocavam o ouvido na parede. — Onde você está?

— Em uma passagem atrás de uma porta oculta, mas a porta abre por dentro. Tem alguma alavanca ou interruptor por aí?

— A cadeira de rodas! — Reynie exclamou e disparou até a cadeira do Sr. Curtain para examinar os botões. — Eu devia saber que havia uma saída secreta. Quando a gente vai ver você não tem nem a metade da coragem de uma criança.

Reynie estava torcendo para que suas palavras enfurecessem o Sr. Curtain e o fizessem dormir, mas ele tinha se preparado e não seria enganado assim com tanta facilidade.

— Você tem razão, eu desisto — disse ele, cheio de falsidade. — Se você prometer não me machucar, eu digo qual botão é para apertar. É o do meio, no braço direito.

— Claro que é — disse Reynie, reconhecendo o botão. Se o apertasse, os Executivos entrariam. Ele examinou os outros. — Vamos ver, este aqui é para o interfone... eu vi quando apertou este aqui também... e estas alavancas obviamente são para as rodas e os freios, então sobra... este aqui! — Ele deixou seu dedo em cima de um botão prateado discreto.

— Você tem razão — o Sr. Curtain disse com um suspiro dramático. — É este mesmo.

Reynie sorriu.

— Você quer me fazer pensar que está tentando me enganar. Mas *assim* também não vai me enganar.

O Sr. Curtain deu uma gargalhada de desdém, Reynie apertou o botão e um teclado numérico eletrônico apareceu na parede por cima da cabeça de Kate.

— Muito bem, meus jovens espiões miseráveis — disse o Sr. Curtain, em tom presunçoso. — Vocês encontraram o teclado. Que pena não saberem qual é o código.

— Experimente 0708 — disse Reynie.

Kate esticou o braço para digitar o código.

— Ah, não! Não tem nenhum número, só letras!

O Sr. Curtain deu um sorriso seboso, todo satisfeito.

— Vocês devem ter conseguido este número com um dos meus Executivos. Confesso que estou impressionado. No entanto, acredito que nem os meus executivos saibam qual é o código da minha saída secreta.

— Talvez nós possamos adivinhar — arriscou Sticky.

O Sr. Curtain sacudiu a cabeça, como se estivesse com pena deles.

— Vocês não percebem como seus esforços são inúteis? Mesmo que conseguissem fugir da ilha, não teriam conseguido absolutamente nada. Além do mais, podem ter certeza de que os meus Recrutadores iriam atrás de vocês. À noite, vocês já teriam sido capturados, e de manhã já estariam me chamando de mestre. Vocês estão sob meu controle completo!

— *Obrigado*! — Reynie soltou e seu rosto se iluminou.

O Sr. Curtain ficou surpreso.

— Você está me agradecendo?

— Acabou de me dar uma ideia. Você não diz sempre que controle é o segredo?

O Sr. Curtain deu uma gargalhada de desdém. Mas pela expressão de fúria nos olhos do homem, Reynie sentiu que tinha acertado em cheio.

— Kate, experimente a palavra "control", em inglês.

Kate apertou as teclas com cuidado, falando cada letra que pressionava:

— C-O-N-T-R-O-L.

Nada aconteceu.

No interfone, a voz de P.G. se fez ouvir:

— Sr. Curtain! Encontramos uma escada e ela deve tocar a frente da sua janela em dois minutos!

O Sr. Curtain deu risada.

— Reynard, seu moleque ridículo, sinceramente achou que era mais esperto do que eu? Você realmente achou que era capaz de adivinhar o meu código? "Control", de fato. Ah, *parabéns*. Parabéns, parabéns. Três vivas para Reynard Muldoon!

— Achei que deveríamos tentar em inglês primeiro — disse Reynie, pensativo. — Mas, como tem tanto orgulho do seu país natal, acho que vamos tentar em holandês também.

O queixo do Sr. Curtain caiu. Então, tentando disfarçar a consternação, ele disse:

— Até parece que você tem *como* saber...

Reynie o interrompeu.

— Sticky, como se diz "controle" em holandês?

— É quase a mesma coisa que em inglês — respondeu Sticky. — Só tem um E no final.

— É uma esperança — disse Kate e ergueu o braço para digitar o E.

— Cobras e cachorros! — resmungou o Sr. Curtain antes de cair em um sono pacífico.

Quando a porta oculta deslizou e abriu e Kate foi erguida do chão pelo braço bom de Travez, Reynie e Sticky correram para ajudar Constance. As braçadeiras e o capacete não tinham se retraído. As pálpebras de Constance se agitavam, e ela continuava murmurando tão baixinho que era difícil escutar:

— Não... não... não...

— Precisamos tirá-la daí! — disse Sticky.

— Não se preocupem, vamos tirar — disse uma voz de mulher.

Os meninos se viraram e viram Rhonda Kazembe e Número Dois bem atrás deles. E então, antes que pudessem expressar sua surpresa, o próprio Sr. Benedict entrou na sala.

— Sr. Benedict! — exclamou Reynie. — Estávamos tentando confundir a máquina... quero dizer, era o que Constance estava fazendo, mas...

O Sr. Benedict assentiu.

— O desempenho de vocês foi maravilhosamente bom. *Maravilhosamente* bom. Mas como está a cara Constance?

— Péssima — respondeu Sticky. — Olhe só para ela.

— É — o Sr. Benedict disse e se ajoelhou ao lado de Constance. — Esta máquina chegou perto de acabar com a determinação dela. Que criança corajosa. Ela quase usou todo o estoque de uma vez só.

— Quase?

— Ah, ela vai se recuperar. — Em tom de voz bem mais alto, o Sr. Benedict disse: — Constance Contraire! Você conseguiu, menina! O Sussurrador está profundamente, completamente confuso... agora pode parar de lutar.

A menininha parou de balbuciar, estalou os lábios e abriu os olhos.

— Por que o senhor demorou tanto?

— Estão vendo? — o Sr. Benedict disse com um sorriso de orgulho, fazendo um cafuné no cabelo dela. — Ela vai ficar bem. Constance, querida, por favor, desça da cadeira agora. Precisamos nos apressar.

— Mas ela não *pode* descer — disse Reynie, apontando para as braçadeiras.

— Do que você está falando? — respondeu Constance, mal-humorada, deslizando os bracinhos para fora das faixas de metal e tirando a cabeça do capacete.

Os meninos ficaram olhando de boca aberta.

— Isto quer dizer que você poderia ter saído daí a hora que quisesse? — perguntou Sticky.

— As braçadeiras teriam que ser bem pequenas para *me* prender — disse ela.

Apesar da bravata, no entanto, Constance estava tão fraca que caiu para frente quando tentou ficar em pé. O Sr. Benedict a pegou, segurou-a pelos ombros e a olhou bem nos olhos:

— Estou tão orgulhoso de você, Constance. Você foi mesmo muito corajosa. Obrigado por se esforçar tanto.

Constance ficou radiante de tanto prazer.

Não havia tempo para nada: nem para expressarem o choque com o fato de Constance ter *escolhido* ficar no Sussurrador apesar da luta agonizante, nem para buscar explicações para a chegada do Sr. Benedict e de seus agentes, nem mesmo para narrar ao Sr. Benedict o que de fato tinha acontecido. Felizmente, ele e seus agentes pareciam saber exatamente o que fazer. Travez já tinha tirado o Sr. Curtain adormecido da cadeira e o deitado (com mais gentileza do que qualquer pessoa achava que ele merecesse) no chão. Rhonda já estava fazendo com que as crianças se dirigissem para a passagem secreta. E o Sr. Benedict (permitindo-se apenas um instante para olhar o rosto adormecido do irmão que tinha escolhido um caminho tão pavoroso) já estava tomando o lugar do Sr. Curtain na cadeira de rodas e se dirigindo para o capacete vermelho.

— Sr. Benedict, não há tempo! — disse Sticky. — Eles vão entrar pela janela a qualquer instante!

— Há tempo, Sticky, mas não para tudo. Graças a vocês, crianças, esta máquina está desorientada, e eu devo malhar enquanto o ferro está quente. Apressem-se agora, todos vocês. Fujam o mais rápido possível.

Os outros ficaram estupefatos, inclusive Número Dois, que tinha seguido o Sr. Benedict de perto até a cadeira de rodas e parecia sem saber o que fazer.

— O senhor está dizendo que vai ficar para trás? Mas vão pegá-lo! Vão *matá*-lo!

— Por que outro motivo eu estou aqui agora se não for para fazer isto? — ele disse a ela, em tom acalentador. — Travez, por favor, leve meu irmão com vocês. Precisamos separá-lo desta máquina. Se eu não conseguir incapacitá-la, vocês devem fazer todo o possível para mantê-lo longe dela.

— O senhor sabe que eu vou fazer isto — disse Travez, sacudindo a mão. Com o braço que não estava machucado, ele ergueu o Sr. Curtain, ainda preso com a corda de Kate, e o jogou por cima do ombro.

— Agora, não se preocupem comigo, crianças — disse o Sr. Benedict. — Acima de qualquer coisa, vocês precisam fugir. Vão de uma vez! Travez, não permita que ninguém demore. Nem mesmo você, minha cara Número Dois. Andem logo, agora! Apressem-se!

Fugas e retornos

Eles seguiram descendo pela passagem serpenteante, através da escuridão e de teias de aranha e de água pingando, até que finalmente saíram para um vento frio, o sol brilhante e o som das ondas quebrando nas pedras. Estavam do outro lado da ilha, o lado oposto à ponte. A certa distância, uma lancha de fundo chato estava parada em uma faixa de areia que mal tinha largura para acomodá-la. Junto, o pequeno grupo atravessou a vegetação rasteira e o cascalho para chegar até a lancha. Travez largou o Sr. Curtain na areia e então começou a ajudar Rhonda e Número Dois a acomodar as crianças na lancha. Kate tinha acabado de embarcar e as duas mulheres subiam atrás dela quando Sticky apontou e exclamou:

— Ele está fugindo!

Travez se virou rápido. A corda de Kate estava toda embaraçada na areia, e o Sr. Curtain corria com agilidade surpreendente de volta pelo caminho por onde eles tinham vindo. Já estava quase na passagem secreta. Em um instante, Travez tinha sacado a pistola tranquilizante e atirado... mas já era tarde demais. O Sr. Curtain estava muito longe. O dardo caiu no chão atrás dele, bem quando ele desapareceu dentro da passagem secreta.

Foi um azar tremendo e, por um instante, Travez pareceu retomar a tristeza de antes. Com expressão severa, ele se voltou para as crianças:

— Não há tempo para persegui-lo. Minha obrigação é cuidar da segurança de vocês e, para isto, precisamos partir agora mesmo. — Ele colocou a mão no ombro de Kate antes de se preparar para empurrar a lancha e murmurou, com gentileza: — Mas me lembre de ensinar você a dar um nó melhor.

— E se o Sr. Curtain detiver o Sr. Benedict antes de ele conseguir incapacitar o Sussurrador? — perguntou Sticky.

— Nós devemos ficar escondidos — disse Rhonda, muito séria. — Estas são as instruções do Sr. Benedict.

Travez colocou a lancha na água e virou o leme na direção do canal, e as crianças ficaram de olho nas pedras que se projetavam aqui e ali, por todos os lados.

— Hum, Travez, por acaso estas águas não são perigosas de se navegar? — perguntou Reynie enquanto a lancha disparava a centímetros de uma pedra afiada.

— Ah, sim, são muito perigosas — respondeu Travez, com um sorriso. — Mais de um barco já naufragou aqui. Mas não foi por nada que eu passei tantas noites nadando no canal em segredo. Eu conheço bem estas pedras. Vocês não têm nada a temer.

A visão estranha do sorriso de Travez acalmou o medo que eles tinham de afundar, mas também irritou Constance, que soltou:

— Como é que você pode ficar aí sorrindo se o Sr. Benedict ficou para trás? Ele com certeza já foi capturado, e agora o Sr. Curtain vai mandar matá-lo!

— Não se desespere, menina — disse Travez, apertando os olhos para evitar os borrifos de água enquanto conduzia a lancha na passagem entre dois pedregulhos. O continente se aproximava com rapidez. — Minha intenção é voltar para pegá-lo no momento em que os deixar em segurança. Eu nunca abandonaria o Sr. Benedict.

— Mas você não vai ter a menor chance! Você está machucado, e eles vão estar a sua espera! O Sr. Curtain vai...

A menina inconformada foi interrompida pelo barco que chegava à areia da praia. Antes que ela pudesse continuar, Rhonda Kazembe já a tinha carregado até a perua que estava à espera deles. Os outros a seguiram rapidamente, e logo Número Dois já estava dando a partida e colocando o carro na estrada. Travez se sentou ao lado de uma janela aberta com a pistola tranquilizante em punho.

— Deixe-me perto da guarita da ponte — ele orientou Número Dois — e depois leve as meninas embora.

— Mas, Travez, como é que você vai fugir? — perguntou Sticky. — Aliás, como foi que você conseguiu fugir, em primeiro lugar? Eu me lembro da Sala de Espera... não tinha como sair de lá!

— Só dava para sair por baixo — respondeu Travez. — Eu acabei percebendo que, onde há lama, há água, de modo que devia haver algum riacho subterrâneo por baixo da sala.

— Mas... mas, como?

— Não foi nada demais — disse Travez. — Eu só tive que prender a respiração durante alguns minutos para cavar a lama até chegar ao riacho, depois cavar mais lama e, ah, mais ou menos trinta centímetros de argila. Depois disso, foi só uma questão de tirar algumas pedras da frente, quebrar algumas tábuas, talhar um pouco de cimento, recurvar as barras de metal de uma grade o suficiente para passar pelo meio (foi assim que eu quebrei o braço) para no fim incapacitar os guardas e usar as chaves deles para abrir as minhas algemas. É realmente muito fácil uma vez que se conhece o segredo.

As crianças só ficaram olhando.

— Mais notável ainda — prosseguiu Travez, em uma voz tão feliz que quase parecia cantarolada —, de longe, foi a coisa que aconteceu enquanto eu fazia tudo isso. Lá embaixo, na lama, segurando a respiração e cavando feito louco, percebi que a sensação que eu tinha, de que precisava voltar até vocês, crianças, de que precisava alcançá-las a qualquer custo, era exatamente a mesma sensação que tive quando acordei sem me lembrar de nada há tantos anos, com o nome "Travez" ressoando na minha mente. Pensando nisso, percebi pela primeira vez que era a voz de uma criança que dizia o meu nome. E só de perceber *isto* foi como se eu despertasse, e a água fria do riacho subterrâneo surtiu o mesmo efeito, e na minha mente surgiu a imagem de um laguinho perto de um moinho, um lugar adorável, perfeito para nadar. Eu via uma menina nadando naquele laguinho... tão pequena que mal dava para acreditar que ela era capaz de nadar, muito menos espalhar tanta água e mergulhar igual a uma lontra... e, na minha cabeça, eu a puxei para perto de mim, ouvi a risada dela e, quando peguei a mão dela para levá-la para casa, ela disse: "Papai, nós podemos vir ao laguinho outra vez?" Ao que eu respondi: "Claro que sim, Katie-Gata. Claro que nós vamos vir ao laguinho outra vez." Outra vez... Travez. Percebem? Não era o meu nome, de jeito nenhum. Foi a última promessa que eu fiz para a minha filha e não pude cumprir. Foi só me dar conta disto que as minhas outras memórias retornaram em uma enxurrada. Foi o melhor momento da minha vida — ele concluiu com um olhar afetuoso para Kate, que estava ao lado dele.

Kate estava tentando segurar as lágrimas sem conseguir, de jeito nenhum. A perua estava se aproximando da ponte da ilha agora. Ela estava tão emocionada de ter o pai de volta... Será que queriam mesmo que ela abrisse mão dele de novo em nome de mais uma missão perigosa? Não era só perigosa... era impossível. Não, ela não aceitaria, e com uma ferocidade que surpreendeu até ela própria, declarou:

— Você não pode ir, Travez! Eu não vou deixar! Como é que você pode me abandonar outra vez?

Travez se retesou como se tivesse levado uma ferroada e seus olhos logo se encheram de lágrimas.

— Certo, Kate, esta é a última coisa que eu quero fazer, mas como posso deixar o Sr. Benedict? Sem ele, nós jamais teríamos nos reencontrado.

— Então eu vou com você!

— Não, esta não é uma opção!

— Vai *ter* que ser! — retrucou Kate com ênfase quando Número Dois parou o carro perto da guarita.

— Fiquem quietos, os dois! — exclamou Reynie, surpreendendo a todos. Ele apontava para a ponte, sobre a qual o Sr. Curtain disparava em sua cadeira, na direção deles. Uma tropa inteira de Recrutadores corria junto com ele, sacudindo os punhos, com os relógios de choque brilhando ao sol. A cadeira de rodas em altíssima velocidade ziguezagueava temerária, forçando os Recrutadores a pular para cá e para lá para evitarem serem derrubados, e os dois Recrutadores na guarita (que deviam ter enviado uma mensagem por rádio para a ilha no momento em que avistaram a perua) tinham saído primeiro para olhar para o Sr. Curtain e depois para o carro, sem saber muito bem o que se esperava deles.

— Kate, eu amo você, mas você *precisa* ir embora com os outros! — ordenou Travez. Ele esticou a mão para abrir a maçaneta. — Rhonda, assegure-se de que ela vai obedecer. Eu vou atraí-los de volta ao barco. Talvez eu possa passar por trás. Número Dois, siga em frente com o carro e não olhe para trás.

— Não! — gritou Reynie, com a mesma ênfase, e Travez se sobressaltou. — Fique onde está, Travez! Número Dois, não vá embora. Simplesmente confiem em mim. *Por favor*, confiem em mim. Nós precisamos esperar para ver!

Foi um momento de tensão. E também foi curioso: cada pessoa que estava naquele carro, tanto adulto quanto criança, percebeu bem ali que confiava naquele menino de 11 anos praticamente sem nenhuma reserva. Se Reynie Muldoon pedia a eles que fizessem algo, se lhes prometesse alguma coisa, eles fariam o que ele pedia e acreditariam em cada palavra sua.

Número Dois olhou para Travez, que olhou de volta para ela.

Ele assentiu. Ela assentiu. Os dois ficaram esperando.

Quase no fim da ponte, o Sr. Curtain parou de repente, cantando pneu com sua cadeira de rodas (foi tão repentino que ele quase saiu voando, apesar das amarras), apontou para a perua e exclamou:

— É um truque! Aqueles são só para distrair! Os outros ainda devem estar na ilha!

Os Recrutadores coçavam a cabeça.

— Mas senhor — reclamou um deles de leve. — Eles são iguaizinhos aqueles de quem estamos atrás.

— Tolo! — o Sr. Curtain berrou com sua voz mais aterradora. — Você acredita mesmo que eles iriam fugir da ilha só para voltar logo depois até a ponte? Essa gente só está aí para nos distrair. Voltem para a ilha agora mesmo! Isto é uma ordem!

Os Recrutadores recuaram e deram meia-volta.

— Vocês também! — ele rosnou para os Recrutadores na guarita. — Esqueçam as iscas! Precisamos de todos os braços na ilha!

Os Recrutadores fizeram um sinal relutante e abandonaram seu posto, apressando-se para alcançar os outros. Por um instante, o Sr. Curtain ficou observando enquanto eles se afastavam. Então ele se soltou da cadeira bem rápido, ergueu-se e correu na direção da perua.

— O que ele está fazendo? — perguntou Rhonda.

Travez ergueu a pistola tranquilizadora e mirou no homem, que agora já estava a poucos metros de distância.

— Não atire! — avisou Reynie. — Não está vendo? É o Sr. *Benedict*!

Travez baixou a arma, surpreso. A atuação do Sr. Benedict tinha sido das mais convincentes. Em todos os anos que tinham passado juntos, ele nunca o tinha visto tão bravo, nem falando de maneira tão grosseira.

— Obrigado, Reynie, por me salvar daquele dardo — disse o Sr. Benedict com uma piscadela e uma versão resumida de sua risada de golfinho. Ele fez uma pausa com a mão na maçaneta da porta, ao reparar que o Sr. Curtain não estava no carro. As sobrancelhas dele se ergueram. — Mas se o meu irmão escapou, então, como você sabia quem eu era? Como podia ter certeza?

— Para ser sincero — respondeu Reynie —, eu percebi no momento em que vi como o senhor dirigia mal aquela cadeira!

— Hmm, é mesmo. Uma coisa é rosnar e latir ordens, outra é controlar esse equipamento infernal. Mas acho que eu teria aprendido com um pouco de treino.

— Nós todos estamos muito felizes por o senhor estar a salvo — Número Dois disse de trás da direção. — Mas será que podemos ir embora agora, por favor, e guardar os parabéns para mais tarde? — Ela olhava nervosa para a tropa de Recrutadores, que tinham percebido que seu líder não estava entre eles. Um a um, estavam se virando para olhar com olhos esbugalhados e apontar para a perua. Alguns tinham começado a retornar pela ponte.

— Aliás, Número Dois — disse o Sr. Benedict ao entrar no carro. — Vamos voar!

Para cada saída, uma entrada

Toda noite, a lua fazia sua passagem lenta sobre Stonetown, e toda noite, Reynie Muldoon olhava através da janela da casa velha cheia de frestas, lembrando-se das reuniões iluminadas pelo luar da Misteriosa Sociedade Benedict. Havia muito a se lembrar daquele tempo, e muita coisa para contar, mas a lua em seus passeios noturnos afinava, desaparecia e engordava mais uma vez antes que as histórias deles fossem contadas por inteiro. Havia muito a fazer, e muito pouco tempo para contar histórias.

O Sr. Curtain tinha fugido da ilha, junto com diversos Recrutadores e alguns de seus Executivos mais leais. Foi o que informaram os representantes do governo que o Sr. Benedict convenceu a promover uma invasão à Academia. Esses representantes nunca tinham acreditado nele, mas seu ceticismo anterior tinha se desmantelado sob o peso de novos avanços. Para começo de conversa, a memória de Travez tinha voltado, e com ela diversas senhas governamentais altamente sigilosas. Segundo, Kate, sem que ninguém soubesse, tinha surrupiado um panfleto da sala de impressão do Sr. Curtain, isso sem falar no *diário* do Sr. Curtain, que ela tinha pego ao sair da Galeria do Sussurro. Mas o mais importante de tudo era que o Sussurrador já não transmitia mais as mensagens do Sr. Curtain. Seu efeito de confundir a mente estava diminuindo a cada dia que se passava, a Emergência estava desaparecendo e mentes que havia muito estavam fechadas para a verdade voltavam a se abrir, como flores sedentas de sol.

Ultimamente, um fluxo constante de agentes e oficiais entrava e saía pelas portas do Sr. Benedict, juntando detalhes e tomando notas furiosamente em caderninhos (e geralmente se perdendo no labirinto dele). Eles queriam pegar o Sr. Curtain, mas o Sr. Benedict tinha pouca esperança de que isso fosse acontecer. Segundo ele, o Sr. Curtain era esperto demais para ser enganado por adultos. Apenas crianças seriam capazes de fazer isto.

Ainda assim, sobrava o problema importante de todas as pessoas que tinham sido desprovidas de memória: as crianças "recrutadas"; os agentes secretos que tinham sido retreinados como Ajudantes; o Sr. Bloomburg, é claro; e um bom número de Executivos, que não há tanto tempo assim tinham sido apenas órfãos infelizes em busca de motivação e um lar. Seria tarefa de Travez liderar a busca por todos os desafortunados que tinham alguma vez colocado os pés na ilha Nomansan; seria função do Sr. Benedict devolver-lhes a memória. O Sr. Benedict já estava empenhado em modificar a invenção de seu irmão gêmeo com a intenção de reverter a função de varredura cerebral (em vez de encobrir memórias antigas, serviria para fazer com que voltassem à tona mais uma vez) e, quando alguém insistia, o Sr. Benedict admitia que achava bem provável obter sucesso. Para aqueles que o conheciam, isso significava sem dúvida que o resultado seria positivo.

Mas o Sr. Benedict insistiu com firmeza que modéstia não tinha nada a ver com sua opinião de que as crianças tinham sido os verdadeiros heróis desta aventura. Tinham sido elas, ele argumentou, que assumiram o risco de descobrir os segredos mais sombrios do Sr. Curtain; elas que subjugaram o Sr. Curtain na Galeria do Sussurro. Elas que fizeram com que o Sussurrador parasse de funcionar; e elas que descobriram como abrir a saída secreta... o que só podia ser feito de dentro da sala.

— Como é que o senhor sabia a respeito da saída secreta, Sr. Benedict? — perguntou Kate certa noite, algumas semanas depois de voltarem.

Apesar de todo mundo na casa andar falando sem parar, isso se dava mais com agentes do governo, não entre si, e a curiosidade que todos eles sentiam ainda não tinha sido satisfeita. Aquela noite foi por acaso a primeira em que todos se reuniram sem ninguém para interromper. Cada um dos presentes à sala de jantar tinha uma xícara de chocolate quente fumegante nas mãos, porque agora o outono tinha dado lugar ao inverno, e todo mundo (até Constance Contraire) tinha no rosto expressão de alívio profundo por estar junto sem mais ninguém para atrapalhar, finalmente.

— Mais uma vez, preciso transferir o crédito — respondeu o Sr. Benedict. — Foi Travez que a encontrou.

— Eu só tinha certeza de que o Sr. Curtain construiria uma rota de fuga secreta para si mesmo — explicou Travez. — Então, depois que eu me juntei a vocês na ilha, passei todas as noites procurando, escondido pela escuridão. E vejam que tive sorte... achei a entrada na noite anterior a ser capturado.

— Sempre pensando em entradas e saídas quando o negócio é com você, não é mesmo, Travez? — brincou Kate.

Travez deu risada (era uma risada pesada, ribombante), e todo mundo à mesa se sobressaltou. Ainda estavam se acostumando com a risada dele. Depois de tantos anos agindo como o homem mais triste do mundo, Travez agora se comportava como se fosse o homem *mais feliz* do mundo... e talvez fosse. Depois de ter deixado a vida de pai para trás havia tanto tempo, agora ele retornava a ela, finalmente.

Travez estendeu o braço e deu um beliscão na bochecha de Kate, que pela primeira vez em semanas não estava lambuzada de pomada. (Os cortes e machucados dela já tinham sarado fazia tempo, já que eram cuidados com esmero não apenas por Travez, mas também por todas as outras pessoas da casa.) Kate ficou radiante e deu um tapinha de brincadeira na mão dele. No momento seguinte, ela percebeu que estava faltando o marshmallow de seu chocolate quente. Ergueu os olhos e viu quando ele colocou o doce na boca.

— Seu ladrão! — exclamou, dando risada.

Travez deu uma piscadela e mais marshmallows para ela. Na outra ponta da mesa, enquanto isso, Reynie estava preocupado com uma pergunta curiosa: como devia chamar a pessoa a seu lado? Estava sentado ao lado da Srta. Perumal, é claro. Eles finalmente tinham se reencontrado (com muitos abraços e grandes quantidades de lágrimas) e ela agora estava sentada ali com a mão no seu ombro. Mas será que ele continuaria a chamá-la de Srta. Perumal? Do que ele a *chamaria*? Aquela era uma questão urgente para qualquer criança que se via com uma nova mãe, e era assim para Reynie: sua ausência tinha feito com que a Srta. Perumal percebesse o quanto ele lhe era querido, e, quando se reencontraram, ela não perdeu tempo e logo perguntou o que Reynie acharia se ela o adotasse.

No começo, Reynie foi incapaz de responder, só se jogou nos braços dela e escondeu o rosto.

— Ah, nossa — a Srta. Perumal tinha dito, dando início a mais um arroubo de lágrimas derramadas. — Ah, nossa. Espero que isto signifique que sim.

Claro que significava que sim, e os dois agora tinham aquela sensação estranha (bem parecida com a experimentada por Travez e Kate) de serem da mesma família havia séculos, mas, de algum modo, de terem acabado de se conhecer. Era uma sensação estranha, mas extremamente prazerosa.

"Mamãe" não parece lá muito adequado, Reynie concluiu. Por que não usar a palavra em tâmil? Ele a tinha ouvido se referir à própria mãe como "Amma", mas se isso queria dizer "mamãe" ou "mãe", ele não tinha certeza. Reynie sentiu um calafrio de ansiedade boa. Ele perguntaria a Sticky.

Naquele momento, Sticky era, aliás, a única pessoa infeliz no grupo todo. Mas estava se esforçando muito para não demonstrar, com muita valentia. Para disfarçar, colocou outra pergunta ao Sr. Benedict:

— Mas como foi que o senhor finalmente conseguiu incapacitar o Sussurrador?

— Eu só terminei o que vocês, crianças, tinham começado — respondeu o Sr. Benedict. — Eu convenci o Sussurrador de que eu era Curtain, então dei-lhe ordens que mais ou menos o deixaram desnorteado e fora de operação. Mas se Constance já não o tivesse desestabilizado completamente, e se eu não tivesse o cérebro tão parecido com o do meu irmão gêmeo, talvez não tivesse sido possível.

— Três vivas para o cérebro do Sr. Benedict! — exclamou Kate.

Todo mundo deu risada e comemorou.

— E três vivas para Constance — disse o Sr. Benedict, que então ficou pensativo enquanto os outros comemoravam e Constance corava. — Isto me lembra de uma coisa. Constance, querida, pode fazer o favor de ir até a cozinha e trazer uma caixinha que está lá?

Constance assentiu e foi para a cozinha.

— Não dá para acreditar — disse Sticky. — Ela foi sem nem reclamar. Parece até que ela está crescendo.

— Esta é precisamente a questão, Sticky — disse o Sr. Benedict, com um aceno de cabeça para Rhonda Kazembe, que foi até um armário e tirou de lá um bolo de aniversário enorme, que estava escondido ali.

— Graças aos céus — disse Número Dois. — Eu estava morrendo de fome.

Constance voltou e viu todo mundo olhando radiante para ela, apontando para o bolo. Ela corou mais uma vez.

— Mas o meu aniversário só é no mês que vem!

— E quem sabe o que o mês que vem vai trazer? — perguntou o Sr. Benedict. — Acho que devemos comer este bolo agora mesmo!

Constance sacudiu a cabeça, surpresa, mas obviamente deliciada e, ao subir de novo na cadeira, entregou a ele a caixinha que tinha pedido.

— Foram os três vivas que me fizeram lembrar — disse o Sr. Benedict, que abriu a caixa e tirou de lá três velas de aniversário. — Eu tinha me esquecido de colocar as velas no bolo.

— Três velas? — disse Reynie. — *Três* velas de aniversário? Constance só tem 2 *anos de idade?*

— 2 anos e 11 meses — a menina corrigiu, na defensiva.

As crianças ficaram olhando boquiabertas.

— Mas... mas... — Sticky começou, então fechou a boca e sacudiu a cabeça.

— Ah, mas isto explica tudo! — disse Kate, com uma sensação de enorme alívio, como se uma questão irritante finalmente tivesse sido respondida, apesar de ela nem ter se dado conta de que a questão existia, em primeiro lugar.

Reynie deu risada de alegria.

— Então foi *isso* que o Sr. Benedict quis dizer quando falou que você era mais talentosa do que qualquer um se dava conta. Eu achei que ele só estava falando da sua incrível teimosia!

— Quem é teimosa? — perguntou Constance, com a cara amarrada.

— Um bebê — Sticky murmurou para si mesmo. — Não é para menos que ela sempre estava com tanto sono, com tanto mau humor e com tanta teimosia. Ela tem 2 anos!

— Eu *não* sou teimosa — Constance insistiu ao ouvir o que ele disse. Então ela o corrigiu: — E eu tenho quase 3 anos.

No dia seguinte, apesar de a casa mais uma vez estar cheia de agentes e tremer com o barulho de mil telefonemas, o Sr. Benedict julgou necessário abandonar os projetos e tirar um tempo para se dedicar a questões de natureza mais pessoal. Ele encontrou Sticky em um corredor do andar de cima, onde Número Dois esfregava a cabeça careca do menino e assentia.

— Sim, eu concordo — disse ela, certa de si. — O seu cabelo com certeza está voltando.

— Finalmente — disse Sticky.

Número Dois reparou no Sr. Benedict e franziu a testa.

— Mas o que o senhor está fazendo fora de sua cadeira? Por que não mandou chamar um de nós?

— Peço desculpa, Número Dois. Eu me distraí com uma questão urgente e retornarei imediatamente. Sticky, pode por favor me acompanhar? Tenho algo sobre o que conversar com você.

— Assegure-se de que ele fique sentado, Sticky — Número Dois disse quando eles já se afastavam.

Juntos, eles foram para o escritório do Sr. Benedict, onde ele, muito obediente, sentou-se a sua escrivaninha e disse:

— Sticky, não vou fazer rodeios. Seus pais estão aqui.

— Os meus... meus pais? *Aqui*? — disse Sticky, olhando ao redor, como se esperasse encontrá-los escondidos atrás da mobília. Era apenas uma reação nervosa. Ele não fazia ideia de como se sentia em relação àquela notícia.

— Eu explico — disse o Sr. Benedict. — Vamos começar com o que você já sabe. Depois que você fugiu, os seus pais, durante um tempo, ficaram tontos com a repentina e abundante entrada de dinheiro. De fato, eles ganharam tanto dinheiro que ficaram mais ricos do que a maior parte das pessoas, muito mais ricos do que jamais tinham sido. Apesar de terem procurado por você, as iniciativas deles já não eram assim tão empenhadas...

— O senhor tem razão — interrompeu Sticky, arrasado. — Esta parte eu já conheço.

— Não inteiramente, meu amigo. As iniciativas deles não foram assim tão empenhadas, digo, mas isto, mais do que nada, devia-se ao fato de eles terem medo de você.

— Medo? De *mim*?

— De fato, tinham medo de sua incapacidade de não lhe fornecer um lar adequado. Quando você fugiu, Sticky, seus pais ficaram amargamente envergonhados. Você já era tão mais inteligente do que eles. E eles já tinham bagunçado tanto as coisas. Se você quis fugir, então, talvez... ou pelo menos foi o que pensaram em meio a sua angústia... talvez assim fosse melhor. Talvez você fosse ficar melhor sem eles.

— Melhor? — repetiu Sticky, lembrando-se daquela frase do pai proferida havia tanto tempo, a frase que ele escutara em parte. Ele pensou que o pai estava dizendo que *eles* ficariam melhor sem *ele*.

— Era isso que eles pensavam na ocasião. Você também precisa se dar conta de que eles estavam sendo influenciados pelas mensagens ocultas de Curtain. "Os desaparecidos não desapareceram, eles apenas partiram", está lembrado? É uma mensagem de fato muito perniciosa. E, no entanto, *apesar* disto, Sticky, os seus pais se tornaram perfeitamente mal-humorados. Apesar de acharem que todo aquele dinheiro faria com que eles se esquecessem de você, eles logo compreenderam que nenhuma quantidade de riqueza seria capaz de preencher o vazio que você tinha deixado na vida deles. Perceberam que precisavam de *você*, mesmo que você não precisasse *deles*. Assim gastaram todo o dinheiro que tinham para procurar você; de fato, eles se endividaram muito e hoje são bem pobres. Também pode lhe interessar saber — o Sr. Benedict continuou — que os seus pais deram início à busca *antes* de nós desativarmos o Sussurrador. De tão determinados que estavam em trazer você de volta, perceba, a mente deles começou a resistir à transmissão. Apenas um amor muito poderoso poderia apresentar tal resistência.

Sticky mais uma vez estava com problemas para absorver tudo aquilo.

— E eles me acharam? O senhor não ligou para eles?

— Eles encontraram você. Eu poderia tê-lo mantido escondido, talvez. Mas uma vez que me convenci de como eles eram sinceros na busca por você, uma vez que compreendi os verdadeiros sentimentos deles para com você, permiti que você fosse encontrado.

— Então o senhor acha que eu devo ir com eles.

— O que importa é o que *você* pensa, Sticky.

— Bom, mas qual foi a impressão que eles passaram ao senhor?

— Eles me pareceram bastante arrasados, devo dizer, e doentes de saudade do filho desaparecido. Cometeram um erro terrível e sempre vão se arrepender disso. Quando eu disse aos seus pais que você estava em segurança, o alívio que sentiram... Eles choraram e choraram. Ainda não tinham parado de chorar quando eu os deixei. Acredito que ainda devem estar chorando, aliás... vi Rhonda levando mais lenços de papel para lá.

Os olhos de Sticky se encheram de lágrimas.

— E eles realmente disseram que eles precisavam mais de mim do que eu precisava deles?

— Parece que este é o ponto de vista deles a respeito da questão. Qual é a sua opinião própria?

As lágrimas transbordaram e escorreram pelas bochechas de Sticky.

— Posso falar com eles?

— Só precisava pedir, meu amigo — declarou o Sr. Benedict, e se levantou para apertar a mão de Sticky. Os olhos dele brilhavam de emoção. — Eles estão à sua espera na sala de jantar.

Sticky saiu voando do escritório do Sr. Curtain na direção de um reencontro tão feliz e tão cheio de lágrimas e, depois, tão cheio de risadas alegres que logo a sala de jantar estava lotada com todos os amigos de Sticky, e com Travez e Rhonda e Número Dois, e até alguns agentes do governo desconhecidos que foram atraídos pela comoção. Foi uma celebração esplêndida, ruidosa e espontânea, com abraços e apertos de mão e beijos para todos, e no fim Travez apareceu com os restos do bolo de aniversário da noite anterior e Rhonda preparou um ponche de frutas espumante. Até mesmo os agentes do governo, que no início ficaram irritados com a demora para prosseguir com as investigações, entraram na onda e logo já tinham tirado os paletós e as gravatas, um deles colocou um disco para tocar e todo mundo começou a dançar.

Isso já estava se desenrolando havia algumas horas quando Número Dois de repente olhou ao redor em busca do sr. Benedict.

— Misericórdia! — exclamou ela e saiu voando da sala.

Ela o encontrou exatamente onde Sticky o tinha deixado depois de seu aperto de mão caloroso; só que, em vez de estar ereto, o Sr. Benedict estava estatelado com o rosto para baixo, em cima da escrivaninha, com papéis espalhados para todos os lados, roncando feito um trem de carga e com expressão de pura felicidade no rosto.

— O Sr. Benedict vai adotar Constance, é? — perguntou Kate a Reynie. — Que boa notícia. E os dois fazem uma boa combinação, devo dizer. Ele certamente gosta de suas piadas sem graça.

Eles tinham terminado sua fortaleza de neve e estavam fazendo uma reserva de bolas de neve para o ataque por vir. Do outro lado do pátio, Rhonda, Constance e Sticky estavam ocupados com a mesma atividade. Reynie deu uma espiada por cima da fortaleza para observar o progresso do outro lado e disse:

— É, parece que todo mundo está encontrando a família. Você tem Travez, eu vou ter mãe e avó. Constance ganha duas irmãs e um pai...

— Duas irmãs?

— Ah, sim. Acontece que o Sr. Benedict adotou Número Dois e Rhonda há muito tempo. Apesar de que, para Rhonda, o mais adequado é dizer que *elas* é que *o* adotaram. Aliás, acho que foi assim que o Sr. Benedict colocou a questão para Constance: "Você gostaria de nos adotar como sua família?" Constance disse a ele que precisaria pensar, mas que estava inclinada a aceitar.

Kate caçoou.

— "Inclinada a aceitar." Mas que audácia. Ei, você está fazendo as suas bolas grandes demais. Tente fazer mais ou menos deste tamanho. — Ela exibiu uma de suas esferas perfeitas para Reynie, então pegou mais neve com o balde novo (presente de Travez... era igualzinho ao antigo).

— Kate! Reynie! Vocês estão prontos para sofrer uma derrota ignominiosa? — gritou Rhonda do outro lado do pátio.

— Derrota? Nós não conhecemos esta palavra! — gritou Kate em resposta e então sussurrou para Reynie: — Na verdade, a palavra que eu não conheço é "ignominiosa".

— Vergonhosa — disse Reynie.

— Ei, eu não tenho como conhecer *todas* as palavras, Sr. Sabe Tudo. Faça-me o favor, como...

— Não, "ignominiosa" significa "vergonhosa".

— É mesmo? — disse Kate. Ela franziu a testa em um ar desafiador e passional. Estava tão feliz como nunca.

— Que animais! Isto nós vamos ver. Está lembrado da nossa estratégia? Reynie revirou os olhos.

— Como é que eu poderia esquecer? Você os ataca com uma chuva de bolas de neve e eu corro para recolher todas as que eles jogaram, para impedir que a nossa pilha diminua.

— É, e aproveite para remodelá-las do tamanho adequado quando fizer isto — disse Kate.

— Será que você ficaria muito incomodada se eu jogasse uma ou outra bola de neve por conta própria? Isto *faz* parte da diversão, sabia?

Kate suspirou.

— Detesto desperdiçar bola de neve, mas suponho que sempre existe a chance de você acertar alguma coisa. Certo, você pode jogar algumas.

— Agradeço muito — disse Reynie.

Momentos depois, o pátio se transformou em uma confusão de bolas de neve lançadas de um lado para o outro, crianças correndo e gargalhadas ruidosas. Mais risadas vinham de trás das janelas da casa, onde todos os adultos, inclusive a Srta. Perumal e o casal Washington, bebiam cidra de maçã e assistiam à batalha animada lá embaixo. O Sr. Benedict, aliás, deu tanta risada (uma série tão grande e longa que parecia um bando inteiro de golfinhos) que Número Dois se apressou para tirar a caneca de cidra quente da mão dele bem quando ele caiu no sono e seu corpo ficou mole. Ele acordou poucos minutos depois, só para dar mais risada e dormir outra vez, e continuou assim, dando risada e dormindo e dando risada de novo, a tarde toda, até que finalmente deu início a uma soneca prolongada. Quando ele acordou pela última vez com Número Dois sacudindo seu ombro de leve, o Sr. Benedict percebeu que o dia já estava escurecendo.

— Está anoitecendo e nós já pedimos para que eles entrassem duas vezes — Número Dois disse a ele. — O senhor não pode falar para que eles venham logo? O jantar está esfriando.

— Daqui a pouco, Número Dois — disse o Sr. Benedict, lançando um olhar afetuoso primeiro para ela e depois para as crianças agitadas e felizes do outro lado da janela. — Faça um lanche, que tal? Pegue uma tigela de cozido... eu não conto para ninguém. Mas vamos dar mais uns minutos a elas. Elas vão estar com tanto frio que até mesmo provisões mornas vão parecer que estão pelando para elas. Só mais alguns minutos, Número Dois. Deixe que elas brinquem. Afinal, são *de fato* crianças.

E isso com certeza era verdade, pelo menos por enquanto.

Caro Leitor,

Chamou a minha atenção o fato de que certos indivíduos desejam saber qual é o meu primeiro nome. Se você estiver entre estas pessoas, e se estiver familiarizado com o código, então garanto que a resposta está ao seu alcance.

Atenciosamente,

Sr. Benedict

Este livro foi composto na tipografia
Classical Garamond BT, em corpo 10,5/15, e impresso
em papel off-white no Sistema Digital Instant Duplex
da Divisão Gráfica da Distribuidora Record.